# 九三年

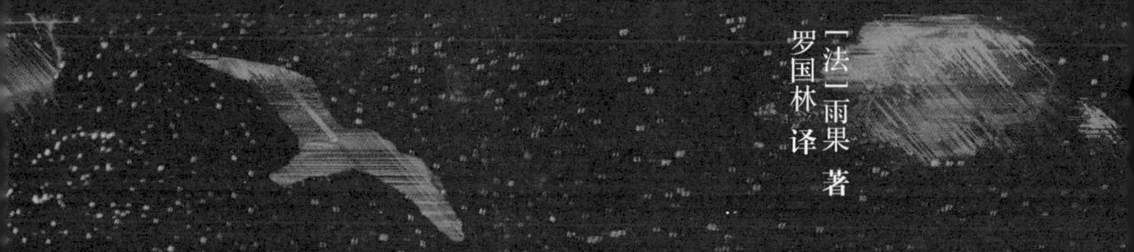

[法]雨果 著

罗国林 译

QUATRE-VINGT-TREIZE

中国友谊出版公司

图书在版编目（CIP）数据

九三年 /（法）雨果（Hugo,V.）著；罗国林译．—
北京：中国友谊出版公司，2014.1（2018.7重印）

ISBN 978-7-5057-3300-8

Ⅰ．①九… Ⅱ．①雨… ②罗… Ⅲ．①长篇小说－法
国－近代 Ⅳ．①I565.44

中国版本图书馆CIP数据核字(2013)第284721号

**书名** **九三年**
**著者** [法] 雨果
**译者** 罗国林
**出版** 中国友谊出版公司
**发行** 中国友谊出版公司
**经销** 新华书店
**印刷** 北京旭丰源印刷技术有限公司
**规格** 880×1230毫米 32开
13.25印张 321千字
**版次** 2014年3月第1版
**印次** 2018年8月第2次印刷
**书号** ISBN 978-7-5057-3300-8
**定价** 48.00元
**地址** 北京市朝阳区西坝河南里17号楼
**邮编** 100028
**电话** （010）64668676

Hugo

# 目录
CONTENTS

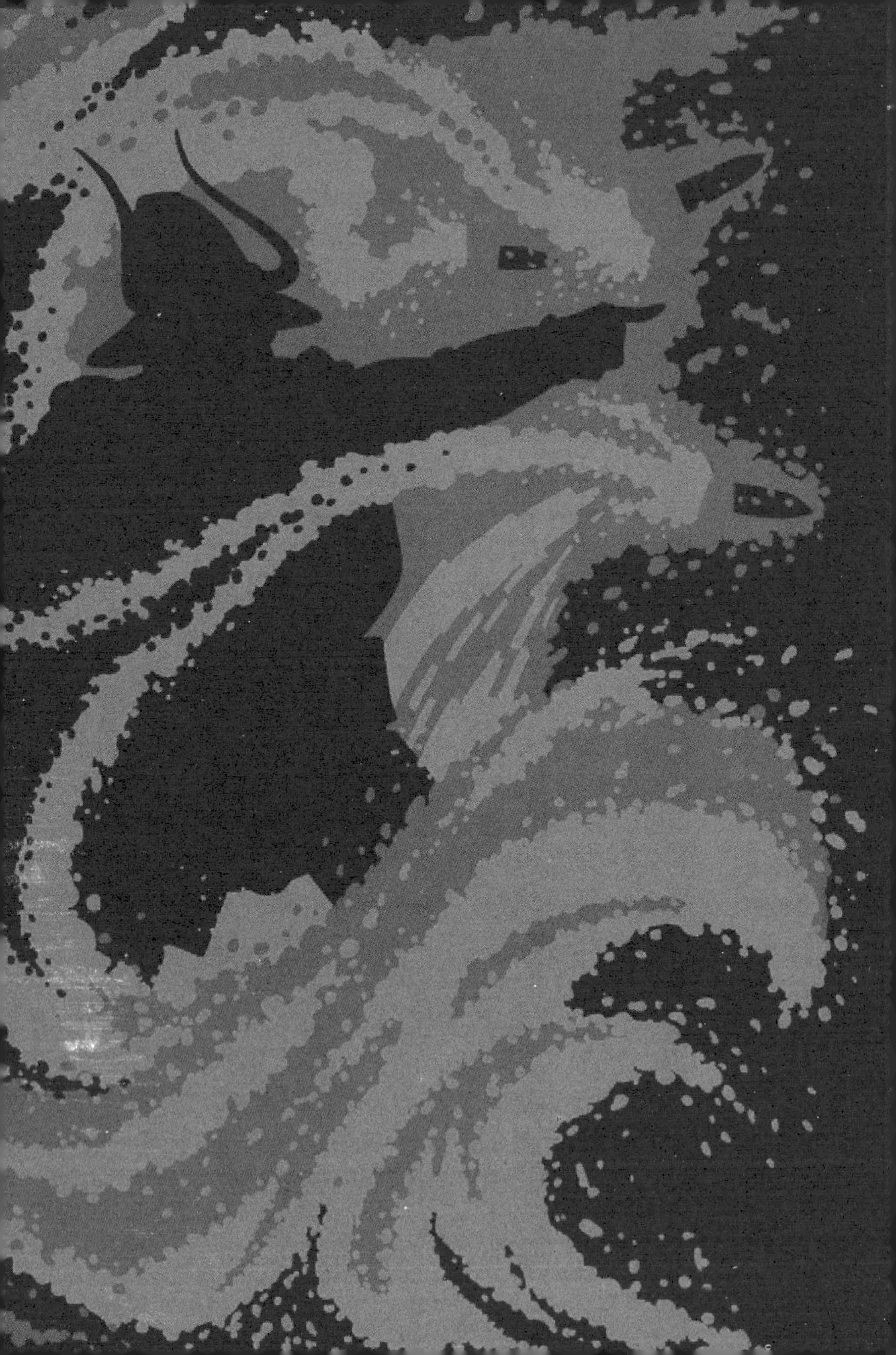

# 第一部分

# 在海上

# 第一章　索德莱林子

1793 年 5 月的最后几天，由桑特尔[①]率领到布列塔尼来的巴黎师团的一个营，在阿斯迪耶村旁阴森可怖的索德莱林子里搜索。这个营已不足三百人。在这场酷烈的战争中，它伤亡惨重。那时，经过了阿戈纳、杰马普和瓦尔米等战役，本来有六百志愿兵的巴黎师团第一营仅剩二十七人，第二营仅剩三十三人，第三营仅剩五十七人。那是史诗般的战斗年代。

从巴黎派到旺代来的师团，每营有九百一十二人[②]，配备有三门大炮。这个师团是仓促组建的。当时的司法部长是戈耶，军事部长是绍特，所以邦康赛区[③]议会 4 月 25 日建议向旺代省派志愿兵师团；公社委员吕班做了报告；5 月 1 日，桑特尔已做好准备，命令一万二千士兵，三十门野战炮和一个炮兵营开拔。这个师团虽然成立仓促，但组织严密，至今堪为楷模。现在的战斗部

① 桑特尔(1752—1809)，法国政治家，1789 年投身于巴黎的资产阶级大革命，1792 年被任命为国民卫队总司令，1793 年任旺代师团统帅，镇压旺代叛乱。

② 所译版本原文为“从巴黎派到旺代来的师团有九百一十二人”。从上下文看似不对。——译注

③ 巴黎的行政区划，大革命之前分为六十一个 districts，1790 年改为四十八个 sections，名称不同，其实都是区。四十八个区每个区起了一个名字，而且多有革命含义。邦康赛区是音译，按意义可译为“忠告区”。

队，就是仿效其编制组建的，改变了以往士兵和下级军官人数的比例。

4 月 28 日，巴黎公社向桑特尔的志愿兵下达命令："绝不宽大，绝不饶恕。"到 5 月底，从巴黎出发的一万二千人战死了八千。

深入索德莱林子的营高度警惕，并不急于前进，每个人同时观察前后左右，正如克雷贝尔[①]所说："士兵们背后也长着一只眼睛。"他们搜索了很长时间。现在是几点钟，什么时辰了？谁也说不清。在这样的深山密林里，总觉得是黄昏时分。这座林子里从来就不明亮。

索德莱林子是悲剧的发生地。就是在这座林子里，从 1792 年 11 月起，内战开始了种种罪行。残暴的瘸腿穆斯克东，就是从这座阴森森的密林里出去的。这里发生的杀人罪行之多，令人毛骨悚然。没有什么地方比这座林子更可怖，士兵们小心翼翼地步步深入。遍地鲜花盛开，瑟瑟抖动的树枝像墙壁一样包围着他们，树梢上扑下来阵阵爽人的凉意；树叶间漏下的阳光，点点洒落在绿色的阴影上面；到处生长的菖兰，沼泽鸢尾，草地水仙，预告明媚春光的雏菊的小花，还有番红花等等，织成厚厚的植物地毯，上面点缀着一丛丛苔藓，形态各异，有像毛毛虫的，有像星星的。士兵们轻轻地拨开灌木丛，悄无声息地一步步向前搜索。鸟儿在刺刀上空啁啾鸣啭。

过去和平时期，人们常常在索德莱林子里"围什笆"，即夜间猎鸟；现在这里进行的是猎人。

整个林子全是桦树、山毛榉和橡树；平坦的地面长满苔藓和厚厚的杂草，人行走在上面，没有什么响声；见不到小径，即使

---

① 克雷贝尔（1753—1800），法国将军，是革命军镇压旺代叛乱的著名将领之一。

有，也是一小段就不见了；到处是乱蓬蓬的枸骨叶冬青，野李树，蕨草，密麻麻的芒柄花和高大的荆棘，十步之外就看不见人。

不时有鹭鸶或水鸡从树枝间飞过，表明附近是沼泽。

士兵们向前走着，冒险地向前走着，心里惴惴不安，害怕遇到他们搜索的人。

他们不时见到扎过营的痕迹：焦黄的地面，踩倒的草，扎成十字架的木棍，血迹斑斑的树枝。这里有人烧过饭，做过弥撒，包扎过伤员。可是，打这里经过的人早已无影无踪。他们去哪里了？也许逃到很远的地方去了，也许就藏在附近，手里攥着火枪。林子里看上去根本没有人。全营上下更加小心。树林里越来越荒僻，就越要高度警惕。一个人也没见到，就更让人担心会遇到什么人。他们搜索的可是一个臭名昭著的林子。

很可能遇到伏击。

三十名投弹兵独立组成尖兵队，由一位中士带领，与全营主力拉开相当大的距离，走在最前边。随军的女酒倌也在他们的行列里。女酒倌们都喜欢随尖兵队一起行动。这当然要冒危险，但可以开眼界。好奇心是女性勇敢无畏的一种表现形式。

突然间，这一小队尖兵紧张起来，就像猎人走近野兽巢穴时一样。他们似乎听见一丛灌木里传来喘气声，而且似乎看见那丛灌木的树枝动了动。士兵们相互打手势。

尖兵们在完成这类侦察和搜索任务时，是用不着军官指挥的，而会自动完成该完成的事情。

不到一分钟，有动静的地方就给包围了。所有枪口形成一个包围圈对准了它。士兵们手指扣住扳机，从四面八方瞄准了黑乎乎的树丛中心，只等中士一声令下就一齐扫射。

这时，女酒倌大着胆子朝树丛里面张望，在中士正要喊“开火”的刹那间，她叫道：“慢！”

她冲进灌木丛，士兵们跟在她后面。

树丛里果然有人。

在树丛最稠密处，一个烧炭窑形成的圆形空地的边缘，有一个树枝搭成的洞，一个枝叶筑成的房间，里面覆盖着苔藓的地面上，坐着一个女人，胸前一个婴儿正在吃奶，膝盖上搁着两个睡熟的孩子金发蓬松的脑袋。

这就是伏兵。

“你在这里干什么？”女酒倌问道。那女人抬起头。

女酒倌怒气冲冲加一句：

“待在这里面，你疯了吗？”

随即又补充一句：

“差点儿连命都没了！”

接着，她回头对士兵们说：

“是个女人。”

“没错，我们早看见啦。”一个尖兵说。

女酒倌又冲那女人说道：

“跑到这林子里来找死！怎么会想到干这种傻事！”

那女人魂飞魄散，早给吓呆了。她环顾四周，看到的尽是步枪、军刀、刺刀和一张张凶恶的脸，还以为是在噩梦中呢。

两个孩子惊醒了，闹起来。

“我饿。”一个喊道。

“我怕。”另一个喊道。

婴儿继续吃奶。

女酒倌对婴儿说：

“你倒挺心安理得哩！”

母亲吓得说不出话来。

中士冲她喊道：

“别害怕，我们是红帽子营[①]。”

女人从头到脚直哆嗦，望着中士，望着中士粗犷的脸，而看到的只有中士的眉毛，胡子和炯炯发光的眼睛。

“就是以前的红十字营。”女酒倌补充一句。

中士接着问道：

“你是什么人，太太？”

女人惊恐地打量着中士。她年轻，瘦削，苍白，衣衫褴褛，戴一顶布列塔尼农妇的宽大风帽，脖子上挂着一条用细绳子捆住的毛毯；乳房裸露着，像一头母兽，谁盯住她看都不在乎；一双没穿鞋子的赤脚直流血。

“她是个穷人。”中士说。

女酒倌用实际上挺温和的女兵口气问道：

“你叫什么名字？”

女人用几乎听不见的声音吞吞吐吐答道：

“米什尔·弗雷夏。”

女酒倌伸出粗壮的手抚摩婴儿的头。

“这孩子多大了？”她问道。

母亲没听懂，女酒倌重复道：

“我问这小家伙几岁了？”

“哦，”母亲答道，“一岁半。”

“不小啦，”女酒倌道，“不必再喂奶啦，应该给他断了，我们可以用汤喂他。”

母亲的恐惧开始消除。那两个刚醒来的孩子，则好奇多于恐惧，很有兴趣地打量着军帽上的翎毛。

“唉！”母亲叹息道，“他们饿坏了。”

---

① 当时的革命党人戴红帽子，穿长裤，被称为“红帽子”或“长裤佬”。

接着又补充一句：

“我没有奶水啦。”

“我们会给他们东西吃的，”中士大声说道，“也会给你吃的。不过，话还没问完。你的政治见解怎样？”

女人望着中士，没有回答。

“听见我的问话没有？”

女人嗫嚅道：

“我从小被送进了修道院，后来我结了婚，就没当修女。嬷嬷们教会了我说法语。有人放火烧了我们的村子，我们慌慌张张逃了出来，连鞋子都没来得及穿。”

“我问你的政治见解怎样。”

“不知道。”

中士解释说：

“因为密探也有女的。女密探抓住了是要枪毙的。所以你要讲实话。你不是波希米亚人吧？你是哪国人？”

女人仍然望着中士，一副莫名其妙的样子。中士重复道：

“你是哪国人？”

“不知道。”女人回答。

“怎么！你不知道自己是什么地方人？”

“哦！什么地方人，这当然知道。”

“那么，你是什么地方人？”

女人回答：

“我是西瓜尼亚田庄的，属于阿译教区。”

轮到中士发愣了。他想了想，又问道：

“你说是哪儿的？”

“西瓜尼亚。”

“这不是一个国家呀。”

“这是我的家乡。”

女人想了想补充道：

“我明白了：先生，你是法兰西人；我是布列塔尼人。”

“怎么？”

“不是同一个家乡。”

“可是，是同一个国家呀！”中士嚷起来。

女人只满足于回答：

“我是西瓜尼亚的。”

“就算你是西瓜尼亚的吧。”中士说，“你家住在那里？”

“是的。”

“干什么营生？”

“人全死光了，我一个亲人也没啦。”

中士略有口才，紧逼不舍地盘问。

“见鬼！谁能没有亲戚？不是过去有，就是现在有。你到底是什么人？说！”

中士这句“不是过去有”，女人听了，简直像是野兽在号叫，而不是人在说话，她吓呆了。

女酒倌觉得有必要介入了。她又开始抚摸吃奶的婴儿，拍拍另外两个孩子的脸蛋。

“吃奶的这个小丫头叫什么名字？”她问道，“看得出来，她是个女孩。”

母亲回答：“乔治特。”

“老大呢？这小鬼是个男孩。”

“勒内－让。”

“老二呢？也是个男孩，长得胖乎乎的。”

“胖子阿兰。”母亲回答。

“都挺乖，这几个小鬼！”女酒倌又说道，“而且都长得人模人样啦。”

可是，中士继续盘问：

“说吧，太太，你有家吗？”

“本来有的。”

“在什么地方？”

“阿译。”

“你为什么不待在家里？”

“家给烧了。”

“谁烧的？”

“说不清。是打仗。”

“你从什么地方来的？”

“就从那里来的。”

“到什么地方去？”

“不知道。”

“你不知道你是什么人？”

“我们是逃难的。”

“你属于哪个党派？”

“不知道。”

“你是蓝党还是白党[①]？你和什么人在一起？”

“我和我几个孩子在一起。”

盘问停顿了一会儿，女酒馆说道：

“我嘛，没有孩子，没有时间养孩子。”

中士又开始盘问：

“可是，你的父母呢？喂！太太，对我们谈谈你父母的情况吧。我叫拉杜，是中士，家住舍什米迪街，我父母也住在那里。

① 白党即保王党，蓝党即共和党。

我可以谈我的父母，请你也谈谈你的父母，告诉我们你父母是什么人好吗？”

“他们是弗雷夏夫妇。就这个。”

“当然弗雷夏老两口就是弗雷夏夫妇，就像拉杜老两口就是拉杜夫妇一样。不过，每个人都有职业。你父母从事什么职业？他们过去干什么？现在干什么？你的弗雷夏夫妇究竟是干啥的？”

“他们是种田人。我父亲是残疾人，不能干活儿。那是老爷，他的老爷，我们的老爷叫人用棍子打的。还算是发善心呢！因为我父亲捉回家来一只兔子，照理是应该处死的。老爷开恩，说：‘权且打一百棍。’那之后我父亲就落了个残疾。”

“还有呢？”

“我祖父是胡格诺派[①]教徒，本堂神父叫他去做苦工。那时我年纪还挺小。”

“还有呢？”

“我父亲是私盐贩子，国王下令绞死了他。”

“你丈夫呢，是干什么的？”

“前些日子在打仗。”

“为谁打仗？”

“为国王。”

“还为谁？”

“当然也为他老爷。”

“还为谁？”

“当然还为本堂神父先生。”

“真他妈的愚蠢透顶！”一个侦察兵嚷道。

女人吓了一跳。

---

① 16世纪欧洲宗教改革运动中兴起于法国，而长期惨遭迫害的新教教派。

“你瞧，太太，”女酒倌说道，“我们都是巴黎人。”[①]

女人双手合十，叫道：

“啊，我主耶稣！”

“不要迷信。”中士说。

女酒倌在母亲身边坐下，把最大的孩子拉到自己的两膝之间，那孩子乖乖地跟过去。小孩子怕人或者不怕人，原因都是讲不清楚的，不知道他们心里有什么在提醒他们。

“可怜而善良的布列塔尼女人，你这几个孩子长得倒是挺招人喜欢。这地方的孩子都招人喜欢。这三个孩子的年龄看得出来：老大四岁，他弟弟三岁。喔唷！这个吃奶的小不点儿，

可真是只小馋猫。啊！小精怪，你这样吮，莫不是想把你娘吃掉吗？啊！太太，什么也不要怕。你应该参加我们的队伍，和我做一样的事情。我叫胡扎德。这是绰号，不过我宁愿叫胡扎德，而不像我娘叫作碧柯诺小姐。我是随军女酒倌。正如大家所说的，就是在战士们与敌人交火时，与敌人展开白刃战时，送酒给他们喝的女人。要做的事情多得很。你的脚和我的脚差不多一样大，我可以把我的鞋子送给你穿。8 月 10 日在巴黎[②]，我送过酒给韦斯特曼[③]喝哩。那真是摧枯拉朽。我亲眼看见路易十六上断头台[④]。人们叫他路易•加佩。他自己当然不甘心。天哪！你听我说，据说 1 月 13 日他还烤过栗子，与全家人一块欢笑呢！当刽子手硬把他按倒在铡头板上时，他的外衣和鞋子都给扒掉了，身上只剩一件衬衫，一件污迹斑斑的短褂，一条灰呢短裤和一双

---

① 当时巴黎是革命中心，这句话意即他们是革命军，是反对国王、贵族和教会的。

② 1792 年 8 月 10 日，巴黎公社夺取市政厅，巴黎及各省武装平民联合进攻王宫，逮捕路易十六，推翻了封建王朝。

③ 韦斯特曼 (1751—1794)，法国资产阶级革命家和将军，在镇压旺代叛乱方面立下了汗马功劳。

④ 1793 年 1 月 21 日路易十六被押上断头台。

灰色长丝袜。这一切都是我亲眼所见。押送他赴刑场的是一辆绿色马车。喂，跟我们走吧。我们这个营都是些好小伙子。你当二号女酒倌。我教你怎么干。啊，很简单！挑着酒桶，拿着铃铛，一边走一边摇铃铛，冒着呼啸的枪子和炮弹，和着军号声喊道：'谁想喝一口啊，孩子们！'并不那么难做。我送酒给所有人喝。是的，一点不假。给蓝党的人喝，也给白党的人喝，尽管我属于蓝党，甚至很忠诚于蓝党。我送酒给所有人喝。尤其伤员，口都特别渴。人都要死了，就顾不上他是什么政治观点啦。临死的人应该互相握手。你打我，我打你，愚蠢透顶！跟我们走吧。万一我丢了性命，你就接替我。别看我这副模样，我可是个心地善良的女人，抵得上一个正直男子汉哩！啥也不要怕。"

女酒倌刚住口，那女人就自言自语道：

"我们的邻居叫玛丽·雅娜，我们的女佣人叫玛丽·克洛德。"

中士在一旁申斥刚才嚷嚷的那个侦察兵：

"你给我闭嘴。看你把这位太太吓坏了。怎么能在女人面前骂骂咧咧！"

"这真叫老实人莫名其妙。"那个侦察兵不服气，"你看这些不开化的人，岳父被地主打断了腿，祖父被本堂神父送去做苦工，父亲被国王活活吊死，他妈的龟孙子还要去打仗，还要叛乱，还要去为地主、本堂神父和国王卖命！"

中士呵斥道：

"队伍里不准说话！"

"不说就不说，中士，"侦察兵回敬道，"不过，看到这样一个标致的女人为了一个神父的漂亮眼睛，去冒丢掉性命的危险，不能不叫人痛心。"

"侦察兵，"中士说，"我们不是在长矛区公所的俱乐部里，不是你显示口才的时候。"

说罢，他转向那女人问道：

“太太，你丈夫呢，他是干什么的？现在怎样了？”

“没怎么样，他被打死了。”

“在什么地方？”

“在树篱里。”

“什么时候？”

“三天前。”

“谁打死的？”

“不知道。”

“怎么谁打死你丈夫的你也不知道？”

“就是不知道。”

“是蓝军的人，还是白军的人？”

“是一颗子弹。”

“三天之前？”

“对。”

“在哪一带？”

“在埃尔内那边。我丈夫倒下了，就这么回事。”

“你丈夫死后，你干什么啦？”

“我带几个孩子逃出来了。”

“带他们逃到哪儿去？”

“朝前走呗。”

“你在哪儿睡觉？”

“地上。”

“吃什么？”

“没什么吃的。”

中士以军人的方式翘起嘴，胡子碰到了鼻子。

“没什么吃的？”

“只在荆棘丛里摘些野李子、野桑葚充饥，如果树上还剩下去年结的。也采覆盆子和嫩蕨吃。”

“原来这样，那就等于没吃东西。”

最大的孩子仿佛听懂了，喊道：“我饿！”

中士从干粮袋里掏出一块面包，递给母亲。

母亲把面包掰成两半，分给两个孩子。两个孩子狼吞虎咽吃起来。

“她一点儿也没留给自己。”中士嘀咕道。

“因为她不饿。”一个士兵道。

“因为她是母亲。”中士道。

两个孩子停下来不再吃。

“我要水喝。”一个喊道。

“我也要喝。”另一个跟着喊道。

“这座鬼林子里连溪涧也没有一条。”

女酒倌取下腰带上挂在小铃铛旁边的铜杯子，拧开斜挎在身上的酒壶盖子，往杯子里倒点酒，送到两个孩子的嘴边。

老大喝一口，现出一副怪相。

老二喝一口，立刻吐掉了。

“这可是好酒呀。”女酒倌说道。

“是烈性烧酒吗？”中士问道。

“是的，最好的。他们可是乡下人。”

女酒倌擦干杯子。

中士又问：

“你就这样逃难吗，太太？”

“没法子啊。”

“就像被人追赶一样，在野地里乱跑？”

“我拼命跑呀跑呀，跑不动了就走，最后倒下了。”

“可怜的女人！”女酒倌说道。

“到处都在打仗，”女人结巴道，“周围一片枪声。我不明白为什么打仗，只知道我丈夫给打死了。”

中士将枪托在地上磕得咚咚响，喊叫道：

“打仗真愚蠢！真他妈的愚蠢透顶！”

女人又说：

“昨天夜里我们睡在一棵古树里。”

“母子四个？”

“母子四个。”

“真睡了？”

“睡了。”

“那么，”中士说，“你们是站着睡的。”

他转向战士们说道：

“兄弟们，这些乡下人叫作古树的，就是一棵枯死的空心老树。一个人可以钻进去，就像刀插进刀鞘里一样。有什么办法呢？总不能让他们都成为巴黎人吧。”

“睡在树洞里！”女酒倌说道，“还带着三个孩子！”

“嗯，”中士说，“当孩子们吵闹的时候，过路的人什么也没看见，却听见老树叫唤‘爸爸，妈妈’，他们一定会感到惊奇。”

“好在现在是夏天！”女人叹息道。

她两眼盯住地面，一副无可奈何的样子，目光里流露出灾祸带来的惶惑。

战士们默默地围在这可怜女人四周。

一个寡妇，三个孤儿，逃难，无依无靠，孤苦无助，战争在四面八方打得不可开交，饥渴难忍，只能以野草充饥，以天空当屋顶。

中士走近女人身边，盯住吃奶的婴儿看。那小女孩放开奶头，慢慢转过头来，瞪着一对漂亮的蓝眼睛，望着这张俯向她的面孔，这张可怕的，褐色的胡子乱蓬蓬像刺猬一样的面孔，小脸上露出了微笑。

中士直起腰来。大家看见，一大颗晶莹的泪珠，顺着他的面颊滚落而下，挂在胡子尖上，宛似一粒珍珠。

他提高嗓门说道：

“弟兄们，考虑到这一切，我想我们营该当父亲才是。大家同意吗？咱们收养这三个孩子吧。”

“共和国万岁！”战士们齐声高呼。

“通过了。”中士说。

他朝母亲和孩子们一伸手，说道：

“瞧吧，这就是咱红帽子营的孩子。”

女酒倌高兴得跳起来。

“咱们营真是同心同德！”她嚷道。

嚷罢，她突然号啕哭起来，狂热地拥抱可怜的寡妇，对她说：

“这小不点儿已经像个小淘气鬼啦！”

“共和国万岁！”战士们又高呼。

中士对母亲说：

“跟我们一块走吧，女公民。”

# 第二章　克莱摩尔号巡航舰

## 一　英法难辨

1793 年春天，法国在所有边境遭到进攻，而吉伦特派垮台这一震动人心的消息却分散了全国上下的注意力。正在这个时候，拉芒什群岛发生了如下情况：

6 月 1 日傍晚，日落之前一个钟头光景，泽西岛僻静的博纳尼伊小海湾里大雾迷茫。这样的天气对航行十分危险，却有利于逃跑。这时，一艘巡航舰扬帆起航。舰上的船员全部是法国人，可是军舰却属于英国小型舰队。这支舰队像担任警戒似的，停泊在岛的东端。它是由布永家族的拉图尔·德奥弗涅亲王指挥的。那艘巡航舰正是奉了他的命令，离岛去执行一次紧急的特殊任务。

这艘轻型巡航舰是在三一公司注册登记的，名叫克莱摩尔号。它表面上是一艘运输舰，实际上是一艘战斗舰。它看上去像一艘笨重而和平的商船，但切切不可上当。它是为欺骗和武力的双重目的建造的。可能的时候就欺骗，必要的时候就战斗。为了完成其今晚担负的使命，中舱所载之物换成了三十门大口径大炮。大概是为了预防风暴，或者更主要是为了给这艘船一个更温厚的外表，那三十门大炮全都藏在纵桁之下，就是说从里面用三条铁链牢牢拴住，炮口抵住厚厚的舱门。外面什么也看不见，舷墙的炮孔都遮住了，舷窗关上了窗板。这一切好像给这艘军舰戴上了一副面具。一般巡航舰的大炮都放在甲板上。这艘以偷袭和埋伏为目的的巡航舰，甲板上见不到任何武器，其构造是中舱可以放一组大炮，正如我们刚才所看到的。克莱摩尔号样式笨重粗短，航行速度却很快。在整个英国海军舰队里，它的船体是最坚固的。打起仗来，它几乎抵得上一艘大型驱逐舰，尽管它的后桅小，而且是张挂一面单帆。它的舵形状独特，制作精巧；它弯曲的龙骨，堪称独一无二，在南安普敦造船厂建造时，费用高达五十万英镑。

船员全部是法国人，都是逃亡的军官和水手。这些人都是挑选出来的，没有一个不是优秀的水手，勇敢的战士和忠诚的保王党分子。他们都狂热地崇奉三样东西：船、剑和国王。

除了船员之外，还有半营海军陆战队，必要时可以登陆。

克莱摩尔号巡航舰的舰长博瓦贝特罗伯爵，是圣路易骑士，前王家海军最优秀的军官之一；大副拉·维约维尔骑士，曾在法国御林军里指挥过一个连，奥什[1]在他的连里当中士；舵手名叫菲力普·加克瓦勒，是泽西岛最精明强干的船老大。

该舰看来负有某种非常使命。事实上，有一个人带着一副要去冒险的架势，刚刚登上了军舰。此人是一位个子高大的老头儿，结实的身躯挺得笔直，表情严肃，很难说有多大年龄，看上去既年老又年轻，是一个年事已高但精力充沛的人，银发覆盖前额，却仍目光炯炯，有着不惑之年者的精力和八十老翁的威仪。他登上军舰时，身上的航海斗篷敞开着，露出下身肥大的灯笼裤和短统靴，上身的羊皮短袄；那短袄面子是绸子绲边的羊皮，里子是未经过加工的粗硬的羊毛。整个儿一身地道的布列塔尼农民服装。

---

① 奥什(1763—1797)，法国著名将军。

这种老式的布列塔尼短袄用途是双重的：节日可以穿，平常干活儿也可以穿，可以随意翻过来，让羊毛的一面朝外，或者让滚绸边的羊皮朝外，平常日子是件羊皮袄，节假日就成了礼服。似乎是故意显得地道，那老头儿穿的农民服膝盖和肘部都磨成了光板儿，像穿了很多年了，而那件航海斗篷也是粗布做的，破破烂烂，像渔夫穿的。这老头儿倒是戴了一顶时兴的圆帽，高顶，宽檐，将帽檐向下一翻，就活脱脱一副乡巴佬模样；将帽檐往上一翻，再别上一枚带绦子的帽徽，就十足的一副军人神气了。老头儿是像乡巴佬一样帽檐向下翻的，上面既没有帽徽，也没有绦子。

岛上的地方长官鲍卡莱斯和拉图尔·德奥弗涅亲王送他上船，并将他安顿好。亲王们的密探，德阿图瓦伯爵过去的保镖热朗布尔，亲自监督他的舱房的布置，甚至小心翼翼，毕恭毕敬跟在他身后为他拎箱子，尽管他本人也是地道的贵族。告别下船时，热朗布尔先生还向这位农民深深鞠一躬，鲍卡莱斯勋爵则对他说："祝你好运，将军。"拉图尔·德奥弗涅亲王对他说："再见，表兄。"

船员们在海员式的简短交谈中，果然立刻用"乡巴佬"来称呼这位乘客。不过，他们虽然不了解多少情况，却明白这个乡巴佬并非乡巴佬，就像他们的战斗舰并非运输舰一样。

风不大。克莱摩尔号离开博纳尼伊湾，驶过布莱湾，迂回曲折地航行了一段时间，随后在越来越暗的暮色中变小，消失了。

一个钟头之后，热朗布尔回到圣赫利尔自己的家中，让南安普敦的专差给约克[①]总部的德阿图瓦伯爵送去这样一封快信：

阁下：船刚才已起航。成功必有把握。八天之内，

---

① 约克公爵（1725—1807），英王詹姆斯二世最后一个合法后嗣。1747 年罗马教皇任命他为约克郡枢机主教。其兄爱德华死后，他于 1788 年自称亨利九世。

从格朗维尔到圣马洛，整个海岸将燃起战火。

四天前，马恩省的普利厄，即暂时住在格朗维尔的瑟堡海岸部队代表，从密使手里收到一封笔迹相同的快信，其内容如下：

> 代表公民：6月1日涨潮时分，把大炮隐蔽起来的克莱摩尔号巡航舰将起航，把一个人送到法国海岸。此人体貌特征是：高个子，年迈，白发，着农民服装，有一双贵族的手。他将于2日晨弃舰登陆。请通知巡洋舰队，务将该舰俘获，把此人送上断头台。

## 二　夜幕笼罩下的军舰和乘客

这艘巡航舰不向南朝圣凯瑟琳角驶去，却向北航行，然后转向西行，毫不犹豫地驶进塞克岛与泽西岛之间被称为“溃逃通道”的海峡。那时，这个海峡两岸没有任何灯塔。

太阳早已沉落，夜黑如墨，比通常的夏夜还要黑。这本该是个有月亮的夜晚，但是大片的乌云笼罩了天空，而且这云不像夏至时节的，而像春分时节的云，因此看样子，月亮要到它沉落地平线时才看得见了。有几片乌云一直垂到海面上，像雾似的把海面遮住。

整个的黑暗十分有利。

舵手加克瓦勒的意图，是把泽西岛抛在左边，把根西岛甩在右边，大胆地穿过汉诺伊和多弗尔之间的海峡，到达圣马洛海岸的任何一个海湾。这条航线，比取道明齐耶海峡远一些，但更安全，因为法国巡洋舰队通常奉命警戒的海域，是在圣埃里耶和格朗维尔之间。

如果顺风，又不发生什么意外，加克瓦勒打算张满帆前进，在拂晓时分到达法国海岸。

一切都很顺利，巡航舰刚刚绕过了大鼻礁。将近九点钟，按水手们的说法，天气使性子，刮起了风，海浪大起来了。不过，风仍然是顺风，海浪虽高，还不算猛，只有几个排空的大浪，扑上了船头。

被鲍卡莱斯称为将军，被拉图尔·德奥弗涅亲王称为表哥的那个乡巴佬，脚跟像水手一样稳，庄重而安闲地在甲板上踱来踱去，丝毫不在意船颠簸得很厉害。他不时从上衣口袋里掏出一块巧克力，掰下一小块，放进嘴里嚼着。他虽然已白发苍苍，但牙齿还很健全。

他不同任何人交谈，只偶尔简短地对舰长低语几句，舰长毕恭毕敬地听着，仿佛真正的舰长不是他自己，而是这位乘客。

克莱摩尔号在舵手灵巧的操纵下，在雾中沿着泽西岛北部漫长而陡峭的海岸，神不知鬼不觉地前进。它只能贴近岸边航行，因为泽西岛和塞克岛之间的海峡中央，有可怕的皮尔德里克暗礁。加克瓦勒站在舵轮后面，先后发出前面要经过里克矶、大鼻礁、普雷蒙礁的信号，驾驶着船在这一连串暗礁之间溜过，虽然有点摸索前进，但蛮有把握，因为这一带海域的一切，他像对自己家里的什物一样了如指掌。这艘巡航舰的船头没有点灯，以免在这个被监视的海域暴露自己的行踪。舰上的人都庆幸浓雾迷漫。已行至大埃塔克，雾非常浓，只能依稀分辨出平纳克山高耸的轮廓。大家听见圣旺的钟楼敲响了10点钟，这说明风仍然是从后面刮来的，一切依然很顺利。快到科比尔了，大海上的浪涛更大更急了。

10点钟过后不久，博瓦贝特罗伯爵和拉·维约维尔骑士，将那个穿农民服装的人领进舱房。那间舱房就是舰长的舱房。那人在进舱房时压低声音对他们二位说道：

“两位先生知道，要紧的是保守秘密。一定要保持沉默，直到爆发的时候。在这里只有你们二位知道我的姓名。”

“我们会把这秘密一直带到坟墓里去。”博瓦贝特罗答道。

“我嘛，”老头儿又说，“就是死到临头也绝不会吐露一个字。”

说罢，他进了舱房。

## 三　贵族与平民混杂

舰长和大副回到甲板上，肩并肩地边走边聊。他们显然是在议论他们的那位乘客。他们的对话被风吹散在黑暗之中，其内容大致如下：

博瓦贝特罗附在拉·维约维尔的耳边低声咕哝道：

“究竟是不是一位领袖，咱们拭目以待。”

拉·维约维尔说：

“咱们暂且把他看成亲王吧。”

“就算是吧。”

“在法兰西是贵族，在布列塔尼是亲王。”

“就像拉特雷穆瓦耶家族和罗昂家族一样。”①

“他是这两个家族的姻亲。”

“在法兰西或坐在御辇里，他是侯爵，就像我是伯爵你是骑士一样。”

“御辇早不知去向啦！”拉·维约维尔提高嗓门说道，“现在

---

① 拉特雷穆瓦耶家族其名来源于普瓦图的一村庄之名，为法国大贵族世家，曾出将领多人，后嗣在意大利等国被封为亲王。罗昂家族系欧洲大贵族世家之一，可追溯到12世纪的罗昂领主或罗昂子爵，其后嗣在布列塔尼拥有许多领地，1808年获奥地利亲王衔。

让我们坐的只有囚车了。”

一阵沉默。

博瓦贝特罗又说道：

“没有法兰西亲王，只好找一位布列塔尼亲王。”

“没有斑鸫……不，没有老鹰，只好抓一只乌鸫。”①

“我宁愿要只坐山雕。”博瓦贝特罗说道。

拉·维约维尔附和道：

“当然！就得有利嘴和利爪才成。”

“咱们等着瞧吧。”

“不错，”拉·维约维尔说，“现在该有一位领袖了。我同意廷特尼亚克的意见：现在需要的是一位领袖和弹药。跟你说吧，舰长，所有成得了气候的和成不了气候的领袖，我几乎全都认识，包括过去的，现在的和将来的，可是就是没有一个我们所需要的军事领袖。在旺代那个鬼地方，必须有一位同时是检察官的将军；必须使敌人疲于奔命，与他们争夺每座磨坊，每个灌木丛，每条壕沟，每块石头；必须缠住敌人，利用一切，提防一切，大开杀戒，杀一儆百，不麻痹，不怜悯。眼下在这支农民军里，英雄倒是不少，就是缺一位统帅。布代勒是废物一个，莱斯居尔体弱多病；邦尚一味宽恕，心慈手软，真是愚蠢；拉·罗什雅克兰只是一位优秀的下级军官，西尔兹是一位擅长于平原地区作战，而不善于打这种躲躲藏藏的战争的军官；卡特里诺是一个地道的车夫，斯托夫雷是一个狡猾的禁猎场看守人；贝拉尔无能，布兰维里耶可笑，夏莱特令人讨厌，理发匠加斯东更不消提，因为，真见鬼！假如让理发匠来指挥贵族，那么我们与革命斗争还有什么意义，我们与共和党人还有什么区别呢？”

---

① 法国谚语：“没有斑鸫，只好吃乌鸫。”意为没有好的，只好退而求其次。

“这场该死的革命也传染上我们啦！”

“它是法国身上的一个疥疮。”

“是第三等级的疥疮。”博瓦贝特罗说，“只有英国能帮我们医治好。”

“在治好之前可真丑恶不堪。”

“是的，到处是平民当道。君主政府呢，居然用了德·莫勒弗里耶先生的猎场看守人斯托弗雷当总司令，与共和政府简直是半斤八两，共和政府不是让卡斯特里公爵的门房的儿子帕什当了部长吗？旺代战争真是棋逢对手，一边是啤酒坊老板桑特尔，一边是理发匠加斯东！”

“亲爱的拉·维约维尔，对加斯东这个人，我还是相当看重的。他在盖梅内指挥得并不坏。他让三百名蓝军自己掘好坟墓，然后才毙了他们，这不能不说干得漂亮。”

“这次的确干得漂亮，要是我也会那样干的。”

“当然，我可能也会那样干。”

“伟大的战争行为，”拉·维约维尔说，“只是具有贵族气质的人才能完成。这是骑士们的事，而不是理发匠们的事。”

“不过，第三等级里也有值得尊重的人物。”博瓦贝特罗说，“就拿钟表匠若利来说吧，过去在弗兰德尔团队里，他只不过是一名中士，后来到旺代竟成了领袖人物，指挥一支海岸部队。他有个儿子是共和党分子。父亲在白军里服役，儿子却在蓝军里效力。两军相遇，打了一仗，父亲俘虏了儿子，一枪把他崩了。”

“这一位真是好样的。”拉·维约维尔说。

“他堪称保王党的布鲁图。”[①] 博瓦贝特罗说。

---

① 古罗马历史上的传奇人物，据说他在公元前509年驱逐了暴君，建立了罗马共和国。他的两个儿子试图复辟，被他处决。

“尽管这样，叫一个科克罗，让一让，穆兰，弗卡尔，布如，舒普这样的人来指挥你，总感到不是滋味吧！”

“亲爱的骑士，他们那方面也一样很恼火哩。我们这边充斥着平民，他们那边却挤满了贵族。那些长裤佬，你以为他们乐意听从康克罗伯爵，米兰达子爵，博尔奈子爵，瓦朗斯伯爵，库斯蒂纳侯爵，比龙公爵这些人指挥吗？”

“真是混乱透了！”

“还没提夏特尔公爵呢！”

“那个平等之子吗？哦，这家伙什么时候能当上国王？”①

“白日做梦。”

“他可正在往王位上爬啊。他是靠罪恶手段发迹的。”

“也会因为罪恶昭彰而垮台。”博瓦贝特罗说。

又一阵沉默。博瓦贝特罗接着说：

“然而他曾经想讲和，来觐见过王上。当时我正在凡尔赛宫。人们都冲他背后吐唾沫呢。”

“是在大台阶上朝他吐唾沫吗？”

“是的。”

“痛快！”

“我们叫他污泥波旁②。”

“呸！这个秃子，又长一脸疙瘩，好一个弑君的奸臣！”

拉·维约维尔补充一句：

“我嘛，曾经和他一块在韦桑岛待过。”

“是在圣灵号船上吗？”

---

① 夏特尔公爵在大革命时改名为平等或平等之子。1793年初，丹东曾想推举他为国王，建立君主立宪制，没有成功。

② 波旁（Bourbon）为法国王族的姓氏，其字形和读音与“污泥”（Bourbeux）相近，含贬损之意。

“是的。”

“他当时如果按照海军司令奥维里耶的信号，顶风前进，就能阻止英国人通过。”

“那当然。”

“他却钻到底舱里躲了起来，可是真的？”

“那倒没有，不过也可以这样说。”

拉·维约维尔哈哈大笑。

博瓦贝特罗又说：

“这样的蠢材何止一个。拉·维约维尔，就拿你刚才提到过的那个布兰维里耶来说吧，此人我是认识的，还在近处观察过他呢。起初，农民是用长矛武装起来的。他不是一心想把农民训练成长矛队吗？于是，他又是教他们斜刺法，又是教他们拖刀法，梦想把这些大老粗训练成能征善战的士兵，还教他们阵法，什么收缩方阵的四角，排列空心阵等等。他叽里咕噜地教他们用过时的军队用语讲话，例如把班长叫作“班头儿”；在路易十四时代对伍长就是这样称呼的。他坚持要把所有偷猎者编成一个团。他掌握有几个正规连队。这些连队的士官们每天晚上排成圆圈，接受第一连队士官的对答口令。那位士官把口令告诉副官，副官告诉旁边的士官，旁边的士官传给下一个，这样咬着耳朵传下去，一直传到最后一个。哪个士官在接受前一个士官传达口令时没有脱帽，就立即被撤职。这种训练方式成绩如何，可想而知。这个蠢材不懂得，对农民只能以农民的方式去训练，要把大老粗训练成正规军士兵是根本不可能的。是的，我了解这个布兰维里耶。”

他们默默踱了几步，各想各的心事。

然后，两个人又继续闲聊。

“对了，丹皮尔[①]被打死一事证实了吗？”

“证实了，舰长。”

“孔代[②]在场？”

“是在巴马尔兵营被一颗炮弹炸死的。”

博瓦贝特罗叹息道：

“丹皮尔伯爵。又一个从我们这边投到他们那边的人！”

“投过去就投过去吧。”拉·维约维尔说。

“夫人们呢？她们在什么地方？”

“在的里雅斯特。”[③]

“还在那里吗？”

“还在那里。”

拉·维约维尔嚷起来：

“呸！这个共和国！为了一点小事，造成了多么大的损失啊！你想吧，这场革命还不是区区几百万赤字引起的！”

“所以说要防微杜渐嘛。”博瓦贝特罗说。

“真是糟糕透了。”拉·维约维尔道。

“的确糟糕透了。拉·卢阿里死了，杜·德雷斯奈是个白痴。而那些主教，例如拉罗舍勒主教库西，普瓦提埃主教博普瓦耶·圣奥莱尔，吕松主教梅尔西即艾斯夏特利夫人的情人，都是多么可怜的领袖啊！”

“你知道，舰长，这位夫人的名字叫赛凡朵，艾斯夏特利是一个领地的名字。”

“还有阿克拉那个假主教，实际上只不过是什么地方的本堂

---

① 丹皮尔伯爵（1756—1793），热情支持革命，后成为共和国将军，1793年阵亡。

② 即孔代亲王第八，波旁王室宗亲，大革命时期流亡国外，招募流亡贵族组成“孔氏军”，反对革命。

③ 意大利的里雅斯特省省会，濒临亚得里亚海。

神父！”

“多尔的，名叫纪约·德·弗勒维尔。人倒是挺勇敢，能战斗。”

“在需要军人的时候却冒出来一些教士。主教不是主教，将军不是将军。”

拉·维约维尔打断博瓦贝特罗的话：

“舰长，你的舱房里有《导报》吗？”

“有。”

“现在巴黎上演什么戏？”

“《阿黛尔和宝林》，还有《兵营》。”

“真想看。”

“你会看到的。再过一个月我们准会打到巴黎。”

博瓦贝特罗思索片刻，又补充说：

“最迟一个月。温德姆[①]先生对胡德[②]勋爵说过的。”

“这样说来，舰长，还没有到糟糕透顶的地步？”

“当然。只要布列塔尼的战争指挥得当，就会一切顺利。”

拉·维约维尔点点头。

“舰长，”他又说道，“我们会派海军陆战队登陆吗？”

“会派的，如果我们控制了海岸线的话；海岸线在敌人控制之下，就派不成。战争嘛，有时要破门而入，有时则要悄悄溜进去。打内战，口袋里必须始终揣把钥匙。事情靠我们尽力去做，重要的是要有一位领袖。”

博瓦贝特罗沉思片刻又说：

“拉·维约维尔，德·迪欧兹骑士这人，你觉得怎么样？”

---

① 威廉·温德姆(1750—1810)，英国政治家。

② 塞缪尔·胡德(1735—1816)，英国海军上将。

"小迪欧兹？"

"是的。"

"指挥才能吗？"

"是的。"

"也是一位善于平原作战和打对阵战的军官。丛林战吗，只有农民适应得了。"

"那么，你就只好听命于斯托弗雷将军和卡斯利诺将军了。"

拉·维约维尔想了想说道：

"必须有一位亲王，一位法兰西亲王，一位嫡系亲王，一位真正的亲王才成。"

"有什么用？天下亲王皆……"

"皆懦夫。这个我知道，舰长。可是，唯有一位亲王才能使这些愚昧无知的人信服。"

"亲爱的骑士，亲王们都不肯来。"

"不来拉倒。"

博瓦贝特罗无意识地用手拍了拍前额，像是要拍出一个主意来。

他说道：

"得啦。就让这位将军来试试看吧。"

"他可是一位地位显赫的贵族。"

"你相信他称职吗？"

"只要他顶用就成！"

拉·维约维尔说。

"就是说，只要他凶残就行。"

博瓦贝特罗说道。

伯爵和骑士相互注视了一眼。

"博瓦贝特罗先生，你说到点子上啦。凶残，对，这正是我们所需要的。这是残酷无情的战争啊！现在是凶残者当道。弑君的逆贼砍掉了路易十六的头。我们一定要将他们一个个五马分尸。是的，我们需要的是冷酷无情的将军。在安茹和上普瓦图，将军们个个宽宏大度，全都陷进了宽厚仁慈的泥坑，事情就糟得不能再糟了。在马赖和雷斯地区，将军们个个残酷无情，事情就进展顺利。夏莱特正因为凶残，才抵挡住了帕兰。这就叫作以牙还牙。”

博瓦贝特罗还没来得及答话，拉·维约维尔的话就被一声绝望的叫喊打断了。随着这声叫喊，还传来一个闻所未闻的响声。这喊声和响声都是从船舱里面传出来的。

船长和大副连忙向中舱跑去。但他们无法进去。所有炮手都疯了似的往上跑。

刚刚发生了一件可怕的事情。

## 四 战争机器

排炮中一门二十吨重的大炮滑脱了。

这也许是海上事故中最可怕的一种。对于一艘在大海上航行的军舰来说，没有什么事故比这更可怕。

一门大炮挣断了铁链，突然变成了一头叫不上名字的怪兽。即一架机器变成了一个怪物。这个带有轮子粗短的庞然大物，像球一样滚动着，随着船的横摇和纵摇忽高忽低，滚过来，滚过去，沉思般停歇片刻，又滚动起来，箭一样从船舱的这头射到另一头，旋转着，闪避着，逃逸着，像马一样直立起来，横冲直撞，碰上什么撞毁什么，碰上什么压死什么，碾碎什么。它恰似一个破城锤，不顾一切地撞击着城墙。不过值得提一句的是：这破城锤是铁的，而这城墙是木头的。这可谓物质获得了自由，也可谓永恒的奴隶获得了复仇的机会。我们称为无生命的物体里所蕴藏的那股恶气，突然爆发出来了。仿佛这物体再也不肯忍耐，要进行异乎寻常，不可思议的报复了。没有生命的东西发起怒来比什么都可怕。这个狂怒的庞然大物像豹子一样敏捷，像大象一样笨重，像老鼠一样机灵，像斧头一样顽强，像波涛一样突然，像闪电一样迅捷，像坟墓一样呆聋。它重达万磅，却像小皮球一样弹跳，旋转之中常常成直角拐弯。怎么办？如何让它停下来？一场风暴会停息，就是台风也会刮过去，总会有停止的时候，桅杆刮断了可以换一根，漏水可以堵塞，火灾可以扑灭。可是，这个青铜铸造的庞然大物会怎样呢？用什么办法对付它呢？你可以使一条恶狗听话，可以镇住一头斗牛，迷惑一条巨蟒，吓唬一只老虎，打动一头狮子。可是，面对这个怪物，这门挣脱了铁链的大炮，你却束手无策。你不能杀死它，它本来就是死的。可是，它同时又是活的。使它活起来的，是来自于无限的恐怖生命力。它底下的甲板颠簸着它。它被船颠簸，船被海颠簸，海被风颠簸。这个毁灭一切的东西只是一个玩具。船，波涛和风，一切都在逗它玩。这就赋予了它可怕的生命力。怎样对付这一连串互为因果的因素呢？怎样阻止这可能导致沉船的可怕运动呢？怎样阻止它这样滚来滚去，这样旋转，停顿，碰撞？它对船板的每一下撞击，都可能撞出一个大窟窿。它这样四处乱撞，谁知道会发生什么可怕的后果呢？人们面对的，仿佛是一个有思想的抛掷物，它不断改变主意，时时改变方向。怎样阻止必须避免的事情发生呢？这门可怕的大炮狂奔乱跑，忽而前进，忽而后退，左冲右突，一闪而过，不可预料，把障碍物压得粉碎，把人像苍蝇一样压扁。情势之所以异常可怕，是因为甲板在不停地颠簸。怎么能阻止倾斜的甲板乱摇乱晃呢？简直可以说，这艘船的腹腔里囚禁着雷电，而雷电正试图奔逃出来。这情景，真有点像脚下地动山摇，头上电闪雷鸣哩！

转眼间，全体船员都起来了。过失在炮长身上。他粗心大意，没有把铁链的螺栓拧紧，而且没有把炮身下面的四个轮子卡住。这样，垫板和炮架是活动的，两个平面相互错开来，终于把炮索拉松了。炮索一松，炮就不再牢牢拴在炮架上。那时，还没有使用防止炮身反坐的固定炮索。一个海浪打在炮孔上，拴得不牢的大炮往后一退，就挣断了铁链，在中舱里可怕地滚动起来。

这种滚动异乎寻常，令人不禁联想起一滴水珠在玻璃板上滚动的情形。

炮索被挣断时，炮手们都在炮舱里，正如一般海军士兵，或几个一组，或单个分散，忙于各种准备工作，以应付可能会发生的战斗。船正前后颠簸，使得炮从人群中间冲过去，一下子就碾死了四个人。然后，由于船身左右摇晃，它停了停，随即又冲出去，把第五个可怜的人压断成两截，接着撞在左舷上，把另一门大炮撞坏了。刚才外面听到的惨叫，就是这时发出来的。所有炮手都向梯子奔去，一眨眼工夫，炮舱里一个人也没有了。

那个庞然大物再也没有人去管它，完全自由了，成了自己的主人，也成了船的主人，它想把船怎样就怎样。这些在战斗中也笑声不断的船员，现在个个瑟瑟颤抖不止，其恐慌的情形，难以形容。

舰长博瓦贝特罗和大副拉·维约维尔，两个都是勇敢无畏的人，却也在梯子上面停住了，惊得脸色煞白，说不出话来，不知所措地向中舱里张望着。有一个人用胳膊肘推开他们，走了下去。

这就是他们的乘客，那个乡巴佬，他们刚才议论过的那个人。

那人下到梯子脚下，站住了。

## 五　铁与人的较量

那门大炮在中舱里滚来滚去，简直像《启示录》里那辆活马车[①]。炮舱艏柱上摇来晃去的灯，把飞旋的光和影投在这幅景象之上，令人头昏眼花。炮滚动的速度之快，连形状也分辨不清了，它忽而黑黢黢地出现在亮光之中，忽而在黑暗之中反射着朦胧的白光。

它继续撞坏军舰。已经有四门炮被它撞坏，船舷被撞出了两道裂缝。那两条裂缝幸好在吃水线以上，但如果遇到风暴，肯定会进水。它疯狂地撞击船的肋骨，亏了肋骨很坚固，还经受得住，因为弯曲的木板格外结实。但是，这个巨大的怪物以闻所未闻的力量四处乱撞，而且一下比一下猛烈，船的肋骨已经发出断裂之声了。就是将一颗铅丸放在玻璃瓶子里猛摇，碰撞也不会这么迅猛，这么疯狂。四个轮子在被压死的人身上碾来碾去，把它们压成两段，压成数段，压成碎块。五具尸体变成了二十段在炮舱里滚来滚去，五个人头仿佛在发出惨叫，小溪般的鲜血在颠簸的地板上弯弯曲曲流淌着。船舷的护板好几处被撞坏，裂开了。整个船里发出一片可怖的响声。

舰长很快镇定下来了，命令船员们拿来床垫子，吊床，备用的帆，一捆捆绳索，水手背囊，一包包伪钞——船上有不少这种伪钞，英国人的这种无耻行为被视为光明正大——总之，把一切可以减缓和阻止大炮疯狂滚动的东西，从梯口扔进中舱。

可是，这些破烂玩意儿管什么用呢，又没有人敢下去把它们

---

① 《启示录》为《圣经·新约》最后一卷，预言上帝将干预历史，降战争、瘟疫、饥荒、地震等灾难于人间，其时天马下凡，马嘴喷出火焰、硝烟、硫黄，要毁灭三分之一人类。

适当地摆一摆，几分钟之间，便统统被碾得粉碎。

海上的风浪不大不小，使得这次事故一发不可收拾。假如有一场风暴就好了，风暴有可能将大炮颠翻在地上；只要它四个轮子朝天，就有办法制伏它了。现在损失愈来愈惨重，连桅杆也已伤痕累累，甚至出现了多处裂口。桅杆与龙骨的大梁榫合，贯穿船体的每一层，像一根粗大的圆柱子。在大炮一阵紧似一阵的撞击之下，前桅已开始折裂，主桅也受到了损伤。炮群已经七零八落，三十门炮有十门已经不能使用。船舷上裂口越来越多，军舰开始进水了。

下到中舱里的那位年迈的乘客，像一尊石像立在梯子脚下，神色严峻地望着眼前一片狼藉的景象，一动不动地站在那里，似乎无法向炮舱里挪动一步。

那门毫无羁绊的大炮每动一动，就使军舰向毁灭接近一步，再持续几分钟，沉船就不可避免了。

要么毁灭，要么坚决制止这场灾难。迫切需要拿出一个主意来。可是什么主意呢？

这门大炮好比一个凶猛的斗士。

必须阻止这个疯子！

必须制伏这闪电！

必须降伏这雷霆！

博瓦贝特罗对拉·维约维尔说：

“你相信上帝吗，骑士？”

拉·维约维尔回答：

“信又不信，有时候信。”

“在遇到风暴的时候呢？”

“信。还有在遇到眼前这种情况时。”

“的确，现在只有上帝才能拯救我们了。”博瓦贝特罗说。

大家都屏声静气，任凭大炮发出骇人的碰撞声。

外边，海浪拍打着船舷，波涛声和着大炮的撞击声，仿佛两个大锤，在里外轮番捶击。

突然，那个无法进去，只有那门失控的大炮横冲直撞的“竞技场”里，出现了一个汉子，手里拿根铁棍。原来是那位祸首，粗心大意的炮长，这次事故的肇事者，也就是这门炮的主人。他闯了大祸，想以功补过。他一只手握一根撬棍，一只手拎一根打活结的操舵链，从梯口跳进了中舱。

于是，发生了惊心动魄的搏斗，无比壮观的场面。这是大炮和炮手之间的搏斗，物质和智慧之间的搏斗，物和人之间的搏斗。

那人在一个角落里站定，手里紧握着撬棍和舵链，背靠船舷的一根肋骨，叉开两条铁柱般的腿，铁塔般屹立在那里，脸色苍白，神情镇定而悲壮，像在地板上生了根似的，等待着。

他等待着大炮从他身边经过。

这位炮手了解自己的大炮，而大炮也似乎了解自己的炮手。他与这门大炮一起生活了好长时间，曾经多少次把手伸进它的嘴里！这怪物是他亲近的，他像对待自己的爱犬一样，和他说起话来。

“过来呀！”他说道。他可能钟爱这门大炮。

看来他希望大炮朝他冲过来。

可是，朝他冲过来，势必从他身上碾过去，他就呜呼哀哉了。怎样才能不被压死呢？问题就在这里。大家胆战心惊地注视着。

所有人连大气都不敢出，也许只有那个老头儿，那个脸色阴沉的证人除外。他单独站在中舱里，面对两个斗士。

他自己也可能被大炮压扁，但他屹然不动。

而在他们的脚底下，海浪盲目地操纵着这场决斗。

炮手接受这场可怕的决斗，向大炮进行挑战。这时，海浪的颠簸使大炮偶然停了停，现出一副惊愕的样子，像在听炮手对他说："过来呀！"

它冷不防向炮手冲过去。炮手闪过了。

角斗开始了。这是一场前所未有的角斗。是脆弱之躯同坚不可摧之物的角斗，是血肉的斗兽者同青铜猛兽的角斗。一方是力，一方是灵魂。

一切都是在半明半暗中进行的，模模糊糊，活像神话里的情景。

刚才提到灵魂，不可思议的是，那门大炮仿佛也有灵魂，不过是一个充满仇恨和疯狂的灵魂。这个钢铁怪物好像也长了眼睛，在窥伺着炮手。这个怪物至少让人相信，它诡计多端，也会选择时机。它是一只巨大的叫不上名字的钢铁昆虫，具有或似乎具有魔鬼的意志。这只巨大的螳螂有时碰撞炮仓低矮的天花板，有时匍匐在四个轮子上，就像一只伏在四爪上的猛虎，随时会向炮手扑过来。那炮手又柔软，又灵活，又机警，像水蛇一样东躲西闪，一次又一次避开大炮闪电般的冲击。他躲闪着，可是他躲过的撞击都落在船体上；船体的损害愈来愈严重。

挣断的铁链还有一段留在炮身上。那截铁链不知怎么缠在炮栓按钮的螺栓上了。它的一端固定在炮架上，另一端没有固定，在炮身四周疯狂地飞旋，使人感到大炮的滚动比实际上还猛烈。被螺栓像一只手一样牢牢抓住的铁链，像一根皮带不停地抽打着，使得大炮这个撞城锤的撞击更加锐不可当，在炮身周围刮起可怕的台风。它是青铜的手攥着的一根铁鞭子，使得这场角斗更加复杂化了。

然而，炮手继续周旋，有时甚至主动向大炮进攻。他紧贴船舷爬行着，手里捏着撬棍和舵链。大炮仿佛窥透了他的意图，猜出了他的诡计，就逃开了。炮手真是好样的，在后面紧追不舍。

这种事是不可能持续很久的。大炮仿佛突然嘟囔道："够啦！该结束了。"便停了下来。大家都觉得快见分晓了。这门大炮，大家都认为它是一个有生命的东西，在这次间歇之中，它仿佛，或者干脆说它真的冷酷地进行了盘算，然后便冷不丁向炮手猛冲过去。炮手往旁边一闪，让过它，笑着冲它喊道："再来呀！"大炮像是恼羞成怒，撞坏了左舷的一门炮。接着，它仿佛被一直控制着它的无形的投石器再次弹射出去，向站在右舷的炮手直冲过去，炮手又闪过了。又有三门炮被撞翻。这时，它似乎更盲目了，再也不知道该干什么，转身背朝着炮手，从舰尾向舰头滚去，撞坏了艏柱，把舰头的舷墙撞开一个缺口。炮手闪避到梯子底下，距那位旁观的老头只有几步远，手里握着撬棍，停在那里。大炮似乎瞥见了他，连头也不掉，以迅雷不及掩耳之势，向他猛退过去。炮手被逼到了舷墙脚下，眼看就完蛋了，全体船员止不住发出一声惊叫。

直到这时，一直在旁静观的那位年老乘客，以比眼前的搏斗更迅速的动作冲了过去。他抱着一捆伪钞，冒着被压死的危险，将它扔进大炮的轮子中间。这个危险的决定性的动作，即使照杜塞罗尔的《海上大炮操作规程》进行过严格训练的人，也不会做得更准确。

那包假钞起到了缓冲垫的作用。一颗卵石能阻止一块巨石滚动，一根树枝能改变一场雪崩的方向。大炮颠了几颠。炮手抓住这个千钧一发的时机，把撬棍插进一个后轮的辐条之间。大炮停住了。

炮身倾斜了，炮手按住撬棍的顶端一撬，便把大炮掀翻了。那个庞然大物沉重地倒下时，像一口大钟跌落在地上发出一声巨响。大汗淋漓的炮手不要命地冲过去，将操舵索的活结套在被制伏的青铜怪兽的脖子上。

角斗结束了。炮手胜利了。蚂蚁制伏了大象。小人国的侏儒降伏了雷电。

战士们和海员们一齐鼓掌。

所有船员拿着缆绳和铁链一齐跑过去，不一会儿就把大炮拴住了。

炮手向那位乘客鞠一躬说：

“先生，你救了我的性命。”

那老头儿已经恢复无动于衷的态度，没有回答。

## 六　天平的两端

人胜利了，也可说大炮胜利了。迫在眉睫的沉船避免了，但巡航舰并未获救。船体所遭受的破坏，看来是无法弥补的。舷墙撞开了五道口子，其中最大的一道在船头。三十门大炮撞翻了二十门；被制伏并被铁链重新锁起来的这一门，已经报废，炮栓上的螺栓被撞坏了，根本无法再瞄准射击。整个炮队只剩九门炮。底舱进水了，必须立即抢救，用水泵把水抽出去。

中舱吗，现在谁都可以去看了，那景象的确触目惊心。就是关了一头发疯的大象的笼子，里面也不会毁坏得这么厉害。

这艘军舰必须千方百计不被敌人发现，可是现在有更紧迫的需要，就是立刻进行抢救，这就要在舷墙上这里那里挂几盏风灯，把甲板照亮。

在这次损失惨重的意外事件发生的过程中，全体船员都关注着生死问题，谁都没有注意巡航舰以外发生的情况。海面的雾更浓了，天气起了变化。风随心所欲地把军舰刮得偏离了航线，使它更靠近泽西岛和根西岛，到了预定航线以南的水域。现在，外面的大海波涛汹涌。巨大的浪头扑向船体张开的裂口，令人胆战心惊。大海的颠簸充满威胁。微风变成了强劲的北风。飓风或者暴风雨可能正在形成。海面上几码以外的地方就什么也看不见。

船员们抓紧时间简单修补中舱被撞坏的部位，堵住进水的裂口，把没有毁坏的大炮重新摆好。这时，那位年老的乘客回到了甲板上。

他背靠主桅站着。

他没有去注意船舱里的动静。拉·维约维尔骑士命令海军陆战队在主桅两侧排成战斗队列。接着，水手长一声哨响，正在干活的水手们都跑到横桁上排好队。

博瓦贝特罗伯爵向那位乘客走去。

舰长后面跟着一个犷悍的汉子，气喘吁吁，衣衫零乱，但流露出得意的神色。

此人就是那位炮手。就是他在千钧一发之际降伏了怪物，制伏了那门大炮。

伯爵向那个农民装束的老头儿行个军礼，说道：

“将军，就是这一位。”

炮手笔直地站着，双目低垂，一副听从命令的样子。

博瓦贝特罗伯爵又说道：

“将军，鉴于这个人的表现，你不认为上司应有所表示吗？”

“我认为应有所表示。”老头儿说。

“那么请你下命令吧。”博瓦贝特罗说。

“应该由你下命令，你是舰长嘛。”

“你是将军啊！”博瓦贝特罗说。

老头儿打量一眼炮手。

“过来。”他说道。

炮手跨前一步。

老头儿转向博瓦贝特罗伯爵，摘下舰长胸前的圣路易十字勋章，别到炮手的衣襟上。

“乌拉！”水手们欢呼起来。

海军陆战队的士兵们举枪致敬。

老年乘客指着受宠若惊的炮手补充道：

“现在把这个人拉去毙了。”

惊愕代替了欢呼。

在死一般的寂静中，老头儿提高嗓门说道：

“粗心大意危害了这艘军舰。现在它也许无法挽救了。在海上航行，就等于时时面临大敌。一艘远涉重洋的军舰，就是一支战斗的军队。风暴隐藏起来了，但并非不存在。整个大海是一个陷阱。与敌人对阵的时候，犯了任何过失都应该处死。任何过失都是无法补救的。勇敢无畏应该受到奖赏，粗心大意应该受到惩罚。”

这番话说得不紧不慢，异常严肃，一句一句，冷冰冰的，犹如斧头斫橡木。

老头儿向士兵们扫一眼，加一句：

“执行！”

衣襟上别着闪闪发光的圣路易十字勋章的炮手低下了头。

在博瓦贝特罗伯爵示意下，两名水手从中舱抬上来一副担架和裹尸布。开船以来一直在军官餐厅里祈祷的随军神父，随同两个士兵上来了。一位中士从队列里叫出十二个士兵，让他们六人一排，排成两排。炮手一言不发，走到这两排士兵之间站定。神父手里拿着十字架，走过去站到他身边。“开步走！”中士喊道。两排士兵朝船头走去，两个拿裹尸布的士兵跟在后面。

军舰上鸦雀无声。风暴在远处呼啸。

不一会儿，黑暗中传来一声枪响，随即闪过一道亮光，接着一切复归死寂。大家听见一具尸体落到海里的响声。

年老的乘客仍然背靠主桅，双臂抱在胸前，一副沉思的样子。

博瓦贝特罗抬起右手指指他，对拉・维约维尔说：

“旺代有一位领袖啦。”

## 七　扬帆就要冒险

这艘巡航舰的命运会怎样呢？

一整夜贴近波涛的乌云，现在垂得更低了。连海平线都没有了，整个大海像裹在一件斗篷里。除了浓雾什么也看不见。即使对一艘完好无损的船，这种情况也很危险。

除了浓雾，还有恶浪。

水手们尽量争取时间，为了减轻军舰的负担，把一切损坏的，能扔的东西，统统扔到海里，包括撞坏的大炮，折断的炮架，撞歪或脱落的船体肋骨，以及破碎的木块和铁片。他们打开舷窗，把尸体和断肢残臂用帆布包好，放在木板上滑到海里。

大海变得无比汹涌。倒不是因为风暴迫近了，恰恰相反，在天边呼啸的飓风，听起来似乎小了一些，阵阵的狂风已向北移去。可是，海浪仍然很高，这说明这一带的海底十分崎岖。巡航舰遍体鳞伤，再也经不起颠簸，这样的狂浪对它可能是致命的。

加克瓦勒掌着舵，现出沉思的样子。

遇险不惊，是航海指挥人员的习惯。

拉・维约维尔就是身历险境，仍保持乐天性格的人。他走到加克瓦勒身边说道：

“嘿嘿！舵手，风暴过去啦，想打喷嚏没打成！我们会脱离危险的，只不过有点风罢了。”

加克瓦勒严肃地回答：

“有风就有浪。”

不乐也不愁，正是这个水手的特点。他的答话透露出令人不安的意味。一艘进水的船，遇上大浪，水很快就会进满。加克瓦勒还微微皱了一下眉头，使他的话显得更有分量。在那门大炮和那位炮手的灾难事件之后，拉·维约维尔说这种几乎乐观而又轻率的话，也许为时过早。在大海上航行，有些言行是会带来厄运的。大海神秘莫测，永远无法知道它在酝酿什么，必须始终保持警惕。

拉·维约维尔觉得自己应该恢复严肃的态度，便问道：

“舵手，我们现在在什么地方？”

“我们掌握在上帝手里。”

舵手就是主宰。他要干什么，就只能让他干；他要说什么，往往也只能让他说。

再说，这种人一般都寡言少语。拉·维约维尔只好走开。

大海突然呈现在眼前。

紧贴波涛的浓雾散开了，熹微的晨曦中，黑色的波涛汹涌澎湃，浩瀚无垠，但见天空像一个云做的盖子，不过云已不贴近海面。东方现出鱼肚白，那是太阳正在升起；西方则现出另一种白色，一种灰白色，那是月亮正在沉落。这两种白色在海平线上遥遥相对，在黑沉沉的海和阴沉沉的天之间，呈现出两条淡淡的光带。

两条光带之间，矗立着一些黑黢黢的、静止不动的轮廓。

西边，月光照亮的天空衬映出三块巍峨的岩石，像史前粗糙的石柱矗立着。

东边，晨光初露的海平线上，现出八艘大船，排列整齐，而又相互间隔，令人生畏。那三块岩石是一座珊瑚礁，那八艘大船是一支舰队。

现在巡航舰后面是明齐耶礁石，前面是法国舰队；向西行驶是毁灭，向东行驶是拼杀。总之，不触礁沉没，就要进行一场战斗。

驶向礁石吧，这艘军舰的船壳尽是窟窿，帆缆索具残缺不全，桅杆从根基上动摇了。进行战斗吧，它的炮队三十门大炮报废了二十门，最优秀的炮手都死了。

晨光还很微弱，黑夜尚要一段时间才会退去。这黑夜甚至还能延续相当长时间，因为这黑夜主要是由乌云形成的，乌云又高，又浓，又厚，布满天空，像一个坚固的穹隆。

风终于驱散了贴近海面的雾，但也把巡航舰向明齐耶礁石刮去。

这艘军舰已经疲惫不堪，深受重创，几乎不再听从驾驭，与其说它在航行，不如说它在滚动，它在狂涛巨浪冲击下随波逐流。

明齐耶礁石发生过多少悲剧！当时那地方比现在更险恶。它堪称深渊里的一座城堡，有几块高塔般耸立的巨石已被反复扑打的浪涛削平，这些珊瑚礁的外形一直在变化。怪不得人们把波涛称为大海的锯子，每涨一次潮水，等于拉一次锯子。当时，谁驶近明齐耶，谁就会葬身鱼腹。

那支舰队就是康卡尔舰队，在舰长杜舍斯内的指挥下，早已声威赫赫。杜舍斯内被李基尼奥称为“杜舍内老爹”①。

情势危机。在那门大炮横冲直撞期间，巡航舰不知不觉地偏离了航线，是向格朗维尔，而不是向圣马洛方向驶去了。纵使它还能航行，还能乘风破浪，明齐耶礁石也断了它返回泽西岛的后路，而法国舰队则阻断了它驶向法国海岸的进路。

---

① 杜舍内老爹本是法国民间喜剧里的一个人物，法国大革命时期，革命派的好几家报刊以之作刊名，并用辛辣的大众语言，表达革命派的立场观点，因此这个人物可以视为革命派的代言人。

此外，虽然没起风暴，但正如刚才舵手所说，浪却很高。况且风也还很猛，加上海底崎岖，大海十分汹涌狂烈。

大海的脾气是很难摸透的。它神秘莫测，城府极深，甚至会故意找碴儿。几乎可以说，大海有它的一套行为方式：一会儿前进，一会儿又后退；一会儿很有主见，一会儿又耍赖；看来正酝酿一场大风暴，却突然又偃旗息鼓；似乎要毁灭一切，却并不真的毁灭，一贯善于声东击西。整整一夜，克莱摩尔号一直在雾里航行，一直担心遇上风暴。大海刚刚揭下了自己的假面具，其方式极不仗义：本来它好像在酝酿一场风暴，结果却是把一个礁群袒露在巡航舰面前。这就使得克莱摩尔号无论怎样也逃脱不了沉没的厄运，只不过换一种方式罢了。

不是触礁沉没，就是在战斗中被歼灭。真是一个对头不够，又遇上一个对头。

拉·维约维尔无所畏惧地笑着大声说：

“往这边去是沉没，往那边去要拼杀。好运气全让咱们赶上啦！”

## 八　九对三百八十

克莱摩尔号巡航舰几乎要沉没了。

在微明而散漫的晨光中，乌黑的云层，天边朦胧的幻影，波涛神秘的浪峰，都给人一种阴森肃穆之感。除了带敌意的风呼呼刮着之外，一切都沉默着。灾难正威严地从深渊里钻出来，仿佛是幽灵显现，而不像遇到一场袭击。礁石那边静悄悄的，舰队那边也毫无动静。一种难以形容的无边的寂静。需要对付的是某种真实的情况吗？简直像在海上做梦。面前的情景与神话传说中的情景一样。巡航舰可以说是处在魔鬼的礁石与幽灵的舰队之间。

博瓦贝特罗伯爵向拉·维约维尔悄声吩咐了几句什么，拉·维约维尔便往炮舱里去了。然后，舰长抓起望远镜，走到舰尾，站在舵手身旁。

加克瓦勒使出浑身解数防止翻船。由于风和海浪都是从一侧袭来，翻船很难避免。

“舵手，”舰长说，“我们在什么地方？”

“在明齐耶海域。”

“在哪一边？”

“糟糕的一边。”

“海底怎么样？”

“尽是尖尖的岩石。”

“能够锚泊吗？”

“反正免不了一死。”舵手回答。

舰长将望远镜对准西边，仔细观察明齐耶礁石，然后转向东边观察那些望得见帆的船。舵手自言自语地接着说：

“那就是明齐耶礁石，是从荷兰出发的红嘴鸥歇息的地方，也是大黑鸥歇息的地方。”

这时，舰长数清了那些帆的数目。

果然是八艘排列很得法的军舰，海面上凸现出它们的剪影。可以分辨出居中一艘有三层甲板的军舰高大的舰身。

舰长问舵手：

“那些船你认识吗？”

“当然！”加克瓦勒答道。

“是些什么船？”

“是一支舰队。”

“法国的吗？”

“魔鬼的。”

一阵沉默。舰长问道：

“是整个舰队吗？”

“不是全部。”

对，4月2日，瓦拉兹曾在国民公会宣布，有十艘三桅战舰和六艘战列舰在拉芒什海峡游弋。舰长记起了这件事。

“这支舰队一共有十六艘军舰，可是这里只有八艘。”

“其余的嘛，”加克瓦勒说道，“在那边沿整个海岸游弋，进行侦察。”

舰长一边用望远镜观察，一边说：

“一艘有三层甲板的战列舰，两艘一级三桅战舰，五艘二级三桅战舰。”

“唔，”舵手咕哝道，“我也侦察过它们。”

“都是呱呱叫的军舰！”舰长说，“这样的军舰我多少都指挥过。”

“我嘛，”加克瓦勒说道，“我在近处窥看过它们，绝不会把其中的一艘与另一艘搞混。它们的特征全让我记住啦。”

舰长将望远镜递给舵手。

“舵手，舰体高大的那艘你认得出来吗？”

“认得，舰长，是‘黄金海岸’号。”

“他们把它改了名字，”舰长说，“过去叫‘勃艮第家园’号，是一艘新式军舰，配有一百二十八门大炮。”

他从口袋里掏出一个小本和一支铅笔，在小本里记下数目一百二十八门。

他接着问道：

“舵手，它左边的第一艘叫什么名字？”

“是‘老辣’号。”

“一级三桅战舰。五十二门大炮，是两个月以前在布雷斯特装配的。”

舰长在小本里记下五十二。

“舵手，”他又唤道，“左边第二艘呢？”

“‘山林女神’号。”

“一级一桅战舰。四十门口径十八的大炮。它到过印度，有着光荣的战斗历史。”

他在数字五十二之后记上四十，然后抬起头说道：

“现在看右边的。”

“舰长，右边的全是二级三桅战舰，共有五艘。”

“从战列舰这边数起，第一艘叫什么名字？”

“‘决心’号。”

“三十二门口径十八的大炮。第二艘呢？”

“‘富山’号。”

“同样的火力。后面那艘呢？”

“‘不信神者’号。”①

“一艘航海的船，起这么古怪的名字！再过去呢？”

“‘嘉丽勃莎神女’号。”

“再过去呢？”

“‘攻占者’号。”

“五艘三桅战舰，每艘三十二门大炮。”

舰长在前面那些数字之后写上一六〇。

“舵手，”他说，“这些军舰你都认得啊！”

“而你，舰长，”加克瓦勒答道，“你对它们都很熟悉啊。认识固然不容易，熟悉就更不简单哪。”

舰长眼睛盯住小本，低声计算道：

---

① 根据海军档案记载，此为1793年3月舰队状况。——原注

“一百二十八，五十二，四十，一百六十。”

正在这时，拉·维约维尔来到甲板上。

“骑士，”舰长喊他，“我们的对手有三百八十门大炮。”

“好呀！”拉·维约维尔答道。

“你刚才检查过，拉·维约维尔，我们到底还有几门炮可以射击？”

“九门。”

“好啊！”博瓦贝特罗说道。

他从舵手手里拿了望远镜，向天边望去。

那八艘黑黢黢的军舰无声无息，仿佛静止不动，但在逐渐增大。

它们正不知不觉地越来越近。

拉·维约维尔行个军礼。

“舰长，”他说，“请允许我向你报告：对这艘克莱摩尔号巡航舰，我本来就不放心。突然登上一艘自己不熟悉，不喜欢的船，必然会遇到麻烦。这是一艘英国船，对法国人来讲是靠不住的。那门该死的大炮已经证明了这一点。我刚才检查了一遍，锚很好，不是用熟铁锻造的，而是一些铁杠杠用弹簧锤锻打造出来的。锚环也很结实。缆绳也很好，很容易解开，长度为一百二十度，也符合标准。弹药充足。死了六个炮手。每门炮有一百七十一发炮弹。”

“因为只有九门大炮了。”舰长低声说道。

博瓦贝特罗将望远镜对准海平线，舰队在继续慢慢靠近。

舰上的青铜炮有一个优点，每门炮三个人操纵就够了，但也有一个缺点，射程不如加农炮远，也不如加农炮准。因此，必须等敌方舰队进入射程之内才开火。

舰长一一发出命令。舰上静悄悄的，并没有鸣笛发出做好战斗准备的信号，但大家都在加紧准备。这艘巡航舰已经丧失对人和对海浪的战斗能力，他们只不过是尽量利用这艘残缺不全的军舰。所有粗缆绳和替换用的缆绳统统收集了起来，堆在上甲板中部的操舵索旁边，以备在必要的时候用来加固桅杆。还准备了救治伤员的地方。按照当时军舰的装配习惯，甲板上安装了防护网，可以防枪弹，但防不了炮弹。测枪弹口径的仪器也搬了出来，尽管现在量枪弹口径晚了点儿，但谁也不曾预料到会发生这么多意外。每个水手领到一盒子弹，腰带上别两支手枪和一把匕首。吊床都收了起来，大炮都对准了，火枪也准备好了一齐开火，还预备好了斧头和铁钩，火药舱和炮弹舱已打开，随时准备供应，各人站到了自己的岗位上。这一切在进行时，都没有人说一句话，就像在临终者的卧室里，一切进行得迅速而悲壮。

随后，巡航舰锚泊了。它像一艘三桅战舰，有六个锚。六个锚全都抛到了海里，包括船头的警戒锚，船尾的小流锚，靠大海一侧的涨潮锚，靠礁石一侧的退潮锚，左舷的停泊锚，右舷的主锚。

还能使用的九门炮一溜儿摆开。九门炮全摆在一边，即面对敌人的一边。

对方的舰队还是静悄悄的，但已经布阵完毕。现在，那八艘战舰形成了一个以明齐耶为弦的半圆形。克莱摩尔号被围在这个半圆中间，而且被自己的锚泊定了，动弹不得；它的背后是礁石，船一触就会沉的礁石。

克莱摩尔号像一头野猪被一群猎犬围住了。猎犬们还没有吠叫，但已露出了牙齿。

似乎双方都在等待对方的动静。

克莱摩尔号的炮手们都守在各自的大炮旁。

博瓦贝特罗对拉·维约维尔说：

“希望让我带头开火。”

“好一份雅兴！”拉·维约维尔说道。

## 九　有人逃走

那位乘客一直没有离开甲板，一直不动声色地观看着一切。

博瓦贝特罗走到他身边，说道：

“先生，准备工作已经就绪。我们现在把自己钉在坟墓里了，不可能一走了之啦。我们不是成为敌舰的俘虏，就是成为礁石的俘虏，不是向敌人投降，就是触礁沉没，没有其他路可走。我们只剩下一条路，就是死。战斗死掉总比沉船死掉好。我宁愿吃枪子死掉，也不愿被水淹死；反正是要死，我宁愿死在火里，而不愿死在水里。不过，死是我们这些人的事，与你不相干。你是亲王们推选出来的人，负有指挥旺代战争的伟大使命。少了你，君主制就可能完蛋。因此，你必须活着。我们的荣誉要求我们留在这里，你的荣誉要求你离开这里。你必须马上离开这艘船，将军。我给你一个人，一条舢板。绕个弯子登陆并不是不可能的。天还没亮，浪头很高，海面黑沉沉的，你肯定可以逃脱。在有些情况下，逃脱就是胜利。”

老头儿神情严肃，庄重地点了一下头，表示同意。

博瓦贝特罗提高嗓门喊道：

“士兵们，水手们。”

一切动作马上停止了，舰上各个角落每一张脸都转向舰长。

舰长说道：

“我们中间的这个人代表王上。上面把他交给了我们，我们必须保护他。他是法兰西君主政权不可缺少的人物。既然没有亲王，就由他去充当旺代的领袖，至少我们希望是这样。他是一位身经百战的、了不起的军官。他本来是要和我们一起登上法国陆地的，现在他不得不离开我们去单独登陆了。救了领袖，就等于救了一切。”

“对！对！对！”全体水手异口同声喊道。

舰长继续说：

“他也要冒很大的危险。到达海岸就不是一件容易的事。舢板不能太小，要经得住大海的狂涛恶浪，但也不能太大，要便于躲过敌人的视线。要到达某个地方登陆，这个地方必须安全可靠，最好在富热尔这边，比去库唐斯那边要好一些。需要一个水手，这个水手必须身体结实，善划船，水性好，而且是本地人，熟悉这一带海上的航道。现在天还挺黑，舢板可以离开巡航舰而不被敌人发觉。再说马上就会有炮火硝烟，足以使它隐蔽前进。舢板船身小，不至于在沙滩上搁浅。豹子落进去逃不脱的陷阱，鼬鼠可以逃脱。我们逃不掉了，舢板可以逃走。只要拼命划，就可以远去，敌舰不会发现它。再说，在小舢板逃走时，我们会在这里逗弄敌人。大家说是吗？”

“是！是！是！”水手们齐声喊道。

“现在一分钟也不能耽搁，”舰长接着说，“有志愿者吗？”

黑暗中一个水手从队伍里走出来说：

“我！”

## 十　他逃脱了吗？

不一会儿，一条专供舰长使用，大家叫作“优游”的舢板，离开了巡航舰。舢板上坐着两个人：船尾是那位老年乘客，船头是那位志愿者水手。夜还很黑，水手遵照舰长的指示，拼命地朝明齐耶方向划去。其他方向也确实无路可逃。

有人往舢板里扔了一些干粮：一袋饼干，一条熏牛舌头，一桶水。

舢板放到海里时，在危急关头也不忘打趣的拉·维约维尔，从军舰的舵把上探过身子，戏谑地向舢板告别：

“坐上这小舢板逃走挺不错，坐上它去淹死更容易。”

“先生，”舵手说，“别开玩笑了。”

舢板迅速离开，很快与巡航舰之间拉开了相当大一段距离。风和浪都对划船的水手有利。小船飞快地逃走，在晨曦中随波逐浪，高高的浪头正好起到隐蔽它的作用。

海上，笼罩着一种恐怖的等待气氛。

突然，在大海浩瀚而汹涌的寂静之中响起了一个声音，这声音被话筒扩大了，像古代悲剧里被铜面具扩大了一样，听起来几乎不像凡人的声音。

这是舰长博瓦贝特罗在讲话。

“国王的水兵们，”他喊道，“请把绣有百合花徽的旗帜钉在主桅上。这是我们最后一次看见太阳升起啦。”

巡航舰放了一炮。

“国王万岁！”全体水手呼喊。

从海平线上立刻传来一阵呼喊，那呼喊巨大，遥远，模糊，但听得清楚：

“共和国万岁！”

远处的海面上响起了排炮声，犹如三百个炸雷同时爆发。

战斗打响了。

硝烟和炮火笼罩了海面。

炮弹落在海里，炸起喷泉般的水柱，四散溅落在浪头上。

克莱摩尔号开始向那八艘敌舰喷吐火焰。成半圆形包围了克莱摩尔号的舰队，所有大炮同时向它开火。水天相接处一片火光。仿佛海底一座火山爆发了。巨大的火光在风中飘摇，而火光中一艘艘战舰幽灵般忽隐忽现。这红色的背景衬托出眼前这艘巡航舰黑黢黢的轮廓。

主桅顶端那面带百合花徽的旗帜也看得挺清楚。

舢板里的两个人都不说话。

明齐耶群礁四周呈三角形的浅滩，是海底的三叠纪岩石形成的，面积比整个泽西岛还大。浅滩淹没在海水里面，最高的是一个露出水面的平台，最大的海潮也淹没不了它，而它的东北面耸立着六块巨礁，一字儿排开，看去似一堵断裂坍塌的高大墙垣。平台与那六堵巨礁之间的海峡，只有吃水极浅的小船才能通过。出了海峡就是浩瀚大海。

负责救舢板脱险的水手，将小船划进了海峡。这样，明齐耶就把小船和战场隔开了。水手在狭窄的航道上划着船，东避西闪，绕过一个个暗礁。现在礁石挡住了战场。小船越走越远，天上的火光和大炮的吼声都开始减弱了，但连续不断的炮声，表明克莱摩尔号还在顽强抵抗，不把一百九十一发炮弹[①]放完决不罢休。

不多久，舢板就划到了自由的水域，脱离了礁石，脱离了战场，炮弹再也打不着它了。

渐渐地，起伏的海面变得不那么漆黑了，闪光的水面不断扩大，但有时还突然被黑暗淹没；飞溅的浪花折射出一道道光线，波涛上浮动着白光：天亮了。

敌人打不到舢板了，但最艰难的事还在后头。小船摆脱了炮火的轰击，但并没有摆脱沉没的危险。它航行在汪洋大海之上，船体小得微不足道，没有甲板，没有风帆，没有桅杆，没有罗盘，除了桨什么也没有，面对着大海和风暴，恰似听凭庞然大物

① 前面说每门炮一百七十一发炮弹。原文前后不一致。

摆布的一个原子。

在这浩瀚和孤独之中，坐在小船前面的水手，扬起被曙光映得苍白的脸，定定地盯住坐在小船后面的那个人，对他说：

“我就是你处决的那个炮手的弟弟。”

# 第三章　阿尔马洛

## 一　微言大义

老头儿慢慢抬起头。

刚才说话的人三十岁光景，有一张在海上饱经风吹日晒的脸，一双眼睛十分特别：庄稼人淳朴的目光中流露出水手的敏锐，一双手有力地握着两叶桨，神情挺温和。

他的腰间别着一把匕首，两支手枪，还挂着一串念珠。

“你是谁？”老头儿问道。

“我刚才告诉过你了。”

“你想把我怎样？”

那人放下桨，双臂抱在胸前，说：

“宰了你。”

“随你的便。”老头儿说。

那人提高嗓门：

“你准备吧。”

“准备什么？”

“准备死。”

“为什么？”老头儿问道。

一阵沉默。那人像被这句话问住了，过了一会儿才答道：

"我说我要宰了你。"

"我问你为什么。"

水手眼睛里闪过一道光：

"因为你杀了我哥哥。"

老头儿镇静地答道：

"我先救了你哥哥。"

"不错，你先救了他，可是然后你杀了他。"

"不是我杀了他。"

"是谁杀了他？"

"他的过错。"

水手张口结舌地望着老头儿，然后又凶狠地皱起眉头。

"你叫什么名字？"老头儿问。

"阿尔马洛。不过，你没有必要知道我的名字之后才死在我手里。"

这时太阳出来了，一抹阳光照射在水手脸上，强烈地照亮了他那张凶狠的脸。老头儿仔细打量他。

一直连续不断的炮声，现在变得时断时续，快要沉寂了。一大片硝烟锁住了天边。水手不再划桨，小船随波逐浪。

水手伸出右手握住腰间的一支手枪，左手数着念珠。

老头儿站起来。

"你信上帝吗？"他问道。

"我们的主在天上。"水手回答。

他同时画了个"十"字。

"你的母亲还健在吗？"

"健在。"

他又画了个"十"字，说道：

"好啦，老爷，我给你一分钟。"

他扳开了扳机。

“你为什么叫我老爷？”

“因为你是老爷，这看得出来。”

“你有老爷吗？”

“有，而且是位势力很大的老爷。一个人活在世上能没有老爷吗？”

“你的老爷在什么地方？”

“不知道。他离开了故乡。他就是朗德纳克侯爵先生，封特奈子爵，布列塔尼亲王。他是七块森林的主人。我从来没见过他，但这并不妨碍他是我的主人。”

“你如果见到他，会服从他吗？”

“当然会服从。不服从他，我岂不成了异端分子？我们应该服从上帝，然后服从像上帝一样的国王，还要服从像国王一样的老爷。但是，现在的问题与这一切无关，你杀了我哥哥，我就得杀了你。”

老头儿说：

“首先，我杀你哥哥杀得对。”

水手更紧地攥住手枪。

“来吧。”他说。

“好。”老头儿说。

然后他不慌不忙地加上一句：

“神父在哪儿？”

水手看他一眼：

“神父？”

“是呀，神父。我给你哥哥叫了一个神父，你也应该给我叫来一个神父。”

“我没有神父。”水手说。

接着他又补充一句：

“这大海上哪里去找神父？”

战场上忽断忽续的炮声越来越远。

“在那边战死的人也有神父。”老头儿说。

“不错，”水手说，“他们有随军神父。”

老头儿接着说：

“你要断送我的灵魂，这事非同小可。”

水手低下头，现出沉思的样子。

“你断送我的灵魂，”老头儿又说道，“也就断送了你自己的灵魂。请听我讲，我可怜你。你爱怎么办就怎么办吧。我嘛，刚才履行了自己的职责，先救了你哥哥的命，后又要了他的命。现在我履行自己的职责，尽量拯救你的灵魂。想一想吧，这是你的事。你现在不是听见大炮声吗？那里有人正在死去，有人正在垂死中绝望地挣扎；那里有永远再也见不到妻子的丈夫，有永远再也见不都儿女的父亲，也有像你一样永远再也见不到自己兄弟的汉子。这是因为谁的过错？是因为你哥哥的过错。你信仰上帝，不是吗？那么，你应当知道，此时此刻上帝正感到难过呢！上帝感到难过，因为他非常忠于基督的儿子法兰西国王，像圣婴耶稣一样的上帝之子法兰西国王，现在关在圣殿塔楼里。上帝也为他的布列塔尼的教堂难过，为他的福音书被撕毁，为他的修道院遭到侵犯而难过；上帝也为他的教士被杀害而难过。我们是来干什么的？乘那艘现在正在沉没的军舰来干什么的？我们是来救助上帝的。你哥哥如果是个好人，如果他忠实地尽了一个聪明有用的人的职责，大炮的祸事就不会发生，巡航舰就不会遭到破坏，就不会偏离航线，就不会落进那支该死的舰队的包围圈，现在我们就已经全部在法国登了陆，我们这些勇敢的战士和水手，手握军刀，打着百合花徽旗帜，浩浩荡荡，高高兴兴，欢欣鼓舞，在法国登陆，去帮助旺代正直的农民们拯救法国，拯救国王，拯救上帝。这就是我们来这里要做的事，是我们本来要做的事，是我这个唯一的幸存者要做的事。可是，你不让我去做。在这场不信教者反对教士的斗争中，在这场弑君者反对国王的斗争中，在这场魔鬼反对上帝的斗争中，你站到魔鬼一边去了。你哥哥是魔鬼的头一个帮凶，你是第二个。他开了头，你接着他去完成。你支持弑君者推翻王位，你支持不信教者反对教会，你剥夺上帝最后的手段。因为我代表国王，没有我，一个个村庄就会继续被焚烧，一个个家庭就会继续哭泣，教士们就会继续流血，布列塔尼就会继续受苦受难，国王就会继续遭受铁窗之苦，耶稣基督就会继续感到难过。这一切是谁造成的？是你。动手吧，这是你的事情。我本来指望你做完全相反的事情。我错啦。啊！是的，不错，你说得对，我杀了你哥哥。你哥哥很勇敢，我奖赏了他；他又有罪责，我惩罚了他。他玩忽职守，我恪尽职守。我做过的事，以后还要做。欧赖伟大的圣女安娜在上，我以她的名义起誓，以后再遇到这种情况，即使是我儿子，我也要像枪毙你哥哥一样枪毙他。现在就由你做主吧。是的，我要指控你：你蒙骗了你的舰长。作为一个基督徒，你没有信仰；作为一个布列塔尼人，你没有荣誉感。人家相信你忠诚，才把我托付给你，可是你却怀着背叛的目的接受了我。你答应人家要保护我的性命，却要杀害我的性命。知道你在这里要葬送的是谁吗？是你自己。你从国王手里夺去我的性命，结果就永远把你自己交给了魔鬼。动手吧，犯罪吧。好啊！轻易地放弃你在天堂里的位置吧。由于你，魔鬼将取得胜利；由于你，教堂将一座座倒闭；由于你，异教徒将把钟熔化去铸造大炮，将拿这些本来用于拯救灵魂的东西去杀人。就在我说话的时候，那口曾经为你洗礼而敲响的钟，可能正用来杀你的母亲呢。去吧，去助魔鬼一臂之力吧。不要住手。不错，我处决了你哥哥，不过你要知道，我是上帝手里的工具。啊！你居然要审判上帝手里的工具！这样说，你岂不是要审判天上的雷霆吗？可怜的家伙，我看倒是你必将受到雷霆的审判！当心你的所作所为。不过，你知道我现在是受上帝恩宠的人吗？算了吧，还是动手吧。你爱怎样就怎样。你可以随意把我打进地狱，把你自己跟我一起打进地狱。我们俩进不进地狱，决定权在你手里。将来到了上帝面前，你必须承担罪责。现在只有你我两个人，面对面处在深渊里。动手呀，结果了我，收拾了我吧。我老了，你还年轻，我手无寸铁，你带着武器。你杀了我吧。”

老头儿站在小艇里，用盖过海浪的声音说着这番话，波浪起伏不定，使他忽而处在隐影里，忽儿出现在光明中。水手脸色发青，大颗的汗珠从额头滚落。他浑身像一片树叶一样瑟瑟颤抖，不时吻一下手里的念珠。听完老头儿的话，他扔掉手枪，扑通一声跪在地上。

“发发慈悲吧，老爷，宽恕我呀！”他喊道，“你说起话来像仁慈的上帝一样。我错了，我哥哥也错了。我愿意竭尽所能为他赎罪。支配我吧，向我下命令吧，我保证服从。”

“我宽恕你。”老头儿说。

## 二　乡下人的记忆力抵得上船长的学问

小艇里的干粮太顶用了。

两个潜逃者被迫绕了许多弯路，航行了三十六个钟头，才抵达海岸。他们在海上过了一夜。那夜色倒是挺美，只是对于这两个极力想隐蔽自己的人，月光太亮了。

他们不得不先朝远离法国的方向航行，划向泽西岛附近的海域。

他们听到被摧毁的巡航舰最后的炮声，就像树林里正被猎人射杀的狮子发出的吼声。随后大海上沉寂了。

克莱摩尔号巡航舰像复仇号一样沉没了。但是它牺牲得并不光荣。反对祖国的人不能算英雄。

阿尔马洛是一位非同寻常的水手，表现了出人意料的灵巧和机智。能够在暗礁、恶浪和敌人的监视下临时找到一条航路，真可谓了不起。这时风小了，海也比较平静了。

阿尔马洛避开了明齐耶的礁石，绕过牛群礁，隐蔽在它后面。牛群礁北面退潮时有个小海湾，他们在那里休息了几个钟头，然后划着小船重新向南走，设法从格朗维尔岛和绍泽岛之间溜了过去，没有被两边岛上的监视哨发现。他们划进了圣米歇山小海湾，这是很大胆的行动，因为这里离法国舰队驻扎的康卡尔很近。

第二天傍晚，日落前一小时光景，他把圣米歇尔山抛在后面，划到一个浅海滩登陆。那个浅海滩人迹罕至，是个危险的地方，人会陷进沙子里去。

幸好遇上涨潮。

阿尔马洛尽量将小船向岸边划，试试沙滩，觉得是结实的沙子，才让舢板停住，自己跳下去。

老头儿跟着他跨过船舷，抬眼东张西望。

“老爷，”阿尔马洛说道，“我们是在库埃农河口。你看，我们左边是波瓦尔，右边是雨伊内，前面那座钟楼是阿德枫。”

老头儿探身到船里拿了一包饼干放进衣兜里，对阿尔马洛说：“把剩下的全带上。”

阿尔马洛把剩下的肉和饼干都装进行囊，往肩上一搭，说道：“老爷，我走前面带路，还是跟在你后面？”

“既不要带路，也不要跟在我后面。”

阿尔马洛愕然地望着老头儿。

老头儿接着说：

“阿尔马洛，我们要分手了。两个人一起走没有什么好处。要么一千个人在一起，要么单独行动。”

他停了一会儿，从口袋里掏出一个绿色的丝结。那看上去像一根绶带，中间用金线绣了一朵百合花。他问道：

“你识字吗？”

“不识字！”

“很好。一个识字的人反而麻烦事多。你记性好吗？”

“不错。”

“很好。听着，阿尔马洛。你往右边走，我往左边走。我朝富热尔那边去，你朝巴祖热那边去。带着你的行囊，这样你看上去就像个农民。把武器藏起来。从树篱折根树枝当棍子。钻进长得挺高的燕麦地里匍匐前进。见到围墙就从后面溜过去。见到矮篱笆就跨过去，跑到田野里去。见到行人就离远点儿。不要走大路，不要过桥，不要进篷托松镇。哦，你必须过库埃斯农河，你打算怎么过去？”

“游过去。”

“好。那里有一处浅滩。知道在什么地方吗？”

“在安塞和维约维耶勒之间。”

“好。你不愧是本地人。”

“可是天快黑了，老爷你去哪里睡觉？”

“我嘛，会自己照顾好自己的。你呢，去哪里睡觉？”

“沿途会有空心老树。我在当水手之前是庄稼人。”

“把水手帽扔了，以免暴露身份。到什么地方去弄顶庄稼人帽子戴上吧。”

“唔！一顶风帽吗？哪儿都弄得到。只要碰到一个渔民，他就会把自己的卖给我。”

“很好。现在你听着，这一带的森林你熟悉吗？”

“全都熟悉。”

“整个这一带的？”

“从努瓦尔穆捷到拉瓦勒。”

“连所有森林的名字也知道？”

“所有森林和它们的名字我都知道，一切我都知道。”

“什么都不会忘记？”

“什么都不会忘记。”

“很好。现在请注意：你每天可以走多少法里[①]？”

“十，十五，十八里，必要的话可以走二十里。”

“肯定必要。记住我下面说的话，一个字也别漏掉：你去圣欧班森林。”

“朗巴勒旁边那块森林？”

“是的。在圣里约尔和普莱代里亚克之间那条山沟边上，有一棵大栗树。你走到树下停下来，不过你看不到任何人。”

“并不是真的没有人，我知道。”

“你打一个呼哨。你会打呼哨吗？”

阿尔马洛鼓起腮帮子，转向大海那边，发出一声猫头鹰的叫声。

这叫声像是从黑夜深处发出来的，十分凄厉，像极了。

“很好，”老头儿说，“你够格。”

他把绿绸绶带交给阿尔马洛。

“这是我的统帅绶带，你带上。关键是还不能让任何人知道我的姓名。这上面的百合花徽，是王后在圣殿监狱里绣的。”

---

① 法国古代里程单位，一法里约合四公里。

阿尔马洛一膝往地上一跪，哆嗦地接过那条绣有百合花徽的绶带，送到嘴唇边，但忽又停止，仿佛害怕吻似的。

“我可以吻吗？”他问道。

“可以，既然你可以吻十字架。”

阿尔马洛吻了吻百合花徽。

“请起。”老头儿说。

阿尔马洛站起来，将绶带揣进怀里。

老头儿接着说：

“听仔细了，我的命令是：‘起来反抗，绝不宽恕。’总之，你到圣欧班森林边打呼哨，一连三声。打完第三声，你会看到一个人从地下钻出来。”

“从树下的一个洞里，我知道。”

“那个人就是普朗金诺，大家叫他‘国王的心’。你拿这条绶带给他看，他就明白了。然后，你觅路去阿斯迪耶森林。到了那里，你会见到一个八字脚的人，外号叫短枪，对任何人都从不发慈悲的。你对他说我爱他，叫他让他管辖的所有教区都行动起来。然后你去离普洛埃梅勒一法里的库埃斯朋林子。你学猫头鹰叫，会有一个人从地洞里钻出来。他就是图奥先生，普洛埃梅勒总管，曾经是所谓立宪会议的成员，不过是好的这边的。你叫他把库埃斯朋城堡武装起来。那座城堡属流亡的盖尔公爵所有，附近有山沟和树林子，地势起伏不平，是个好地方。图奥先生为人正直又有头脑。然后呢，你去圣旺黎图瓦，把我的话告诉让·舒安。此人是我心目中真正的领袖。然后你去维勒－昂格罗兹森林。在那里你会见到基特，就是人家称为圣马丁的那个人。你告诉他要留心一个叫库麦斯尼的人。此人是老古比·德·普雷芳的女婿，操纵着阿让唐一带的雅各宾派。把这一切记牢了，我一个字都不写，因为一个字都不应该写。拉·卢亚利写了一份名单，结果坏了大事。你然后去卢日佛森林，米叶莱特在那里，他能用一根长竿子跳越山涧。”

“那种长竿子叫作撑竿。”

“你会用吗？”

“不会用还算布列塔尼人，还算庄稼人吗？撑竿是我们离不开的东西，它能延长我们的胳膊和双腿。”

“换句话说，有了它，敌人就变得矮小了，路也缩短了。真是一个好家什。”

“有一回，凭着一根撑竿，我顶住了三个拿军刀的盐税官。”

“什么时候？”

“十年前。”

“在国王统治时期？”

“是的。”

“这么说，你在国王统治时期打过仗？”

“是的。”

“跟谁打？”

“老实讲我不知道。当时我是私盐贩子。”

“好。”

“有人说，这就是反对盐税。盐税和王上是一回事吗？”

“是一回事又不是一回事。你没有必要懂得这个。”

“我向老爷提了一个问题，请老爷原谅。”

“咱们接着讲吧。拉杜格城堡你知道吗？”

“知道，我就是那里人。”

“怎么？”

“没错，因为我是帕里涅的。”

“那就对了，拉杜格与帕里涅相邻。”

“问我知不知道拉杜格城堡！那座圆形的大堡垒是我的老爷

家世代祖传下来的！有一扇厚厚的铁门把新楼与旧楼分隔开，就是用大炮也轰不开。那本关于圣巴托罗缪的著名的书，就陈列在新楼里，大家出于好奇，都去参观。草地里还有青蛙。我小时候和青蛙玩过哩！还有那条地下暗道，我也知道。知道那条地下暗道的人，现在可能只剩下我了。”

“什么地下暗道？我不明白你指的是什么？”

“那是过去，是从前拉杜格被围困的时候挖的。被围困在里边的人，可以从一条一直通到森林里的地下暗道逃出来。”

“朱普利埃城堡，于诺岱城堡，还有桑佩翁城堡，的确都有一条这样的地下暗道，但拉杜格城堡根本没有。”

“不，恰恰相反，老爷。老爷所说的那几处地下暗道我都不知道，我只知道拉杜格的那一条，因为我就是拉杜格人。再说，那条暗道除了我几乎没人知道。没有人谈论它，这是禁止的，因为罗昂先生①在打仗的时候，曾经利用过这条暗道。我父亲知道这个秘密，带我去看过。我知道进出这条暗道的秘诀。我能够从森林里进到城堡里，从城堡里到达森林里，而不被任何人发觉。敌人进到城堡里时，会发现里面空无一人。这就是拉杜格城堡。嘿！这座城堡我了如指掌。”

老头儿沉默片刻。

“你显然搞错了。如果有这样一个暗道机关，我不会不知道。”

“老爷，我绝对没搞错。有一块会旋转的石头。”

“行啦！你们这些乡下人，就相信什么会旋转的石头，会唱歌的石头，会在夜里到附近小溪里喝水的石头。可是，这些全是无稽之谈。”

---

① 即罗昂公爵(1579—1638)，法国军人，宗教战争期间为胡格诺派领袖，参加和指挥过法国历史上多次战争。

“可是，那块石头我亲手转动过。”

“就像其他人亲耳听见过石头唱歌一样。伙计，拉杜格是一座坚固可靠、易于防守的堡垒，谁指望可以由一条暗道从里面逃出来，未免太天真了。”

“可是，老爷……”

老头儿耸耸肩膀。

“别浪费时间了，谈我们的事吧。”

这断然的口气，使阿尔马洛无法再坚持自己的意见。

老头儿接着说道：

“咱们继续吧。你听清楚了：离开卢日佛，你去蒙彻弗里耶森林。贝内迪锡蒂在那里。他是十二人委员会的头儿，而且是个心善的头儿。他在枪毙人的时候，还为被枪毙的人念祝福经呢。打仗嘛，就不能多愁善感。离开蒙彻弗里耶，你再去……”

他顿住了。

“我把钱给忘了。”

他从口袋里掏出一个钱袋子和一个皮夹子，交到阿尔马洛手里。

“这个皮夹子里有三万元指券[①]，约合三利弗尔十苏。应该说这些指券是假的，不过真的也只值这么多。这个钱袋子里嘛，请注意，是一百金路易。我把身上的钱全给了你。在这里我什么也不需要啦，再说最好不要让人家从我身上搜到钱。我继续说下去：离开蒙彻弗里耶之后，你去昂坦。在那里你会见到弗洛特先生。离开昂坦你再去朱普利埃，在那里你会见到罗什科特先生。离开朱普利埃，你就去努瓦利约，在那里你会见到博杜安。所有这些你都记住了吗？”

---

① 1789—1797 年流通于法国的一种以国家财产为担保的证券，后当作通货使用。

“像天主经一样能倒背如流。”

“在圣布里斯－昂科格勒，你将见到杜布瓦－基先生；在莫拉内你将见到图尔潘先生，那是一座筑有防御工事的镇子；在贡第耶城堡，你将见到塔尔蒙亲王。”

“同我说话的将是一位亲王吗？”

“既然我告诉你是一位亲王。”

阿尔马洛脱帽。

“所有人见到王后娘娘亲手绣的这个百合花徽，都会接待你。不要忘记，你要去的地方都有山岳派的人和下等人。你要化装，这并不难。那些共和派的人愚蠢至极。你只要穿上一身蓝色衣服，戴一顶三角帽，再配一枚三色帽徽，就会到处通行无阻。反正现在没有正规军，没有军服，部队也没有番号，谁爱穿什么就穿什么。你去圣麦尔维，在那里你会见到绰号大彼得的戈利耶。你还要去帕内军营，那里的人都把脸涂得黑黑的，他们往枪里放沙砾，再装上双倍的火药，使枪放得更响；他们做得很不错，你尤其要激励他们杀！杀！杀！然后你去位于夏尔尼森林里一个高地的瓦什－努瓦尔军营，还有阿瓦内军营、韦尔军营和福尔米军营。然后你去格朗波达日，这地方也叫山顶草地，住着一位寡妇，她的女儿嫁给了外号英国佬的特雷东。格朗波达日属于克莱纳教区。你还要去访问埃皮诺－勒什伏洛耶、西雷－勒纪饶姆、帕拉内等军营。这样，各个森林里的人你都见到了。你会结识许多朋友，可以派他们去上马恩和下马恩边境；你去韦日教区找让－特雷东，去比尼翁找不后悔，去彭尚找桑博，去梅宗塞勒找科尔班兄弟，去埃伏河畔圣让找小不怕。小不怕就是布多瓦佐。走遍所有这些地方，到处传达“起来造反，绝不宽恕”的命令之后，你再去天主教王室大军所在地加入大军。你会见到代尔贝、德·勒斯库、德·拉罗什雅克兰等先生和所有还活着的领袖。你拿出我的统帅绶带给他们看，他们就会明白的。你不过是一个水手，可是卡特利诺不也只是一个车夫吗？你向他们传达我的话：现在是把两种仗，即大仗和小仗结合起来打的时候了，打大仗可以壮大声势，打小仗可以收到实效。旺代的仗打得很温和，舒安的仗打得很残酷。在内战中，最残酷的就是最好的。要判断某一仗打得好不好，就是要看它造成多大杀伤。”

老头儿又停顿片刻。

“阿尔马洛，我对你讲的这一切，字眼你不一定闹得明白，事理你是懂得的。我看见你划船，就对你产生了信心。你不懂几何学，在海上行船的本领却令人吃惊。会驾船的人也会领导一场起义。从你驾驭变化多端的大海的情形来看，我肯定你能出色完成我交给你的全部任务。现在我接着讲。你尽你的能力把我下面这些话传达给所有头儿，哪怕传达个大概也好：我宁愿进行丛林战，而不愿进行平原战。我不准备叫十万农民排成队去让蓝军用排枪扫射，让卡尔诺[①]的大炮轰击。我希望不出一个月，就有五十万杀手潜伏在各地的丛林里。共和派军队是我们狩猎的目标，偷袭是我们的作战方法，我是丛林战的统帅。好啦，这又是一个你不懂的字眼，不过没关系，你懂得下面这两句话就行，这就是：绝不宽恕，到处埋伏！我希望打更多舒安式的仗，而不打旺代式的仗。此外，你还要告诉他们：英国人站在我们一边，让我们从两边夹攻共和国；欧洲支援我们，让我们把革命扑灭吧。国王们联合各个王国与共和国作战，我们则联合各教区与共和国作战。你要把我这些传达给他们。你听明白了吗？”

---

① 卡尔诺（1753—1823），法国军事技术专家和政治家，由于其在革命战争中所起的作用，在法国历史上以“胜利的组织者”著称。

“听明白啦。应该把一切投进烈火和血泊之中。”

“对。”

“绝不宽恕。”

“对任何人都不宽恕。说得对。”

“我要走遍每个地方。”

“不过要当心，在这一带很容易丢掉性命。”

“丢掉性命无所谓。迈第一步的人，脚上穿的鞋子，也许就是他这辈子穿的最后一双。”

“你真是个勇敢的人。”

“如果有人问我老爷你的姓名呢？”

“现在还不能告诉任何人。你就说你不知道，事实上你也不知道。”

“我在什么地方能再见到老爷？”

“在我将要去的地方。”

“我怎么会知道呢？”

“所有人都会知道。不出一个星期，人们就会谈论我。我会杀掉一些敌人来示众，为王上和宗教报仇。那时，你肯定听得出人家谈论的是我。”

“我明白了。”

“任何事情都别忘记。”

“放心吧。”

“现在你走吧。愿上帝指引你。去吧。”

“我一定完成你吩咐的一切。我将到处奔走，传达命令，依计而行，指挥作战。”

“好。”

“如果我成功了……”

“我就给你颁发圣路易十字勋章。”

“像我哥哥一样。如果我不成功，你就枪毙我。”

“也像你哥哥一样。”

“一言为定，老爷。”

老头儿低下头，仿佛陷入了严肃的思考之中。当他抬起头时，只剩下他一个人了。阿尔马洛渐渐成了地平线上的一个黑点。

太阳刚刚西沉。

白头鸥和黑头鸥纷纷归巢，把大海留在外边。

空间充满黑夜到来之前的骚动，雨蛙鸣个不停，鹬鸟嗖嗖从沼泽地里飞向天空，红斑鸦、秃鼻鸦、小乌鸦、白嘴鸦在黄昏中聒噪。海边只听见鸟儿相互呼唤，听不见一点人声。四野寂寥，海湾里见不到一点帆影，田野上见不到一个农夫。无边的原野，一派荒凉；沙地里，大蓟瑟瑟摇曳；暮色苍茫的天空，向广阔的海滩洒下灰白的光。远处平原上的池塘，宛若一块块平放的锡板。晚风阵阵，从海上刮来。

# 第四章　泰尔马克

## 一　沙丘顶上

老头儿等到望不见阿尔马洛了，才将身上的航海斗篷一裹，也抬腿朝前走去。他走得很慢，现出沉思的样子。他去的方向是雨伊内，阿尔马洛去的方向是波瓦尔。

他身后黑黢黢地矗立着一个巨大的三角形，那就是圣米歇尔山，顶上的教堂像是它的冠冕，要塞像是它的铠甲。它的东边还有两座大堡垒，一座呈圆形，一座呈方形，它们的存在，使得圣米歇尔山才不至显得承受不起教堂和村庄的负载。这座山矗立在大海之上，宛如金字塔矗立在沙漠之中。

圣米歇尔海湾里的流沙，不知不觉地移动着海滩上的沙丘。当时在雨伊内和阿德枫之间，有一座很高的沙丘，现在已经不存在了，被潮汐冲掉了。那座沙丘颇不寻常，一是它存在的年代久远，二是它顶上有块里程碑。那块里程碑建于 12 世纪，以纪念在阿夫朗什举行的谴责谋杀圣徒托马斯·德·康托贝利的主教会议。站在这座沙丘顶上，可以眺望整个地区，辨别方向。

老头儿走到那座山丘脚下往上爬。

爬到顶上，他背靠里程碑，在一块界石上坐下。界石共有四块，里程碑的四角每个角一块。他开始研究摊开在他脚下的那幅“地图”，仿佛要在自己熟悉的地方寻找一条路。暮色苍茫，眼前辽阔的平原看去十分朦胧，只有泛白的天边那黑色的地平线十分清晰。

地平线上十一座村镇鳞次栉比的屋顶，还有沿海数法里以内的座座钟楼，还都依稀可辨。那些钟楼都建得很高，供海上航行的人必要时辨别方向。

眺望了一会儿，老头儿似乎在朦胧之中找到了他要寻找的东西。他的目光停留在平原中间一处树木环绕的地方。树木掩映之中隐约露出围墙和屋顶：那是一个田庄。他点点头，好像满意地暗自说：“就是那里。”随即伸出一个手指，在空中画一条穿过树篱和庄稼地的路线。田庄的主楼屋顶上，有一个摇来晃去的东西，形状模糊难辨。他不时打量片刻，似乎心里在嘀咕：那是啥玩意儿？由于天色尚晚，那东西模模糊糊，连颜色都分辨不清。那不是风向标，因为它在飘扬，可是也没有任何迹象表明它是一面旗帜。

他感到疲劳，悄然坐在界石上一动不动，像一般疲惫不堪刚坐下来休息的人，脑子里一片混沌，什么也不想。

一天之中有一个可以称为万籁俱寂的时刻，这就是宁静的黄昏时分。老头儿正沉浸在这一时刻之中，享受着，眺望着、谛听着。眺望、谛听什么？眺望，谛听静谧。离群的人自有其伤感的时刻。突然，路上传来行人的说话声，一些妇女和儿童的说话声。这声音不仅没有打破静谧，反而使之显得更深沉。人在黑暗中，有时会意外地听到这种欢乐的喧哗。说话的人被灌木丛挡住看不见，其实他们就从沙丘脚下经过，向平原和森林走去。这朗朗的说话声清晰地传到老头儿耳朵里，距离很近，句句听得真切。

一个女人的声音说：

“咱们得走快点儿，弗雷夏家的。是朝这边走吗？”

“不，朝那边走。”

两个女人继续交谈，一个声音高，一个声音显得腼腆。

“我们要去的那个田庄叫什么名字？”

“厄布昂帕。”

“还有好远吗？”

“还得足足走一刻钟。”

“咱们快赶到那里去吃饭吧。”

“真的，咱们要赶不上了。”

“要跑步才赶得上，可是你几个孩子都累了。我们是两个女人，背不动三个孩子，再说你已经背了一个，弗雷夏家的，一个就够沉的啦。你给她断了奶，这个贪吃的小妞儿，但你却成天抱着她。可别把她惯坏了，叫她自己走吧。唉！糟糕，饭菜都凉啦。”

“啊！你送给我的这双鞋子很合脚，好像是专门为我做的。”

“总比打赤脚好一些。”

“快点儿走呀，勒内－让。”

“我们赶不上吃饭就是他造成的，他见到那些农家小姑娘话就没个完，他在显示自己是男人哩！”

“可不是吗，他快满五岁了。”

“说说看勒内－让，刚才在村子里，你为什么跟那个小姑娘说话？”

一个小男孩的声音答道：

“因为我认识她。”

女人又问道：

“怎么，你认识她？”

“呀，”小男孩答道，“因为今早上她送了我几只虫虫。”

“真棒！”女人叫起来，“我们到达这里才三天，这小鬼头就找了个情人！”

说话声远去了，四下里变得静悄悄的。

## 二　有耳听不见

老头儿一动不动地坐着，什么都不想，只是思想稍稍有点儿活动。他周围一片安谧，昏黑，平和，孤寂。沙丘顶上天色还相当亮，平原上几乎全黑了，树林里已经黑沉沉的。东方升起了月亮。淡蓝的天空现出了几颗疏星。老头儿虽然满腹心事，此时此刻却沉浸在无限宇宙难以形容的温馨之中。他心里隐约升起了黎明，升起了希望，如果盼望内战爆发的心境，也可以用希望这个词来表达的话。眼下，脱离了那险恶的大海，一切危险似乎已经烟消云散。没有人知道他姓甚名谁。他只身一人，敌人找不到他。他身后没有留下任何痕迹；海面上是不会留下什么痕迹的。他躲在这里，没有人知道，甚至没有人怀疑。心境非常平静，都差点儿要睡着了。

在这宁静的时刻，地上和天上一样静得那么深沉，对这个身心都陷入纷扰的人来讲，可真具有异乎寻常的魅力。

耳边只有海上刮来的风的声音，持续不断，又那样轻柔，耳朵早已习惯，几乎不再是一种声音了。

他突然站起来。

他的注意力突然苏醒了。他凝望着地平线。地平线上有某种东西，使他的目光定定的十分特别。他凝望的东西，是前面平原尽头的科麦莱钟楼。的确，不知道那座钟楼发生了什么不寻常的事情。

钟楼轮廓分明，塔身上面高耸着金字塔形的尖顶，塔身和尖顶之间是四方形的钟房；钟房四面敞开，没有披檐，无论哪边都望得见里面。这是当时流行的布列塔尼钟楼的式样。

然而，那钟房似乎交替地打开又关上，中间间歇的时间相等，高高的窗子一会儿白晃晃的，一会儿黑乎乎的，一会儿可以透过钟房看见后面的天空，一会儿什么也看不见了，一会儿明亮，一会儿光被遮住了似的。每隔一秒钟开关一次，像铁锤敲打铁砧一样有规律。

前面那座科麦莱钟楼，距老头儿大概有两法里。他眺望右边的巴格彼康钟楼，一样地耸立在地平线上，像科麦莱钟楼一样，钟房也忽开忽闭。

他又眺望左边的塔尼钟楼，情形像巴格彼康钟楼一样。

他挨个眺望地平线上的所有钟楼，包括左边的库蒂斯、普雷赛、克洛龙和阿弗朗辛十字架钟楼，右边的库埃斯农河畔的拉兹、莫德莱和帕斯钟楼，以及正面的朋托松钟楼。所有这些钟楼的钟房都一会儿明亮，一会儿黑乎乎的。

这意味着什么？

这意味着所有钟都在摆动。

钟这样时隐时现，必定是有人在猛烈地撞钟。

敲的什么钟？显然是警钟。

人们在敲警钟，疯狂地敲，到处敲，所有钟楼，所有教区，所有村庄，都在敲警钟，但钟声却听不见。

钟声听不见，一方面是因为距离远，另一方面因为海风是从反方向刮去的，把一切声音都刮到地平线以外的地方去了。

所有那些钟从四面八方疯狂地发出警报，与此同时，四周却静悄悄的，这情景实在可怖。

老头儿眺望着，倾听着。

那警钟他听不见，而是看见的。看见警钟，这感觉真奇特。

这警钟是针对什么人的？

这钟声是提防什么人的？

## 三　大号字的用处

肯定正在追捕什么人。

追捕谁？

这个铁打的汉子打了一个寒战。

追捕的不会是他。没有人会想到他到了。那些特派员不可能已经得到情报。他刚刚登陆。那艘巡航舰分明已经沉没，没有一个人能逃出来。即使在巡航舰上，除了博瓦贝特罗和拉·维约维尔，谁也不知道他的姓名。

各处的钟继续猛敲不停。他凝目眺望，无意识地数着敲钟的次数。他的思想起伏不定，一会儿这样猜测，一会儿又那样设想，一会儿觉得非常安全，一会儿又相信陷入了危险的处境。的确，这警钟可以用许多不同的理由来解释。他一次又一次暗自说道："总之，谁也不知道我到了这里，谁也不知道我姓甚名谁。"心里这才安定下来。

他的头顶上和他的身后，有一个轻微的声音响了好一会儿。这声音像树叶摇晃的沙沙声，起初他没有在意，可是这声音继续响着，丝毫没有停止的意思。他终于情不自禁转头看去。果然有样东西，但不是一片树叶，而是一张纸。他的头上方的里程碑上贴了一张宽大的布告，风快要把它揭下来了。这张布告才贴上不久，还是湿的。风儿趁机戏弄它，想把它扯下来。

老头儿是从沙丘背后爬上来的，上来时没有看见那张布告。

他爬到他所坐的界碑上，用手压住那张纸被风卷起的一角。天空明净，6月的黄昏特别长，沙丘脚下已经昏暗，沙丘顶上尚还明亮，布告的一部分是用大号字印的，借着光线，可以看得清楚。

他念着：

**统一而不可分割的法兰西共和国**

**布告**

瑟堡海岸部队人民代表马恩的普里厄宣布：前侯爵朗德纳克，即自称为布列塔尼亲王的封特奈子爵，已经偷偷地在格朗维尔一带的海岸登陆，兹发出通缉令，悬赏其首级：凡将该犯不论死活交出者，可获奖金六万法郎。此项奖金不用纸币而用黄金支付。瑟堡海岸部队即刻派出一个营，搜捕前侯爵朗德纳克。各乡镇务必全力协助。

此布。

格朗维尔镇公所

1793年6月2日

（签字）马恩的普里厄

在这个签名下面还有一个签名，字小得多，天色已暗，无法看清楚。

老头儿把帽檐拉到眼睛上面，将身上的航海斗篷一裹，连下巴也裹在里面，然后快步下了沙丘。继续在这个明亮的沙丘顶上逗留，显然不相宜。

他在上面也许待得太久了。那座沙丘顶是这一带唯一还看得清楚的地方。

下到沙丘脚下，到了黑暗之中，他才放慢脚步。

他按照刚才确定的路线，向田庄的方向走去，大概认为那里安全些。

四下里见不到一个人。这时候路上不会再有行人。

他走到一个灌木丛后面停住脚步，脱下斗篷，将短袄翻过来，让有毛的一面朝外，用一根绳子将破旧的斗篷捆好挂在脖子上，继续走路。

月色清朗。

他走到一个交叉路口，那里竖有一座石头十字架。十字架底座上，有一块四方形的白色，大概又是刚才看见的那份布告。他走过去。

“你到哪里去？”一个声音问道。

他回过头。

树篱里面有个男人，个头像他一样高，年纪像他一样老，也像他一样满头白发，衣着则比他还破烂得多，整个人几乎跟他一模一样。

那人拄着一根长拐棍。

那人又问道：

“请问你到哪里去？”

“首先，请问这是什么地方？”他反问道，态度镇静得近乎高傲。

那人回答：

“你现在是在塔尼庄园。我是这里的乞丐，你是这里的庄园主。”

“我？”

“不错，你，朗德纳克侯爵先生。”

## 四　指门汉

朗德纳克侯爵——从现在起，我们用他的名字称呼他吧——正色答道：

“好。把我交出去吧。”

那人继续说：

“现在我们两个人都在自己家里，你的家是那座庄园，我的家是这个树丛。”

“别啰唆，”侯爵说，“来吧，把我交出去吧。”

那人又问道：“你是想去厄布昂帕田庄吧，不是吗？”

“是的。”

“千万别去。”

“为什么？”

“蓝军在那里。”

“多久了？”

“三天了。”

“田庄和村子里的老百姓抵抗过吗？”

“没有。老百姓都开门欢迎他们。”

“唔！”侯爵说了声。

那人指着远处树梢上露出的田庄屋顶问道：“侯爵先生，看见那个屋顶吗？”

“看见啦。”

“看见那上面的东西吗？”

“正在飘扬的东西？”

“对。”

“那是一面旗帜。”

“三色旗。”那人补充说。

那正是在沙丘顶上引起侯爵注意的东西。“现在是不是在敲钟？”侯爵问道。

“正在敲。”

“为什么敲钟？”

“显然是为了你。”

“可是钟声怎么听不见？”

“因为逆着风哩。”

那人接着问道：

“看见关于你的布告了吗？”

“看见了。”

“正搜寻你呢。”

那人说着往田庄那边看一眼，补充道：

“那里有半个营。”

“共和派的吗？”

“巴黎的。”

“好啊，”侯爵说，“咱们走吧。”

说着他就抬腿向田庄那边走。

那人抓住他的胳膊：

“不能去！”

“那么你要我去哪里？”

“去我家里。”

侯爵看乞丐一眼。

“听我说，侯爵先生，我家里不讲究，但安全。一间比地窖还低矮的窝棚，地板上是一张用海藻铺的床，天花板是树枝和干草搭的。跟我走吧。去田庄那边，你会被枪毙的。到了我家里，你可以睡觉。你一定累了。等明天早上蓝军开走了，你爱上哪里上哪里。”

侯爵打量那人。

“你到底是哪一边的？”他问道，“是共和派，还是保王派？”

“我是个穷人。”

“既不是保王派，也不是共和派？”

“我想都不是。”

“你拥戴还是反对王上？”

“我顾不上这些事。”

“对眼下发生的事你怎么看法？”

“我吃不饱肚子。”

“可是你却来搭救我。”

“我看到你是在法律保护之外了[①]。法律究竟是什么玩意儿？原来人还会在法律保护之外！真让人莫名其妙。那么我呢，我是在法律保护之下呢，还是在法律保护之外？我真弄不明白。饿死是在法律保护之下吗？”

“你从何时起开始挨饿的？”

“我一辈子挨饿。”

“你愿意救我？”

“是的。”

“为什么？”

“因为我心里说：瞧，一个比我还穷的人。我还有权自由呼吸，他连这点权利都没有。”

“说得对。你打算救我？”

“当然。你我是难兄难弟啊，老爷。我乞讨面包，你乞讨生命。我们是两个乞丐。”

“可是，你知道我的头被悬赏了吗？”

“知道。”

“怎么知道的？”

“布告上看到的。”

“你识字？”

---

① 某人处于法律保护之外，即不再受法律保护了，亦即前文布告中所说被通缉之意。乞丐看了布告，从字面理解，故有此段议论。

“是的，也会写字。我为什么就该是个粗人呢？”

“那么，既然你识字，既然你看过布告，你一定知道把我交出去的人会得到六万法郎？”

“知道。”

“还不是用纸币支付。”

“对，知道，是用黄金。”

“你可知六万法郎算得上一笔财产了？”

“知道。”

“你可知道，把我交出去马上就可发财了？”

“对。还有呢？”

“发财！”

“这正是我所考虑的。一看见你我就想：要是有谁把这个人交出去，就会得到六万法郎，就会发财！赶快把他藏起来吧。”

侯爵跟着乞丐走了。

他们钻进一片茂密的树林子。这个乞丐的栖身之所就在这片树林子里。那个所谓房间是一棵老橡树的空心，它容纳了这个人。老橡树从根部开始空心，上面覆盖着枝叶。里面又黑又矮，隐蔽得很好，外面看不见，里面睡得下两个人。

“我预料到我会有一个客人。”乞丐说道。

这种地下居所，在布列塔尼并不像人们想象的那样罕见，乡下人叫作“地穴”。这个词也适用于在厚墙壁里挖的藏身之所。

这个地穴里有几个陶罐，一张用干草和洗净晒干的海藻铺的床，一条粗毛毯，一盏油灯，一副火镰，一些引火用的金雀花枯枝。

他们弯着身子，连走带爬进到屋子里。老橡树的根古怪地把这间屋子分成几部分。他们坐在一堆干海藻上，那就是床。他们是从两条树根之间进来的。那个空隙就是门，漏进一点儿亮光。

天早已黑了，不过眼睛渐渐习惯了黑暗，总可以在黑暗中看到一点亮光。入口有一点儿朦胧的月光。一个角落里有一罐水，一块燕麦饼和一些板栗。

“吃晚饭吧。”乞丐说道。

他们分食了那些板栗。侯爵拿出他的干面包。两个人同啃一块黑面包，同喝一罐水。

他们聊起来。

侯爵开始盘问那人：

“这样说来，不管发生不发生什么事，对你来说反正一样，是吗？”

“差不多是这样。你们是老爷，那是你们的事情。”

“可是眼前的事变……”

“这是发生在上头。”

乞丐说完又补充道：

“再说还有发生在更上头的事情。日出日落，月圆月缺，我关心的是这类事情。”

他对着水罐喝了口水说：

“好清凉的水啊！”

紧接着他问一句：

“老爷，你觉得这水怎样？”

“你叫什么名字？”侯爵问道。

“我叫泰尔马克。人家叫我揩门汉。”

“我知道，揩门汉是本地方言。”

“就是叫花子，人家也叫我老家伙。”

他接着补充一句：

“四十年来人家一直叫我老家伙。”

“四十年来！可是，当年你还年轻啊！”

“我从来没年轻过，而你呢，永远年轻，侯爵先生。你两条腿还像二十岁的小伙子一样有劲，还能爬上大沙丘，而我连路都快走不动了，每走四分之一法里，就累得要趴下了。然而你我年纪相当。可是，和我这样的人比起来，富人有优越性，天天有饱饭吃；饭吃得饱，身体自然保养得好。”

乞丐沉默片刻，继续说：

“人分穷人和富人，事情就糟糕透了。一切灾祸都来源于这个。至少，我认为是这样。穷人想成为富人，富人不肯成为穷人。我想，这差不多就是问题的实质。这些事我不掺和进去。事变归事变。我既不倾向债主，也不倾向欠债的人。我只知道有一笔债，而这笔债正在讨还。如此而已。我希望人们不要杀国王，可是我很难说清为什么这样想。听到这句话，肯定会有人反驳我：可是过去呢，无缘无故就把人吊在树上！是啊，我就亲眼看见过一个人，因为开枪错打了王室的一只鹿，就挂在树上活活吊死了，而他有一个妻子和七个孩子。两边都有理由可讲呀。”

他又沉默一会儿，然后又补充说：

“你知道，这世事我真闹不清，只见今天这个来，明天那个去，事变接着事变。可是我呢，始终在这里，待在露天星空之下。”

泰尔马克又停顿片刻，现出沉思的样子，然后又说下去：

“我略懂正骨术，略通医理，认得各种各样的草药，会用草药治病。庄稼人看见我成天无缘无故出神，便认为我是巫师。因为我爱思考，他们就认为我会巫术。”

“你是本地人？”侯爵问道。

“我从来没有离开过这里。”

“你认得我吗？”

“当然认得。我上回看见你，是两年前你经过这里去英国的时候。刚才我望见一个人站在沙丘顶上，是一个身材高大的人。

个头高大的人不多见，布列塔尼这地方的人都个子矮小。我望了又望，因为我看过布告，禁不住说一声：‘啊！’你从沙丘上下来时有月光，我认出了你。”

“可是我并不认识你。”

“你见过我，但没有注意我。”

揩门汉泰尔马克补充说：

“我倒是常看见你。乞丐和过路的人，眼光不一样嘛。”

“我以前遇见过你？”

“常常遇见。我在你庄园里要饭，就是你的庄园路边那个穷鬼。你有时也施舍一点儿。可是，施舍者是不看人的，接受施舍者却看得仔细，观察得仔细。乞丐其实就是侦探。我嘛，虽然经常愁眉苦脸，却尽量让自己不当蹩脚侦探。我伸着手，你只看见手，往手掌里扔两个小钱。我上午必须讨到几个小钱，晚上才不至于饿死。常常二十四小时没有任何东西下肚。有时，一文钱就救一条命哪！你救过我的命，现在我报答你。”

“你的确正在救我的命。”

“是的，我正在救你的命，老爷。”

泰尔马克声音变得严肃起来：

“但是有个条件。”

“什么条件？”

“就是你来这里不干坏事。”

“我来这里是干好事的。”侯爵答道。

“我们睡觉吧。”乞丐说。

他们并排在海藻床上躺下。乞丐马上睡着了。侯爵虽然很困乏，却还胡思乱想了一阵，在黑暗中打量一会儿乞丐，这才又躺下。躺在这样的床上，等于躺在地面上。他趁此机会将耳朵贴在地面上倾听。地下有一种低沉的嗡嗡声。原来声音会向地底下传播：他听见了钟声。

警钟还在敲。

侯爵也进入了梦乡。

## 五　郭文的签名

侯爵醒来时，天已放亮。

乞丐已经起来，站在洞口，而没站在洞里，因为站在洞里身子挺不直。他拄着拐杖，脸上辉映着朝阳。

“老爷，”泰尔马克说道，“塔尼钟楼刚才敲了早晨4点钟。我听见敲了四下，这说明风向改变了，现在刮的是陆地风。我没听到任何别的声音，可见警钟已经停止。田庄和厄布昂帕村里非常安静。蓝军不是睡着了，就是已经开拔。最危险的时候过去啦。你我现在分手是明智的，我也该出去了。”

他指一指地平线上一个地方：“我要去那边。”

然后，他又指一指相反方向的一个地方：

“你朝这边走。”

乞丐庄重地举手向侯爵行个礼。

他指着晚餐吃剩的食物补充说：

“你饿的话就捎些板栗。”

不一会儿，他就消失在树林里。

侯爵爬起来，朝泰尔马克指给他的方向走去。

这正是一天中最迷人的时刻，诺曼底古老的土语称为“鸟雀欢噪的时刻”。只听见山雀和家雀叽叽喳喳叫个不停。侯爵顺着昨晚他们进来的那条小路往外走，出了矮树丛，又到了竖有石头十字架的路口。布告仍贴在那里，雪白的，在朝阳下欢快地闪烁。他记起布告下方有些字，昨晚因为字太小而光线太暗没看清楚。他走到十字架底座前面。布告末尾，在马恩的普里厄的签名之后，有如下几行小字：

前侯爵朗德纳克一经验明正身，立即执行枪决。

（签名）营队指挥官

兼远征纵队司令

郭文

“郭文！”侯爵自言自语道。

他站在那里，深深地陷入了沉思，眼睛盯住布告。

“郭文！”他又低声说道。

他抬腿离开，走几步回过头，望着十字架，走回来再看一遍布告。

他这才慢步离去，当时若有人在他身旁，就会听见他喃喃念叨：“郭文！”

他悄悄地沿洼路行走，把田庄抛在左边。洼路地势低，连屋顶都望不见。他绕过一座陡峭的小丘，小丘上长满开花的荆豆，是叫作“长刺”的那一种。小丘的顶是一个尖尖的土堆，当地人叫作“野猪头”。站在小丘脚下抬眼望去，视线马上被树木挡住了。葱茏的树叶沐浴在朝阳里，整个大自然充溢着早晨的喜悦。

突然，这景致变得面目狰狞了。仿佛有支埋伏的部队突然冲了出来，只听见粗野的喊声和激烈的枪声，旋风般扑向沐浴在朝阳里的树林和田野；田庄那边升起滚滚浓烟，田野和村庄像一捆干草熊熊燃烧起来。狂乱取代了宁静，黎明变成了地狱，一切陷入了恐怖。事情来得又突然又可怕。厄布昂帕那边正在交火。侯爵停住了脚步。

遇到这种情况，无论谁都不会无动于衷，绝对抑制不住强烈的好奇，哪怕有生命危险，也想弄清究竟发生了什么事。侯爵爬上洼路旁边那座小丘。站在小丘上，他会被人家看见，但他也看得见人家。他几分钟就爬上了丘顶，举目四眺。

那边果然正在枪战，而且发生了大火。喊声震天，火光熊熊。田庄似乎是一场大灾难的中心。究竟怎么回事？厄布昂帕田庄遭到了袭击吗？可是，遭到什么人袭击？那是一场战斗呢，抑或多半是一次军事惩罚？蓝军按照革命的法令，经常惩罚不服从的农户和村庄。例如，哪个农户或哪个村庄不按法令的规定将树木砍倒，在密林中为共和军的骑兵队伍开辟道路，他们就放火烧掉这个农户和这个村庄。最近，距埃尔内不远的布尔公教区就遭到了惩罚。厄布昂帕是否也遭到了同样的命运？很明显，法令规定要开辟的战略通道，在塔尼和厄布昂帕的丛林和村庄里，一条也没有开辟。现在它们因此受到了惩罚吗？是不是驻扎在田庄的先遣队得到了命令？这支先遣队是不是属于号称“恶魔纵队”的远征纵队？

侯爵站在小丘顶上观察，小丘四周尽是浓密蛮荒的丛林。这一带的丛林名为厄布昂帕林子。实际大得像一座森林，一直延伸到田庄那边，像布列塔尼的所有丛林一样，里面布满纵横交错的山沟、小径、洼路，迷宫一般，共和军一进去就迷失方向。

这次惩罚——如果真是惩罚的话——看来异常凶暴，历经的时间很短，像一切强暴行为一样，一下子就干完了。内战的残酷也包括这类野蛮行为。侯爵做着各种假设，拿不定主意是离开丘顶，还是继续待在上面，仍然倾听着，观察着。这时，那烧杀的喧嚣停止了，或者更确切地说分散了。侯爵发觉，一支疯狂而兴高采烈的队伍，分散开进入了丛林里。树丛底下人如蝼蚁。他们是从田庄那边冲进丛林的。战鼓咚咚，但已不闻枪声。现在的情形恰似一场围猎。看来他们在搜索、追逐、围捕。他们显然是在搜寻什么人。他们的声音又混乱又低沉，乱哄哄的，带着愤怒和胜利的发泄，狂呼乱叫，什么也听不清。突然，仿佛一件被烟雾笼罩的东西现出了轮廓，在一片狂呼乱叫之中，真切而清晰地传来几个字，那是一个被千百人重复着的名字，侯爵听见他们喊叫：

“朗德纳克！朗德纳克！朗德纳克侯爵！”

他们搜寻的原来是他。

## 六　内战的突变

突然间，在他周围的密林里，四面八方同时出现了数不清的长枪、刺刀和马刀，幽暗中还现出一面三色旗，“朗德纳克”的喊声在他耳边震响，而在他脚下，荆棘和树枝间露出一张张凶神恶煞般的面孔。

侯爵一个人站在丘顶，树林里各个角落都看得见他。那些叫喊着他的名字的人他几乎一个也看不见，但他们都看得见他。密林里如果有一千支枪，他就正好是一个枪靶子。他只看见密林里有无数双闪闪发光的眼睛盯住他。

他摘下帽子，把帽檐翻上来，从一株荆豆上折下一根干枯的长刺，又从衣兜里摸出一枚白色帽徽，用刺把帽檐和帽徽一起别在帽筒上，然后重新戴上，上翻的帽檐让人看见他前额上的帽徽。他面向整个林子，高声说：

“我就是你们搜寻的人，我就是朗德纳克侯爵，封特奈子爵，布列塔尼亲王，御林军少将。快动手吧：瞄准！开火！”

他用双手撩开身上的羊皮袄，露出赤裸的胸膛。

他低头扫一眼那些对准他的火枪，却发现许多人跪在他四周。

响起一阵雷鸣般的欢呼：“朗德纳克万岁！爵爷万岁！将军

万岁！”

随着欢呼声，一顶顶帽子抛到了空中，一把把军刀欢快地挥舞，整个丛林里举着无数木棍，顶上晃动着羊毛帽子。

聚集在他周围的是一支旺代部队。

这支部队一看见他就跪了下来。

相传在图林根[①]古老的森林里，有一种奇特的巨人般的动物，像人又不像人，罗马人认为它们是猛兽，日耳曼人认为它们是神的化身。它们是被消灭还是受到顶礼膜拜，完全视它们碰到什么人而定。

侯爵就仿佛觉得自己是这样一种动物，原以为会被当成妖魔，却被当成了神。

那一双双闪烁着可怕光芒的眼睛，都带着野性的爱戴注视着他。

这群乌合之众是由火枪、大刀、镰刀、铁镐和棍棒武装起来的，每个人头戴一顶大毡帽或一顶棕色无边软帽，别着白色帽徽，脖子上挂着大串念珠和护身符，穿着膝盖处开口的肥短裤和翻毛上衣，绑着皮护腿，膝弯外露，长发披肩，其中有一些相貌十分凶恶，但所有人神态都挺淳朴。

一个英俊的年轻人穿过跪在地上的人群，大步走到侯爵面前。这个年轻人像其他人一样戴顶毡帽，上翻的帽檐别一枚白色帽徽，身穿翻毛上衣，但他有着一双白皙的手，上衣里面的衬衣质地也挺考究，而且上衣外面还斜挎了一条白绸绶带，绶带上挂一柄把手镀金的佩剑。

上到丘顶，他摘下帽子扔在地上，取下白绸绶带，一膝往地上一跪，手捧绶带和佩剑呈献给侯爵，说道：

---

① 德意志一历史地区名。

“是的，我们正在寻找你，终于找到啦。这是统帅佩剑。这些士兵现在都归你指挥啦。我本来是他们的指挥官，现在升级成为你的战士了。请接受我们的敬意，爵爷。下命令吧，将军。”

说完他打了个手势，几个人扛面三色旗从林子里走出来。他们走到侯爵面前，将旗帜放在他脚下。这面三色旗就是侯爵刚才望见的那一面。

“将军，”刚才向侯爵呈献佩剑和绶带的年轻人说，“这面旗帜，是我们刚才从驻扎在厄布昂帕田庄的蓝军手里夺过来的。爵爷，我叫加瓦尔，过去是拉·卢阿里手下的人。”

“很好。”侯爵说。

他镇静而庄重地佩上绶带。

然后，他拔出剑，将那明晃晃的剑在头顶上挥舞几下。

“请起来！”他喊道，“国王万岁！”

所有人都站起来。

树林深处响起一片狂热的、胜利的欢呼：“国王万岁！我们的侯爵万岁！朗德纳克万岁！”

侯爵转向加瓦尔：

“你们有多少人？”

“七千。”

他们一同走下山丘。农民们在前面为朗德纳克拨开荆豆丛，加瓦尔则继续对他说：

“爵爷，这一切其实再简单不过了，一句话就能讲清楚：大家都盼望有一个救星呢。共和政府的布告透露出你到了这里，就促使这个拥护国王的地区起来造反啦。另外，格朗维尔镇的镇长秘密通知了我们。他是我们的人，就是救过奥利维埃神父的那个人。昨天晚上我们敲起了警钟。”

“为了谁？”

“为了你啊！”

“哦！”侯爵说一声。

“看吧，我们全来啦！”加瓦尔说。

“你们有七千人？”

“今天七千，明天就会有一万五。我们这地方效率就这样高。亨利·德·拉罗什雅克兰先生去参加天主教军队的时候，我们也敲了警钟。一夜之间，伊塞奈、利尔岢、埃绍布洛瓦涅、奥比埃、圣欧班、努埃尔等六个教区，就给他送来了一万人。那些人没有弹药，在一个砌匠家找到了六十磅开矿的炸药。拉罗什雅克兰就带着这些人和炸药走了。我们估计你大概在这座林子里，便来这里寻找你。”

“你们在厄布昂帕田庄攻击过蓝军？”

“当时刮风，他们没有听见警钟，没有警惕。村子里那些蠢人热情地款待了他们。今天早晨我们包围了田庄，蓝军还在睡觉哩。我们一下子就收拾了他们。我有一匹马，请你赏脸接受好吗？”

“好吧。”

一个农夫牵过来一匹戎装整齐的白马。侯爵不要加瓦尔搀扶，跨上马背。

“乌啦！”农民们高呼。这种英国式的欢呼，在布列塔尼和诺曼底沿海一带非常流行，因为沿海一带与拉芝什群岛商业往来密切。

加瓦尔行个军礼，问道：

“将军，你的司令部打算设在什么地方？”

“先设在富热尔森林里。”

“这是你拥有的七座森林之一啊，侯爵先生。”

“还需要一个神父。”

“神父倒是有一个了。”

“谁？”

“埃布雷教堂的副本堂。”

“他吗，我认识。他去过一趟泽西岛。”

神父从队伍里走出来说：

“去过三趟。”

侯爵转向他道：

“你好，副本堂先生，这下你有活儿可干啦。”

“再好不过啦，侯爵先生。”

“会有许多人来找你忏悔。当然是自愿忏悔的人，我们不强迫任何人。”

“侯爵先生，”副本堂说，“加斯东在盖梅内强迫共和派的人忏悔。”

“他是个理发匠。”侯爵说，“死应该是自由的。”

加瓦尔去传达了几项命令，回到侯爵身边说：

“将军，我等待你的命令。”

“首先，集合地点在富热尔森林，叫大家分散前往。”

“这个命令已经下达。”

“你不是对我说过，厄布昂帕的人欢迎了蓝军吗？”

“是的，将军。”

“你把那座田庄烧了吗？”

“烧了。”

“村庄烧了吗？”

“没有。”

“也去烧了。”

“蓝军曾试图抵抗，可是他们才一百五十个人，而我们有七千人。”

“这些蓝军是哪一部分的？”

"是桑特尔的蓝军。"

"就是国王被杀头时指挥擂鼓的那个家伙。那么，这是巴黎来的一个营？"

"是半个营。"

"这个营叫什么名字？"

"将军，营旗上写着'红帽子营'。"

"是一群凶残的野兽。"

"那些伤兵怎样处理？"

"结果他们。"

"俘虏怎样处理？"

"毙了。"

"有八十来个。"

"统统毙了。"

"还有两个女的。"

"也毙了。"

"还有三个小孩子。"

"把他们带来，看看该怎样处置他们。"

侯爵催动了坐骑。

## 七 绝不宽大（公社的口号）<br>绝不饶恕（亲王们的口号）

这些事在塔尼附近发生的时候，那个乞丐正向科洛龙那边走去。他钻进深山沟里，在浓密的树荫下前行，正如他自己所说，对一切漫不经心，心里连一点儿小事都不装，沉浸在遐思而非沉思之中；沉思是有目的的，遐思不着边际。他就这样溜达着，闲荡着，停停走走，这里吃一把野酸模嫩芽，那里喝捧山泉水，偶尔抬起头，倾听远处的喧闹，然后又沉迷在大自然的魅力之中，在阳光下晒他的破衣烂衫，传到他耳朵里的也许是人声，但他谛听的却是鸟儿鸣唱。

他年事已高，行动迟缓，走不了远路，正如他对朗德纳克侯爵所说，走四分之一法里就累得要趴下了。他到阿佛朗清十字架那边兜一个圈子，折回来已是黄昏。

过了玛塞不远，他沿着小路，爬上一座光秃秃没长树木的山丘。站在丘顶可以望得很远，从西面到海边，整个地平线尽收眼底。

一股烟吸引了他的注意力。

没有什么东西比烟更柔和，也没有什么比烟更可怕。有和平的烟，也有罪恶的烟。一股烟，仅仅从其浓度和颜色，就可以判断是和平还是战争，是友爱还是仇恨，是殷勤还是险恶，是生还是死。树丛里升起一股烟，可能意味着那里存在着世界上最温馨的东西——家庭，也可能是产生了世界上最可怕的东西——火灾。烟这种随风消散的东西，有时候意味着人的全部幸福或不幸。

泰尔马克看见的那烟令人不安。

那烟浓黑，不时冲起红色的火光，似乎产生烟的火场在断断续续燃烧，快要熄灭了。那烟是从厄布昂帕冒出来的。

泰尔马克加快脚步，朝冒烟的方向走去。他已经很疲劳，但急于想知道是怎么回事。

他爬到村子和田庄背后的山丘顶上。

田庄和村庄都不见了。

只有一堆正在燃烧的破房子，这就是厄布昂帕！

看到一座茅屋被烧掉，比看到一座宫殿被烧掉更令人心碎。一座茅屋着了火，那真是惨极了。这是贫穷遇到浩劫，弱者遇到强盗。这种难以形容的不公平，怎能不叫人伤心！

《圣经》上记载，一个人看见一场火灾，便化成了石像。此刻，泰尔马克就这样化作了一尊石像。眼前的情景使他惊呆了。那毁灭是无声地完成的，听不见一声叫喊，浓烟中没有夹杂一声人的叹息。火还在燃烧，最后把这座村庄彻底吞噬掉。除了屋梁的爆裂声，茅草的噼啪声，听不到其他任何声响。有时浓烟散开，坍塌的屋顶下，露出一个个张着口的房间；火中一堆堆鲜红的破衣服，一件件绛红的旧家具，把四壁映得通红。整个火场看去像一堆红宝石。目睹这场可怕的灾难，泰尔马克感到一阵阵头昏眼花。

村舍旁边的几株栗树也着了火，熊熊燃烧着。

泰尔马克倾听着，想听到一个声音，一声叫喊，一声呼救，但除了腾腾烈焰，听不到一点动静。难道所有人都逃走了吗？

厄布昂帕那些生龙活虎、终日劳作的人到哪里去了呢？全村的小老百姓都怎样了呢？

泰尔马克下了山丘。

他面前横着一个阴惨惨的谜。他目光呆滞，不紧不慢地走拢去，幽灵般慢慢走向那片废墟。他觉得自己正是这坟墓般环境中的一个幽灵。

他走到原先是田庄大门的地方，向院子里望去。现在院子连围墙都没有了，与围绕它的村庄连成了一片。

他刚才所看见的一切还算不了什么，那只不过可怖而已，而现在映入眼帘的情景，才令人毛骨悚然。

院子中间有一大堆黑乎乎的东西，一边被火光映着，另一边被月光照着，呈现出朦胧的轮廓。原来那是一堆人，一堆死人。

那堆死尸的四周有一大洼积水，微微冒着烟，倒映着火光。即使没有火光映照，那摊积水也是红色的：那是一洼血。

泰尔马克走拢去，仔细察看那一个个躺倒的人：全部都是死尸。

那些死尸都是士兵，全都赤着脚。他们的鞋子都被拿走了，武器也被拿走了，蓝色的军服还穿在身上，在横七竖八的四肢和脑袋中间，间或看得见穿了洞、别着三色帽徽的帽子。他们都是共和军。这些巴黎人，昨天晚上还一个个生气勃勃，在厄布昂帕扎营呢。这些人全是被枪毙的，这一点从尸体排列那么整齐就可以看出来。他们是被人当场枪毙的；枪毙者很仔细，一个幸存者也没有。整堆尸体中听不到任何呻吟声。

泰尔马克仔细察看那些尸体，一具也没漏掉，每具尸体都被子弹穿了许多洞。

那些枪杀他们的人大概急于去别的地方，没有来得及掩埋他们。

他正要离开，目光落在院子里一堵矮墙上，看见从墙角后面露出四只脚。

那四只脚都穿着鞋子，比其他脚小一些，原来是女人的脚。

矮墙后面躺着两个女人，也是被枪毙的。

泰尔马克弯腰细看，两个女人之中一个穿着军服，身旁有一把砸破的空酒壶，这是一位随军女酒馆。她头上中了四颗子弹，早断了气。

泰尔马克再细看另一个。这是一位农妇，脸色惨白，嘴巴张着，双眼紧闭，头上没有任何伤痕，身上的衣服大概是穿得太久了，已经破烂不堪，倒下时又撕开了，所以上半身裸露在外面。泰尔马克将她的衣服完全撩开，看见她的一个肩膀上有子弹穿透的一个圆洞，锁骨被打断了。他看了一眼那对毫无血色的乳房。

“是一位还在喂奶的母亲。”他喃喃道。

他摸一下她的身体，发现还没有凉。

除了锁骨和肩膀上的伤口，她身上没有别的伤。

他将手放在她的心口，感到微弱的跳动。这女人没有死。

泰尔马克站起来，用可怕的声音喊道：

“这里有人吗？”

“是你啊，揩门汉。”一个低得几乎听不见的声音说。

随着说话声，从废墟的一个洞里伸出一个脑袋。

接着从另一间破房子里伸出一张脸。

这是两个躲藏起来的农民，他们是仅有的两个幸存者。

他们听见乞丐熟悉的声音，才放心地从蹲着的角落里爬出来。

他们朝泰尔马克走过来，还浑身哆嗦不止。

泰尔马克想叫喊，但喊不出来，他太激动了。

他指给他们看躺在他们脚边的那个女人。

“她还活着？”一个农民问道。

泰尔马克点点头。

“那个女人也活着吗？”另一个农民问。

泰尔马克摇摇头。

头一个出来的农民又问道：

“其他人都死了，是吗？那情景我看见啦。我躲在地窖里。这种时候一个人如果没有家室，那才谢天谢地呢！我的房子给烧掉啦，耶稣我主！这个女人有几个孩子，三个孩子，全都很小！孩子们哭叫：‘妈妈！’母亲哭叫：‘孩子们！’他们枪杀了母亲，带走了孩子。这一切我亲眼所见，上帝！上帝！上帝啊！那些杀人的人走了，心满意足地走了。他们带走了几个孩子，杀死了母亲。可是，她还没有死吗？她还没死？你说呀，花子，你相信还能救活她吗？要我们帮你把她送到你的树洞里去吗？”

泰尔马克点点头。

田庄旁边就是树林子，他们很快就用树枝和蕨草扎成一副担架，把始终没有动弹的女人放上去，两个农民一前一后抬着，朝荆棘丛里走去。泰尔马克扶住女人的一条胳膊，摸着她的脉搏。

一路走着，两个农民说起话来，一前一后，隔着月光下那个满身血迹、脸色惨白的女人，胆战心惊地哀叹着：

“都杀光了！”

“都烧光了！”

“唉！天主！今后就是这种世道了吗？”

“都是按那个老头儿的旨意干的。”

“对，是那老头儿指挥的。”

“枪毙人的时候我倒是没有看见他。他在场吗？”

“不在，他走了。但在不在都一样，一切都是按他的命令干的。”

“那就等于是他干的。”

“他说：‘杀！烧！绝不饶恕！’”

“据说他是一位侯爵？”

“是的，就是我们这里的侯爵。”

“他叫什么名字来着？”

“朗德纳克先生。”

泰尔马克抬眼望着上天，咬牙切齿地低声说道：

“要是我早知道会这样！”

# 第二部分
# 在巴黎

# 第一章　西穆尔登

## 一　当年巴黎的街景

人们过着公开的生活，吃饭就在家门口支张桌子，妇女们坐在教堂前面台阶上做纱布团，一边哼唱《马赛曲》；蒙梭公园和卢森堡公园成了练兵场；所有十字路口都有忙碌不歇的兵器作坊，就在行人面前制造火枪，博得行人阵阵喝彩。只听见人人嘴边挂着这句话："耐心等着吧，眼下正闹革命啊！"每个人脸上的笑容都流露出英雄气概。人们还经常去看戏，就像伯罗奔尼撒战争[①]时期的雅典人一样。条条街角贴着海报：《被围困的蒂永维尔》，《烈火中救出母亲》，《无忧无虑者俱乐部》，《女教皇雅娜的大姐》，《乡村恋爱术》，等等。德国人已迫近国门，据传普鲁士国王已派人在巴黎歌剧院订了包厢。一切都骇人听闻，但没有人被吓倒。一部狠毒的嫌疑犯惩治法——它是梅林·德·杜埃[②]的罪恶之作——使每个人都觉得，断头刑随时会落到自己头上。一位名叫塞兰的检察官被人告发，穿着室内便袍和拖鞋在窗口吹笛子，等待被捕入狱。似乎人人都忙得不亦乐乎，大家都行色匆

① 公元前431年—前404年斯巴达与雅典之间的战争，古代希腊史上的一次大战。

② 梅林·德·杜埃(1754—1838)共和派政治家，著名律师，1793年主持制订嫌疑犯惩治法。

匆。没有一顶帽子上不别帽徽。妇女们都说："红帽子一戴，我们都标致了。"巴黎仿佛到处都在搬家。古董店里堆满了王冠、主教冠、镶金的木质节杖、百合花徽等王室遗物。这叫作彻底扫除垮台的王室。旧货店里挂着无袖法袍和紧袖法衣，旁边写着"请给我取下这件"，以招徕顾客。在市郊波什隆和朗波诺，一些人穿着宽袖白法袍，佩上襟饰，怪模怪样地骑着披祭披的驴子，进得酒店，要求用大教堂的圣器斟酒给他们喝。在圣雅克街，一些打赤脚的铺路工人，拦住卖鞋的货郎车，大家凑钱买五十双鞋子，送到国民公会，捐献给我们的士兵。富兰克林、卢梭、布鲁图还有马拉的半身像，随处可见。在克罗什－佩斯街，马拉的一座半身塑像下面，挂着一个镶玻璃的黑木框，里面嵌着马拉的一段演说词。是他罗列事实、抨击马鲁埃①的那一段，底下空白处还加了两行说明："以上细节，是西尔万·拜耶的情妇向我提供的，她是一位待我很好的巾帼志士——签名：马拉。"王宫广场喷泉旁边"斯泉喷涌，润泽万方"的碑铭，被两幅巨大的胶画遮住了。其中一幅画的是卡耶·德·热维尔②在国民议会演说，揭露阿尔勒③的"失势的家伙们"重新集结的信号；另一幅画的是路易十六由御用马车载着被押回巴黎的情景，马车下面绳子绑着一块木板，两端各站一名士兵，手里的长枪上了刺刀。大店铺很少有开门营业的。妇女们推着卖杂货和玩具的流动货车，走街串巷，车子上点着蜡烛，熔化的烛油滴在货物上。露天商店的经营者，都是戴金色假发的还俗修女。这位摆摊修补袜子的妇女，是

---

① 马鲁埃(1740—1814)，法国政治家，全国三级会议第三等级议员，是拥护君主政体的主要人物之一。

② 1791—1792 年期间的内政部长。

③ 阿尔勒是当时反革命势力即"失势的家伙们"集结的中心。

一位伯爵夫人，那位女裁缝是一位侯爵夫人，布佛莱夫人①现在住着一间顶楼的棚子，一探头就能看见她过去住的公馆。报贩满街叫卖报纸。把下巴缩进领带里的人，被称为“患瘰疬的家伙”。到处是巡回演唱的歌手。保王派的作曲家皮杜受到群众嘲骂，其实他倒是个血性男儿，蹲过二十二年班房，曾受到审判，因为他一说到“爱国心”几个字就拍屁股；见自己有砍头的危险，他就大喊大叫：“可是，有罪的是我的屁股，而不是我的脑袋啊！”法官们听了全都捧腹大笑，他因此得救。这个皮杜讽刺取希腊语和拉丁语名字的时尚，他的得意之作唱的是一位蹩脚鞋匠，给这位鞋匠取名居尤，而叫鞋匠的妻子居尤斯坦②。大家经常跳卡马尼奥尔舞③，舞伴不再称“男舞伴”和“女舞伴”，而称为“男公民”和“女公民”。人们在倒塌的修道院里跳舞，祭坛上点着油灯，拱顶上用两根木棒绑成十字架，上面点四支蜡烛，而舞场的底下就是坟墓。有些人穿暴君式蓝上衣，衬衣上别着白蓝红三色宝石制作的别针，头上戴着“自由帽”。黎塞留街改名为“法律街”，圣安托万区改名为“光荣区”，巴士底广场上竖起了一座“自然神”雕像。见到名人走过，大家就指指点点。例如夏特莱、迪迪埃、尼古拉和加尼埃－德劳奈，他们经常监视着木匠杜普莱家的大门。④还有吴朗，凡是断头台杀人的日子，总是跟在囚车后面跑去看热闹，说是去望“红色弥撒”。蒙弗拉贝尔是侯爵，当了革命法庭陪审团成员，把自己的名字改为“8月18”。大家经常看见军校学生游行，这些学生被国民公会的法令称为“有抱负的青年”，老百姓则称他们为“罗伯斯庇尔的年轻侍从”。人们传阅

---

① 布佛莱骑士之妻。布佛莱为有名的贵族、诗人，大革命时期逃往波兰。

② 均为拉丁语姓名。

③ 法国资产阶级大革命时期流行的歌曲和舞蹈。

④ 当时罗伯斯庇尔住在木匠杜普莱家里。

着弗雷隆[①]揭露奸商嫌疑分子的声明。保王派的花花公子们聚集在各区政府门口，嘲笑世俗婚礼，挤在新郎新娘经过的路上，叫他们“区政府登记的新婚夫妇”。在残老军人院，历代圣人和国王的雕像都戴上了红色锥形高帽子。人们在街口的界石上玩纸牌；纸牌充满了革命的变化：用天才代替了王，自由代替王后，平等代替侍臣，法律代替爱司。公园的土地被耕种，连杜伊勒里的土地也被犁铧翻耕了。除了这一切，尤其在失势的那一派人之中，还普遍存在着活腻了的清高情绪。有人写信给富基埃－坦维尔[②]说：“请行行好，不要让我再活下去了，我的住址是……”桑思内茨被捕的原因，就是他在王宫大厦大喊大叫：“何时才能进行土耳其式的革命？我希望建立一个土耳其苏丹国式的共和国。”到处是报纸。理发店的伙计在众目睽睽之下为妇女卷头发，而老板大声念着《箴言报》，其他人则几个一堆，指手画脚议论杜布瓦·克朗塞的《谅解报》，或贝勒罗斯老爹的《号角报》。有些理发匠兼卖肉，所以店里的金发洋娃娃旁边挂着火腿和香肠。一些小贩在大街上大卖“逃亡贵族酒”，一个小伙子挂出牌子，说他有五十二种酒出售。旧货商们出售竖琴式座钟和公爵夫人式沙发。一家理发店招牌上写着：“本店为教士刮脸，为贵族梳头，为第三等级化妆。”不少人去安茹街，即过去的王妃街一百七十三号，找马丁算命。普遍缺面包，缺煤炭，缺肥皂，只见从外省运来一群群乳牛。在瓦雷，小羊肉卖十五法郎一磅。公社的告示规定每人十天配给一磅肉。家家商店门口排长队，有一次的长队简直带有传奇色彩，从小卡罗街一家食品杂货店门口，一直排到了蒙道戈耶街中部。人们管排队叫“抓绳子”，因为排

---

① 弗雷隆（1754—1802），法国大革命时期的新闻工作者，“金色青年”首领。

② 法国大革命时期任律师，在恐怖统治时期任革命法庭检察官。

队的人一个接一个抓住一根长长的绳子。在这种苦难之中，妇女们表现得既坚强又温顺，她们排队经常一排就是一通宵，等待轮到自己进入面包店。革命采取的临时措施取得了成功。为了解救普遍的危难，采取了两项充满危险的措施：发行指券和限制物价。指券是杠杆，限价是支点。这个蹩脚的药方，倒是拯救了法国。不论科布伦茨的敌人，还是伦敦的敌人，都大做指券投机买卖。来来往往兜售香水、松紧袜带和假发辫的女郎，也做指券投机生意。维维冶纳街佩隆交易所里的指券投机者们，鞋子上满是泥巴，头发脏兮兮的，戴着狐尾皮帽，而瓦卢瓦街的指券投机者们，却皮鞋擦得锃亮，嘴里叼着牙签，头上戴着皮帽子，引得姑娘们热情地向他们打招呼。老百姓追捕这些投机者，也追捕被保王派称为“活跃的公民”的小偷。不过，当时很少发生偷窃案件。人人穷得叮当响，普遍保持着坚忍的廉洁之风。穷鬼们和饿鬼们经过平等宫的珠宝店门前时，都庄重地低垂双眼，不往橱窗里看。一次，安多纳区公所对博马舍[①]的住宅进行搜查时，一个妇女在花园里摘了一朵花，结果吃了众人的耳光。劈柴卖到四百银法郎一捆，街上常见有人锯床当柴烧。冬天水井结冰，一车水卖十二苏，于是大家都去挑水卖。一个金路易值三千九百五十法郎。坐一程出租马车要六百法郎。有人乘坐了一天出租马车，问车夫：“车夫，我该给你多少钱？”车夫回答：“六十利弗尔。”一个卖蔬菜的女贩子一天可卖到两万法郎。一个叫花子乞讨道：“请行行好帮帮我吧，我想买双鞋子，还差二百三十利弗尔。”每座桥的桥头，都有大卫雕刻并着色的巨型雕像。这些巨型雕像，被梅西埃诬蔑为“丑陋的大木偶”，它们象征着破产的联邦主和

① 博马舍(1732—1799)，法国剧作家，著名喜剧《塞维尔的理发师》和《费加罗的婚礼》的作者。

反革命联盟。民众之中没有任何动摇的迹象，他们表现出沉郁的欢乐，因为封建王朝终于被推翻了。甘愿捐躯沙场的志愿兵源源不断，每条街可组织一个营。各区的旗帜来来往往，每面旗帜上都写着本区的口号。卡普散区的旗帜上写着："谁都休想动我们一根毫毛。"另一个区的旗帜上写着："高贵只存在于心灵之中。"所有墙壁上都贴满大大小小的标语，有白黄绿红诸种颜色的，有印刷的，也有手写的，全都是一句口号："共和国万岁！"小孩子音都发不清，却都唱《准能成》①。

这些小孩子代表着无限美好的未来。

后来，这座悲惨的城市变成了一座无耻的城市。在热月九日之前和之后，巴黎的街道呈现出两种截然不同的革命景象。圣茹斯特②的巴黎，让位给了塔利安③的巴黎。这种不断交替的对比，正是上帝安排的，过了西奈山④，立刻就是库蒂耶区⑤。

民众显然发疯了。这种情形八十年前已经出现过。摆脱了路易十四的统治的人们，和摆脱了罗伯斯庇尔的统治的人们，都迫切需要自由地呼吸。这个世纪以摄政府开头，而以督政府告终。在两次恐怖统治之后，都出现了纵情享乐的时期。法兰西从清教徒的隐修院里逃了出来，又冲破了君主制的藩篱，像一个得到解脱的民族一样兴高采烈。

热月九日⑥之后，巴黎沉浸在欢乐之中，沉浸在丧失理智的

---

① 法国大革命时期流行的一首歌曲。

② 圣茹斯特（1767—1794），法国革命家，曾任国民公会主席，比罗伯斯庇尔还残酷无情，其理想是建立一个公有制的平等社会。

③ 塔利安（1767—1820），法国革命家，温和派热月党人领袖，在热月九日带头推翻罗伯斯庇尔，造成反革命复辟。

④ 西奈山，据《圣经》记载，是上帝发出启示的主要地点，上帝曾在此向摩西显灵，并赐他十诫。

⑤ 该区是当时酒馆和妓院集中的地方。

⑥ 即反革命政变，罗伯斯庇尔受审之日。

欢乐之中。到处充满不正常的行乐气氛。生活的疯狂代替了死亡的疯狂，伟大崇高荡然无存。出了一个特里马西翁式的人物，名叫格里莫·德·拉莱尼埃，出版了一本《食客手册》。人们争相跑到王宫大厦中二楼去吃饭，那里有军乐伴奏，敲鼓吹号的是女子乐队。轻快的二拍子舞广为流行。在梅娥餐厅，人们在小香炉的袅袅香烟之中，享用东方式的夜宵。画家博兹画自己的几个女儿，一个个画得袒肩露胸，穿红衬衫，一副上断头台的模样，其实她们全是天真可爱的十几岁的少女。以前是去倒塌的教堂里跳舞，现在是上卢吉利、卢凯、文泽尔、莫杜伊和拉孟坦西埃等舞厅跳舞；以前是制作纱布团的严肃的女公民，现在是苏丹妃子、野性女郎和裸体美女。以前是沾满鲜血、泥巴和尘土的士兵的赤脚，现在是缀满宝石的女人的赤脚。淫乐和欺诈，同时沉渣泛起，上有奸商，下有小偷，骗子遍布巴黎，人人都得当心自己的"皮夹子"，即钱包。流行的一种消磨时间的方式，就是去法院广场，观看坐在高圆凳上受审的女小偷，致使法院不得不把她们的裙子扎起来。戏院门口，有小孩子为黄包车拉客："男公民们，女公民们，这辆车里可以坐一对呀！"报童不再叫卖《老科尔得利俱乐部报》[①] 和《民众之友报》，而是叫卖《小丑通信报》和《童工请愿报》；萨德侯爵 [②] 当上了旺多姆广场长矛区公所主席。反动派既快活又凶残：1792 年的"自由龙骑兵"，改名为"短刀骑上"复活了。同时，街头舞台上又出现了若克里斯这个角色 [③]，出现了穿古希腊和古罗马服装的时髦女郎，比她们更时髦的，还有"不可思议的女郎"。大家都用不三不四的下流话骂人，简直从米拉

---

① 科尔得利俱乐部是法国大革命期间，由马拉等人在科尔得利修道院建立的政治组织。

② 萨德（1740—1814），专门描写性变态的黄色下流作家，因生活放荡曾长期被拘禁。

③ 戏剧舞台上一个被愚弄的可笑角色，是 18 世纪多维尼创作的《若克里斯的绝望》一剧使之家喻户晓的。

波[①]退回到了波白什[②]。巴黎就这样摇来摆去，恰如文明的一座巨大挂钟，一会儿摆到这一极，一会儿摆到另一极，不是温泉关[③]，就是蛾摩拉[④]。1793 年之后，革命经历了一个奇特的遮光阶段，这个世纪好像忘记了去完成它业已开始的事情，一种淫乐之风插了进来，占据了前台的位置，而把可怕的世界末日景象推到后台去了，于是产生了过分的幻觉。在恐怖过去之后开怀大笑；悲剧在油嘴滑舌中消失了，地平线上狂欢的烟雾把美杜莎[⑤]遮得隐约朦胧。

不过在我们叙述的 1793 年，巴黎街头的景象还是一如当初，壮观而狂暴。巴黎街头有自己的演说家，像瓦雷就是站在一辆破篷车上，向行人巡回演说；巴黎街头有自己的英雄，其中有一个号称“铁棍队长”；巴黎街头也有自己的大红人，小册子《路饥殍》的作者古佛卢瓦就是一个。这些享有盛名的人士之中有少数坏蛋，其余都是好人，而在所有这些人之中，有一个忠心耿耿但注定要倒霉的人，就是西穆尔登。

## 二　西穆尔登

西穆尔登是个心灵既纯洁又忧郁的人，骨子里好走极端。他当过教士，这一点非同小可。人和天空一样，可以很宁静而又阴

---

① 即米拉渡伯爵（1749—1791），法国大革命初期统治国家的国民公会中最伟大的演说家和最富有才智的政治家。

② 波白什为帝国时期和复辟时期戏剧舞台上著名的小丑。

③ 希腊中部东海岸卡利兹罗蒙山和马利亚科斯湾之间的狭窄通道，公元前 480 年，人数很少的希腊军队，在此抵抗波斯大军三天，此役以勇对强敌载入史册。

④《旧约》中地名，迦南平原诸城之一。据《圣经》记载，亚伯拉罕时代，该城之王比沙被以拦王基大老玛打败。后因该城居民罪恶深重，上帝降天火将之毁灭。

⑤ 希腊神话中的蛇发女怪，被其目光触及者即化为石头。又译墨杜萨。

霾密布。一点儿小事，就足以使西穆尔登的心情变得昏天黑地。就因为当过教士，西穆尔登的心灵里一团漆黑，而人一日为教士，便永远是教士。

使我们的心灵变得一团漆黑的东西，必然也会在我们的心灵中留下点点星光。西穆尔登品德高尚，忠诚可靠，但这些品格是在黑暗中闪光。

他的经历很简单，先是在村子里当本堂神父，接着在一个名门望族之家当家庭教师，后来得到一笔小小的遗产，便开始了自由自在的生活。

他首先是个固执的人。他思考起问题来，就像用钳子钳东西一样，死死抓住不放。他认为，一个想法没有想透彻，我们就没有权利放弃。他考虑问题简直像拼命一样。他懂欧洲各国语言，也略通其他语言。他这个人总是不停地学习，这有助于他坚持独身生活，但这种禁欲生活是极其危险的。

不知是由于高傲，出于无意还是心灵高尚，他一直遵守着教士三愿[1]，但未能保持信仰。是科学瓦解了他的信仰，使宗教教条从他身上灰飞烟灭。他自我反省，觉得自己仿佛变成了残疾人。既然无法彻底摆脱教士的阴影，他就兢兢业业重新做人。他失去了建立家庭的机会，就以祖国为家；没有人肯嫁给他，他便与人类缔结海誓山盟。这样看起来他非常充实，其实内心十分空虚。

他的父母是种田人，他们让他当教士，无非是指望他脱离平民处境，而他却偏偏又回到了平民之中。

他是怀着满腔热血回到平民之中的。他以压抑不住的爱心关怀着受苦受难的人们。他从教士变成了哲学家，又从哲学家变成了斗士。路易十五还在世的时候，西穆尔登就模糊感觉到自己是

---

① 进修道院时所许的贫修、贞洁、顺从三愿。

拥护共和的了。拥护什么样的共和呢？或许是柏拉图的共和，或许是德拉古[①]的共和吧。

他被剥夺了爱的权利，于是就憎恨。他憎恨谎言，憎恨君主制度，憎恨僧侣政治，憎恨他的教士道袍。他憎恨现在，而放开嗓门呼唤着未来。未来是什么样子，他已经有所预见，有所窥测：在他的想象中，未来一定是恐怖而又美好的。他懂得，为了结束人类可悲的苦难，必须产生一个类似复仇者的救星。他早就憧憬着天下大乱。

1789 年，天下果然大乱，西穆尔登早有准备。他合乎逻辑地，就是说，按照他的思想气质，义无反顾地投身到了这场波澜壮阔的人类变革之中。逻辑不是感情用事。西穆尔登经历过那些伟大的革命年代，心灵受到那种革命气氛的震撼：1789 年攻占巴士底狱，结束了黎民百姓的苦难；1790 年 6 月 19 日推翻了封建制度；1791 年的瓦莱纳事件宣告了君主政体的终结；1792 年建立了共和国。西穆尔登看见革命风起云涌。他这个人，丝毫不害怕浩浩荡荡的革命运动，恰恰相反，那万象更新的情景使他充满了活力。尽管他已年届五旬，差不多老了，而且教士比一般人老得更快，但他却似乎发育成长起来了。他看到革命运动一年比一年更壮大，也就跟着成长起来。起初他担心革命会流产，便密切注视着它，发现革命既有理又正当，于是他要求革命取得成功。革命变得越来越恐怖，他就放心了。他希望，这位头戴未来星星之冠的弥涅耳瓦[②]，同时也是帕拉斯[③]，用缠绕着蛇的面具做盾牌。他希望在必要的时候，这个弥涅耳瓦的神眼，能向魔

① 公元前 7 世纪雅典的立法者，所制订的法律极为严酷，规定罪无论轻重，一律判处死刑。

② 罗马神话中相当于雅典娜的庇护手艺的女神，是手艺人、医师、雕刻师、乐师和诗人的保护者，其形象很可爱。

① 希腊神话中的巨灵之一，巨灵之战的参加者，其形象是恐怖的。

鬼们射出恶魔般的目光，以恐怖制伏魔鬼们的恐怖。

时间到了 1793 年。

1793 年就是欧洲反对法国的战争，是法国反对巴黎的战争。何谓革命？革命就是法国打败欧洲，就是巴黎打败法国。正因为如此，1793 年作为一个恐怖的时刻是很了不起的，比本世纪所有其他年份都伟大。

欧洲攻打法国，法国攻打巴黎，真正可悲透顶，而这场悲剧堪称史诗。

1793 年是个紧张的年头。暴风雨已经爆发，那样势不可当，那样威武雄壮。身处这暴风雨之中，西穆尔登却怡然自得。这种狂热、野蛮、壮烈的环境，适于发挥他的聪明才智。这个人像在大海上空翱翔的鹰，看上去很喜欢冒险，内心深处却非常沉静。某些长翅膀的造物凶猛而又沉静，它们天生是搏击长风的。天生爱暴风雨的人，的确是有的。

他只是对穷苦人抱着特别的怜悯之心，愿意为生活在水深火热之中的人献身。他心甘情愿这样做。这正是他的侠义心肠的体现。他的救世济贫的精神既可怕又崇高。他专门找脓疮亲吻。高尚的行为往往令人侧目，也最难做到，他就喜欢这类行为。有一回在主宫医院，一个濒于死亡的病人，被喉部一个毒瘤压迫得透不过气来。那个毒瘤发出恶臭，可能还是传染性的，必须马上把里面的脓液排除。西穆尔登正好在场，他把嘴唇贴在毒瘤上，吸里面的脓液，吸满一口吐掉一口，直到把脓液全吸干净，救了那病人一条性命。当时他还穿着教士道袍，所以有人对他说："假使你这样救了国王，肯定能当上主教。""我才不会救国王呢！"西穆尔登回答。他的行为和他的回答，使他在难见天日的巴黎平民区受到拥戴。

正因为这样，那些在苦难和泪水中打发日子，渴望起来造反的人，都愿意服从他的指挥。当时，民众对囤积居奇者愤恨不已，而这种愤恨很容易把他们引入歧途。正是西穆尔登一句话，阻止了群众去抢劫圣尼古拉港一艘装满肥皂的船；愤怒的群众聚集在圣拉扎尔城门口拦截车辆，也是他劝他们散去的。

8 月 10 日之后两天，是他率领民众推倒了历代国王的雕像。那些雕像倒下来时压死了一些人。在旺多姆广场，一个名叫莱娜·维约雷的女人，往路易十四的雕像脖子上套根绳子，要把它拉倒，结果被压死了。路易十四那尊雕像建于 1692 年，屹立了整整一百年，于 1792 年 8 月 12 日被推倒。在协和广场，一个名叫甘格罗的人叫推倒雕像的人“流氓”，被打死在路易十五雕像的底座上。这座雕像被砸成了碎块，后来铸成了铜钱，只有一条胳膊得以幸免，就是路易十五模仿罗马皇帝的姿势伸着的右胳膊。是在西穆尔登的请求下，民众交出了那条胳膊，并派一个代表团把它送给拉图德——一个在巴士底狱关了三十七年的人。拉图德正是这位国王命令投入监狱的，当这位国王的铜像雄视着巴黎，而他脖子上戴着枷锁，腰间锁着铁链，在监狱的底层活活等死时，谁能向他预言，这座监狱将被攻陷，这个国王的铜像将被推倒，他将从这座监狱里出来，而把君主制关进去，这只曾签字将他监禁的铜手会属于他这个囚徒所有，这位卑鄙的国王只会剩下这条铜胳膊呢？

西穆尔登属于这样一类人：他们内心里有个声音，他们听从这个声音。这类人看上去心不在焉，其实对什么都是留心的。

西穆尔登无所不知，又什么也不懂。他对科学了如指掌，对生活却一窍不通。正因为这样，他处事生硬。他像荷马笔下的忒弥斯，眼睛总是被蒙住的。他有着盲目的自信，像箭一样，认准目标，笔直射去。而在革命中，最可怕的莫过于直线前进。西穆尔登总是一往直前，所以注定会不幸。

西穆尔登相信，在开创新社会的过程中，只有走极端才能立于不败之地。这是那些用逻辑代替理智的人特有的错误。他之极端，超过国民公会，超过巴黎公社。他是“主教会”成员。

这个组织之所以叫作“主教会”，是因为它经常在旧主教宫的一间大厅里开会。其实，说它是一个会，不如说它是一帮五花八门的人。这个会和巴黎公社一样，里面有一批不哼不哈但举足轻重的旁观者，他们每个人正如加拉[①]所说的，“身上有多少个口袋，就有多少支手枪”。主教会是一个奇特的大杂烩，既是一个世界性的大杂烩，也是巴黎的一个大杂烩。这二者并不互相排斥，因为在巴黎搏动着世界各国人民的心脏，巴黎平民的热情像火山一样迸发出来。与主教会相比，国民公会显得冷冰冰的，巴黎公社也只不过是一锅温吞水。主教会是一个像火山一样炽热的革命团体。主教会无所不包，无知的人，愚昧的人，正直的人，愤怒的人，还有警察。布伦瑞克[②]也在里面安插了自己的代理人。这里有斯巴达人那样的勇士，也有该送去服苦役的人，但大部分都是狂热而正直的人。吉伦特派曾借国民公会临时主席伊斯纳尔之口，说了一句骇人听闻的话：“当心啊，巴黎市民们，你们的城市将荡然无存，有一天会连巴黎的原址都难以寻找。”就是这句话创立了主教会。各种人，正如我们刚才所说，各个国家的人，都感到有必要以巴黎为中心团结起来。西穆尔登加入了这个团体。

这个团体奋起抵抗反动派。它诞生于公众对暴力的渴求。而对暴力的渴求，正是一切革命令人生畏而又神秘莫测的一面。主

---

① 加拉（1749—1833），法国政治家，曾继丹东之后担任共和政府司法部长，后又任内政部长。

② 布伦瑞克（1735—1806），普奥联军总司令，曾率先向巴黎公社进攻，并发出最后通牒，称为布伦瑞克宣言。

教会仗着这种势力，立刻建立了自己的地盘。在巴黎的每次骚乱中，放枪放炮的是巴黎公社，煽风点火的则是主教会。

西穆尔登非常天真淳朴，认为只要是维护正确的东西，一切手段都是合理的。正因为这样，他才能控制各种极端派别。连流氓无赖们都觉得他这个人忠实可靠，对他十分满意。各种犯罪都被夸耀是在道德的引导下干的。这既让他们尴尬，又使他们高兴。建筑师帕卢瓦负责拆除巴士底狱，将拆下的石头出售，中饱私囊，而在负责粉刷路易十六的囚室时，却狂热地在墙上画满了铁棍、镣铐和枷锁。圣安托万区的演说家贡松形迹可疑，后来查出了他受贿的收据；美国人富尼埃据说 7 月 17 日受拉斐德[①]收买向拉斐德开了一枪；从比赛特收容所里放出来的亨利奥，在成为将军并且把炮口对准国民公会之前，是一个仆人，江湖骗子，小偷，密探；沙特尔的前代理主教早就不读日课经书，而读《杜舍内老爹》[②]。所有这些人对西穆尔登都怀着敬畏之心。有时，他们只要感到这个令人生畏、实实在在的天真汉站在面前，他们的行为就会有所收敛，不会弄到不可收拾的地步，就像圣茹斯特使施奈德胆战心惊一样。另一方面，主教会里的多数派主要是由穷人和主张暴力的人组成的。这些人都是好人，都相信西穆尔登，愿意跟着他干。他的副本堂，或曰他的副官，随便怎么说都行，是另一位拥护共和的教士，名叫党儒，高高的个子，深受老百姓爱戴，大家都叫他六尺汉子。这位勇敢无畏的首领，人称“长矛将军”，西穆尔登指到哪里，他就打到哪里。还有绰号叫大尼古拉的特鲁松也一

---

① 拉斐德侯爵（1757—1834），法国贵族，曾参加美国革命，同美洲殖民地人民共同抗击英军。大革命头两年，他与革命的资产阶级相结合，成为法国最有权势的人物。

② 1789 年埃贝尔创办的革命刊物，以其粗俗的内容和文笔深受大众喜爱。后被罗伯斯庇尔连同愤激派一起取缔。

样，此人天不怕地不怕，他想救朗巴勒夫人[1]，就叫她挽住自己的胳膊，带她跨过一具具尸体，如果不是剃头匠夏洛肆无忌惮地开玩笑，这次他就成功了。

公社监督国民公会，主教会监督公社。西穆尔登是一位思想正直、厌恶搞阴谋的人。他不止一次掐断了帕什手里神秘的线，帕什被勃隆维尔称为“黑道上的人”。西穆尔登在主教会里和所有人平等相处。多普桑和莫莫罗经常向他请教。他对古斯曼说西班牙语，对皮奥说意大利语，对亚瑟说英语，对佩莱拉说佛来米语，对奥地利人普洛利（一位亲王的私生子）说德语。他在这些五花八门的人之间创造和谐的气氛。所以他的地位虽然不高，却很牢固。埃贝尔害怕他。

当时，在那些悲惨的群体中，西穆尔登具有冷酷无情者的威严。他是一个自以为不会犯错误的完美无缺的人。没有任何人见过他流泪。一种冷冰冰的铁石心肠的刚毅。他是一个公正无私、令人生畏的人。

革命之中没有教士的位置。一位教士明目张胆地投身于惊天动地的冒险，不是抱着最卑鄙的目的，就是怀着最崇高的动机。他不是一个无耻之徒，就是一个高风亮节之人。西穆尔登是个高尚的人，不过是孤高狂傲的高尚，不畏险阻的高尚，铁面无私的高尚，在险恶环境中表现出的高尚。高山险峰都具有这种阴森森的浑朴。

西穆尔登从外表看是个普通人，衣着随便，像个穷人。年轻的时候他接受过剃度，老了则变成了秃顶，所剩无几的头发也已经花白。他的前额宽阔，上面有一个胎记。他说话粗鲁，充满激情而又非常严肃；他声音短促，语气专断，那张嘴显得郁郁寡欢

---

① 法国王后玛丽·安东纳德的密友。

而又爱冷嘲热讽；他目光明亮而深邃，但整个脸上总带一种莫名其妙的怒色。

这就是西穆尔登。

如今没有人知道他的姓名。历史上有不少这种了不起的无名英雄。

## 三　没有在冥河里浸湿的一角

这样的人也算人吗？人类的仆人是否也有情感？情感太多心灵负担得起吗？这容纳一切的博大的情怀，是否能为某个人而保留呢？西穆尔登会不会爱？我们说：会。

年轻的时候，他在一个几乎像王府一样的家庭里当家庭教师，他的学生是这个家庭的公子和继承人。他爱自己的学生。爱一个孩子当然不难。对一个孩子有什么不能宽容的呢？你可以宽容他是贵族，是王子，是国王。他小小年纪，天真无邪，会使你忘记他的家族的种种罪恶。人心的宽容会忘掉地位的悬殊。他还那么小，你也就不会去计较他的尊贵。奴隶不会计较他是主人。崇拜偶像的老黑奴不会计较白皮肤的孩子。西穆尔登非常爱他的学生。童年真是不可思议，它会使你为之倾注全部爱。西穆尔登满腔的爱，可以说全部倾注在这个孩子身上了。这个娇嫩而天真无邪的孩子，成了这颗注定会孤独寂寞的心灵的猎获物。西穆尔登同时以各种不同的感情爱着这个孩子，既像父亲又像兄长，既像朋友又像生养者。这孩子是他的儿子，并非肉体上的儿子，而是精神上的儿子。他不是父亲，这孩子不是他所生，却是他的杰作。他把这个少爷教育成人。谁知道呢？也许是个伟人。如此这般正是他的梦想。他背着这孩子的家庭——培养一种有智慧、有意志而又正直的品质，难道要经过批准吗？——向自己的学生即年幼的子爵，灌输了他的全部进步思想，把自己的道德中可怕的毒素注入了他体内，把自己的信仰、意识和理想注入了他体内，把平民百姓的灵魂注入了这个贵族的头脑里。

思想提供着乳汁，知识有如乳房。在提供乳汁的乳母和传授思想的家庭教师之间，有某种共同之处。有时，家庭教师比父亲还要父亲，正如乳母往往比母亲还要母亲一样。

这种思想上深刻的父子关系，把西穆尔登和他的学生联系在一起。只要看见那个孩子，他就动感情。

这里有一点值得补充：代替父亲是很容易的。那孩子没有父亲，他父亲死了，母亲也死了，父母双亡，是个孤儿，只有一位瞎眼祖母照顾他，有位叔祖还不在家。不久祖母去世，叔祖成了家长，但这位叔祖是军人又是大领主，在王宫里当差，离开了城堡住在凡尔赛，还三天两头去军队里，把孤儿一个人撂在与世隔绝的城堡里。家庭教师成了主人，地地道道的主人。

还有一点值得补充：当过他的学生的那个孩子，西穆尔登是看见他出生的。那孤儿很小的时候得过一场重病。在他面临死亡危险的时候，西穆尔登日夜守护在他身边。为他治病的是医生，但救了他一条命的是这位看护。西穆尔登救过这孩子的性命。他的学生不仅在教养、知识、学问上应当感谢他，而且多亏了他才治好了病，恢复了身体的健康。他的学生不仅吸取了他的思想养料，而且多亏了他才得以活下来。一切方面都受恩于我们的人，我们对之格外宠爱。西穆尔登爱怜这孩子。

人生的悬隔早由天定。家庭教师的任务结束之后，西穆尔登不得不离开这个已长成青年的孩子。这种分别无意中多么冷酷，多么无情！把自己的思想留给了一个孩子的家庭教师，和把自己的心血付给了一个孩子的乳母，东家辞退他们时多么心安理得！西穆尔登拿到工钱后就被辞退了。他离开上层世界，回到了下层世界。上等人和下等人之间的隔墙又竖立起来了。年轻的贵族天生就是军官，一进部队就当上了上尉，出发到某地驻防去了；卑微的家庭教师，作为教士骨子里早就不驯服，还是匆匆忙忙回到了教会默默无闻的底层，做下等神职人员。从此西穆尔登再也见不到他的学生。

革命爆发了。对那个由他培养成人的孩子的回忆，仍然保存在他的心里，虽然被纷繁的民众事务掩盖了，但并没有消失。

创作一座雕像并赋予它生命，那是美好的；塑造一个心灵，让它懂得真理，就更加美好。西穆尔登是创造一个心灵的皮格马利翁①。

一个思想可以有一个孩子。

这个学生，这个孩子，这个孤儿，是西穆尔登在世间唯一心爱的人。

可是，像他这样一个人，是否也会受到这样一种爱情的伤害呢？

我们等着看吧。

---

① 据希腊神话，皮格马利翁是钟情于阿弗洛狄忒女神一座雕像的塞浦路斯国王。而据罗马诗人奥维德的《变形记》，雕塑家皮格马利翁创作出一座表现其理想女性的雕像，然后爱上了这座雕像，遂请求维纳斯赐予这座雕像以生命。

# 第二章　孔雀街的小酒店

## 一　弥诺斯、埃阿斯科和刺达曼堤斯[①]

孔雀街有家小酒店，人们都叫它咖啡馆。这家咖啡馆有个后间，今天已成历史遗迹，是过去一些人物半秘密会面的地点。那是些很有权势的人物，处处有人监视，彼此都不好在公开场合说话。1792 年 10 月 23 日，山岳派和吉伦特派之间著名的拥吻，就是在这里进行的。还有那个凄惨的夜晚[②]，加拉也是来这里打听情况的，尽管他在自己的回忆录里不承认这一点。实际上他当时把克拉维埃送到博蒙街藏好了，然后让马车在王府桥停下，听是否敲响了警钟。

1793 年 6 月 28 日，有三个人在这个后间里围坐在一张桌子旁。他们的椅子互不相挨，每人坐一方，留下第四方空着。大约是傍晚 8 点钟光景，街上还相当亮，但这个后间里已经黑了。天花板上挂盏油灯，照亮着桌子，这在当时已经算阔气了。

---

① 据希腊神话，弥诺斯是宙斯和欧罗巴的儿子，埃阿斯科是宙斯和埃癸娜的儿子，刺达曼堤斯也是宙斯和欧罗巴的儿子。作者以这三个神话人物比喻马拉、丹东和罗伯斯庇尔。

② 那个凄惨的夜晚是指 1792 年 3 月 9 日至 10 日的那个夜晚。吉伦特派被指责支持杜穆里埃，担心成立革命法庭对他们进行审判，又担心主教会在这一夜对他们进行袭击。加拉在王府桥上没听到警钟，便跑到小酒店来打听情况。

三个人之中的头一位面色苍白，年轻，庄重，嘴唇薄薄的，目光冷冷的，面部肌肉神经性地抽动，微笑起来很不自然，头上扑了粉，手上戴了手套，衣服刷得干干净净，纽扣扣得整整齐齐，浅蓝色的礼服一点褶皱都没有，米黄色的短裤，洁白的长筒袜，高级的领带，带褶的襟饰，有银扣的皮鞋。另外两个人，一个像巨人，一个像侏儒。大个子衣冠不整，穿一件肥大的深红色呢礼服，领带没结好，垂得比胸饰还低，脖子完全露在外面，上衣敞开，纽扣脱落，足登翻皮长筒靴，头发硬撅撅的，虽然看得出经过梳理和抹头油的痕迹，他的假发套里夹有马鬃，脸上有麻子，生气时双眉间就现出一条皱纹，嘴角也有一条皱纹，说明他心地善良，嘴唇挺厚，门牙粗大，有着搬运工人般的拳头，两眼炯炯有神。那个小个子皮肤黄黄的，坐在那里像个畸形人，向后仰着头，眼睛充血，脸色青灰，油污平直的头发上包了一块手帕，连前额也遮住了，只露出一张大得吓人的嘴，下身穿一条盖住脚面的长裤，一双宽大的拖鞋，上身一件坎肩像是白缎子的，外面套一件粗呢外套，皱褶里现出一条直线，显得硬邦邦的，大概是藏了把匕首。

这三个人第一个叫罗伯斯庇尔，第二个叫丹东，第三个叫马拉。

房间里只有他们三个人。丹东面前放着一只酒杯和一瓶酒，酒瓶像大路德啤酒杯一样大，上面尽是灰尘；马拉面前放有一杯咖啡；罗伯斯庇尔面前是一摞文件。

文件旁边有一个笨重的铅制墨水瓶，圆圆的，上面带条纹，凡是本世纪初上小学的人，都记得这种墨水瓶是什么样子。墨水瓶旁边扔着一支羽毛笔。文件上压着一颗大铜印，上面刻有“帕卢瓦制作”几个字。这颗铜印的形状完全是巴士底狱的小模型。

桌子中间摊着一张法国地图。

门外站着马拉的看门狗洛朗·巴斯。此人是科尔得利街十八号的跑街。7月13日，也就是6月28日之后过了大约半个月，搬起一张椅子猛砸一个名叫夏洛特的妇女头部的人，就是他。那位妇女现在在冈城，仍然神志不清。洛朗·巴斯是专门为《民众之友》[①]送校样的。这天晚上，主人把他带到孔雀街咖啡馆，吩咐他把守后间门口，不放任何人进来，除非是救国委员会、公社或主教会的人。

罗伯斯庇尔不想拒圣茹斯特于门外，丹东不想拒帕什于门外，马拉不想拒之于门外的是居斯曼。

会议已经开了很长时间。议题就是罗伯斯庇尔念过的摊开在桌子上的那些文件。讨论的声音开始高起来。三个人似乎都已压抑不住愤怒的情绪。激烈的言辞在门外有时都能听见。那时，国民公会有设旁听席的习惯，似乎使得人们把旁听看成了一种权利。正因为这样，书记室负责制副本的法布里修斯·巴里斯，经常从锁孔里观察救国委员会在干什么。顺便说一句，这种偷看并非毫无作用，1794年3月30日至31日那个夜里提醒丹东注意的人，就是巴里斯。[②]现在，洛朗·巴斯把耳朵贴在丹东、马拉和罗伯斯庇尔所在的后间的门上。洛朗·巴斯为马拉效劳，然而他是主教会的人。

## 二　在黑暗中互相叫嚷

丹东站起来，猛地将椅子往后一推。

“听着，”他嚷道，“只有一个紧急情况，就是共和国处在危险之中。我只知道一件事，就是把法兰西从敌人手里解救出来。

---

① 马拉主编的刊物。

② 丹东于1794年4月5日被罗伯斯庇尔送上断头台，巴里斯事先获得消息告诉丹东，但丹东拒不逃跑。

为了达到这个目的，一切手段都是好的。一切手段！一切，一切手段！我要应付各种危险时，就把一切手段都使出来；我觉得一切都令人担忧时，就破釜沉舟豁出去。我的思想是一头狮子。不要温暾的措施。革命不要谨小慎微。涅墨西斯[①]不是一位温文尔雅的女神。让我们变得可怕而实际吧。大象提起脚踩下去时，难道会看看是踏在什么地方吗？让我们踏碎敌人。”

罗伯斯庇尔不动声色地回答：

“我倒是挺愿意。”

他立刻又补充一句：

“问题是要弄清楚敌人在什么地方。”

“敌人在外部。我把他们赶了出去。”丹东说。

“敌人在内部。”罗伯斯庇尔说，“我正监视着他们呢。”

“我将再次把他们赶走。”丹东又说。

“内部的敌人是赶不走的。”

“那么怎么办？”

“把他们消灭。”

“我赞成把他们消灭。”丹东说。

他马上又补充一句：

“不过我跟你说敌人在外部，罗伯斯庇尔。”

“丹东，我跟你说敌人在内部。”

“罗伯斯庇尔，他们在国境线上。”

“丹东，他们在旺代。”

“别争了，”第三个声音说道，“敌人无处不在，你们完蛋了。”

说话的是马拉。

---

① 希腊神话中最古老、最受崇敬的希腊女神之一，起初是命运的化身，后渐渐起了复仇女神的作用。

罗伯斯庇尔看马拉一眼，又不动声色地说道：

“不要说这种笼统的话。我说得挺具体。这里有事实。”

“书呆子。”马拉咕哝一声。

罗伯斯庇尔将手按在他面前的文件上，接着说：

“我刚才给你们念了普里厄从马恩发来的快信，并且告诉了你们热朗德尔提供的情报。丹东，听我说，国外战争无关紧要，国内战争才压倒一切。国外战争只不过是在胳膊上抓破一点皮，国内战争是侵蚀整个五脏六腑的溃疡。从我刚才给你们念的材料可以看出：迄今为止由几个头子分散控制的旺代，正在统一起来，今后它会有一个总头子了……”

“一个总土匪头子。”丹东咕噜道。

“就是6月2日在朋托松附近登陆的那个人。他是怎样一个人你们已经看到了。请注意，这次登陆与我们两个特派员被捕，刚好发生在同一天，即6月2日。我们的两个特派员，一个是黄金海岸的普里厄，一个是洛姆，是由叛变的卡尔瓦多斯省派人在巴约抓去的。”

“而且是在同一天把他们押送到了冈城城堡。”丹东说。

罗伯斯庇尔接着说：

“我继续扼要介绍这些快信的内容。丛林战正在广阔的范围内组织，同时英国人正准备登陆。旺代人和英国人是一家人。非尼斯泰尔的蛮子与科怒瓦耶的蛮子说的是同一种语言。我让你们看了一封截获的普伊载的信。信中说：‘向反叛者发两万套红色军服，就可以鼓动十万人起来反叛。’当农民全都起来反叛时，英国人就会登陆。他们的计划是这样的，请就着这张地图来看一看吧。”

罗伯斯庇尔指点着地图，继续介绍道：

“英国人可以在康卡尔和潘波勒之间选择一个登陆点。克雷格认为圣布里厄比较好，康华里则认为最好是圣卡湾。这个不提也罢。卢瓦尔河的左岸是由旺代叛军警戒的，至于昂斯尼和朋托松之间二十八法里的一马平川，则有诺曼底四十个教区答应协助他们。登陆将在普莱兰、普莱讷夫和伊菲尼亚克三个点进行。从普莱兰开拔去圣布里厄，从普莱讷夫开拔去朗巴勒，第二天就可以到达迪南，那里关押着九百英国俘虏。他们将同时占领圣茹昂和圣梅昂，把部分骑兵留在那里；第三天，他们分成两支纵队，一支从茹昂向贝氏进发，一支从迪南向贝什雷勒挺进，贝什雷勒是一座天然要塞，将在那里设两座炮台；第四天就能到达雷恩。雷恩是布列塔尼的咽喉。得雷恩者得整个布列塔尼；雷恩失守，新堡和圣马洛就会陷落。雷恩有一百万发子弹和五十门野战炮……”

“将全部落到敌人手里。”丹东咕哝一句。

罗伯斯庇尔接着说：

“让我说完吧。到了雷恩，他们将再分成三队，一队扑向富热尔，一队扑向维特雷，一队扑向勒东。由于沿途桥梁都炸断了，敌人预备了浮桥和厚木板。这个具体情况你们已经看到了。他们有向导带领骑兵从可以涉水的地方过河。从富热尔再挺进阿夫朗升，从勒东进军昂斯尼，从维特雷直取拉瓦尔。南特将不战而降，布雷斯特也会不战而降，勒东将献出整个维莱纳河的水道，富热尔将让出进驻诺曼底的道路，维特雷将让出进军巴黎的通道。半个月之内，将出现一支三十万人的匪军，整个布列塔尼将归顺法兰西国王。”

“也就是归顺英国国王。”丹东说。

“不，是归顺法兰西国王。”

罗伯斯庇尔又补充道：

“法兰西国王更坏。赶走外敌半个月就够了，废除君主制要花一千八百年。”

丹东已经坐下，两肘支在桌子上，双手捧住头，现出沉思的样子。

“你们看到危险所在了吧，”罗伯斯庇尔说，“维特雷将向英国人让出进军巴黎的道路。”

丹东抬起头，将两个攥紧的拳头捶在地图上，就像捶在铁砧上一样。

“罗伯斯庇尔，凡尔登不是也曾向普鲁士人让出了进攻巴黎的道路吗？”

“怎么？”

“怎么！我们把英国人赶出去，就像我们曾经把普鲁士人赶出去一样。”

丹东说着又站起来。

罗伯斯庇尔将一只冰凉的手搁在丹东发烫的拳头上。

“丹东，香槟没有归顺普鲁士人，可是布列塔尼归顺了英国人。夺回凡尔登是一场攘外的战争，夺回维特雷则是一场内战。”

罗伯斯庇尔紧接着用冷静而深沉的声音自言自语道：

“二者太不相同啊。”

他接着又说：

“坐下，丹东，看地图吧，何必用拳头捶。”

但丹东抱住自己的想法不放。

“这真叫人难以相信，”他嚷起来，“灾难明明在东边，却硬说它在西边。罗伯斯庇尔，我同意你的看法，大洋上有英国人蠢蠢欲动，而且比利牛斯山那边有西班牙，阿尔卑斯山那边有意大利，莱茵河上有德国，背后还有俄国那头大熊，它们都蠢蠢欲动呢。罗伯斯庇尔，四面八方都有危险，我们被包围在中间。外部有各国同盟，内部有叛乱。在南面，塞尔旺把法国的大门向西班牙打开了一半；在北面，杜穆里埃投了敌，而且在投敌之前，他们威胁的就一直是巴黎，而不是荷兰。奈文德并吞了热马普和瓦尔米；哲学家拉博·圣艾蒂安是叛徒，如同他是新教徒一样，现在还与廷臣孟德斯鸠有书信往来。军队伤亡惨重。现在没有一个营人数超过四百；英勇善战的双桥团只剩下一百五十人了；帕马尔军营已被放弃；吉维只剩下五百袋面粉；我们正向兰道撤退；伍蒙赛正猛攻克莱贝尔；梅央斯英勇抵抗后陷落，孔代却陷落得很可耻，瓦朗谢纳也一样。尽管这样，瓦朗谢纳的守将桑瑟尔，和孔代的守将老费罗，仍然算得上两个英雄，梅央斯守将莫尼埃也堪称英雄，可是其他守将都叛变了。达维尔在艾克斯沙拉佩勒叛变，穆东在布鲁塞尔叛变，瓦朗斯在布雷达叛变，诺伊在林堡叛变，米朗达在马埃斯特里克叛变。斯当热是叛徒，拉努是叛徒，里戈尼是叛徒，墨努是叛徒，狄戎也是叛徒，他们都与杜穆里埃是一丘之貉。叛变也有人带头的。我觉得库斯丁的回马枪杀得可疑，怀疑他宁愿夺取有利可图的法兰克福，而不去攻克有用的科布朗茨。是的，法兰克福能缴纳四百万军饷，可是与捣毁逃亡贵族们的巢穴相比，这点利益算得了什么呢？我说这是背叛。莫尼埃 6 月 13 日死了，现在只剩下克莱贝尔一个人了。在这期间布伦瑞克却力量大增，向前推进，在所有被他夺取的法国阵地上都插上德国旗帜。勃兰登堡的总督如今成了欧洲的主宰者，他把我们的一个个省装进了自己的口袋。他还会把比利时据为己有的，你们等着瞧好了。简直可以说我们是在替柏林工作。这种情况如果继续下去，我们不加以整顿，那么法国革命就只能按波茨坦的利益进行，它的唯一结果将是扩大腓特烈二世的小王国，我们就是为普鲁士国王杀掉了法国国王。”

丹东说罢可怕地大笑起来。

丹东的大笑使马拉露出了微笑。

“你俩各有自己喜爱的话题。丹东，你喜爱的话题是普鲁士，罗伯斯庇尔，你喜爱的话题是旺代。该轮到我来说说啦。你们都没有看到真正的危险。真正的危险是咖啡馆和赌场。耍手咖啡馆是属于雅各宾党的，帕丁咖啡馆是属于保王党的，约会咖啡馆攻击国民军，圣马丁门咖啡馆保护国民军，摄政咖啡馆反对布里索①，科拉扎咖啡馆拥护布里索。普洛可普咖啡馆崇拜狄德罗，法兰西剧院咖啡馆崇拜伏尔泰。在圆亭咖啡馆共和国的纸币被撕毁，在圣马索的几家咖啡馆群情激愤，在马努里咖啡馆正在争论面粉问题，在福阿咖啡馆吵吵闹闹谈论美食，在佩隆咖啡馆金融界的大胡蜂成天嗡嗡不歇。这些情况才严重呢！”

丹东不再笑了，马拉还在微笑。侏儒的笑比巨人的笑更可怕。

“你在嘲笑吗，马拉？”丹东嘟哝道。

马拉做了一个已经很有名的动作：神经质地扭了一下腰。他已收敛笑容。

“哦！丹东公民，我可认清你啦。正是你当着整个国民公会叫我‘马拉这个家伙’。你听着。我不同你计较。我们正经历着一个愚蠢的时期。哼！我在嘲笑吗？是啊，我是何许人？我揭露过夏佐，我揭露过彼雄，我揭露过克圣，我揭露过莫雷东，我揭露过杜弗里希－瓦拉泽，我揭露过里戈尼，我揭露过墨努，我揭露过巴纳维尔，我揭露过让骚内，我揭露过比龙，我揭露过黎东和尚朋。难道我做错了吗？我觉察出叛徒要背叛，我认为在罪犯作恶之前就揭露他们是有益的。我习惯于把你们第二天要说的话先一天就讲出来。我是向议会提出一部完整的刑法草案的人。迄今为止我做了什么？我要求对各区议会进行教育，使它们遵守革命的纪律。我下令揭去了三十二箱文件的封条；我收回了存放在罗兰②手里的珠宝；我证实了布里索派曾把一些空白逮捕证给了

---

① 布里索(1754—1793)，吉伦特派领袖。

② 罗兰(1734—1793)，法国工业科学家，主要由于其妻子的野心，在法国大革命期间，他成为温和的吉伦特派资产阶级革命者的首领。

公安委员会；我指出兰代[1]的报告中略去了加佩的罪行；我投票赞成在二十四小时之内将暴君处死；我曾为莫康赛和共和主义两个营辩护；我曾阻止宣读纳波那和马鲁埃两个人的信；我为伤兵们提出过一个提案；我指示取消了六人委员会；我在蒙斯事件中觉察到杜穆里埃要叛变；我曾要求逮捕十万流亡贵族的家属作为人质，以营救我们被出卖给敌人的官员；我曾建议宣布凡是越过国境线的议员都是卖国贼；我揭露了罗兰集团在马赛骚乱中的真面目；我曾强调要悬赏缉拿平等之子；我曾为布绍特辩护；我曾指望通过唱名表决把伊斯纳尔从议长的宝座上赶下来；我曾设法宣布巴黎人对祖国贡献卓著。正因为这样，鲁韦指责我是个没有主见的人，菲尼斯泰尔省要求开除我，卢丹市希望将我流放，亚眠市希望给我戴上一个嘴套，科堡希望逮捕我，勒贯特－皮拉沃建议国民公会宣布我是疯子。哼！丹东公民，你们既然不想听取我的意见，为什么要叫我来参加你们的秘密会议呢？难道是我要求参加的吗？恰恰相反，我根本没有兴趣与罗伯斯庇尔和你这类反革命分子密谈。况且，我早料到啦，你并不了解我；你不比罗伯斯庇尔更了解我，罗伯斯庇尔也不比你更了解我。这里就没有政治家吗？看来非要向你们一点一滴地讲解政治不可，什么事情都必须对你们讲解得一清二楚才行。我刚才对你们所说的话的意思是：你们两个都错了。危险并不像罗伯斯庇尔相信的那样在伦敦，也不像丹东相信的那样在柏林。危险在巴黎。危险在于不团结，在于从你俩开始大家都各行其是，精神瓦解，意志涣散……”

“涣散！”丹东打断马拉的话，“是谁造成的？不就是你吗？”

马拉并不住口：

“罗伯斯庇尔，丹东，危险就在这许多咖啡馆，这许多赌场，

---

[1] 兰代（1743—1825），法国大革命期间的救国委员会委员，在审判路易十六时，负责起草关于路易的反革命罪行的报告。

这许多俱乐部，黑人俱乐部，公社社员俱乐部，女士俱乐部，公平者俱乐部。这个公平者俱乐部在克莱蒙－托奈尔家族时代就建立起来了，1790 年是拥戴君主俱乐部，由教士克洛德·弗舍设想出来的一个社交圈子，还有报人普吕多姆创办的毛线帽俱乐部，等等，还不算你罗伯斯庇尔的雅各宾派乐部，也不算你丹东的科尔得利俱乐部。危险在于饥荒，由于饥荒，挑夫布林把帕吕市场的面包商弗朗索瓦·德尼吊死在市政府前面的灯柱上；危险在法院，法院把吊死面包商德尼的布林吊死了。危险在不断贬值的纸币，在圣殿街，一张一百法郎的纸币掉在地上，一个路过的平民说：'根本不值得去捡。' 投机倒把分子，囤积居奇者，他们也是危险之所在。把黑旗插到市政府上，好漂亮的进攻！你们逮捕特朗克男爵，这还不够。请你们给我扭断那个监牢里的老阴谋家的脖子。拉贝泰什在杰马普挨了四十一刀，舍尼埃为他大事吹嘘，国民公会主席便授予他一顶公民冠冕，他们以为这样就摆脱困境了吗？这只不过是一幕滑稽戏，一幕闹剧。唉！你们也不看看巴黎。危险就在身边呢，你们偏要到远处去找。你的警察对你有什么用呢，罗伯斯庇尔？你到处安插了暗探，在公社里有白杨，在革命法庭里有柯菲纳，在公安委员会里有大卫，在救国委员会里有库东。你看，我消息很灵通哩。因此，你们应当知道，危险就在你们头顶上，就在你们脚底下。阴谋，阴谋，到处都在搞阴谋。街上的行人互相念报，互相点头示意；六千没有身份证的人躲藏在地窖里、阁楼里和王宫大厦的走廊里，他们之中有潜回的流亡贵族、纨绔子弟和特务奸细；家家面包店门口排着长队；家庭妇女们站在门口，双手合十，喃喃说道：'啥时才能太平？' 你们在行政院会议室里关起门来密谈也白搭，谁都会知道你们密谈的内容。证据吗？罗伯斯庇尔，下面就是你们昨天晚上对圣茹斯特所说的话：'巴巴鲁开始大腹便便了，逃亡起来这可是个累赘。'是的，危险无处不在，尤其是在中央。在巴黎，前贵族们大搞阴谋，爱国者们赤脚走路，3 月 9 日被逮捕的贵族已经释放，那些本应去前线拉大炮的骏马都在大街上溅得我们满身污泥，一个四磅重的面包要三法郎十二苏才能买到，各剧院大演淫秽剧目，还有罗伯斯庇尔要把丹东送上断头台。"

"呸！"丹东道。

罗伯斯庇尔聚精会神看地图。

"现在需要的是一个独裁者。"马拉突然提高嗓门说，"罗伯斯庇尔，你知道我希望有个独裁者。"

罗伯斯庇尔抬起头。

"我知道，马拉，不是你就是我。"

"不是我就是你。"马拉说。

丹东在牙缝里咕哝道：

"独裁吗，你们试试吧！"

马拉看见丹东皱起了眉头。

"好吧，"他又说道，"让我们做最后一次努力吧。让我们达成一致。形势需要我们这样做。5 月 31 日我们不是已经达成过一致吗？整个问题比吉伦特党问题更严重。吉伦特党问题只是个具体问题。你们所说的也有部分是确实的，不过确实的情形，完全确实的，真正确实的情形，是我所说的。南方是联邦主义；西部是保王主义；巴黎是国民公会与公社之间的决斗；前线有库斯的退缩和杜穆里埃的叛变。这一切意味着什么？意味着分崩离析。我们需要什么？需要团结。只有团结才有救。不过我们得赶快行动。巴黎必须抓住革命的主导权。我们浪费一个钟头，明天旺代军就可能打到奥尔良，普鲁士人就可能打到巴黎。丹东，在这一点上我同意你的意见；罗伯斯庇尔，在那一点上我向你让步。那么，好吧，结论是必须实行独裁。让我们实行独裁吧，我们三个人代表革命。我们是塞卜洛士[①]的三个头。三个头中，一个是说话的头，就是你，罗伯斯庇尔；一个是咆哮的头，就是你，丹东……”

“还有一个是咬人的，”丹东说，“就是你，马拉。”

“三个都咬人。”罗伯斯庇尔说。

一阵沉默。然后，这种充满不愉快的交锋的谈话又继续进行。

“听着，马拉，在相互结合之前，需要相互了解才成。我昨天晚上对圣茹斯特说的那句话，你是怎么知道的？”

“这是我的事，罗伯斯庇尔。”

“马拉！”

“掌握情况是我的职责，怎么了解情况是我的事。”

“马拉！”

“我就爱了解情况。”

“马拉！”

“罗伯斯庇尔，我知道你对圣茹斯特所说的话，正如我知道丹东对拉克洛瓦所说的话一样，正如我知道提亚丹码头和拉布利夫旅店所发生的情况一样。拉布利夫旅店是外国侨民中漂亮女郎出入的地方；也正如我知道戈奈斯附近那座蒂勒屋里所发生的情况一样。蒂勒屋是前邮政局长瓦梅朗日的，莫利和卡扎莱斯过去常去那里，而后西叶斯和维尼约常去那里，现在还有人每星期去一次呢。”

马拉说到“有人”时看了丹东一眼。

丹东嚷起来：

“我手里如果有一丁点儿权力，那就够你受的。”

马拉接着说：

“罗伯斯庇尔，你说的话我知道，就像圣殿塔楼里发生的事

---

① 把守冥国的有三个头的恶狗。

我知道一样。他们把路易十六藏在里边，让他养得肥肥的。仅仅9月份一个月，这头狼以及他的母狼和狼崽们，就吃掉了八十六篮鲜桃，而同时，老百姓却在挨饿。这件事我知道，我也知道罗兰躲藏在竖琴街一所有后院的房子里；我还知道7月14日所用的长矛，有六百支是奥尔良公爵的锁匠富尔制造的；还有西勒利的情妇圣伊莱尔家里发生的事我也知道；每逢举行舞会的日子，老西勒利总要亲自用白垩将新马图兰街那间黄色沙龙的镶木地板打一遍；布佐和克圣经常在那里用晚餐。27日萨拉丁还在那里用过晚餐哩。和谁一块，罗伯斯庇尔？是和你的朋友拉苏斯。”

“胡说八道，”罗伯斯庇尔低声说，“拉苏斯并非我的朋友。”

说罢他若有所思地加上一句：

“眼下在伦敦有十八家伪币制造厂。”

马拉声音平和，但有点可怕地颤抖，继续说道：

“你们是大人物组成的乱党。是的，一切我全知道，哪怕圣茹斯特所称的‘国家机密’……”

马拉把“国家机密”几个字说得特别重，同时观察罗伯斯庇尔的反应。随后他接着说道：

“凡是勒巴邀请大卫来你家吃饭，品尝他的未婚妻即你未来的弟媳妇伊丽莎白·杜普莱烧的菜，你们在餐桌边所说的话我全知道，罗伯斯庇尔。我是民众的巨眼，我在自己的地下室里向外观察。是的，一点儿不错，一切我都看见，听见，知道。你满足于一些小事情，自我欣赏。罗伯斯庇尔让他的夏拉勃尔太太，即夏拉勃尔侯爵的女儿欣赏他；那位夏拉勃尔侯爵，在达米安[1]被处死那天晚上，和路易十五在一起玩特惠斯特牌呢。是的，人人

---

① 达米安（1715—1757），法国狂热分子，1757年1月1日刺伤路易十五，被判处五马分尸刑。

都装模作样。圣茹斯特成天打着领带，勒让德尔衣冠楚楚，白色的长礼服，白色背心，还佩着胸饰，一心想让人们忘记他过去所系的围裙。罗伯斯庇尔以为，历史将会记载：他在制宪会议穿橄榄色礼服，而在国民公会穿的是天蓝色礼服，他的卧室四壁都挂有他的肖像……”

罗伯斯庇尔用比马拉更平和的声音打断他道：

“而你呢，马拉，你的肖像挂遍了所有阴沟里。”

他们继续像闲聊似的交锋，说话都慢条斯理，但正因为慢，才显示出相互攻击和驳斥的分量，而且于威胁之外又带着难以形容的讽刺挖苦。

“罗伯斯庇尔，你曾经把那些想推翻王位的人称为‘人间的堂吉诃德’。”

“而你呢，马拉，8 月 4 日之后，在你的五五九期《民众之友》里——啊，我记住了这个数字，这是有用的——你曾要求恢复贵族们的爵位。你说过：‘公爵总是公爵’。”

“罗伯斯庇尔，在 12 月 7 日那次会议上，你曾经为罗兰的妻子辩护而攻击维亚尔。”

“马拉，你在雅各宾派俱乐部里受到攻击时，我的兄弟不也为你辩护过吗，那能说明什么呢？什么也不能说明。”

“罗伯斯庇尔，谁都知道你在杜伊勒里宫的哪间办公室里对加拉说过：‘我对革命厌倦了。’”

“马拉，就是在这里，在这家小酒店里，10 月 29 日你拥抱过巴巴鲁。”

“罗伯斯庇尔，你对布佐说过：‘共和国是个啥玩意儿？’”

“马拉，还是在这家小酒店里，你请过三个马赛人陪你一块吃晚饭。”

“罗伯斯庇尔，你曾叫菜市场一个壮汉拿根棍子为你保镖。”

“你呢，马拉，8 月 10 日先天晚上，你请布佐帮助你化装成骑师逃到马赛去。”

“罗伯斯庇尔，9 月份审判期间，你躲了起来。”

“你呢，马拉，你尽表现自己。”

“罗伯斯庇尔，你把红帽子掼在地上。”

“是的，因为一个叛徒戴过，那是防止杜穆里埃玷污罗伯斯庇尔。”

“罗伯斯庇尔，在夏朵维约的士兵经过时，你拒绝用纱布盖住路易十六的头。”

“我比用纱巾盖住他的头做得更彻底，把他的头砍掉了。”

这时丹东插了进来，好似往火上浇油。

“罗伯斯庇尔，马拉，”他叫道，“你们别吵了。”

马拉不愿意听见人家把他的名字放在第二位，转过头来问道：

“丹东，你掺和什么？”

丹东跳起来。

“我掺和什么？我掺和的就是这个：两个为民众服务的人，不应该自相残杀，不应该相互斗来斗去；国外战争和国内战争已经打得够了，更不应该同室操戈了；革命是我搞成功的，我不允许有人把它引向失败。这就是我要掺和的事情。”

“你还是考虑交代你的问题吧。”

“我的问题！”丹东嚷起来，“你去问阿戈讷的游行队伍吧，去问解放了的香槟，去问被征服的比利时，去问我战斗过的部队吧，我曾经四次挺起胸膛迎着排枪的扫射呢！你去问革命广场，去问 1 月 21 日的断头台，去问已被推翻的王座，去问断头台的那个寡妇[1]吧……”

马拉打断丹东：

---

① 旧法语行话断头台与寡妇是同一个词。

“断头台是个处女，我们可以躺在她身上睡觉，但没法让她怀孕。”

“你懂什么？”丹东反驳道，“我就能让她怀孕！”

“咱们等着瞧吧。”马拉说。

他微微一笑。

丹东看见了那微笑。

“马拉，”他喊道，“你是个躲躲藏藏的家伙，我是个光明正大的人。我讨厌像爬虫那样生活。叫我做甲壳虫我可不干。你住在地洞里，我住在大街上。你不与任何人往来；我呢，谁路过都可以来看我，和我交谈。”

“好一个花花公子！愿意上我家来吗？”马拉咕哝道。

他敛去了微笑，用专断的口气接着说道：

“丹东，孟莫兰借口补偿你在夏特莱当诉讼代理人的开销，以国王的名义给了你三万三千埃居现金。你把这笔钱交代清楚。”

“我是7月14日[①]的参与者。”丹东傲慢地说。

“那间家具仓库和王冠上的宝石呢？”

“10月6日[②]也有我的功劳。”

“你的亲信拉克洛瓦在比利时的盗窃行为呢？”

“6月20日[③]也有我一份功劳。”

“你借贷给孟当西埃那笔款子呢？”

“是我鼓动民众把国王从瓦莱纳抓回来的。”

“还有你拨款建歌剧院大厅呢？”

---

① 1789年7月14日巴黎革命群众攻陷巴士底狱。

② 1789年10月6日巴黎人民攻入凡尔赛宫，强迫躲在那里的路易十六迁回巴黎，完全处在革命群众监督之下。

③ 1792年6月20日，巴黎人民示威，要求国王收回解散吉伦特内阁的命令。

“我武装了巴黎各区的国民自卫军。”

“还有司法部那十万法郎秘密基金呢？”

“8 月 10 日是我发动的。”

“还有国民议会两百万法郎的秘密开支，你从中拿了四分之一呢？”

“我阻止了敌人的进军，堵住了同盟国各国国王的道路。”

“婊子！”马拉骂道。

丹东可怕的嚯地站起来，吼道：

“好，我是婊子！我出卖了肉体，可是我拯救了世界！”

罗伯斯庇尔又咬起指甲来了。他笑不起来，连微笑也露不出来。像丹东那样嘿嘿大笑，或像马拉那样讥刺地微笑，他都做不到。

丹东又说：

“我嘛像汪洋大海，有潮落的时候，也有潮涨的时候。潮落的时候，人们看见我露出的浅滩；潮涨的时候，人们看见我波浪滔天。”

“还有你的泡沫。”马拉说。

“我的风暴。”丹东说。

马拉与丹东同时站起来，他也发火了，这条水蛇突然变成了一条龙。

“啊！”他叫道，“啊，罗伯斯庇尔！啊，丹东！你们对我的话都充耳不闻。那好，告诉你们吧，你们完蛋了。你们的政策走进了死胡同，你们没有出路啦。你们的所作所为，把你们所有的出路都堵死了，现在只剩通向坟墓的一条路啦。”

“这就是你的伟大之处。”丹东说。

他说罢耸耸肩膀。

马拉继续说：

“丹东，当心。韦尼奥也有一张阔嘴，两片厚唇，两道横眉；韦尼奥像米拉波和你一样，满脸麻子。但这并没能阻止5月31日事件[①]的发生。啊！你在耸肩膀。耸肩膀有时会掉脑袋的。丹东，我提醒你，你的粗嗓门，你的松领带，你的软靴子，你寒酸的夜宵，你阔大的口袋，这一切可都与小路易丝有关。”

小路易丝是马拉对断头台的亲切称呼。

他继续说：

“至于你吗，罗伯斯庇尔，你是温和派，可是这完全无济于事。去扑点粉，梳梳头，刷刷衣服，装得自命不凡，弄件衬衣穿上，打扮得一本正经，把头发烫卷曲吧。即使这样，你也免不了要赴刑场的。读一读布伦瑞克的宣言吧，你和达米安一样，被指责为弑君者。你现在倒是打扮得人模人样的，但最终免不了被四马分尸。”

“科布朗茨的应声虫！”罗伯斯庇尔咬牙切齿骂道。

“罗伯斯庇尔，我不是任何人的应声虫，我代表大众的呼声。啊！你们还年轻。丹东呢，你多大岁数？三十四岁。罗伯斯庇尔，你多少岁？三十三岁。好，可是我呢，历经了岁月沧桑，代表着古老的人类的苦难，活了六千岁了。”

“是的，”丹东说道，“六千年来，该隐[②]一直藏身在仇恨之中，就像癞蛤蟆藏在岩石里一样。岩石迸裂了，该隐跳到了人间，那就是马拉。”

“丹东！”马拉叫道，眼睛里闪过一道阴冷的光。

“你要怎样？”丹东问道。

---

① 指1793年5月31日吉伦特派垮台的事件。韦尼奥是吉伦特派中举足轻重的人物。

② 据《圣经》记载，该隐和亚伯为亚当与夏娃之子，该隐出于嫉妒杀了亚伯，被上帝驱逐到伊甸园东边的“流荡”。

这三个可怕的人就这样争吵着。这是一场异常激烈的争吵。

## 三　深层神经的震颤

谈话停顿了片刻，三个巨人立刻各想各的心事。

狮子见了水蛇会感到不安。罗伯斯庇尔变得脸色非常苍白，丹东变得满脸通红。两个人都战栗了一下。马拉那野兽般的目光熄灭了，这个令可怕的人望而生畏的人恢复了平静，一种不可抗拒的平静。

丹东感到自己被打败了，但不愿意投降。他又说道：

“马拉高喊独裁和团结，可是他只有一种能力，破坏团结的能力。”

罗伯斯庇尔两片紧闭的薄嘴唇张开了，补充道：

“我嘛，赞同阿纳夏西·克路茨的意见，所以我说罗兰不行，马拉也不行。”

“我呢，”马拉反驳道，“我说丹东不行，罗伯斯庇尔也不行。”

他定定地盯住他们俩，补充道：

“让我给你一个忠告吧，丹东，您坠入了爱河，正在考虑再婚，明智点儿，别再染指政治啦。”

他往门口退一步，准备出去，阴阳怪气地告辞道：

“永别啦，先生们。”

丹东和罗伯斯庇尔打个寒战。

这时，房子里端响起一个声音，说道：

“你错啦，马拉。”

三个人一齐转头望去。在马拉发怒的时候，有一个人乘他们不注意，从里门进来了。

“是你吗，西穆尔登公民？”马拉说道，“你好。”

果然是西穆尔登。

“我说你错了，马拉。”他又说一遍。

马拉脸色发青——他脸色发白时就是这样。

西穆尔登又说：

“你是有用的，而罗伯斯庇尔和丹东是必不可少的。为什么要威胁他们呢？要团结！团结，公民们！民众希望我们团结。”

他的到来产生了一盆冷水般的效果，又像一对夫妻吵架时来了一个外人，虽然骨子里还没有冷静下来，但至少表面上冷静下来了。

西穆尔登朝桌子走过来。

丹东和罗伯斯庇尔都认识他。他们经常注意到，这个虽不出名却有权势并深受百姓拥戴的人坐在国民公会旁听席上。讲究礼节的罗伯斯庇尔问道：

“公民，你是怎样进来的？”

“他是主教会的。”马拉说，声音里流露出一种难以形容的恭顺。

马拉无视国民公会，操纵巴黎公社，却害怕主教会。

这是一条规律。

米拉波觉得罗伯斯庇尔在深不可测的地底下搞鬼，罗伯斯庇尔觉得马拉在搞鬼，马拉觉得埃贝尔[①]在搞鬼，埃贝尔觉得巴贝夫[②]在搞鬼。政治家只有感到脚底下平静无事才能前进。可是，最革命的政治家脚下也会有地下室，一旦他们感到自己脚下发生了他们在上面鼓动的那种活动，最有胆略的革命者也会不安地驻足不前。

伟大的革命者的非凡和可贵之处，就是善于区分出于贪婪而进行的活动和为了原则而进行的活动，并且反对前者支持后者。

---

① 埃贝尔（1757—1794），法国大革命期的政治新闻工作者，巴黎长裤汉的主要发言人。

② 巴贝夫（1760—1797），法国大革命早期的政治鼓动家，先后创办《自由新闻》和《人民论坛》。

丹东看出马拉屈服了。

“啊！西穆尔登公民可不是多余的人。”他说道。

接着他向西穆尔登伸出手。

“好呀，”他说，“让我们向西穆尔登公民介绍一下情况吧。他来得正是时候。我代表山岳派，罗伯斯庇尔代表救国委员会，马拉代表公社，西穆尔登代表主教会。就让他来判定我们谁正确吧。”

“好吧。”西穆尔登严肃而爽快地说，“关于什么问题？”

“关于旺代。”罗伯斯庇尔答道。

“旺代！”西穆尔登说道。

他接着说：

“这是一大威胁。革命如果失败，就是败在旺代手下。一个旺代比十个德国还可怕。法兰西要生存下去，必须消灭旺代。”

这几句话博得了罗伯斯庇尔的好感。

然而罗伯斯庇尔还是问他：

“你过去不是教士吗？”

他那副教士的神态逃不过罗伯斯庇尔的眼睛。罗伯斯庇尔透过他的外表看清了他的本质。

西穆尔登答道：

“是的，公民。”

“这说明什么问题？”丹东叫起来，“善良的教士比其他人强。在革命时期，教士可以改造成公民，就像教堂的钟可以铸造铜币和大炮一样。唐儒是教士，多努也是教士。托马斯·兰代是埃夫勒的主教。罗伯斯庇尔，你自己在国民公会就与马修紧挨着坐在一块，而马修是博韦的主教。代理大主教沃日瓦还是8月10日起义委员会成员呢。夏博是嘉布遣会修士。主持网球场宣誓的是热勒修士；宣布国民议会凌驾于国王之上的是修道院院长奥德兰；是修道院院长古特向立法会议要求取消路易十六王座上的华盖；提出废除王权的是修道院院长格雷古阿。”

“得到小丑科洛·德布瓦的支持，”马拉冷笑一声说道，“事情是他们两个人完成的：教士推翻了王位，演员打倒了国王。

“咱们还是再谈旺代吧。”罗伯斯庇尔说。

“那么，”西穆尔登说道，“到底怎么回事？旺代怎么啦？”

罗伯斯庇尔答道：

“情况是这样：旺代有了个头子，它要变得挺可怕了。”

“这个头子是谁，罗伯斯庇尔公民？”

“是一位前贵族朗德纳克侯爵，他自称布列塔尼亲王。”

西穆尔登一愣说道：

“此人我认识，我在他家乡当过教士。”

他想了想又说：

“他在成为军人之前，是个讨女人喜欢的男人。”

“就像先前叫洛赞的比龙[1]一样。”丹东说。

西穆尔登若有所思地补充道：

“是的，他过去是个寻欢作乐的人。他一定很厉害。”

“厉害极了。”罗伯斯庇尔说，“他烧毁了一座村庄，杀死伤兵，屠杀俘虏，枪毙妇女。”

“妇女？”

“是的，他枪毙的妇女之中，有一位三个孩子的母亲。那三个孩子不知落得了怎样的下场？此外，他是一位军事家，懂得打仗。”

“不错。”西穆尔登说道，“他参加过汉诺威战争，士兵们说：‘上有黎塞留，下有朗德纳克。’真正的将军是朗德纳克。跟你的同僚杜索勒克斯谈谈他吧。”

---

① 即 Biron，Armand-Louis de contaut(1747—1793)，先被封为洛赞公爵，后被封为比龙公爵，被世人称为美男子洛赞。

罗伯斯庇尔沉思片刻，随后又继续与西穆尔登交谈：

“可是，西穆尔登公民，这个人现在就在旺代。”

“到了多长时间了？”

“到了三个星期了。”

“应该宣布他是罪犯。”

“已经做啦。”

“应该悬赏通缉他。”

“已经做了。”

“应该宣布重赏抓到他的人。”

“已经宣布了。”

“奖金不是纸币。”

“也已宣布。”

“奖金是黄金。”

“都宣布了。”

“应该把他送上断头台。”

“一定会把他送上断头台的。”

“谁去做呢？”

“你。”

“我？”

“是的，你将被任命为救国委员会的全权代表。”

“我接受任命。”西穆尔登说。

罗伯斯庇尔决策迅速，表现出了政治家的素质。他从面前的公文里拿出一张白纸；白纸上方印着：统一而不可分割的法兰西共和国。救国委员会。”

西穆尔登接着说：“是的，我接受任命。必须针锋相对，朗德纳克残暴，我也残暴，与这个人进行一场殊死的战争。但愿我能从这个人手里把共和国解救出来。”

他顿了顿，又说：

“我是教士，这无关紧要，反正我信奉上帝。”

“上帝过时啦。”丹东说道。

“我信奉上帝。”西穆尔登沉着地说。

罗伯斯庇尔阴阳怪气地点点头表示赞赏。

西穆尔登又说：

“派我去什么人那里？”

罗伯斯庇尔答道：

“派你去负责剿灭朗德纳克的远征军司令那里。不过我得事先告诉你，司令是一位贵族。”

丹东大声说：

“瞧吧，又一件我不在乎的事情。一位贵族？贵族又怎么样？贵族和教士一样，只要善良就挺好。贵族的概念其实是带有偏见的，不应该只看到一面而忘掉另一面，不能要么反对要么拥护。罗伯斯庇尔，圣茹斯特不就是一个贵族吗？当然是弗洛莱勒·圣茹斯特！阿纳夏西·克路茨是男爵。我们的朋友查理·赫斯对科尔得利俱乐部的会议没有缺席过一次，而他是一位亲王，是在位的诸侯赫斯·罗滕堡的弟弟。马拉的密友蒙托是蒙托侯爵。革命法庭有一位陪审员是教士，名叫维拉特，另有一位陪审员是贵族，名叫勒卢瓦，即孟福拉贝侯爵。两个人都可靠。”

“你漏掉了革命法庭的首席陪审员。”罗伯斯庇尔补充道。

“昂托内勒？”

“就是昂托内勒侯爵。”

丹东接着说道：“丹皮尔也是贵族，为了保卫共和国不久前当着孔代的面牺牲了；博尔佩也是贵族，他宁愿饮弹自杀也不肯为普鲁士人打开凡尔登的城门。”

“尽管如此，”马拉嘟囔道，“那天当孔多塞说格拉克兄弟是贵族时，丹东却冲着孔多塞嚷道：‘所有贵族都是卖国贼，从米拉波到你。’”

西穆尔登用严肃的语气说道：

“丹东公民，罗伯斯庇尔公民，你们如此信任也许是对的，可是老百姓不信任，老百姓不信任并没有错。如果让一位教士去监视一位贵族，其责任是双重的，这位教士要立场坚定才行。”

“那当然。”罗伯斯庇尔附和道。

“还必须铁面无情。”

罗伯斯庇尔接着说：

“说得好，西穆尔登公民。你要打交道的是一个年轻人。你称得上他的长辈，你的年龄比他大一倍。你要引导他，也要爱护他。看来他具有军事天才，各方面的报告都一致这么说。他所属的那支部队是从莱茵军分出来派到旺代去的。他是从国境线撤下来的，在那里他表现出了过人的机智和勇敢。他指挥远征军纵队指挥得很出色。半个月来，他使朗德纳克老侯爵连吃败仗。他压住他打，并且乘胜追击，终将把他逼到海边，把他彻底打垮。朗德纳克有老将军的老奸巨猾，而他有着年轻司令的大智大勇。这个年轻人已经树立了一些敌人和嫉妒者。副将雷舍勒就嫉妒他……”

“那个雷舍勒想当总司令！”丹东插话道，“他其实只会说一句俏皮话：有了梯子就能登上战车，因为他的名字意为梯子，而夏莱特的名字意为战车。可是眼下是夏莱特打得他节节败退。”

“他希望由他而不由别人打败朗德纳克。”罗伯斯庇尔接着说道，“旺代战争的不幸就在于这种萧墙之争。我们的战士个个是英雄，就是指挥不当。一个普通的轻骑兵队长塞兰进入索米尔城时，居然由军号奏着《顺利》进行曲；他攻下了索米尔城，本来可以乘胜拿下绍莱，可是他没有接到命令，便停止前进了。旺代全军各级指挥部必须予以整顿。现在是部队分散，力量分散。一支分散的军队如同一块被粉碎的岩石，哪里有什么战斗力！帕拉梅军营里现在只剩下一些帐篷了。特雷基埃和迪南之间有一百个根本不起作用的小哨所，其实可以合起来组成一个师，保卫整个海岸线。雷舍勒在帕兰的支持下，以守卫南部海岸为借口，从北部海岸撤走了，从而为英国人打开了法国的大门。五十万农民暴动，英国在法国登陆，这就是朗德纳克的如意算盘。可是，远征军的年轻指挥官用剑抵住了朗德纳克的腰部，紧逼猛攻，打得他屁滚尿流，而没有征得雷舍勒的允许。雷舍勒是他的上司，告发了他。各方面对这个年轻人褒贬不一。雷舍勒想枪毙他，马恩省的普里厄则想提拔他为副将。”

“这个年轻人，”西穆尔登说道，“我觉得倒是有突出才能。”

“可是他有一个缺点！”

插话的是马拉。

“什么缺点？”西穆尔登问道。

“宽容。”马拉回答。

他接着又说：“打仗的时候倒是条硬汉子，仗一打完心肠就软了。一味地宽容饶恕，大发慈悲，保护修女嬷嬷，营救贵族的妻室和小姐，放走俘虏，恢复教士的自由。”

“的确是严重缺点。”西穆尔登低声说。

“是犯罪。”马拉说。

“有时算得上。”丹东说。

“通常算得上。”罗伯斯庇尔说。

“几乎总算得上。”马拉又说。

“在对付祖国的敌人的时候，的确总算得上犯罪。”西穆尔登说道。

马拉转向西穆尔登问道：

“一个共和派首领放走了一个保王派首领，你拿他怎么办？”

“我赞同雷舍勒的意见，把他毙了。”

“或者送上断头台。”马拉说。

“都可以。”西穆尔登说。

丹东笑起来：“两种办法我都喜欢。”

“你放心吧，不是用这种办法，就是用另一种办法。”马拉咕哝一句。

他的目光离开丹东，又落在西穆尔登身上：

“这就是说，西穆尔登公民，如果一位共和派首领犯了错误，你就要他脑袋搬家是吗？”

“在二十四小时之内。”

“好，”马拉又说道，“我同意罗伯斯庇尔的意见，应该把西穆尔登公民作为救国委员会的特派员，派到海岸部队远征军指挥部去。那位指挥叫什么名字？”

罗伯斯庇尔答道：“是一位前贵族。”

他动手翻阅文件。

“就把这个贵族交由教士去看管吧。”丹东说道，“我对一位独处的教士不放心，对一位独处的贵族也不放心，但当一位教士和一位贵族在一起时，我就不担心了。他们一个监视另一个，准行。”

西穆尔登的眉头明显地流露出他特有的气愤，但也许是觉得丹东的意见实质上是正确的，因此他并没有转向丹东，而是提高嗓门严肃地说道：

“假如交给我的那位共和派首领犯了错误，我就处死他。”

罗伯斯庇尔眼睛看着文件说道：

“那个人的名字找到啦，西穆尔登公民，你对之拥有全权的那位指挥官是一位前贵族，一位子爵，名叫郭文。”

西穆尔登的脸“刷”的变得煞白。

“郭文！”他叫起来。

马拉看见西穆尔登脸变了色。

“郭文子爵！”西穆尔登又说道。

“不错。”罗伯斯庇尔说道。

“怎么样？”马拉两眼盯住西穆尔登问道。

停顿片刻。马拉又说：“西穆尔登公民，按照你自己提出的条件，你愿意作为特派员被派到郭文的指挥部去？说定了。”

“说定了。”西穆尔登答道。

他的脸色越来越苍白。

罗伯斯庇尔拿起旁边的笔，用舒缓、端正的字体，在头上印有“救国委员会”的白纸上写了四行字，签了名，将纸和笔递给丹东；丹东签了名，又递给马拉。马拉一直注视着西穆尔登苍白的脸，也在丹东之后签了字。

罗伯斯庇尔拿回那张纸，写上日期，交给西穆尔登。西穆尔登念着：

共和二年

兹授予西穆尔登公民以全权，作为救国委员会特派员，派到海岸部队远征军司令郭文处。

罗伯斯庇尔

丹东

马拉

签名之下写明日期为：

1793 年 6 月 28 日

当时，革命历法民历还没有正式实行，直到1793年10月5日，才经洛姆提议，由国民公会通过。

在西穆尔登看文件时，马拉一直打量着他。

马拉自言自语般低声说道：

“应该由国民公会颁布一道法令，或者由救国委员会做出一项专门决定，明确规定这一切。还有些事情要做的。”

“西穆尔登公民，你住在什么地方？”罗伯斯庇尔问道。

“商业法院。”

“啊！我也住在那里，”丹东说道，“你是我的邻居。”

罗伯斯庇尔又说：

“此事刻不容缓。明天，你就会收到救国委员会所有成员签字的委任状，确认对你的委派，尤其是使菲力波、马恩的普里厄、勒贯特、阿基埃和其他肩负使命的代表信任你。我们知道你是什么人。你的权力是无限的。你可以把郭文提拔为将军，也可以把他送上断头台。明天下午3点钟你将收到委任状。你什么时候出发？”

“4点钟。”西穆尔登说。

于是他们分了手。

马拉回到家里，通知西蒙娜·埃弗拉尔，他第二天要去国民公会。

# 第三章　国民公会

## 一　国民公会

### 1

我们正接近顶峰。

瞧，这就是国民公会。

看到这座顶峰，目光变得凝重了。

在人类的视野之中，从来没有出现过比这更高大的东西。

有喜马拉雅山，有国民公会。

国民公会可能是历史的顶点。

在国民公会活着的时候，是的，在它作为议会活着的时候，人们并不了解它怎么样。同时代人所忽视的，恰恰是它的伟大之处；人们太害怕，不敢对之赞叹。

一切伟大的东西，都有一种神圣的威仪。欣赏平凡的东西，欣赏小山，那不难；可是凡是太高大的东西，无论是一位天才还是一座高山，无论是一个议会还是一件杰作，靠得太近去欣赏，总不免使人大惊失色。顶峰都给人一种过分的感觉。去攀登吧，累人，断崖绝壁会叫你气喘吁吁，斜坡会让你滑倒，本是优美景致的嶙峋怪石又可能使你碰伤；湍流飞溅处是悬崖深谷，云遮雾罩中是座座险峰；上山和下山同样令人生畏。更多的是胆战心惊，而不是欣赏赞叹。心中产生一种奇怪的感觉：对高大的东西反感。人们眼睛里看到的是无底深渊，而不是巍巍高峰，是狰狞怪物，而不是非凡奇观。当初，国民公会所受到的评价就是如此这般。它本来是供雄鹰仰视的，却被近视者俯视了。

如今国民公会已成远景，它在深邃的天际，在宁静而悲壮的远处，衬托出法国大革命的壮阔轮廓。

## 2

7 月 14 日法国解放。

8 月 10 日王朝垮台。

9 月 21 日共和国建立。

9 月 21 日，秋分，均衡。天平星座，天平。照洛姆的说法，共和国的成立，正应了这种标志着平等与正义的预兆。预兆是一个星座。

国民公会破天荒地体现了人民。正是国民公会翻开了历史崭新而伟大的一页，开创了未来，即今天。

一切思想都要有一个具体的外壳，一切原则都要有一个依托；一座教堂，就是四壁之间供奉着上帝；每一种教义都需要一座庙宇。国民公会成立后，头一个要解决的问题，就是把它安置在什么地方。

起初找到的是驯马场，而后是杜伊勒里宫。在那里竖起一个框子，嵌上一幅画，一幅出自大卫手笔的巨型灰色单色画，对称地摆一些长凳，再建一个四四方方的演讲台，一些平行的壁柱，铁砧般的柱脚，一排长长的笔直的栏杆，一些蜂窝状的长方形厢座，即经常挤满群众的所谓旁听席，一个古罗马剧场式的篷顶，加上古希腊式的帷幔。在这些直角和直线之间就安置了国民公会，也就是在这对称的布局之间布下风暴。演讲台上的红帽子却画成了灰色。保王派开始嘲笑这顶灰色的红帽子，嘲笑这间装饰不适当的大厅，嘲笑这座马粪纸建筑，这座混凝纸浆圣殿，这座用烂泥和唾沫筑成的万神庙。不消说这座建筑物很快就会消失！那些柱子都是木桶板拼成的，穹顶是条板镶成的，浮雕是用油灰勾成的，柱顶盘是枞木做的，塑像是石膏的，大理石是画成的，墙壁是帆布的。可是，就是在这个临时的场所，法兰西完成了千秋大业。

国民公会到驯马场的大厅里开会的时候，大厅的墙壁贴满了标语；当国王从瓦莱纳被押解回来时，这类标语曾贴满巴黎全城。其中一张标语写着："国王回来了。谁向他欢呼就用棍子揍谁。谁谩骂他就绞死谁。"另一张写着："保持肃静。不要脱帽。他是从他的审判者面前经过。"又一张写着："国王曾对准国民开火，现在该轮到国民向他开火了。"又一张写着："法律！法律！"就是在这些贴满标语的墙壁之间，国民公会审判了路易十六。

1793 年 5 月 10 日，国民公会定址杜伊勒里宫，那时杜伊勒里宫叫国民宫。会议厅占据了被称为统一楼的钟楼和被称为自由楼的马尔桑楼之间的全部地方。花卉楼被称为平等楼。有一座让·布朗[①]式大楼梯通向会议厅。公会占据整个二层楼，下面的底层是一间长形的警卫室，里面架了许多枪，摆了许多行军床；为国民公会警卫的部队使用各色各样的武器。公会还有一支仪仗队，被称为"国民公会精锐部队"。

有一条三色彩带，把公会所在的宫殿与老百姓来来往往的公园隔开。

---

① 让·布朗（1515—1578），法国著名建筑师。

## 3

会议厅是什么样子？让我们彻底交代一下吧。这个非凡的地方的一切都引人入胜。

一进门头一件引人注目的东西，是两扇宽大的窗户之间一座高大的自由神像。

这座四十二公尺长、十公尺宽、十一公尺高的房子，曾经是国王的舞台，现在成了革命的舞台。由威加拉尼为廷臣们建的这间富丽堂皇的大厅，由于增加了粗笨的屋架进行加固，

已经面目全非，不过这屋架在 1793 年承受了民众的重压。层层叠叠的旁听席就在这屋架上面，而这个屋架有一个细节值得提及，就是它只靠一根柱子支撑着。这根柱子是一整块木头，高达十米。很少有雕像柱承受过这根柱子所承受的重量。年复一年，它承受过革命猛烈的推进，承受过欢呼、狂热、咒骂、吵闹、喧嚣、怒气冲冲和混乱不堪的场面，甚至骚动，而没有弯曲。国民公会之后，它又经历过元老院，直到雾月十八日才被换掉。

佩西埃用多根大理石柱子代替了这根木头柱子，可是那些大理石柱子还不如它经久。

建筑师们的想象有时是古怪的。设计李沃里街的建筑师想象的，是一颗炮弹的轨迹；设计卡尔斯庐的建筑师想象的，是一把扇子；1793 年 5 月 10 日国民公会定为会址的那间大厅，建筑师在设计它时所想象的，似乎是一个巨大的五斗柜抽屉。它又长，又高，又平；紧贴平行四边形的一条长边，建了一个半圆形的楼厅，那是呈阶梯状的代表席位，全都没有桌子，连斜面小桌也没有。加兰－古龙经常作记录，只好放在膝头上写。代表席对面是

讲演台，讲演台前面有一尊勒佩勒蒂耶－圣法若[1]的半身像，讲演台后面是主席的座位。

半身像的头略高出讲演台的边缘，后来就把它移开了。

楼厅有十九排半圆形的座位，层层迭起，每排座位都延伸到楼厅两边的墙角。

讲演台脚下呈马蹄形的位置，站着传达员。

讲演台的一侧墙上有一个黑色的木头框子，里面嵌了一块九尺高的木牌，中间一根权杖似的东西把它分成两半，像两页书，上面书写着《人权宣言》；讲演台另一侧的墙壁是空的，后来也钉了一个同样大的木头框子，里面嵌了共和二年宪法，由一柄剑从当中分开成两页。讲演台上面，也就是发言者头顶上，微微抖动着三面巨大的三色旗；这三面旗帜，是从一间分成两格，坐满群众的深厢座里伸出来的，几乎平靠在一个拱坛上。拱坛上写着两个大字：法律。拱坛后面，像一个捍卫言论自由的卫兵似的，耸立着一个巨大的高似柱子的古罗马束棒[2]。一些高大的雕像靠墙挺立，面向着代表们。主席座位右边有利库尔戈斯[3]像，左边有梭伦[4]像；山岳派上面有柏拉图像。

这些雕像的底座是普通的方形木墩，安放在一条凸起的长栏上，长栏绕大厅一圈，把群众与议会隔开；群众就把胳膊肘搁在长栏上。

嵌有《人权宣言》的那个木头框子抵住了长栏，破坏了雕像的排列，将整条直线从中间截断，所以夏博低声对瓦迪耶说：“真

---

① 勒佩勒蒂耶－圣法若(1760—1793)，国民公会成员，因投票赞成处决路易十六，第二天被自己的卫兵打死。
② 为古罗马高级执法官的权力标志，束棒中捆有一柄突出的斧头。
③ 传说中古代斯巴达的立法者。
④ 雅典政治家和诗人，本国宪法和法典的制定者。

难看。”

那一尊尊雕像的头上，交替地戴着橡树叶冠和月桂叶冠。

一块绿色帷幔，上面用更深的绿色绘有橡树叶冠和月桂叶冠，带着宽大笔直的褶皱，从围绕会场的长栏上垂落下来，覆盖了会议厅下面整个墙壁。帷幔之上的墙壁雪白森冷。这面墙上开辟出了两层旁听席，既没有线脚，也没有叶饰，似乎是用冲头硬打出来的。下面一层的席位是方形的，上面一层的席位是圆形的。鲁特鲁威[①]的遗风尚存，照通例，侧墙装饰线应该迭在脚线的上面。大厅两侧每边有十个旁听席，两头还各有两个很大的包厢。一共是二十四个旁听席，里面挤满了群众。

下面一层听众多，旁听席常常挤不下，便涌到梯层边缘，拥挤在建筑物的一切突出的地方。上面一层的旁听席前面，齐胸高牢牢地焊了一根铁杠子，作为栏杆，保护听众不被沿梯级往上走的群众挤得跌下去。尽管这样，有一回还是有个人跌到会场里去了，好在跌在博韦的主教马修身上，没有摔死。他说道：“瞧！一个主教还是有点用处哩！”

国民公会的大厅可容纳两千人，起义的日子里容纳过三千人。

国民公会有两类会议，一类在白天开，一类在晚上开。

主席座椅的靠背呈圆形，带金色的钉子。他的桌子由四头带翅膀的怪兽支撑着，而那四头怪兽只有一只脚，简直可以说是从《启示录》里爬出来观看革命的[②]。它们仿佛是从厄则克耳[③]的战车上解下来，为桑松[④]拉囚车的。

---

① 古罗马建筑师，《建筑十书》的作者。

② 《启示录》为《圣经·新约》中的一卷，题为“样子可怕的怪兽”。故有此说。

③ 公元前6世纪以色列人，《圣经·旧约》中著名的四大先知之一，其名又译为以西结，著《以西结书》。

④ 执行路易十六死刑的刽子手。

主席台上有一个大铃，大得几乎像口钟，还有一个挺大的铜制墨水瓶，和一个对开的羊皮纸本子，那就是会议记录本。

有人把刚砍下的人头，插在长矛尖上，血淋淋的送到这个主席台上。

登上讲演台要上九级台阶，每一级都又高又陡，爬起来十分困难。有一次，让骚内往上爬的时候差点绊倒了，“这是上断头台的梯子！”他说。——“学着点怎么爬！”卡利耶冲他喊道。

大厅的四角墙壁显得太秃，建筑师便在墙上镶了斧头露在外边的古罗马束棒。

讲演台左右两边各有一个底座，上面各安装一根十二尺高的枝形灯柱，顶上各点四盏油灯。每个旁听席厢座里也有这样一根灯柱。所有灯柱的底座上都雕刻有圆环，被群众称为“断头台的枷锁”。

会堂的座位一排排升高，最上面一排快挨到旁听席的围栏，所以议员与群众可以直接交谈。

旁听席的出口通向迷宫般的走廊；走廊里有时回荡着粗野的吵闹声。

国民公会使整个宫殿拥挤不堪，不得不部分分散到附近的龙格维尔宫和库瓦尼宫。如果布雷德福勋爵的一封信内容属实，那么 8 月 10 日之后，王室的家具就搬到了库瓦尼宫。花了两个月才把杜伊勒里宫搬空。

各个委员会都安置在会议厅附近：平等楼里是立法委员会、农业委员会和贸易员会；统一楼里是军事委员会。

治安委员会与救国委员会之间，有一条阴暗的走廊直接相通，走廊里不管白天黑夜都亮着一盏路灯，各党派的密探在这里徘徊，所以在这里谁也不说话。

国民公会的证人席位挪动过好几次，通常是在主席的右边。

大厅两头有两面垂直的板壁，封住半圆形的梯形大厅的两头，在它们与墙壁之间留有两条逼仄、幽深的通道，每条通道有一扇四方的、黑洞洞的门。大家就是从这里进出的。

有一扇门对着斐扬修道院的露台，议员们从这扇门直接进入大厅。

这间大厅由于窗户采光不好，白天很不明亮，入夜只有几盏昏黄的灯照明，就更显得幽暗，所以总给人一种笼罩在夜色里的感觉。晚上，照明本来就差，再加上夜的黑暗，灯光下的会场便显得阴森森的。大家相互都看不清楚，只见会场的两头和左右两边，一张张模糊不清的面孔在对骂。两个人就是面对面撞上了，也认不出来。有一回，莱涅罗向讲演台跑去时，在倾斜的过道上撞到一个人身上，他连忙说："对不起，罗伯斯庇尔。"——"你把我当成谁啦？"一个沙哑的声音反问道。——"对不起，马拉。"莱涅罗忙改口道。

主席座位下面，左右两边各有一个专席。事情就这样奇怪，国民公会里还有享有特权的旁听者。只有这两个专席有布罩，下方的正中垂着两个金色的流苏，作为衬托。其他旁听席都光秃秃的。

整个布置显得生硬，不正规，但挺整齐。粗犷中显示出规正。这也有点像整个革命。国民公会的大厅，堪称后来艺术家们所称的"穑月式建筑"一个最完善的标本：粗笨而不结实。当时的建筑师把对称奉为至美。文艺复兴的风格在路易十五年间已达登峰造极，后来便走向了反面。高雅发展到了平淡，纯洁演进到了单调。建筑艺术中也存在矫揉造作。18 世纪的建筑，造型和着色都丰富多彩，令人眼花缭乱，后来这种艺术趋于简朴，甚至只容许直线存在。这种演变达到极致便是丑陋。艺术只剩下了骨头架子，事情就是如此奇怪。这便是严谨和简约形成的弊端。建筑风格朴素到了单调的地步。

撇开政治激情不说，这间大厅仅仅是它的建筑风格，就有点令人不寒而栗。人们还依稀记得过去的那个剧场，饰有花环的包厢，蓝色和紫色的天花板，带有许多闪光片的枝型大吊灯，发出宝石光彩的多支烛台，闪色的帷幔，幕布和墙衣上绣的许多爱神和裸体仙女，那些画的和雕刻的镀金的装饰，整个儿像一首优雅的王室抒情曲，使这个严肃的地方显得那样迷人。而现在你环顾四周，目光所及全是生硬、笔直的角度和线条，像钢铁一样冰冷而刺眼，给人的感受，就像布歇[①]被大卫[②]处死了似的。

## 4

谁看见国民公会开会的情形，就再也不会去想它那间会议厅。谁看见演戏，就再也不会去想戏台。再也看不到比这更丑恶而又更崇高的情景。这里济济一堂的有一大批英雄，也有一大群懦夫。有高山的猛兽，也有沼泽的爬虫。如今已变成幽灵的那些斗士，当年全都聚集在这里，相互拥挤，相互挑衅，相互恫吓，斗来斗去，而又共处于一堂。

让我们来列举一下这些巨人的名字吧。

右边是吉伦特派，一群思想家；左边是山岳派，一群竞技者。一边是接收过巴士底狱钥匙的布里索，马赛人俯首听命的巴巴鲁，手里掌握着驻扎在市郊圣马索的布雷斯特营的克韦雷干，确定议员对将军拥有无限权力的让骚内，还有注定要倒霉的

---

① 布歇（1703—1770），法国画家，风格以色彩精细、形式柔美、技巧熟练和主题浮华为特征。其作品充分表现出洛可可时期的法国趣味。

② 大卫（1748—1825），法国新古典主义重要画家，画风严谨，技法精湛，反对洛可可陈腐画风，主张恢复古代优良的传统。

瓜德。一天夜里在杜伊勒里宫，王后指指睡熟的太子让他看，瓜德亲了亲那孩子的额头，却让孩子的父亲掉了脑袋。此外还有捕风捉影地检举山岳派与奥地利勾结的萨勒，右派的跛子西勒利和左派的瘸子库东，被一位新闻记者称为恶棍的劳斯·杜佩雷，他因此而邀请那位记者吃饭，对他说："我知道，所谓恶棍，只是指与我们想法不同的人罢了。"还有在1790年历书的头一页写了"革命已结束"的拉博·圣艾蒂安，奋力推翻路易十六的纪内特；起草过教士公民组织法的冉森派教徒加缪，此人相信六品修士帕里[①]的奇迹，卧室的墙上钉了一幅七尺高的基督像，每天夜里跪在像前祈祷；有与卡米尔·德穆兰一起发动7月14日起义的福歇；有伊斯纳尔，此人有一大罪状，就是当布伦瑞克说"巴黎将被彻底烧掉"的时候，他却说"巴黎将被彻底毁掉"。有雅各布·杜邦，他头一个宣称自己是无神论者，而罗伯斯庇尔驳斥他说："无神论是贵族的玩意儿。"有冷酷、敏锐而勇敢的布列塔尼人朗瑞奈，巴耶－封弗莱德的生死之交杜柯，巴巴鲁的忠实朋友勒贝齐，这个勒贝齐因为罗伯斯庇尔没有被送上断头台而一再提出辞职；还有反对常设区议会的黎绍，还有拉苏斯，他说过一句名言："让感恩戴德的民众遭殃吧！"可是一旦被押到断头台脚下，他却自相矛盾而又傲慢地对山岳派说："我们被处死，是因为民众还没有觉醒，一旦民众觉醒，就该你们丧命了。"还有比洛托，他宣布取消公会代表不可侵犯的特权，从而不自觉地为自己铸造了一把铡刀，并为自己筑起了断头台；还有夏尔·维拉特，他以这样一句抗议庇护自己的良心："我不愿意在刀口下投票。"还有艳情小说《浮布拉》的作者鲁韦，他最后可能在王宫大厦开了家书店，请罗督斯卡为他站柜台；还有《巴黎画卷》的

① 帕里（1690—1727），法国修士，以刻苦修炼、广积善德著称，颇受冉森教派推崇。

作者梅西埃，他经常嚷嚷说："所有国王的脖子都感觉到了1月21日[①]啦！"有把旧疆界乱党视为心腹大患的马来克，以及新闻记者卡拉，他在断头台下对记者说："现在就死真没意思，我还想看后面的结局呢。"还有自命为马耶讷和卢瓦尔第二营战士的维热，他在受到旁听席公众的威胁时就大声说："旁听席再有人嘀咕一声，我就要求我们全体退场，拿起战刀向凡尔赛进发！"有后来死于饥荒的布左，注定要死于自己的匕首之下的瓦拉兹，因口袋里装着《贺拉斯》[②]暴露了身份而死于王后堡（后改名平等堡）的孔多塞，命中注定要在1792年深受群众爱戴、而1793年被狼吃掉的佩雄；此外还有许多人，像彭特库朗，马博兹，黎东，圣马丹，尤维纳利斯[③]的译者、参加过汉诺威战役的杜索勒克斯，布瓦洛，贝特朗，李斯特-博书，勒沙日，戈迈尔，加甸，曼维耶勒，杜普朗蒂埃，拉卡兹，昂迪布，而为首的是被大家叫作韦尼奥的巴纳夫。

另一边是安多纳-路易-雷昂·弗洛莱勒·德·圣茹斯特，他二十三岁，脸色苍白，前额生得低，侧影端正，一双神秘的眼睛，一副忧心忡忡的神态；接着是被德国人称为"火魔"的梅林·德·狄翁维尔，制订"嫌疑犯法"的罪魁梅林·德·杜埃，第一个牧月[④]就被巴黎民众推举为将军的苏布拉尼，用曾经洒过圣水的手握住战刀的前本堂神父勒彭，设想将来主持司法不需要法官只需要仲裁人的比约·瓦伦纳，可喜地发明了共和历法的法布·德格朗丁和灵感卓然创作了《马赛曲》的卢热·德·李斯特

① 即1793年1月21日，路易十六上断头台的日子。

② 高乃依所著悲剧，取材于意大利古代传说中贺拉提乌斯兄弟与库里阿提乌斯兄弟之间的战斗。1640年首演。

③ 尤维纳利斯(55或60—约127)，古罗马最后也是最有影响的一位讽刺诗人。

④ 法兰西共和历的第九月，相当于公历5月20日至6月18日。

（可惜这两个人以后再也没有别的创造发明），说过“死掉一个国王不等于减少一个人”的公社检察官马努埃，曾经攻进特利普斯城、新城和施派尔城看见普鲁士军队逃之夭夭的古荣，由律师变为将军、在8月10日前六天获得圣路易骑士称号的拉克洛瓦，弗雷隆－左伊勒的儿子弗雷隆－泰西特，铁面无私地搜出铁柜[①]但命中注定要与共和制一道悲壮地自杀、在共和制灭亡那天了结一生的鲁勒，心似魔鬼面如僵尸的佛舍，杜舍斯内老爹的朋友康布拉；杜舍斯内老爹对纪约丹说：“你是斐扬派俱乐部[②]的，而你女儿是雅各宾派俱乐部的。”还有对抱怨衣不蔽体的囚犯说“监狱就是石头衣裳”的雅哥，圣德尼坟墓的可怕发掘者雅沃格，专管放逐而在家里窝藏被放逐的夏利夫人的奥斯兰，主持会议时总暗示旁听席鼓掌或起哄的邦达包尔，凯拉僚小姐的丈夫、新闻记者罗贝尔；这位小姐写道：“罗伯斯庇尔和马拉都不上我家来；罗伯斯庇尔愿意来的话，随时可以来，马拉永远不要来。”还有加兰－古龙，当西班牙干预对路易十六的审判时，他高傲地要求议会不要俯就宣读一个国王给另一个国王的信；还有格雷古阿，他当初还不愧为早期基督教主教，后来到了帝国时期，却由共和党人格雷古阿变成了格雷古阿伯爵；还有阿马尔，他说：“普天下判决了路易十六，他向谁去提出上诉呢？向其他星球吧。”还有鲁耶，元月21日那天他反对在新桥鸣炮，说：“一个国王的脑袋落地，不应该比一个普通人的脑袋落地发出更大的响声。”还有安德烈的弟弟舍尼埃，讲演时总在讲台上放支手枪的瓦迪耶；还有帕尼，他对莫莫罗说：

“我想要马拉和罗伯斯庇尔在我家的餐桌边拥抱。”莫莫罗

---

① 路易十六的秘密保险柜，藏有其罪恶的证据。

② 斐扬派为法国资产阶级革命时期的君主立宪派，在巴黎斐扬俱乐部集会，故名。

问："你家住在哪儿？""住在夏朗东[1]。""住在别的地方我倒要奇怪了。"还有勒让德尔，他是法国革命的屠夫，就像普赖德是英国革命的屠夫一样，他常常对朗瑞奈喊道："过来，让我一锤打死你。"朗瑞奈回答："你首先得颁布法令说我是一头牛。"还有科洛·德布瓦，他是一个性情阴郁的喜剧演员，脸上戴着一副有两张嘴巴的古代面具，那两张嘴巴对于事物一张说是，一张说不，一张赞成另一张谴责，在南特痛斥卡利耶，在里昂蔑视夏力叶，把罗伯斯庇尔送上断头台，把马拉请进万神庙；还有主张把佩戴"殉难者路易十六"纪念章的人统统处死的热尼修，曾经把自己的住宅送给汝拉山老汉的小学教师雷奥纳·布东，海员陶普生，律师古比约，商人洛朗·洛官特，医生杜韩，雕塑家赛让，画家大卫，亲王约瑟夫·平等。此外还有：勒贯特·皮拉沃，他要求颁布法令，宣布马拉"处于精神错乱状态"；罗贝尔·兰代，他是一条可怕的章鱼的创造者，这条章鱼的头就是全国公安委员会，它的二万一千条触角就是遍布全法国的所谓革命委员会；勒勃夫，关于他，吉莱-杜普雷在《假爱国者的圣诞歌》中写有一句诗：

勒勃夫见到勒让德尔就哞叫[2]

托马斯·佩恩，一个宽厚的美国人；阿纳夏西·克路茨，德国男爵，百万富翁，无神论者，属于埃贝尔派[3]，为人老实；廉正的勒巴，是杜普莱的朋友；罗威尔，一个罕见的人，由于为艺

---

① 夏朗东意即疯人院。

② 法语里勒勃夫与"牛"字谐音，而前文提到勒让德尔是法国革命的屠夫，故有此诗句。

③ 法国大革命中的激进派，埃贝尔的追随者。要求建立一个反基督教的，而实质上为社会主义的革命政府，极力排除吉伦特派和其他温和派。

术而艺术存在之广泛超乎人们的想象，他就为凶恶而凶恶；夏力叶，他希望大家用“您”称呼贵族；塔利安，一个多愁善感而又残暴的人，为了爱情的缘故而发动了热月九日事变；康巴塞莱斯，检察官，后来成了王公；卡利耶，诉讼代理人，后来成了残暴如虎的人；拉普朗士，有一天曾大声疾呼要求“给警报炮以优先权”；图里奥，他主张用口头表决的方式选举革命法庭的陪审员；布尔东·德·卢瓦兹，他曾要求与尚朋决斗，检举过佩恩，但被埃贝尔检举；法约，他建议派一支放火的军队去旺代；塔沃，4月13日几乎充当了吉伦特派和山岳派的调停人；维尼埃，要求吉伦特派的头儿们和山岳派的头儿们都作为普通士兵去服兵役；洛拜勒，待在马央斯足不出户；布波特，在攻克索米尔的战斗中，他所骑的马被打死；甘贝托，指挥瑟堡的海岸部队；雅庞维利耶，指挥拉罗舍勒的海岸部队；洛卡庞蒂埃，指挥康卡尔舰队；罗贝若，后来在拉斯塔特陷入埋伏；马恩的普里厄，在兵营里总佩戴着他从前的骑兵队长肩章；洛瓦索·德·拉萨特，他一句话激得圣-阿芝营的营长塞朗决心战死疆场；还有洛韦松，摩尔，贝尔纳·德·圣特，夏尔·里夏尔，李基尼奥等，而这批人的首领，是一个米拉波式的人物，名叫丹东。

屹立于这两个阵营之外，而且使这两个阵营都对之敬畏的人物，就是罗伯斯庇尔。

5

下面蜷伏着恐怖和恐惧；恐怖可能是高贵的，而恐惧是卑贱的。在激情、英雄主义、献身精神和狂热的下面，是灰不溜丢、吵吵嚷嚷、默默无闻的一群。大会的底层称为平原派。那里集中了一切动摇不定、怀疑犹豫、畏缩迟缓、窥测风向的人，他们之中每个人都对别人存有害怕之心。山岳派是一批精英，吉伦特派也是一批精英，只有平原派是普通群众。谢耶斯就是平原派的一个缩影。

谢耶斯由一个思想深刻的人变成了一个思想空虚的人。他到了第三等级就止步了，未能一直上升到人民。某些人天生就是要半途止步的。谢耶斯叫罗伯斯庇尔老虎，而罗伯斯庇尔叫他鼹鼠。这个形而上学者没能变得明哲，却变得谨慎小心了。他是革命的趋附者，而不是革命的公仆。他扛上铁铲，与老百姓一块去校场干活儿，和亚历山大·德·波哈奈拉同一辆车。他劝人要卖力气，而他自己从来不把力气耗尽。他对吉伦特派说："架起你们这一派的大炮吧。"有些思想家同时是斗士，例如孔多塞与韦尼奥，德穆兰与丹东；有些思想家想的是如何处事做人，这些思想家与谢耶斯志同道合。

出酒率最高的酿酒槽里也有酒糟。平原派的下面有沼泽派。那是一潭可怕的死水，而透过它看到的是利己主义。在那里哆哆嗦嗦，默默无言地等待的，全是一些胆小如鼠之辈。真是可怜至极。忍受着全部屈辱，却无半点羞耻之感。怒火全憋在心里，反抗的愿望隐藏在奴颜婢膝之下。他们厚颜无耻地怕得要死，毫不在乎地表现出怯懦。他们更喜欢吉伦特派，却总是拥护山岳派。结局如何取决于他们：他们总是倒向胜利的一边。他们把路易十六出卖给韦尼奥，又把韦尼奥出卖给丹东，然后把丹东出卖给罗伯斯庇尔，最后把罗伯斯庇尔出卖给塔利安①。马拉活着的时候他们肆意攻击他，马拉死了之后他们却把他奉若神明。他们拥护一切，直到有一天突然打倒一切。凡是看到摇摇欲坠的东西，他

① 让-朗贝尔·塔利安（1767—1820），温和派热月党人领袖，后与人合谋在1794年热月九日推翻罗伯斯庇尔，成为热月反动派的首领。

们就本能地坚决把它推倒。他们一贯为地位牢固的势力效劳，在他们眼里，动摇不定就是叛卖他们。他们人数众多，他们有力量，他们代表恐怖，他们有着卑鄙小人的胆量。

由此发生了 5 月 31 日、芽月十一日和热月九日的悲剧；这些悲剧都是由伟人开头而由小人收尾的。

## 6

在这些充满热情的人之中，也混杂了充满幻想的人。这里存在着形形色色的乌托邦：好斗型的赞同断头台的存在，宽容型的主张废除死刑；在王座那边是恶鬼，在人民这边是天使。有好斗的头脑，也有孕育的头脑。前者满脑子装着战争，后者满脑子装着和平。卡诺一个人的头脑产生了十四个军；另一个头脑，让德布里的头脑则考虑建立一个世界性的民主联邦。在这些疯狂激烈的雄辩当中，在这些怒吼咆哮的声音当中，有着意味深长的沉默。拉卡纳尔就经常不说话，而在考虑公共国民教育的问题；朗特纳也沉默不语，他在考虑创办初级小学；勒韦利埃－雷波也默不作声，他在幻想把哲学提高到宗教那种威严的地位。其他一些人关心的是更小而又更实际的具体问题。纪东－莫伏研究改善医院的卫生条件；麦尔研究废除实际存在的奴役制度；让－彭－圣安德烈考虑废除民事监禁和人身拘留；罗姆在研究夏普的建议；杜博埃在考虑对档案进行整理；柯朗－费斯蒂考虑创办解剖学会和自然博物馆；纪若马研究内河航运和兴建埃斯科河水坝的问题。艺术自有其狂热爱好者，甚至偏爱狂者。1 月 21 日，正当国王的头在革命广场落地之时，瓦兹省议员贝扎尔却赶到圣拉扎尔街，去看在一个顶楼找到的鲁本斯的一幅画。艺术家、演说家、预言家、丹东一类的巨人、克路茨一类的天真汉、斗士、哲学家、所有人都奔向同一个目标，奔向进步。没有什么能打乱他们前进的步伐。国民公会的伟大之处，就是在常人认为不可能的事物中，寻求有多少是可以变为现实的。在它的一个极端，罗伯斯庇尔眼睛盯着法律；在它的另一个极端，孔多塞眼睛盯住职责。

孔多塞是一个勤于思考、头脑清晰的人；罗伯斯庇尔是一个坚决行动的人。而在解决旧社会最后危机的时候，坚决行动有时就意味着彻底消灭。凡是革命，都分上下两个斜坡，在这两个斜坡上，层次分明地呈现出不同的季节，从冰天雪地的严冬到鲜花盛开的暖春。两个斜坡的每一个地段，都产生出适合其气候的人，从爱在阳光下生活的人，到爱在电火雷鸣中生活的人。

## 7

人人都提醒别人注意左边走廊的那个角落。罗伯斯庇尔曾在那个角落里对克拉维埃的朋友加拉悄声说过这样一句可怕的话：“克拉维埃呼吸哪个地方的空气，就在哪个地方搞阴谋。”同样在那个适于密谈和低声发牢骚的角落里，法布·德格朗丁曾与罗姆吵嘴，指责他把暑月改成热月，弄得他的历法面目全非。人们也提醒别人注意拥挤地坐着上加龙省七位议员的那个角落。那七位议员最先被叫到对路易十六的判决表态，他们一个接一个回答——马耶：“死刑。”德尔马：“死刑。”普洛让：“死刑。”加莱斯：“死刑。”艾拉：“死刑。”于连：“死刑。”德萨比：“死刑。”这里充满整个历史的永恒的反响。自从人类有了司法，这反响就使法庭的墙壁震响着坟墓的回声。有人指着那攒动的人头，正是那些人在吵吵嚷嚷地进行着悲剧性的表决。巴加内尔说：“处死。一个国王不处死留着干什么！”米罗说：“今天如果没有死刑，就应该发明死刑。”年迈的拉弗龙·杜·特鲁耶说：“赶快处死！”古此约喊道："立刻送上断头台，慢了只能加重死罪！"谢耶斯只说了两个阴森森的字："死刑。"图里奥反对布佐提出的让人民去判决的建议："什么！要通过基层议会！这样，全国就会有四万四千个法庭。这个案子就遥遥无期啦，路易十六的头发白了脑袋还不会落地！"奥古斯丁－彭·罗伯斯庇尔紧接在他哥哥之后嚷道："这种屠杀人民宽恕暴君的人道，我不明白。死刑！主张缓刑，就是让暴君而不是让人民来判决。"接替贝纳丹·德·圣彼埃尔的福斯杜瓦说："我就怕看见人流血，不过一个国王的血不是人血。死刑！"让－彭－圣安德烈说："暴君不死，人民就没有自由。"拉维孔特利说了这样一句格言："暴君还有一口气，自由就会被窒息。死刑。"夏朵诺夫－朗东喊道："处死最后一个路易！"纪亚丹表示希望"在坍塌的城门前处死他"。特利耶说："咱们应该铸造一门大炮，口径与路易十六的头一样粗，去打敌人。"在主张宽容的人之中，让蒂说："我主张监禁。制造一个查理一世，等于制造一个克伦威尔。"[①] 邦加说："流放。我希望看到世界上头一个被迫干活谋生的国王。"阿尔布说："驱逐出境。让这个活幽灵去各国的王位周围游荡。"臧家柯米说："监禁。留个活加佩当作稻草人。"夏勇说："让他活着。我不希望看到我们把一个人杀了，而让罗马把他奉为圣人。"当这些宣判从那些严厉的嘴里一句句吐出来，消散于历史之中的时候，在那些袒胸露肩、穿金戴银的妇女的旁听席上，有人手里拿着名单在统计票数，每听到一个人表态，就用别针在名单上扎个洞。

凡是发生悲剧的地方，就会有恐惧和怜悯。

提起处于统治地位的任何时期的国民公会，人们眼前就会重新浮现最末一个加佩受审判的情形。1 月 21 日传奇性的事件，似

---

① 指 17 世纪初，克伦威尔处死英国国王查理一世，自己当上国王。

乎与整个审判的行动搅在一起。这个令人生畏的议会里弥漫着厄运的气息，这气息吹向点燃了八百年的古老的君主专制火炬，将之吹灭了。对一位国王的审判，就是对历代国王的最终审判，它恰如对过去发动的一场庄严的讨伐的起点，随便去旁听国民公会的哪次会议，都会看见上断头台的路易十六的影子投射在墙壁上；旁听者们相互传说克圣辞职不干了，罗兰也辞职不干了，德塞夫勒省议员杜夏泰尔病卧在床，奄奄一息，还叫人把他抬到会场，投票不杀国王，他的行为引得马拉哈哈大笑。这位议员如今早被历史遗忘了，当时谁都想看他一眼的，他经过三十七小时的会议，疲劳不堪，坐在席位上睡着了。轮到他投票时，传达员跑过去推醒他，他勉强睁开眼睛，说道："死刑。"说罢又睡着了。

在国民公会判决路易十六死刑的时候，罗伯斯庇尔还可以活十八个月，丹东还可以活十五个月，韦尼奥可以活九个月，马拉可以活五个月又三个星期，勒倍勒蒂埃－圣法若还只能活一天。人的呼吸多么短暂而可怕啊！

## 8

国民公会有一个向老百姓敞开的窗口，那就是公众旁听席；当窗口显得不够大的时候，它就干脆敞开了大门，这样市井小民就都可以拥进议会了。群众拥进议会，这可是历史上最令人惊奇的景象。通常，这种拥入是热情洋溢的。它使街头巷尾的老百姓与身居高位的议员们亲近起来。但是，这种洋溢的热情也是令人生畏的，因为正是这些老百姓，有一天在三小时之内就夺取了残老军人院的所有大炮和四万条枪。每时每刻都可能进来一批人打断会议的进行。他们是允许进入会议的代表、请愿者、来表示敬意的人或来献礼的人。圣安托万区的荣誉长矛，由几个妇女扛着进来了。一些英国人送来两万双鞋子给我们打赤脚的士兵穿。《箴言报》报道说："奥比娘村本堂神父、德洛姆营营长阿尔努公民，到议会来要求上前线，并要求保留他的本堂神父的职位。"各区的代表，即衣衫褴褛的群众，用担架抬着餐盘、圣盘、圣餐杯、圣体显供台、成堆的金银和镀金银的器具，来献给祖国，而所要求的报偿，是允许他们在国民公会的前面跳卡马尼奥尔舞。谢纳尔、纳尔波和瓦利耶曾到这里来演唱，向山岳派表示敬意。勃朗区议会送来一尊勒倍勒蒂埃的半身雕像，一个女人在议长亲她时往议长头上戴了一顶红帽子；"迈耶区的女公民"向"立法者们"抛掷鲜花；"祖国的学生"由乐队领头来感谢国民公会"给本世纪带来了繁荣"；法兰西卫队区的妇女送来了玫瑰花；香榭丽舍区的妇女献了一顶橡叶冠；圣殿区的妇女跑到议会来宣誓"只与真正的共和党人结合"；莫里哀区奉献了一块富兰克林纪念章，议会决定把它挂在自由女神像的冠冕上；被称为共和国孩子们的育婴堂里的弃儿，穿着国民制服列队来到这里；九十二区的姑娘穿着洁白的连衣裙来到这里，第二天的《箴言报》报道："议长从一位漂亮的姑娘天真无邪的手里接过一束鲜花。"发言的议员们常常向群众致敬，有时故意吹捧他们："你们是正确的，你们是无可指责的，你们是崇高的。"民众有天真烂漫的一面，喜欢听这些甜言蜜语。有时，也有群众跑到议会来闹事，他们怒气冲冲地进来，出去时却变得心平气和了，恰如罗讷河流经莱芒湖[1]，流进去时一片混浊，流出来时澄澈碧绿。

有时气氛十分紧张，亨利奥就把火刑具搬到杜伊勒里宫的大门口。

---

① 莱芒湖即瑞士的日内瓦湖。

## 9

国民公会从革命中脱颖而出的同时，也创造着文明。它是一座熔炉，一座冶炼的熔炉。这座熔炉里虽然翻滚着恐怖，但也酝酿着进步。从那纷纭的阴影中，从那汹涌奔驰的云层中，射下万道光芒；这光芒犹如永恒的定律，闪耀在地平线上，闪耀在各国人民永远看得见的天上，分别代表着正义、宽容、仁慈、理性、真理、博爱。国民公会宣告这样一条伟大的公理：公民与公民之间的自由是相互制约的。这句短短的话概括了人与人之间的关系的全部准则。它宣布穷人是神圣不可侵犯的，它宣布残疾人是神圣不可侵犯的，盲人和聋哑人应该受到国家监护，母性是神圣不可侵犯的，未婚的母亲应该得到安慰和扶助，儿童是神圣不可侵犯的，孤儿应该由国家收养，清白无辜者是神圣不可侵犯的，被宣判无罪的被告应该得到赔偿。它谴责贩卖黑奴，主张废除奴隶制度。它宣扬公民团结互助。它规定实行免费教育。它组织国民教育，在巴黎由师范学校、在省城由中心学校、在乡镇由初级小学负责实施。它创办音乐戏剧学院和博物馆。它颁布法律，统一法规，用十进制统一度量衡。它建立了法国的财政，用国家的信誉取代了君主专制下国家信用的长期破产。它使通讯有了电报，为老年人创办了享受救济的养老院，为病人建立了清洁的医院，为教育创办了综合科技学校，为科学创办了气象局，为人类智力创办了研究所。它是本国的，又是世界性的。国民公会颁布了一万一千二百一十条法律，其中三分之一涉及政治，三分之二涉及人。它宣布普遍的道德为社会的基础，普遍的良心为法律的基础。总之，奴役制被废除，博爱得到提倡，人道受到保护，人的良心得到矫正，劳动法变成了救助的权利而不再是沉重的负担，国家财富得到保障，儿童受到教育和扶助，文学和科学得到推广，一切高峰都点亮了灯塔，一切苦难都得到救助，一切原则都已阐明，凡此一切，国民公会在实现的时候，内部正经受着旺代蛇蝎般的发难，外部则顶住了各国君主狼虎般的进攻。

## 10

好一个广阔的舞台。各种类型的角色，有人性的，没有人性的，还有超人的，纷纷登台表演。史诗般的对抗场面迭起。纪约丹避开大卫，巴兹尔大骂夏博，瓜德嘲笑圣茹斯特，韦尼奥蔑视丹东，鲁韦攻击罗伯斯庇尔，布佐揭露平等，尚朋痛斥帕什，人人憎恨马拉。那么多人的名字，无法一一列举！阿蒙维尔外号叫“红帽子”，因为他来开会时总戴一顶弗里吉亚帽[①]，他是罗伯斯庇尔的朋友，却出于对平衡的兴趣，想在“处死路易十六之后，把罗伯斯庇尔送上断头台”；马修是仁慈的主教拉穆莱特的同僚，长相也与之极像，而这位主教却因为一个吻而名留后世；勒阿迪·杜·莫比昂谴责布列塔尼的教士们；巴莱尔属于多数派，是他主持了对路易十六的审判，他与帕梅拉的关系，就像鲁韦与罗督斯卡的关系一样；多努是奥拉托利会会员，他总是说：“咱们得抓紧时间。”还有杜布瓦－克朗塞，马拉经常咬着他的耳朵说悄悄话；还有夏朵诺夫、拉克洛和埃洛·德·塞谢尔，后者听到亨利奥喊：“炮手们各就各位！”就吓得直往后退；于连把山岳派比作温泉关[②]；加蒙希望专门为妇女预备一个公众旁听席；拉洛瓦在戈贝尔主教到国民公会摘下主教冠，戴上红帽子时，代表会议

① 一种红色锥形高帽，帽尖向前倾折，流行于法国资产阶级革命时期。

② 希腊中部东海岸卡利兹罗蒙山和马亚科斯湾之间的狭窄通道。公元前 480 年，人数很少的希腊军队在此抵抗波斯大军三天，因而载入史册。

向他表示敬意；勒孔特大声嚷道："难道谁还俗就要向谁表示敬意吗？"布瓦西－当格拉向费罗的头颅敬过礼，这就在历史上留下了这样一个疑问：布瓦西－当格拉究竟是向头颅即被害者敬礼呢，还是向长矛即凶手敬礼？杜普拉兄弟俩，一个是山岳派，一个是吉伦特派，彼此相互憎恨，就像舍尼埃兄弟俩一样。

这些骇人听闻的话都是在这个讲台上讲的，有时连讲话者本人也没有觉察到，这些话的腔调竟像革命的预言，而由于这些讲话，客观事实似乎突然莫名其妙地变得不高兴和激动起来，仿佛它们误解了刚刚听到的那些话；所发生的事情似乎对所说的话非常恼火，于是祸事便不可抗拒地降临了，好像是被人们所说的话激出来的。就像在山里，喊一声就能引起一场雪崩。再多说一句话，就可能产生灭顶之灾。如果没有人说话，就什么事情也不会发生。有时简直可以说，各类事件都脾气太暴躁了。

就这样，由于演说者偶然说的一句话被误解，伊丽莎白夫人[①]就掉了脑袋。

在国民公会，说话再放肆也是合法的。

辩论之中，威胁的话恰如大火中的火星，满场乱飞，迸来射去。佩雄说："罗伯斯庇尔，谈事实吧。"——罗伯斯庇尔："事实吗，就是你呀，我会来谈的，你等着瞧吧。"——一个声音："处死马拉！"——马拉："马拉死的那天，巴黎也就完蛋啦；巴黎一完蛋，共和国也就不存在了。"——比约－瓦伦纳站起来说："我们要……"——巴莱尔打断他："你说起话来就像个国王。"——又一天，菲力波说："有一个议员拔出剑来对付我。"——奥杜安："主席，请你叫想杀人的家伙遵守秩序。"——主席："等一等。"——帕尼："主席，我也要求你维持秩序。"有时，议员们也

① 路易十六的妹妹，路易十六死后负责照顾他的孩子，于1794年被革命法庭处死。

放肆地大笑。——洛官特："尚德布的本堂神父抱怨他的主教福歇不准他结婚。"——一个声音："福歇自己有不止一个情妇，我不明白他为什么要阻止别人讨老婆。"——另外一个声音："教士们，讨老婆吧！"旁听席的人也参加这类议论，而对议员们都以"你"相称。一天，议员吕昂走向讲坛，他的臀部一边比另一边大得多，旁听席就有一个人冲他喊道："喂！转到右边来呀，你不是有一边'面颊'是大卫式的吗？"老百姓对国民公会就是这样随便。不过有一次，即1793年4月11日发生起哄的时候，主席下令拘捕了旁听席一个打断议员发言的人。

一天，老表纳洛蒂出席会议作证，罗伯斯庇尔发言，一讲就讲了两个钟头，眼睛一直望着丹东，有时严肃地定定盯住他，有时阴险地斜眼瞟着他。他猛烈抨击面前的对手，最后以恶毒的字眼声嘶力竭地攻击道："我们认得那些阴谋家，我们认得那些行贿的家伙和受贿的家伙，我们认得那些叛徒。他们就在这个会场里。他们听到我们的发言。我们看见他们，一直盯住他们。他们抬头看一看吧，他们会看到法律之剑悬挂在他们头顶上；他们审视一下自己的灵魂吧，他们会看到自己的卑鄙无耻。他们应该当心他们自己。"罗伯斯庇尔讲完的时候，丹东仰着头，眯缝着双眼，望着天花板，一条胳膊垂在椅背上，只听见他低声吟诵道：

鲁塞尔小子[①]经常发表演讲
讲得短的才不算又臭又长

辩论的双方经常对骂："阴谋家！""杀人犯！""恶棍！""叛徒！""温和派！"他们在会场里的布鲁图半身雕像面前互揭老

① 当时的滑稽民歌中常常歌唱的人物。

底。彼此怒目相向，挥舞着拳头，手枪和匕首都从套子里拔出了半截。讲坛上怒火熊熊。有些人说话的声音就像已经被押上了断头台似的。人头攒动，有些惊慌失措，有些面容可怖。这里有山岳派、吉伦特派、斐扬派、温和派、恐怖派、雅各宾派、科尔得利派，还有宣判路易十六死刑的十八位教士。

所有这些人，现在都像烟一样消散在四面八方。

## 11

这是一些随风激荡的思想。

而这风是不可思议的风。

当上国民公会的一名议员，就是成为海洋里的一个波浪。即使他们之中最伟大的人物也莫不如此。动力来自上天。国民公会显示出一种意志，那是全体的意志，而不是任何个人的意志。这种意志是一种思想，一种不可征服的思想，一种无比博大的思想，它在乌云密布的天上呼啸。我们把这个叫作革命。这种思想所到之处，它会使一部分人垮台，而使另一部分人奋起；把一部分人像浪花一样卷走，把另一部分人刮到礁石上摔得粉碎。这种思想知道自己前进的方向，它带着旋涡滚滚向前。说革命是人造成的，等于说潮汐是波浪造成的。

革命是"未知"的行动。你可以根据你是向往未来还是向往过去，把它称为好事或坏事，但你不要把它说成是别的什么造成的。革命好像是各种重大事件和伟大人物的共同作品，其实它只是各种事件演变的结果。这好比事件在那里花钱，而由人去付账；事件口授，人只签个字。7 月 14 日的签字人是卡米尔·德穆兰，8 月 10 日的签字人是丹东，9 月 2 日的签字人是马拉，9 月 21 日的签字人是格雷古阿，1 月 21 日的签字人是罗伯斯庇尔。

但是，德穆兰、丹东、马拉、格雷古阿和罗伯斯庇尔，都不过是代笔而已。这些伟大篇章不寻常的、令人生畏的撰写者，名字就叫作上帝，而他所戴的面具，叫作命运。罗伯斯庇尔相信上帝，那是无疑的。

革命是从各个方面压迫着我们的内在现象的表现形式，这种内在现象我们称之为必然。

幸福和痛苦交织在一起，错综复杂，神秘莫测，它们面前矗立着历史的问号。

“因为”二字，既是一无所知者也是无所不知者的解答。

面对这在劫难逃的灾难，这既摧毁文明又给文明注入活力的灾难，人们是很难细细加以评说的。根据结果去指责或赞扬某些人，那几乎无异于根据总和去挑剔或赞美一个个数字。该发生的事情总要发生。风总是要刮的。永远晴朗的天空不会受这些风风雨雨的影响。革命之上存在着真理与正义，犹如暴风雨之上仍有繁星密布的天空。

## 12

以上就是那气势恢宏的国民公会。它是同时受到各种黑暗势力进攻的人类堡垒，是照耀着受到围攻的各种观念的营火，是各种思想在悬崖峭壁上的巨大宿营地。历史上没有任何机构可与这个团体相媲美。它既是议会又是大众的会议，既是最高立法机关又是各阶层民众聚会的场所，既是无比庄严的地方又是公共广场，既是法庭又是审判的对象。

国民公会一直被风刮得摇摆弯曲。这风是从民众口里吹出来的，也是上帝呼出的气。

今天，在岁月流逝八十个春秋之后，任何人，不论是历史学家还是哲学家，每当国民公会显现在他的思想上时，他都会禁不住一愣，陷入沉思；谁都不能不注意那队浩浩荡荡的幽灵。

## 二　幕后的马拉

正如他事先告诉西蒙娜·埃弗拉尔的一样，马拉在孔雀街那次碰头会的第二天，就来到了国民公会。

国民公会里有一位拥戴马拉的侯爵，名叫路易·德·蒙多。此人后来送给国民公会一座十分制的钟，钟的上面是马拉的半身雕像。

马拉进入议会厅时，夏博正好走到蒙多身边。

“遗老……”夏博叫道。

蒙多抬头一看：

“你为什么叫我遗老？”

“因为你就是遗老。”

“我？”

“既然你过去是侯爵。”

“我从来就不是。”

“噢！”

“我父亲是士兵，我祖父是织布工人。”

“你胡扯些什么，蒙多？”

“我不叫蒙多。”

“那么你叫什么？”

“我叫马利朋。”

“老实讲，”夏博说，“你叫什么我认为无关紧要。”

他接着又咕哝一句：

“现在谁都不愿意承认自己是侯爵了。”

马拉在左边的过道上停下来，望着蒙多和夏博。

每回马拉进来时，总会引起一阵叽叽咕咕的议论，但总是在离他远远的地方；他周围的人都沉默不语。马拉根本不予理会。对“沼泽里的这些噪音”，他嗤之以鼻。

在下面几排光线暗淡的座位上，库贝·德·卢瓦兹、普吕内勒、维拉尔（此人是主教，后来当上了法兰西学院院士）、布特鲁、佩蒂、普莱夏尔、博内、蒂波多、瓦德卢什等人，都互相提醒马拉到了。

“瞧，马拉！”

“他并没有病倒？”

“他是病啦，你看他穿着室内便袍。”

“天哪，真的！”

“他真是为所欲为。”

“居然这身打扮来到国民公会！”

“有一天他曾戴着桂冠来到这里，当然也就能穿着室内便袍来了！”

“瞧他那副青面獠牙的模样！”

“他的便袍像是新的。”

“什么料子做的？”

“棱纹平布。”

“还带格子哩。”

“瞧那翻领。”

“是皮的。”

“虎皮。”

“不，白鼬皮。”

“是仿皮。”

“还穿着长筒袜哩。”

“真稀奇。”

“鞋上还带扣子。”

“是银扣子！”

“康布拉的木鞋商肯定恨死他了。”

其他座位上的人装作没有看见马拉，尽聊别的事情。桑托纳克斯凑近杜索勒克斯：

“知道吗，杜索勒克斯？”

“什么？”

“前伯爵布利安呀！”

“就是和前公爵魏勒华一块关在佛斯监狱的那一位？”

“是呀。”

“这两个人我都认识。怎么样？”

“他们吓破了胆，见到戴红帽子的狱卒就打躬作揖，有一天连纸牌都不敢玩了，因为那副牌里有国王和王后。”

“现在他们怎样啦？”

“昨天在断头台上呜呼哀哉啦。”

“两个人一块？”

“两个人一块。”

“他们在牢房里究竟表现怎样？”

“软骨头。”

“在断头台上呢？”

“视死如归。”

杜索勒克斯大声感叹道：

“死比活着更容易。”

巴莱尔正在念一份报告。那是一篇关于旺代的报告：莫比昂的九百士兵带着大炮去援救南特了。勒东受到农民军的威胁。班勃夫遭到进攻。一队巡逻艇在海上游弋警戒，以防止登陆。从安格朗德到摩尔，整个卢瓦尔河左岸布满了保王势力的炮台。三千农民军占领了波尔尼克，他们高呼“英国人万岁！”巴莱尔正在念报告是桑特尔写给国民公会的一封信。信的结尾说道：“瓦纳遭到七千农民军的进攻。我们把他们击退了，并缴获了四门大炮……”

“抓了多少俘虏？”一个声音问道。

巴莱尔继续念道：“又及：我们没有俘虏，因为我们不再抓俘虏。”

马拉始终一动不动站在那里，根本没有听，似乎在思考什么严重的问题。

他手里捏着一张纸，用手指不停地搓揉着。谁如果能把那张纸展开，就会读到下面这样几行字，是莫莫罗的笔迹，大概是对马拉提出的一个问题的回答：

“对拥有绝对权力的特派员毫无办法，尤其是救国委员会的特派员。热尼修在5月6日的会议上讲过：‘每位特派员比国王的权力还大。’可是白搭，根本不起作用。特派员们掌握着生杀大权。昂热的马萨德，圣阿芒的图拉尔，马尔塞将军身边的尼永，萨布尔军的帕兰，尼奥尔军的米里耶，全都拥有无限的权力。雅各宾派俱乐部甚至任命了帕兰为旅长。在目前情况下，什么都可能发生。救国委员会的一位特派员可以使一位总司令束手无策。”

马拉把纸揉成一团，放进口袋，向蒙多和夏博走去。那两个人一直在闲聊，没有看见他进来。

夏博说：

“马利朋或蒙多，听我说：我刚从救国委员会那里来。”

“那里正在干什么？”

“他们把一个贵族交给一位教士监督。”

“噢！”

“一个像你一样的贵族……”

“我不是贵族。”蒙多说。

“交给一位教士……”

“一位像你一样的教士。”

“我不是教士。”夏博说。

两个人笑起来。

“请把这件趣闻讲具体点儿。”

“事情是这样的：一位名叫西穆尔登的教士被授予全权，派到一位名叫郭文的子爵身边；那位子爵指挥着海岸部队的远征纵队。现在的问题是如何防止这位贵族弄虚作假，防止这位教士叛变。”

“很简单，”蒙多答道，“把死神拉进来就行了。”

“我正是为此事而来的。”马拉说。

两个人抬起头来。

“你好，马拉，”夏博说，“你很少参加我们的会议。”

“我的医生建议我常洗盆浴。”马拉说。

“洗盆浴可要当心，”夏博又说，“塞奈克就是死在浴池里。”

马拉微微一笑：“夏博，这里可没有尼禄①。”

“可是有你呀。”一个粗暴的声音说。

是丹东经过这里，向自己的座位走去。

马拉连头也没回。

他把头俯到蒙多和夏博两张脸之间。

“你们听着，我是为了一件重要事情才来的：今天我们三个之中必须有一个向国民公会提出一项法令草案。”

“我不行。”蒙多说，“没有人会听我的，我是侯爵。”

---

① 尼禄(37—68)，古罗马皇帝。在他称帝之后，其母让政治家布鲁图和哲学家塞奈克辅佐他。

“我嘛，”夏博说，“也没人听我的，我是嘉布遣会修士。”

“我呢，”马拉说，“也没有人听我的，因为我是马拉。”

三个人一阵沉默。

马拉心事重重的时候，是不能贸然向他提问题的，不过蒙多还是斗胆问了一句：“马拉，你想提出一项什么法令？”

“规定任何军事长官，凡是放走被俘的叛军，一律判处死刑的法令。”

夏博插话道：“这项法令已经有了呀，是四月底通过的。”

“有和没有一样。”马拉说，“在整个旺代，到处都有人放走俘虏，窝藏俘虏也不受惩罚。”

“马拉，这是因为那项法令已经失效。”

“夏博，必须让这项法令重新生效。”

“对。”

“为此必须对国民公会讲。”

“马拉，没有必要对国民公会讲，对救国委员会讲就够了。”

“如果救国委员会把这项法令在旺代的每个乡镇张贴，”蒙多说，“并且狠狠地抓住两三个典型，我们的目的就达到了。”

“要抓典型就抓大头头，”夏博说，“从将军里头抓。”

马拉咕哝一句：“倒也是，这就够了。”

“马拉，”夏博又说，“这件事你亲自去对救国委员会讲吧。”

马拉定定地盯住他；被他这样盯住是很难受的，连夏博也不例外。

“夏博，”他说道，“去救国委员会就是去罗伯斯庇尔那里。我是不会去罗伯斯庇尔那里的。”

“我去吧。”蒙多说。

“好。”马拉说。

第二天，救国委员会向各个方面发出命令，要求将那项法令在旺代的所有城镇和乡村张贴并严格执行：凡是暗中帮助被俘的叛军匪徒逃跑者，一律判处死刑。

这项法令只是第一步。国民公会还要走得更远。几个月之后，共和二年雾月十一日，即1793年11月，鉴于拉瓦尔市打开城门收容逃跑的旺代叛军俘虏，国民公会颁布法令，凡为叛军提供庇护所的城镇，一律予以摧毁。

而在欧洲各国的国王方面，他们在法国逃亡贵族的怂恿下，由奥尔良公爵的总管李农侯爵起草，发表了布伦瑞克声明，宣布凡持枪械的法国人，一经抓获立即枪决，谁胆敢动国王一根毫毛，就将巴黎夷为平地。

这叫作以野蛮对野蛮。

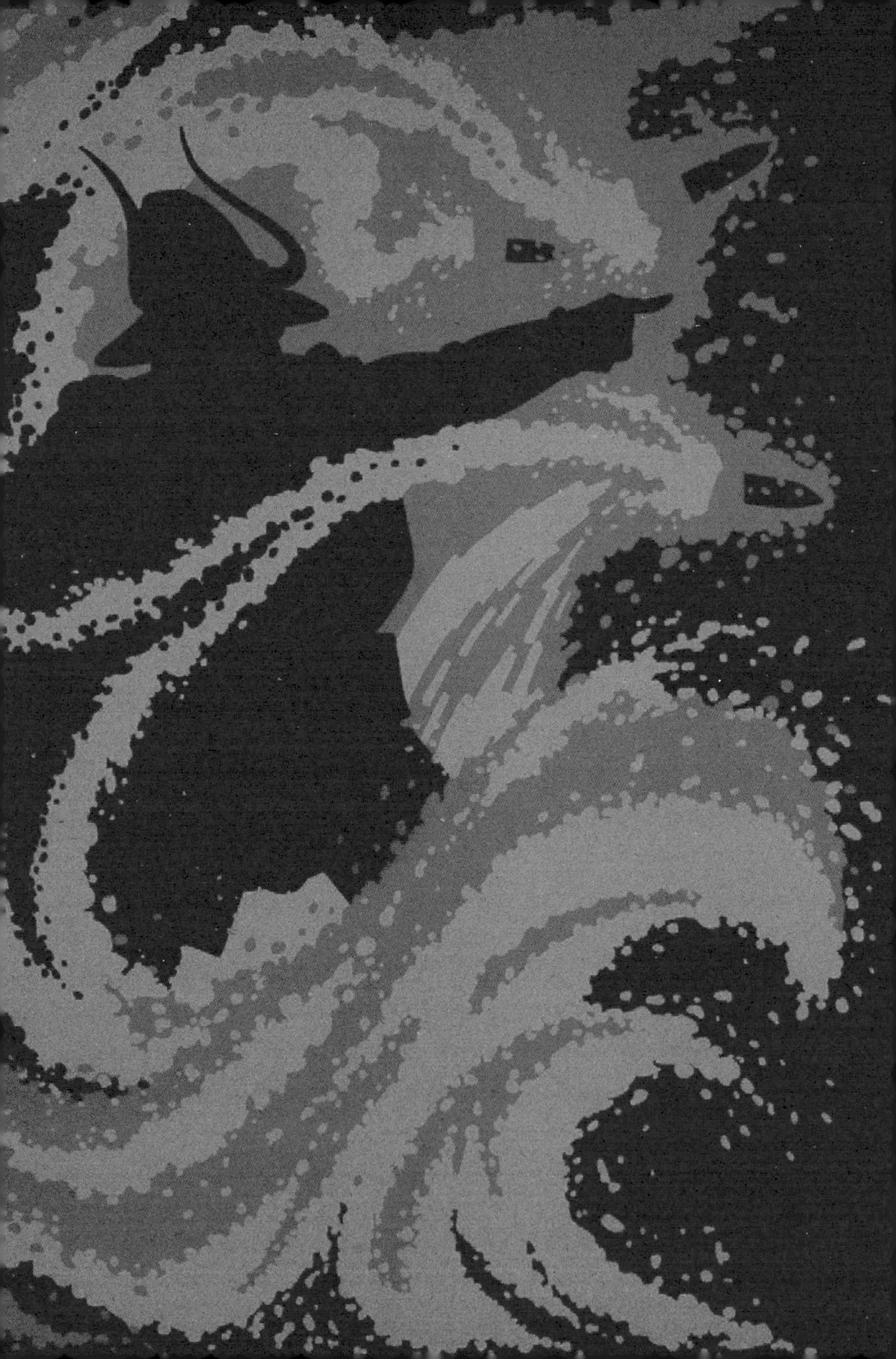

# 第三部分

# 在旺代

# 第一章　旺代

## 一　森林

那时，布列塔尼地区有七片阴森可怖的森林。旺代战争就是僧侣的叛乱，而这场叛乱的助手就是森林。真可谓黑暗势力帮助黑暗势力。

布列塔尼的七片森林是：横亘在多尔和阿夫朗什之间的富热尔森林；周边长达八法里的普兰塞森林；到处是沟壑和溪涧的潘芃森林，这片森林从白泥瓮那边几乎无法进去，而在保王势力占据的孔柯内镇那边，却有一条很方便的退路；雷恩森林，那里可以听到共和军控制的教区的警钟声，城镇周围许多教区都在共和军控制之下，普伊载追踪弗卡尔，就是追到这片森林失去了踪迹；马什库尔森林，夏莱特就是隐藏在这片森林里的猛兽；加纳什森林，它是属于拉特雷穆瓦耶、郭文和罗昂三个家族的；还有仙女居住的布罗瑟良德森林。

布列塔尼有位贵族的封号就叫“七森林领主”。此人就是封特奈子爵，布列塔尼亲王。

布列塔尼亲王并非虚传，而且有别于法兰西亲王。罗昂家族世代都是亲王。加尼埃·德·圣特在共和二年雪月十五日给国民公会的报告中，称塔尔蒙亲王是“匪徒们的加佩，马恩和诺曼底的君主”。

可以单独写一部1792年至1800年的布列塔尼森林史，而这部历史与传奇般波澜壮阔的旺代战争是分不开的。

历史有历史的真实性，传奇有传奇的真实性。传奇的真实与历史的真实性质不同。传奇的真实是通过虚构达到符合实际的效果的。不过，历史和传奇的目标是一样的；通过描写眼前的人来描写永恒的人。

要彻底介绍旺代这场战争，只有靠传奇来补充历史；全面介绍要靠历史，具体介绍要靠传奇。

应该说，旺代战争值得介绍，旺代战争是个奇迹。

这场愚昧无知者的战争，是那样愚蠢又那样壮丽，那样可憎可恨又那样可歌可泣，使法兰西痛心又使法兰西骄傲。旺代战争既是创伤也是光荣。

在某些时候，人类社会存在种种谜。这些谜使智者受到启迪，而使愚昧者陷入黑暗、暴力和野蛮。哲学家不会贸然评说是非，他要考虑问题的错综复杂。这些问题犹如天上的云彩，经过时总要向地面投下阴影。

要了解旺代战争，就要想象这样一场对抗：一边是法兰西革命，另一边是布列塔尼农民。一边是一系列无与伦比的事变：所有人的利益同时受到巨大的威胁，文明的怒潮汹涌，进步过分迅猛，改良难以估量又难以理解，等等。而站在这一系列事变的对面的，是一个严肃而古怪的野蛮人。这个人目光炯炯，头发很长，靠喝牛奶、吃栗子生活，他活动的空间仅限于他的茅屋、篱笆和壕沟，靠钟声辨别附近的每个村庄，只是为了解渴才用水，背上披件用丝线绣有阿拉伯图案的短皮外套，看上去没有教养，却穿着绣花衣裳，那衣裳上绣的图案就像他的祖先克尔特人脸上文的图案一样，把主人的刽子手当作主人尊敬，说着过时的语言，等于为他自己的思想造了一座坟墓，用刺牛棒赶着牛，把镰刀磨得锋利，在黑麦地里刈除杂草，自己做荞麦饼，他敬重的头一件东西是犁，其次是他的祖母，他信奉圣母和白衣女神，顶礼膜拜圣坛和矗立在荒地里的那块神秘巨石，他是平原上的耕耘者，海岸边的垂钓者，丛林里的偷猎者，热爱国王、领主、僧侣和身上的虱子，好沉思默想，常常在寂寥的沙滩上伫立几个小时，郁郁地倾听大海的涛声。

人们暗暗嘀咕，那个瞎子忍受得了如此强烈的光线吗？

## 二　人

农民们有两个依靠：为他们提供衣食的土地和为他们提供藏身之所的森林。

布列塔尼的森林一般人难以想象。就像一座座城市。密匝匝的荆棘和枝条，交错纠结，钻在里面什么也听不见，一点声音也没有，俨然一个蛮荒世界。那望不到边的灌木丛，就是死一般寂静的藏身所，表面上看去，没有比这更僻静、更幽深、更阴森的地方了。假如能以闪电般的速度，把所有树木一下子砍倒，你就会突然看到，这阴暗的森林里躲藏着许多人。

森林里挖了一口口狭窄的圆井，口上盖着石板，并用树枝做了伪装。井先是垂直而下，然后变成水平方向，底下扩大为圆形的洞穴，然后通向一间间黑暗的房间。冈比西斯[1]在埃及发现过这种井，韦斯特曼[2]在布列塔尼也发现了这种井。只不过前者是在沙漠里，后者是在森林里；埃及的地穴是安葬死人的，布列塔

① 即冈比西斯二世（活动时期在公元前 6 世纪），波斯国王（公元前 529—前 522），曾远征埃及。

② 韦斯特曼（1751—1794），法国将军，投身资产阶级革命，参加过对旺代叛军作战。

尼的地穴里则住着活人。在米石侗森林一块最偏僻的林间空地，地底下尽是过道和房间，有许多人神秘地进进出出，这个地方被称为“大都市”呢。另一片林间空地，地面上一样的荒凉，地底下一样住满了人，被称为“皇家广场”。

这种掘地而居的情形，在布列塔尼自古有之。无论哪朝哪代，都有一些人为躲避另一些人，而逃到这里来。于是就有人在树底下挖了一些潜伏的洞穴。古代克尔特人和高卢人的德洛伊教祭司就开始挖这种洞穴了，有几个洞穴甚至与石室冢墓[①]一样古老。传说中的鬼怪，历史上的恶煞，全都曾经从这片阴森可怖的土地上经过，例如泰乌塔特斯，恺撒，霍埃尔，尼欧曼纳，英国的杰弗里，铁手套阿兰，皮尔·摩克莱，法兰西的布洛瓦家族，英格兰的蒙福家族，历代国王和公爵，布列塔尼的九位男爵，乱世的法官们，与雷恩的伯爵们发生争吵的南特的伯爵，结伙抢劫的士兵，土匪，大部队，勒内二世，罗昂子爵，王室高官，在塞维尼夫人的窗下把农夫吊在树上的肖尔纳，15 世纪领主们的相互残杀，16 世纪和 17 世纪的宗教战争，18 世纪的三万只训练专门咬人的狗。面对这一次又一次的可怕蹂躏，老百姓只好躲起来。穴居人躲避克尔特人，克尔特人躲避罗马人，布列塔尼人躲避诺曼底人，新教徒躲避天主教徒，走私者躲避税吏，你躲避我，我躲避你，办法都是先逃进森林，然后钻到地底下，像野兽一样。暴政在这里征服各个民族。两千年来，形形色色的专制主义、征服战争、封建主义、宗教狂热、苛捐杂税，劫掠着这个苦难深重、人心惶惶的布列塔尼．这是一种无情的劫掠，不是用这种方式，就是用另一种方式，从来没有停止过。老百姓只好躲到地下

---

① 史前遗物，以数块巨石植于地上，边向外倾，上承石板以为顶，用作墓室，为新石器时代欧洲典型结构。

去了。

正当人们心灵里充满了恐怖，也就是说充满愤怒，森林里预备了许多地穴的时候，法兰西共和革命爆发了。这种暴力的解放使布列塔尼感到不堪忍受，于是它就起来叛乱了。这正是奴隶们习惯性的错误。

## 三　人与森林的默契

布列塔尼可悲的森林再次充当了过去的角色，成了这次叛乱的帮凶和同谋，像历来一样。

这些森林的地底下，挖掘了许多说不上名字的坑道、房间和走廊，纵横交错，四通八达，如同蛛网。每个不见天日的小房间里可以容纳五六千人。问题是待在里面呼吸困难。一些惊人的数字告诉我们，这次大规模的农民叛乱的组织是多么强大。伊勒-维莱纳省的贝尔特森林，是塔尔蒙亲王避难的地方，整个森林里静悄悄的，根本看不见人的踪迹，可是里面却隐藏着弗卡尔和他领导的六千人。在莫比昂省的莫拉克森林里，一个人影也看不见，实际上里面却隐藏着八千人。贝尔特和莫克拉这两片森林，还算不上布列塔尼的大森林。在这些森林的地面上行走，是很可怕的。这些给人以假象的丛林里，到处埋伏着战士，躲在地下迷宫里，革命的巨足一踩上去，里面就溅出内战。

戍营的部队在暗中窥伺。这些神不知鬼不觉的部队，在共和军部队的脚底下迤逦前进，突然从地底下钻出来，突然又钻回地底下，忽而跳出无数的人，忽而又消失得无影无踪，仿佛既具有分身术，又具有隐遁术，时而像雪崩地动山摇而来，时而又化作尘埃无声无息隐去。它们像精通缩身术的巨人，变成巨人进行战斗，化作侏儒便于躲藏。它们是有着鼹鼠习性的虎豹。

不仅有广袤的森林，也有小片的树林。正如城市旁边有村庄，森林里面有灌木丛。森林与森林之间，有迷宫般星罗棋布的小树林，把它们连接起来。古堡变成了碉堡，村庄就是军营，田地里壕沟纵横，竖满了树桩，恰如一个个网眼，专等共和军自投罗网。

整个这些地方称为林区。

有属于让·舒安家当中有口水塘的米石侗林子，台耶费家的热那林子，古日－勒布鲁昂家的拉伊斯里林子，私生子库蒂耶家的夏尼林子。这库蒂耶人称圣保罗的使徒，乃瓦什－努瓦尔军营首领。有属于神秘莫测的雅克先生的布果林子，这位先生躲在尤瓦岱地道里，准备执行某项神秘的计划。有夏洛林子，毕木斯和小亲王在这片林子里受到新堡驻军的袭击，他们俩就摸到共和军住地，抓了两个活口回来；有曾目睹龙格菲哨所溃逃的贺洛兹林子，窥视着雷恩和拉瓦尔之间大道的奥尔纳林子，拉特雷穆瓦耶家族一位亲王玩滚球赢到的拉格拉韦尔林子，北海岸先由贝尔纳·德·维尔诺夫占据，后由夏尔·德·布瓦哈迪占领的洛热林子；有封特奈附近的巴尼亚林子，莱斯居尔在这里攻打夏尔波，夏尔波以一比五的兵力迎战；有大力士阿兰和秃头查理之子艾利斯普曾经争夺过的林农岱林子，科克罗给俘虏剃头发的那片荒地边缘的克洛克卢林子，看见银腿对莫里埃尔，莫里埃尔对银腿激烈而滑稽地谩骂场面的战斗十字架林子，我们看见巴黎一个营搜索的索德莱林子。还有其他许多林子。

在好几片森林和树林子里，不仅地底下有以首领的洞穴为中心的村庄，而且地面上树底下隐蔽着矮茅屋组成的真正村庄，甚至有好多个村庄，把森林里都挤满了。米石侗林子里有两个这样的村庄闻名遐迩：一个是水塘旁边的洛里埃尔村，一个是圣旺－

黎图瓦那边一排小屋，称为波街。

妇女们生活在地面的茅屋里，男人们生活在地下的洞穴里。为了这场战争，他们连神仙出没的地道和克尔特人留下的古老壕沟也利用上了。待在地底下的男人需要送饭给他们吃。有些人被遗忘了，就饿死在里面。不过，那都是一些笨蛋，他们没有打开洞口的盖子。盖子通常是用苔藓和树枝做成的，做得巧妙极了，在外面的草丛里都辨别不出来，而在里面极容易打开和关上。这些洞穴都挖得很仔细。从井里挖出来的泥土，倒到了附近的池塘里。内壁和地板都铺垫了蕨类植物和苔藓。农民们把这种地下居所叫作“包厢”。除了缺少阳光、火、食物和空气，待在里面还相当舒适。

冒冒失失爬出洞口回到活人的世界，或者在不适当的时候钻出来，那可不是闹着玩的。脑袋可能正好伸在一支行进的队伍的胯下。可怕的树林子，安放着双重圈套的陷阱。蓝军不敢进去，白军不敢出来。

## 四　地底下的生活

人生活在这种野兽洞穴里会感到无聊，有时就冒着危险，夜里从洞里爬出来，到附近的荒原上去跳舞，或者祈祷，消磨时间。“让·舒安要我们整天数念珠祷告。”布多瓦佐说道。

季节一到，下马恩的人就要出来去参加热尔布节，想阻止他们几乎不可能。有几个人很会想点子。特朗什－蒙达涅说：“德尼常常装扮成女人，去拉瓦尔看戏，看完了就返回洞里。”

他们常常突然去送死，离开地牢，走进坟墓。

有时，他们掀开地道口的盖子，听远处是否在进行战斗。他们凭耳朵弄清战斗的进展。共和军的枪声有规律，保王军的枪声杂乱。枪声指导他们进行判断。如果排枪齐射突然停止了，那就说明保王军失利了；如果断断续续的枪声不停止，而且渐渐远去，那就说明保王军占了上风。追击的总是白军。蓝军从来不追击，因为整个地区都与它作对。

这些地下战士消息非常灵通。他们传递消息的方法迅速至极，神秘至极。他们拆毁了所有桥梁，破坏了所有车辆，但是他们还是有办法互通一切消息，互相发出警报。森林与森林之间，村落与村落之间，田庄与田庄之间，茅舍与茅舍之间，树林与树林之间，全都设立有情报传递站。

一位路过的农民，看上去蠢头蠢脑，手中的棍子里却藏着密码快信，原来那根棍子是空心的。

一位名叫白第督的前制宪会议成员，向他们提供能在整个布列塔尼地区通行无阻的通行证，是共和政府最新颁发的那种，姓名一栏空着。这位变节分子有成沓的这种通行证。根本没有办法发现这种勾当。正如普伊载所说的："将秘密告诉四十多万人，也会严密保守不会泄露。"

这个四方形的地区，南以萨布尔、杜亚尔线为界，东以杜亚尔、索米尔线和图埃河为界，北以卢瓦尔河、西以大洋为界，仿佛整个儿是一个共神经系统的有机体，一个地方抽动，整个地区也必然抖动。一眨眼工夫，努瓦穆捷的消息就会传到吕松，拉鲁兵营就能知道莫里诺十字架兵营在干什么。仿佛天上的飞鸟在帮助他们。奥什在共和三年穑月七日写道："简直让人以为他们有电报呢。"

这其实是族群在起作用，就像在苏格兰一样。每个教区都有自己的族长。这次战争先父亲自参加过，所以我能介绍清楚。

## 五　战斗中的生活

许多人只有长矛。好的短猎枪也不少。林区的偷猎者和洛卢的走私者，是最出色的射手。他们是不同寻常的战士，凶猛异常，勇敢无畏。鼓动三十万人揭竿而起的号令，使六百个村庄警钟齐鸣。大火在各个角落同时噼里啪啦烧起来。普瓦图和安茹在同一天爆发叛乱。其实，1792 年 7 月 8 日，即 8 月 10 日事件一个月前，喀巴德荒原上就已经发出了第一声怒吼。阿兰·雷德勒，一个今天已被彻底遗忘的人，是罗什雅克兰和让·舒安的先驱。保王党威胁说，强壮的人不参军就处死。他们征用牲口、车辆和粮食。一下子，萨比诺就有了三千士兵，卡特里诺有了一万，斯托弗雷有了两万，夏莱特控制了努瓦尔穆捷。色波子爵在上安茹发动叛乱，迪奥兹骑士在维莱纳河和卢瓦尔河之间地区，特里斯当－勒米特在下马恩地区，理发匠加斯东在盖梅内市，修道院院长贝尼埃在其余地区，纷纷发动叛乱。制造一个小小的事件，就足以把群众煽动起来。有人在一位宣过誓的本堂神父，即所谓"宣誓派教士"[①]的圣体柜里藏了一只大黑猫。做弥撒的时候，黑猫突然跳了出来。"魔鬼来啦！"农民喊起来，于是整个教区揭竿而起。神工架上喷出烈火。造反的农民每人有根十五尺长的棍子，叫作"水火棍"，既用于攻击蓝军，又用于跨越壕沟，既是战斗的武器，也是逃跑的家什。在战斗最激烈的时候，农民们在向共和军阵地发动进攻之时，发现战场上有个十字架或一座小教堂，便都立刻跪下来，在枪林弹雨下祈祷，直到数完一串念珠，尚活着的人才站起来，向敌人猛扑过去。真是顶天立地的好汉！他们一边冲锋一边装子弹。他们就有这种本

① 法国资产阶级大革命时期宣誓遵守《教士公民组织法》的教士。

事。人家对他们说什么他们就相信什么，一些教士用细绳子把另一些教士的脖子勒红了，指给农民看，告诉他们说："这些人是在断头台上掉了脑袋又复活的。"他们像骑士般刚烈，敬重共和军的一位叫斐斯克的旗手，因为他被砍死之后还紧握着旗帜不放。这些农民善于讽刺挖苦，他们把共和派之中结婚的教士称为"摘掉教士帽套上长裤的家伙"。起初他们害怕大炮，后来他们挥舞着棍子扑上去，把大炮夺过来。头一回他们夺取了一门漂亮的青铜大炮，把它命名为"传教士"；接着又夺了一门，那是天主教战争时期留下来的一门大炮，上面刻有黎塞留的纹章和圣母像，他们给这门大炮取名为"玛丽－雅纳"。封特奈陷落的时候，他们失去了玛丽－雅纳，在这门大炮周围倒下了六百个视死如归的农民。后来他们夺回了封特奈，也夺回了玛丽－雅纳。他们在炮身上盖满鲜花，高举着百合花旗把它运回来，沿途让妇女们吻炮身。不过，两门炮太少了。斯托弗雷夺取了玛丽－雅纳，卡特里诺嫉妒，便从潘昂芒热出发，攻打雅莱，夺取了第三门大炮。弗来斯特进攻圣佛罗朗，夺取了第四门大炮。另外两个队长舒普和圣保尔干得更出色：他们用砍倒的树干冒充大炮，用假人充当炮手，看到这样的炮队他们自己毫无顾忌地哈哈大笑，却用它把蓝军吓得退到马洛耶去了。这是叛军不可一世的时期。后来，夏尔波打败了拉马索尼耶，农民军在不光彩的战场上，撂下了三十二门上面有英国国徽的大炮。当时，英国出钱帮助法国的亲王们。正如南蒂亚1794年5月10日所写的："我们寄钱给贵族，因为有人对皮特[1]说这样做是合情合理的。"梅利内在3月31日的一份报告中写道："叛军高呼'英国人万岁！'"农民军经常因为抢劫而延误时间。这些笃信宗教的人竟然会是强盗。野蛮人也有缺点。正因为这些缺点，后来文明征服了他们。普伊载在他的

① 英国历史上著名的首相（1784—1801或1803—1806）。

书的第二卷第一八七页写道：“我几次使普莱南镇免受洗劫。”后面第四三四页，他记述了自己怎样没进蒙佛尔镇：“我绕了一个圈子，以避免雅各宾党人的家遭到抢劫。”他们掳掠了绍勒，洗劫了夏朗。他们没能攻下格朗维尔，但把维勒迪约抢劫一空。他们把参加蓝军的乡下人称为“雅各宾之徒”，杀害他们比杀害其他人更心狠手毒。他们像士兵一样喜欢枪杀人，像土匪一样喜欢大屠杀。

枪毙“笨蛋”，即资产者，是他们的乐趣。他们把这叫作“开斋”。在封特奈，他们的一位教士，本堂神父巴博丹，一刀就砍死了一个老头儿。在伊勒河畔圣日耳曼，他们的一位身为贵族的队长，一枪打死了该镇的诉讼代理人，拿走了他的手表。在马什库尔，他们定了一个指标：每天枪杀三十个共和军，如此持续五个礼拜。一条铁链拴三十个人，他们称为“念珠”。他们挖好一个坟坑，让一串三十个人背朝坑站好，然后开枪扫射。被枪毙的人倒在坑里，有些还是活的，但统统被埋掉。我们不止一次目睹过这种暴行。区长儒贝尔的两只手被锯掉了。他们给蓝军俘虏戴特制的锋利的手铐。他们吹起围猎的号角，在公共广场上屠杀蓝军。夏莱特签字时总是写“博爱，夏莱特骑士”，而且像马拉一样在头上缠块手帕，可是他放火烧掉了波尔尼克，把居民都烧死在屋子里。那时，卡利耶是个令人发抖的人物。以恐怖对恐怖。布列塔尼的叛乱分子的模样，几乎与希腊的叛乱分子一样，全都穿短褂，挎长枪，打绑腿，穿像希腊短裙一样肥大的裤子。这样一身打扮活像克莱夫特人①。亨利·德·拉罗什雅克兰二十一岁就带上一根棍子和两支手枪，参加了这场战争。旺代军队有一百五十四个师。他们采取的是正规围攻战术，曾经将布莱墟围困三天。在一个星期五，即耶稣受难日，一万农民一齐炮

① 土耳其统治时期（1453—1828）像逃犯一样生活在山区的希腊民族主义者。

轰了萨尔城。他们甚至在一天之内，就摧毁了从蒙蒂涅到库伯委之间的十四个共和军营地。在图亚尔高高的城墙上，有人听到过拉罗什雅克兰和一个小伙子一段充满英雄气概的对话："卡尔！""在！""让我踩在你肩膀上。""踩吧。""你的枪。""拿去吧。"接着，拉罗什雅克兰就跳到了城里，连云梯都没要就攻占了曾被杜格斯克兰围困的箭楼。他们宁可得到一颗子弹，而不稀罕一枚金路易。一旦看不到家乡的钟楼，他们就会哭起来。在他们看来，逃跑是很简单的事情，头头们会对他们喊道："把木鞋扔掉，枪留着！"没有弹药了，他们就数着念珠祈祷一阵，然后去共和军炮队的弹药箱里抢；后来代布勒干脆向英国人要。敌人迫近了，他们如果有伤员，就把他们藏到麦苗长得挺高的麦地里，或者藏到荒野的蕨丛里，等事情过去之后，再把他们接回来。他们根本没有军装，身上穿的衣服破烂不堪。不管是农夫还是贵族，弄到什么穿什么。罗杰·穆利尼埃包着头巾，穿着短上衣，这两样东西都是从拉福来世戏院的藏衣室里搞来的。骑士波维里耶穿一件检察官长袍，羊毛小圆帽上面还扣一顶女人帽子。每个人都佩着肩带，系着白腰带，官阶是按结区分的。斯托弗雷是个红色的结，拉罗什·雅克兰是个黑色的结；温普芬是半个吉伦特派，而且从没离开过诺曼底，所以佩戴着冈城轻骑兵袖章。他们的队伍里有女人，例如：莱斯居尔夫人，她后来成了拉罗什雅克兰夫人；苔莱丝·德·莫连，她是拉卢阿里的情妇，就是她烧掉了各教区头头的名单；拉罗什福科夫人，她年轻漂亮，手握军刀，在普伊－卢梭古堡巍峨的箭楼下重新集结农民；还有号称阿丹骑士的安多纳特·阿丹，她非常勇敢，被俘枪毙时，人家出于对她的尊重还让她站着。这是个史诗般的年代，也是个残酷的年代。人人都疯狂。共和军的士兵丧失了战斗力倒在地上，莱斯居尔夫人故意让自己的马去践踏他们。"都死啦。"她说。其实有些人可能只是负了伤。男人有时会变节投敌，女人绝对不会。法兰西剧院的弗洛丽小姐，虽然从拉卢阿里那里投到了马拉那里，但那是出于爱情。将领们往往和士兵一样无知。萨比诺先生尽写白字，把“我们方面将……”写成“我们方便江……”首领们之间互相仇恨，沼泽地区的队长们高呼：“打倒山里人！”他们的骑兵很少，而且很难组成。普伊载写道：“一个人会欣然同意把他的两个儿子给我，但假若我问他要一匹马，他就会立刻拉下脸来。”铁棍、叉子、镰刀、新旧猎枪、猎刀、铁扦、包铁并带钉的木棍，这些就是他们的武器；有些人胸前还挂着两根死人骨头做成的十字架。他们进攻时狂呼乱叫，神出鬼没，突然从树林里，山坡上，树丛里，洼道上，从四面八方冲出来，成散兵线，就是说成半圆形包围上来，猛砍猛杀，一个不留，势不可当，然后消失得无影无踪。他们穿过一座共和军的市镇时，一定要把“自由树”砍倒，用它生一堆火，围着火堆跳舞。他们总是在夜里行动。旺代人的法则就是出其不意。他们能够悄无声息地行军十五法里，而且沿途不踩倒一棵草。头头们和军事会议决定，第二天拂晓要去什么地方袭击共和军据点，等到夜幕一降临，他们就装好子弹，念念有词祈祷一番，然后脱下木鞋，长长的一行人穿过一片片树林子，赤足踩在灌木叶子和苔藓上，没有一点声音，没有一个人说话，连大气都没人敢出，像一群猫在黑暗中行走。

## 六　土地和人心息相通

参加旺代叛乱的人数，把男人、妇女和儿童都算上，估计至少达五十万。就是五十万名战士——这是图芬·德·拉卢阿里提供的数字。

联邦派帮助他们。吉伦特派是旺代叛乱的同谋。拉罗泽尔向林区派遣了三万人。八个省结成同盟，其中布列塔尼占五个，诺曼底占三个。与冈城关系密切的埃夫勒市，在叛军里有两个代表，一个是它的市长绍蒙，一个是乡绅加当巴。在冈城有布佐、戈萨和巴巴鲁，在穆兰有布里索，在里昂有夏桑，在尼姆有拉博－圣艾蒂安，在布列塔尼有麦杨和杜夏泰尔。所有这些人都鼓起嘴巴吹炉膛里的火。

有两个旺代：一个大旺代，进行森林战；一个小旺代，进行丛林战。夏莱特和让·舒安两个人的差别就在这里。小旺代天真烂漫，大旺代腐化堕落；小的比大的好。夏莱特曾被封为侯爵，皇家军少将，并荣获过圣路易大十字勋章；让·舒安则始终是让·舒安。夏莱特和土匪差不多；让·舒安则像游侠骑士。

至于朋桑、莱斯居尔、拉罗什雅克兰这些德高望重的首领，他们都上了当。建立天主教大军本身就是荒唐之举。溃败不可避免。不是有人想象农民叛乱的风暴会袭击巴黎，乡村的联盟能够围困万神庙，犬吠般的圣歌和祈祷能够压倒《马赛曲》，穿木鞋的乌合之众能够冲垮精英的军团吗？勒芒和萨沃奈两大战役惩罚了这种狂想。旺代军想跨过卢瓦尔河都不可能。它什么都可以做，就是休想跨过这条河。跨越莱茵河使恺撒更加不可一世，使拿破仑更加声威赫赫，跨越卢瓦尔河却使拉罗什雅克兰命丧黄泉。

真正的旺代军是在本土的旺代军。在那里它攻不破，抓不到。旺代本土的旺代人是走私者、庄稼人、士兵、牧人、偷猪者、自由射手、牧羊人、敲钟人、农夫、密探、杀人犯、圣器管理人、森林里的野兽。

拉罗什雅克兰不是阿喀琉斯[①]，让·舒安却是普洛透斯[②]。

---

① 希腊神话中的英雄，除脚踵之外，全身刀枪不入。

② 希腊神话中海里能占卜未来的老人和海畜（海豹）的牧人。

旺代叛乱失败了。另外一些叛乱，例如瑞士叛乱，却成功了。瑞士那种山区叛乱和旺代这种森林叛乱有一大区别：几乎总是受到环境不可避免的影响，前者是为理想而战，后者是为偏见而战；前者在天空翱翔，后者在地下爬行；前者为人道而战，后者为孤立而战；前者渴望自由，后者渴望分离；前者保卫公社，后者保卫教区。"公社！公社！"莫拉战役[①]的英雄们高声呼喊。前者打交道的是悬崖深谷，后者打交道的是沼泽泥潭；前者生长于激流飞溅的山涧之畔，后者生长在热病流行的潴水之边；前者头顶是碧蓝长空，后者头顶是浓密灌木；前者在高山之巅，后者在暗影之中。

在高山之巅和在低洼之地，人具有的素质也不相同。

高山有如城堡，森林却专事埋伏。前者教人勇敢，后者教人险诈。古人把诸神供奉在高山之巅，而把萨提尔安置在丛林之中。萨提尔是半人半兽的野蛮之物。自由的国度有亚平宁山、阿尔卑斯、比利牛斯、奥林匹斯山。巴那斯也是一座山。勃朗峰是纪尧姆·退尔巨人般的助手。印度的诗篇里充满着神灵与黑暗的搏斗，而喜马拉雅山就从那波澜壮阔的搏斗中挺拔而出，并屹立于其上。希腊、西班牙、意大利、海尔维第、都是高山之国；辛梅里安、日耳曼或布列塔尼，则是森林之乡。森林是蛮荒之地。

地形会对人的许多行为产生影响。它充当着同谋的角色，其程度远远超过我们的想象。面对某些险恶的景色，我们会情不自禁宽恕人类而抱怨造物主；我们感到这是大自然在默默地向人类挑衅。荒漠有时对心灵是有害的，尤其对不甚明辨是非的心灵。心灵可以是高尚的，于是产生了苏格拉底和耶稣；心灵也可以是

① 瑞士联邦抗击勃艮第领主的战役。此处的公社是指资产阶级从封建领主手中取得自治权的城市。

渺小的，于是产生了阿特柔斯[①]和犹大。渺小的心灵很快会变得与爬虫无异。幽暗的树林，荆棘丛和树枝下面的沼泽，是它命中注定的出入之地；在那里它受到邪恶信念神秘的潜移默化。视觉的幻象，无法解释的幻景，时间和地点的错乱，将人置于半宗教、半野蛮的恐怖之中。这种恐怖在平时产生迷信，逢乱世便产生暴力。幻觉擎起火炬，照亮仇杀的道路。强盗土匪都是昏头昏脑的。神奇的大自然有着双重的本能，它使雄才大略者目眩，而令野蛮人目盲。人愚昧无知时，荒漠出现幻象时，智力的冥顽便又加上了孤独的黑暗。这样就在人的心灵里出现黑洞洞的深渊。某些岩石，某些沟壑，某些树丛，黄昏时分树木间某些阴森森的空地，会促使人采取疯狂、残暴的行动。几乎可以说，有些地方本来就是罪恶的地方。

白泥瓮和普莱南之间那座阴森森的小山，曾经目睹多少惨烈的事件啊！

广阔的地平线把心灵引向整体观念；受限制的地平线使人产生局部观念。这种情况使得某些人虽然心灵高尚，却思想狭隘。让·舒安就是一个例证。

整体观念受到局部观念的憎恶，这就是进步的斗争。

故乡和祖国，这两个词概括了整个旺代战争。这是地方观念和整体观念之争，是农民和爱国者之争。

## 七　旺代断送了布列塔尼

布列塔尼自古就是反叛的地区。两千年间它每次反叛都是对的，可是最后这一次它错了。然而，不管是反对革命还是反对君

---

① 希腊传说中迈锡尼国王，为争权夺利驱逐、加害自己的弟弟。

主专制，不管是反对特派员还是反对王公贵族，不管是反对用铜版印刷纸币还是反对盐税包税，也不管进行战斗的是什么人物，是尼古拉·拉宾、弗朗索瓦·德·拉努、普吕维约统帅和加纳什夫人，抑或斯托弗雷、科克罗、勒尚德里耶·德·彼埃尔维尔，不管是在罗昂领导下反对国王，还是在拉罗什雅克兰领导下拥戴国王，归根结底，布列塔尼进行的都是同样性质的战争，即以地方精神反对中央精神。

这些古老的省份像一个池塘，里面的水根本不流动，风刮来也不会给它增加一点生气，只是给它一点刺激。菲尼斯泰尔[①]，法国到这里终止，人的活动地盘到这里结束，世世代代的行进到这里停止。“站住！”海洋对陆地、野蛮对文明喝道。每当中央即巴黎给它某种推动，这推动不管是来自君主政体还是共和政体，不管是带有专制的含义还是自由的含义，它都是新事物，布列塔尼都会反感。让我们清静点好不好，你们究竟要我们怎么样？沼泽地带拿起了叉子，林区拿起了猎枪。我们的一切尝试，我们在立法和教育方面的一切倡议，我们的百科全书，我们的哲学，我们的天才，我们的荣耀，统统在这个鲁莽汉面前败下阵来。巴祖热的警钟威胁法国革命，法乌荒原起来反抗我们群情激愤的公共广场，山顶草地向罗浮宫的钟楼宣战。

可怕的愚昧。

旺代叛乱是一场可悲的误会。

大规模的厮杀，巨人间的争斗，难以形容的叛乱，都仅仅是为了在历史上留下一个名字，旺代这个既辉煌又黑暗的名字。为了逃亡者去抛头颅，为了利己主义而奋不顾身，时时刻刻以大无

---

① 法国西部省份，位于布列塔尼最西端。“菲尼斯泰尔”按法语发音与“陆地结束”谐音。

畏的勇敢精神去干可耻的勾当，不动脑筋，不懂战略，不懂战术，没有计划，没有目标，没有领袖，没有责任感，显示出自己的意志是何等软弱无力，虽有豪侠气概但终不免野蛮，狂热得近乎荒唐，企图筑起黑暗的矮墙来阻挡光明，愚昧对真理、正义、法律、理智和解放愚蠢而傲慢地进行了长期的抵抗，八年的恐怖，十四个省遭到破坏，田园荒芜，庄稼被毁，村庄被焚烧，城市变成了废墟，家庭遭到洗劫，妇女和儿童遭到屠杀，茅舍被付之一炬，利剑戳进胸膛，文明荡然无存，只是符合皮特的愿望。这就是这场战争，一场蒙昧的同室操戈的尝试。

总之，旺代战争证明，必须彻底驱散布列塔尼古老的迷雾，必须让阳光彻底照亮这里的丛林。从这个意义上说，它也推动了进步。灾难往往以令人毛骨悚然的方式使问题得到解决。

# 第二章　三个孩子

## 一　不只是内战

1792 年夏天多雨，1793 年夏天酷热。由于内战，布列塔尼境内简直找不到可以通行的路了。但多亏了美丽的夏天，还是有人旅行。最好的道路是干的土路。

7 月里一个晴好的日子，黄昏时分，太阳已经落山近一个钟头，从阿夫朗什方向来了一个骑马的人，停在名叫布朗夏十字架的小客店前面。小客店位于朋托松镇口，招牌上几年前还看得见“出售上等苹果酒”几个字。这一天全天酷热难当，但此刻起风了。

那位旅客身上披件宽大的斗篷，连马屁股也盖住了。他头戴一顶大帽子，上面别着三色帽徽。这是颇需要胆量的，因为在这个到处有矮树篱，到处都可能遭到枪击的地方，一枚三色帽徽就是一个靶子。斗篷在脖子处系了带子，往两边分开，使双手可以自由动作，斗篷里边可以瞥见一条三色腰带，上面别着两支圆头柄手枪，还挂着一柄从斗篷下面露出来的军刀。

听见马停在门口，客店的门开了，店主出来，手里拎着一盏灯。这正是昼夜交替的时刻，大路上还挺亮，屋子里已经黑了。

店主看一眼那枚帽徽。

“公民，”他说道，“你是要投宿吗？”

“不。”

“那么你去哪儿？”

“多尔。”

“要是这样，你要么折回阿夫朗什去，要么留在朋托松过夜算啦。”

“为什么？”

“因为多尔在打仗。”

“啊！”骑马人说了一声。

接着他又说：

“拿些燕麦来喂这马。”

店主搬来马槽，往里面倒一袋燕麦，卸下马笼头。马打着响鼻吃起来。

店主和客人继续交谈：

“公民，这匹马是征用的吗？”

“不是。”

“你自己的？”

“是的。花钱买的。”

“你从哪儿来？”

“巴黎。”

“不是直接来的吧？”

“不是。”

“我想也不是，路都不通啦。不过驿车还通。”

“也只通到阿朗松。我在那里下的驿车。”

“哦！不要多久法国连驿车也没有啦。找不到马嘛。一匹值三百法郎的马都卖六百法郎了，饲料更贵得吓人。我过去是驿站站长，现在开起小客店来啦。一千三百一十三个驿站站长，有两百个辞职不干了。公民，你是按新票价乘的驿车吗？”

“5 月 1 日起实行的。不错。”

“大马车每站二十苏，双轮轻便马车十二苏，载货马车五苏。这匹马是在阿朗松买的？”

“不错。”

“今天赶了一天路？”

“天刚亮就开始走。”

“昨天呢？”

“连前天都是这样。”

“我明白了，你是经过东弗龙和莫尔坦来的。”

“还经过了阿夫朗什。”

“相信我的话，好好休息吧，公民。你该累了吧？你的马可是累了。”

“马可以累，人可是不能累的。”

店主又一次打量旅客一会儿。旅客面容庄重，冷静而严厉，头发已经花白。

店主又望一眼大路，大路伸向望不到尽头的远处，没有一个行人。店主说：

“你就这样只身一人旅行？”

“我有保镖。”

“在哪儿？”

“就是我的军刀和两支手枪。”

店主去打来一桶水给马喝。在马喝水的时候，店主打量旅客一眼，自言自语说道：

“无妨，他的模样像个教士。”

旅客又问：

“你说多尔在打仗？”

“是呀。这会儿大概已经打起来了。”

“谁跟谁打？”

“一个前贵族打一个前贵族。”

“你说什么？”

“我说是一个拥护共和的前贵族，与一个拥护国王的前贵族打仗。”

“可是现在没有国王了。”

“还有个小的。不过奇怪的是，那两个前贵族还是亲戚呢。”

旅客听得入神。店主接着说：

“一个年轻，一个年老。是侄孙跟叔祖打仗。叔祖是保王党，侄孙是爱国者。叔祖指挥白军，侄孙指挥蓝军。啊！瞧吧，他们是决不会饶恕对方的。这是一场你死我活的战斗。”

“你死我活？”

“对呀，公民。听我说，你想看一看他们是怎样礼尚往来的吗？这是老头子设法到处张贴的一张告示，所有房屋所有树上都贴了，我家门上也贴了一张。”

店主将灯凑近一扇门板上贴的一张纸。那告示的字很大，旅客在马背上也看得清：

“朗德纳克侯爵荣幸地知会其侄孙郭文子爵先生，如果侯爵先生运气好，抓住了子爵，他将采取温和的方式，用火炮将他射死。”

“嗯，”店主接着说，“下面请看对方的回答。”

他转过身，举起灯照亮另一张告示，这张告示贴在另一扇门上，与第一张正好相对。旅客念道：

“郭文知会朗德纳克，他抓住了他，就一枪崩了他。”

“头一张是昨天贴在我们门上的，”店主说，“这第二张今早上就贴出来了，反击不可谓不快啊。”

旅客自言自语般说了几句话，店主听见了却没有听明白：

“是啊，这不单是国内战争，也是家庭内部的战争啦。这仗该打，打得好。各民族要想获得伟大的新生，就得付出如此代价。”

旅客说着将手举到帽檐，两眼注视着第二张告示，敬了一个礼。

店主又说道：

“你瞧，公民，就这么回事。在各个城市和大市镇，我们都拥护革命，可是在乡间，人们都反对革命。也就是说，城里的是法兰西人，乡下的是布列塔尼人。这是市民与乡下人之间的战争。他们叫我们肥佬，我们叫他们乡巴佬。贵族和教士都站在他们那边。”

“并非都站在他们那边。”旅客打断店主说道。

“也许吧，公民，既然这会儿就有一位子爵反对一位侯爵。”

店主又自言自语道：

“而且我相信我是在和一位教士说话。”

骑马人又问道：

“两个人谁占上风？”

“到目前为止是子爵。不过他很吃力。那老头子很厉害。他们俩都是本地的贵族，是郭文家族的。这个家族有两个分支：一个是大分支，其家长是朗德纳克侯爵；一个是小分支，其家长是郭文子爵。现在两个分支兵戎相见了。树木绝不会发生这种情况，只有人类会发生这种情况。在布列塔尼，朗德纳克侯爵势力大得很。在农民眼里，他是一位亲王。他登陆的当天，就有八千人投奔他；一个星期就有三百个教区起来叛乱。假如他在海岸线上有一个立足点，英国人当时就登陆了。幸好郭文在那里。郭文是他的侄孙，真是无巧不成书。郭文是共和军的司令，把他的叔祖顶了回去。还有，凑巧的是，朗德纳克到达的时候屠杀了一批俘虏，枪决了两名妇女，其中一名妇女有三个孩子，是被一个巴黎营收养的。这件事使这个巴黎营变得非常凶猛。它叫红帽子营，其中的巴黎人所剩不多了，但那是一把把狂怒的刺刀。他们并入了郭文司令的部队，所向无敌，决心要为那两名妇女报仇雪恨，并把那三个孩子夺回来。不知道老头子把那三个孩子怎样了。那些巴黎士兵简直要气疯了。如果没有这三个孩子的事，这场战争也许不会打成现在这个样子。子爵是个善良正直的年轻人，那老头子却是一个穷凶极恶的侯爵。农民们把这场战争称为圣米歇尔对魔王贝兹布邪之间的战争。你也许知道吧，米歇尔是本地的一位天神。海湾之中还有一座圣米歇尔山呢。相传他打倒了魔王，把它埋在离这里不远的另一座山底下，那座山名叫贝莱纳坟岗。”

“对，”骑马人自言自语般说道，“贝莱尼坟岗，贝莱努，贝吕，贝尔，贝利亚，总之叫贝兹布邪坟岗。”

“看来你很了解情况嘛。”

店主又暗自嘀咕道：

“这个人显然通拉丁文，他是教士。”

他接着说道：

“是啊，公民，在农民们心目中，这又是那场战争开始了。不消说，他们认为圣米歇尔是那位保王党将军，而魔王是那位爱国的司令。可事实上，如果有魔鬼，那定是朗德纳克，天神肯定是郭文。你不需要点什么吗，公民？”

“我带有一壶水和一块面包。可是，你还没有告诉我多尔的仗打得怎样了。”

“情况是这样的：郭文指挥着海岸远征军。朗德纳克的目标是发动全面叛乱，让下诺曼底支援下布列塔尼，为皮特打开大门，用两万英军和二十万农民军去援助旺代大军。郭文打破了这个计划，据守着海岸线，把朗德纳克赶到了内地，把英国人赶到了海上。朗德纳克原来盘踞在这里，郭文把他赶跑了，从他手里夺回了阿波桥，把他赶出了阿夫朗什，又赶出了维勒迪约，阻止他到达格朗维尔。郭文正全力以赴要把朗德纳克赶进富热尔森林，把他围困在里面。直至昨天一切进展顺利，郭文率部到了这里。可是，突然之间发生了紧急情况：那家伙老奸巨猾，改变了方向，据报他现在正向多尔进发。假如他夺取了多尔，在多尔山上建立一个炮兵阵地，大炮他有的是，那样他就在海岸线上占据了一个可让英国人登陆的点，整个计划就彻底落空了。情况十万火急。郭文是个当机立断的人，只是自己思谋了一下，既不请示，也不等待，备鞍上马，携带炮队，集合队伍，拔出军刀，朝正向多尔进发的朗德纳克扑去。布列塔尼的这两个头头就要在多尔较量了。肯定是一场鏖战。现在双方在那里摆开了阵势啦。”

“这里去多尔要多长时间？”

“有辎重的军队至少要三个小时。不过他们都已经到了多尔啦。”

旅客侧耳听了听说：

“不错，我似乎听到了炮声。”

店主也听了听：

“对呀，公民，还是排射呢，像布被撕裂的声音。你看来得在这里过夜啦，赶到那里去可没有任何好处。”

“我不能停留，必须继续赶路。”

“你错啦。我不知道你有什么要事在身。不过，这冒的危险太大了，除非为了这世界上你最可宝贵的东西……”

“的确是为了世界上我最可宝贵的东西。”

“……像你的儿子一样宝贵的东西。”

“差不多。”骑马人说。

店主抬起头来，又暗自嘀咕道：

"然而，这位公民给我的印象是个教士嘛。"

他想了想说道：

"不过，教士也可以有孩子。"

"请为我重新给马套上笼头吧。"旅客说，"我该给你多少钱？"

他付了钱。

店主把马槽和水桶放到墙根，又回到旅客身边。

"既然你执意要走，那么请听听我的忠告。你显然是要去圣马洛吧。那么，不要走多尔。有两条路：一条经过多尔，另一条是沿海岸走。两条路远近差不多。沿海岸那条路要经过圣乔治·德布雷艾尼，谢吕埃，伊莱－勒维维埃。多尔在你所走的这条路南边，康卡尔在北边。公民，走到这条街尽头，你就会见到两条路的交叉路口。去多尔走左边那条路，去圣乔治·德布雷艾尼走右边那条。听我的劝告吧，你如果往多尔那边走，肯定会遇上大屠杀。所以你千万别往左走，往右边那条路去吧。"

"多谢。"旅客说道。

他刺了一下马。

天早已黑了，他消失在夜色中。

店主看不见他了。

旅客走到街道尽头两条路的交叉口时，还听见店主远远地对他喊道：

"往右走！"

他却朝左边驰去。

## 二　多尔

多尔是布列塔尼境内一座西班牙式的法国城市，正如教堂的契据集介绍的，它其实称不上城市，只有一条街。一条古老的哥特式大街，左右两边鳞次栉比全是带柱子的房屋，排列得很不整齐，常常有些房屋突出来，形成岬角和拐角，不过街还是相当宽阔。该城的其余部分，只不过是像蛛网纵横交错的胡同，全都与这条中心大街相通，像条条溪涧汇入一条河流。这座城池既没有城门也没有城墙，四面敞开，城后耸立着多尔山，因此它无法应付围攻。不过，那条大街倒是经受得住围攻。五十年前还可以见到的那一座座突出街面的房屋，街两边各有一条带柱子的回廊，使这条街道成为一个很坚固的防御阵地。每座房屋等于一座碉堡，要想夺取，必须一座一座攻打。大街的中部是该城古老的市场。

布朗夏十字架客店店主说的一点不错，就在他说话的时候，整个多尔正在进行激战。白军是早上到达的，蓝军是黄昏时分赶到的，它们之间突然爆发了一场夜战。双方力量并不对等，白军有六千人，蓝军才一千五百人，但双方打得同样顽强。引人注目的是一千五百人向六千人发动进攻。

一边是一群乌合之众，一边是一支正规军队。一边是六千农民，布上衣上印着耶稣圣心，圆帽上扎着白带子，袖章上写着基督的格言，腰带上挂着念珠，他们使用的武器多为叉子、军刀和没有刺刀的火枪，他们用绳子拉着大炮，他们缺乏装备，缺乏训练，缺乏弹药，但个个都是亡命之徒。另一边是一千五百名士兵，头戴缀三色帽徽的三角帽，身穿带大垂尾和大翻领的制服，斜挎着肩带，使用的武器有带铜柄的军刀和上长刺刀的步枪，他们训练有素，队列整齐，既驯服又勇猛，知道服从善于指挥的人，他们也是志愿兵，不过是为祖国而战的志愿兵，另外他们的服装也破烂不堪，脚上没有鞋子。总之，一边是保卫君主制的不怕死的农民；一边是保卫革命的赤脚英雄。两支军队的灵魂就是它们的首领：保王军的首领是个老头子，共和军的首领是个年轻人。一个是朗德纳克，一个是郭文。

革命一方面产生了像丹东、圣茹斯特和罗伯斯庇尔这样的巨人，也产生了像奥什和马朔这样理想的年轻人。郭文正是这些理想的年轻人之中的一个。

郭文三十岁，有着大力士般的外貌，预言家一样的严肃目光，但笑起来像个孩子。他不抽烟，不喝酒，不骂人，打仗的时候总是带着必不可少的化妆品，很注意保养自己的指甲、牙齿和栗色的漂亮头发，行军休息的时候，会自己脱下他那件布满弹孔、落满灰尘的司令服，在风中抖一抖。每次战斗中，他总是奋不顾身地冲锋在前，但从没负过伤。他的嗓音本来挺温柔，指挥战斗时会变得响亮有力。他经常做出表率，不管刮风下雨还是下雪，将挡风的斗篷一裹，躺在地上便睡，让他漂亮的脑袋枕在一块石头上。他是一个英勇而淳朴的人。军刀一握到手里，他的样子立刻改变。他本来有些像女性的相貌，在战斗中显得很可怕。

此外，他还是思想家、哲学家、一位年轻的智者。看见过他的人把他比作亚西比德[①]，听过他讲话的人把他比做苏格拉底。

在这场突然来到的波澜壮阔的法国大革命中，这个年轻人很快成了一位军事首领。

他所建立的这支部队，像古罗马的军团一样，是一支规模小但很完备的军队，包括步兵和骑兵、侦察兵、工程兵、坑道兵、架桥兵，而且正如古罗马军团有投石炮，这支军队拥有大炮，一共三门，随时有马匹拉着，不仅大大增强了这支军队的力量，而且机动灵活。

朗德纳克也是一位军事首领，一位更可畏的军事首领。他更深思熟虑，也更大胆。真正年老的英雄，比年轻的英雄更冷静，因为他们早已不是初升的太阳；他们也比年轻的英雄更大胆，因

---

① 亚西比德（约公元前 450—前 404），雅典政治家。

为他们已接近死亡。他们还有什么会失去呢？微乎其微。正因为这样，朗德纳克打起仗来勇猛大胆，而且机敏灵活。但是，总的来讲，在这个老头子和那个年轻人之间硬碰硬的顽强战斗中，郭文几乎总是占上风。这多半是运气使然，而不是其他原因。一切幸运，甚至战争这种可怕的幸运，都是属于年轻人的。胜利有点像个姑娘。

朗德纳克对郭文十分痛恨，首先因为郭文经常打败他，其次因为郭文是他的亲人。这家伙怎么想到要当雅各宾派呢？这个郭文！这个浑小子！还是他的继承人呢！因为侯爵没有子女，侄孙就差不多等于孙子。

“哼！”这个差不多是祖父的老人说，“一旦抓住他，我一定要像宰狗一样宰了他！”

再说，共和政府把朗德纳克视为心腹大患，是有道理的。朗德纳克一登陆，就引起了震惊。在旺代叛乱中，他的名字像一根导火线迅速燃烧开去；朗德纳克很快就成了核心。在一场这种性质的叛乱中，人人相互妒忌，个个有自己的地盘。出来一个高人一等的人物，就能把分散而地位相等的头头们团结起来。几乎所有森林里的头目都投靠了朗德纳克，不论近的还是远的，全都服从他。只有一个人脱离了他，就是曾经率先投靠他的加瓦尔。为什么？因为加瓦尔是人家的心腹，他了解旧式内战的一切奥秘，并且采取了旧式内战的全部策略，而朗德纳克一来就抛弃并取代了那一套。谁也不愿意接受别人的心腹，拉·卢阿里的鞋子朗德纳克没法穿。加瓦尔投奔了朋桑。

朗德纳克作为军事家，是属于腓特烈二世那一派的。他主张把大规模作战和小规模作战结合起来。他既不想要天主教保王军那样庞大的一支乌合之众，那种乌合之众是注定要被歼灭的，也不想要一支完全分散在丛林和小树林里的队伍，这样的队伍便于骚扰敌人，却无力将敌人打垮。游击战不能最后解决问题，或者解决得很不理想，往往开始是去攻打一支共和军，结果却抢劫了一辆公共马车。朗德纳克对这场布列塔尼战争的理解，既不像拉罗什雅克兰那样完全在平原地区作战，也不像让·舒安那样完全在森林里作战。既不要旺代式的战争，也不要舒安式的战争。他要的是真正的战争，利用农民，但要用正规军作其后盾。他认为从战略上讲，农民军是需要的，但从战术上讲需要的是正规军。他觉得农民军能够立即集合，立即分散，很适合进行袭击、埋伏和偷袭，但是流动性太大，像水一样无法掌握。他想在这场流动而分散的战争中，建立一个牢固的据点；他想建立一支正规军，来加强森林里的蛮军，成为农民作战的主心骨。这些人思想深刻而又可怕。如果任其获得成功，旺代就牢不可破了。

可是，上哪儿去找一支正规军呢？上哪儿去找士兵呢？上哪儿去找团队呢？上哪儿去找一支现成的军队？上英国去找。因此，朗德纳克抱定了主意：让英国人登陆。于是，党派意识也抛弃了，他眼里只有白色帽徽，而看不到红色制服了。朗德纳克只有一个想法：在海边夺取一个据点，把这个据点奉送给皮特。正因为这样，一看见多尔没有守兵，他就猛扑了过来。他的目的是：占据多尔，就得到了多尔山；得到了多尔山，就控制了海岸。

这地点选得真好。多尔山的大炮，一边可以横扫弗雷斯诺瓦，一边可以横扫圣布雷拉德，又使康卡尔巡洋舰队不敢靠近。这样，从库埃斯农河口的拉兹，到圣梅洛瓦－德松德之间的整个海滩，就可以放心登陆了。

为了使这个决定性谋略获得成功，朗德纳克带来了六千多人和他的整个炮队；这六千多人是他所掌握的农民军中最精壮的，而他的炮队包括十门发射十六磅炮弹的长炮，一门可以发射八磅炮弹的短炮和一门发射八磅炮弹的野战炮。他的意图是在多尔山上建立一座威力强大的炮台，而他所依据的原理是：十门炮发射的一千发炮弹，比五门炮发射的一千五百发炮弹，火力要猛得多。

成功看来挺有把握。他有六千人。他要防范的，只有阿夫朗什方向的郭文及其一千五百人和迪南方向的雷舍勒。不错，雷舍勒有两万五千人，但他距此地有二十法里。因此，雷舍勒这方面朗德纳克无须担心，距离的遥远抵消了他人数的众多；郭文这方面呢，则是人数少抵消了距离近。再说，雷舍勒是个笨蛋，他的两万五千人后来竟在战斗十字架一役之中被全部歼灭，而他为那次失败所付出的代价是饮弹自杀。

因此，朗德纳克非常安全。他进入多尔既突然又狂暴。朗德纳克以凶残著称，众所周知他是一个毫无怜悯之心的人。没有任何人试图抵抗。居民们都吓破了胆，全都把门插得严严的躲在家里。六千名旺代兵像乡巴佬一样乱糟糟地在城里驻扎下来，简直像赶集，没有人打前站，没有指定的住地，随处宿营，在露天做饭，毫无秩序地拥进教堂，撂下枪，拿出念珠祷告。朗德纳克和几个炮兵军官一起，匆匆忙忙上多尔山去察看地形，把部队交给他任命的作战副官古日－勒布鲁昂指挥。

古日－勒布鲁昂这个人，在历史上留下的是一种暧昧的印象。他有两个外号，一个叫“灭蓝恶棍”，因为他屠杀了许多爱国志士，另一个叫“羿马蚌”，因为他这个人身上有一种难以形容的令人毛骨悚然的东西。“羿马蚌”是由“羿犸猕”一词演变来的，是下诺曼底方言中一个古老的词，意思是丑八怪，差不多是吓人的妖精，即恶魔、凶煞、吃人妖之类。一本古籍里记载：“余亲眼见过羿马蚌。”现在林区的老年人已不知道古日－勒布鲁昂为何许人，也不知道“灭蓝恶棍”是什么意思，但是他们还模模糊糊知道“羿马蚌”。羿马蚌已经与当地的种种迷信融合。在特雷莫莱和普吕摩格，人们还谈论羿马蚌，因为在这两个村子里，古日－勒布鲁昂留下了罪恶的脚印。在旺代，其他人都可算莽汉，古日－勒布鲁昂则是野蛮人。他是一个酋长式的人物，身上文满了十字架和百合花图案，脸上泛着丑恶的光，简直像个魔鬼，这反映出他的灵魂里根本没有人性。他在战斗中像恶魔一样勇敢，而且非常凶残。这是一颗诡计多端的心，既可以奋不顾身地玩命，又具有疯狂的本性。他会推理吗？会倒是会，不过是像蛇爬行一样，弯弯曲曲地前进。他从英雄主义开始，最后成了杀人不眨眼的屠夫。真猜不透他那分狠劲是从哪儿来的，有时真是骇人听闻，因而显得不可一世。一切令人意想不到、毛骨悚然的事情，他都干得出来。他的残暴触目惊心。

所以他获得了那个丑八怪的诨名：羿马蝆。

朗德纳克相信他的残暴。

残暴，不错，羿马蝆非常残暴。但从战略和战术方面讲，他却并不高明，侯爵将他擢升为作战副官也许错了。尽管如此，他离开时还是留下羿马蝆代替他照料一切。

古日－勒布鲁昂多半是个武士，而不是军人。对他来讲，扼杀一个部落比守卫一座城市要拿手得多。不过，他还是派出了一批前哨。

夜幕降临之时，朗德纳克察看好了计划建立的炮台的位置之后，正要返回多尔，突然听到了炮声。他抬眼望去，只见从大街上升起一股红烟。这说明发生了偷袭、突然侵入和进攻。城里已经打起来了。

他这个人是不容易感到吃惊的，这回却目瞪口呆了。他压根儿没有料到会发生这种事情。这会是谁呢？显然不是郭文。不会有人向四倍于己的强敌发动进攻。难道是雷舍勒？那么，他得进行怎样的急行军！雷舍勒不大可能，郭文根本不可能。

朗德纳克快马加鞭，半道上遇到逃难的居民，便向他们打听。他们一个个魂飞魄散，连连喊道："蓝军！蓝军！"他赶回多尔时，情况已很糟糕。

下面且谈谈事情发生的经过。

## 三　小部队打大仗

前头刚讲过，农民军一到多尔，就分散到全城，大家各行其是。军纪的服从，如果像旺代人所说，只靠哥儿们义气，便会发生这种情况。这样的服从，可以造就英雄，但造就不了士兵。他们把大炮台和辎重放在拱顶旧市场里面，一个个疲惫不堪，一边吃喝，一边数念珠，倒头就睡，横七竖八躺在大街上，把整条街堵得水泄不通，根本谈不上警戒。夜幕降临时，大部分都枕着行囊睡着了，少数人身边还搂着老婆，因为乡村的妇女往往是跟着丈夫的。在旺代，怀孕的妇女多充当细作。这是七月的一个温煦的夜晚。黝黑而深蓝的夜空，繁星闪烁。这群露宿街头的人，很像途中歇息的一队商旅，而不像一支驻扎的部队，一个个平静地进入了梦乡。突然，还没有闭上眼睛的人借着微明的夜色，看见街口有三门大炮瞄准了他们。

是郭文来了。他偷袭了哨兵，进了城，率领部队封锁了街口。

一个农民站起来，喝问一声："口令！"随即放了一枪。回答他的是一声炮响。接着枪声大作。乱糟糟的农民军全都从昏睡中惊跳起来。他们一个个都懵了。在星空下入睡，却在枪林弹雨下醒来。

最初的一刹那是可怕的。一群挤在一起的人受到突如其来的袭击，那情景真是惨不忍睹。农民军纷纷扑向武器。他们喊的喊，跑的跑，许多人倒下了。这些受到攻击的汉子，全都晕头转向，互相射击起来。有些吓破了胆的人从屋子里跑出来，又赶紧缩回去，然后又跑出来，丧魂落魄地在混战的枪声中窜来窜去。一些家庭互相呼喊。这场战斗真太惨了，把妇女和儿童也卷了进来。呼啸的子弹拖着曳光划破黑暗。子弹从每个黑暗的角落里扫射出来。到处浓烟滚滚，混乱不堪。辎重车和炮车横七竖八，挤成一堆，更是乱上添乱。战马狂奔乱闯。奔逃的人践踏着倒下的伤员，地上发出阵阵号叫。一部分人惊慌失措，一部分人被吓昏了。兵找官，官找兵。在乱哄哄的场面中，也有人阴沉着脸，麻木不仁地待着。一位妇女背靠一堵墙坐着奶她的婴儿；她丈夫也靠墙坐着，一条腿被炸断了，血流不止，不慌不忙地往枪里装上子弹，向面前的黑暗中乱扫射。一些人卧倒在地上，从马车的车轮中间向外射击。不时传来一阵喊杀声。不过大炮的轰鸣淹没了一切。真是恐怖极了。

那情景像砍伐树木似的，一棵棵被砍倒的树，一棵倒在另一棵上面。郭文躲在隐蔽的地方，弹无虚发地扫射着，他自己的士兵很少伤亡。

然而，农民军虽然混乱不堪，但仍十分顽强，终于开始抵抗了。他们退到了市场里。那市场像一座宽大的，黑乎乎的堡垒，里面的石头柱子多得像片树林子。农民军在这里稳住了阵脚。这像树林子一样的阵地使他们恢复了信心。羿马蚱竭尽所能代替不在的朗德纳克指挥战斗。他们有大炮却没有使用，令郭文大为意外。原因是炮兵军官全都跟随侯爵去多尔山上勘察地形去了。那些短炮和野战炮，农民们根本不会操纵，不过他们没有少让那些炮轰他们的蓝军士兵吃枪子儿。他们用火枪的齐射来回敬敌人的连珠炮。现在是他们有了掩蔽。他们把平板马车、载重马车，全部辎重和旧市场里的所有木桶全都垒起来，临时筑成了一座高高的防御工事，中间留了一些空隙作枪眼。他们把火枪伸进这些洞眼里向外扫射，很有杀伤力。这一切完成得十分迅速。仅一刻钟工夫，那市场就变成了一道难以攻破的防线。

情况对郭文来讲变得严重了。那个市场突然变成了堡垒，这是出乎意料的。农民军隐藏在里面，兵力集中，防守顽强。郭文的突然袭击成功了，但并没有把敌人打垮。郭文跳下马，双臂抱在胸前，一手握着马刀，站在照亮炮队的一个火炬的亮光下，凝神地望着前面那一片漆黑的市场。

他那被火光照亮的高大身影，防御工事后面的敌人看得十分清楚。他成了敌人射击的目标，但他根本没有在意。

工事后面射出的子弹，落在沉思的郭文身旁。

不过，他有大炮对付火枪。炮弹最终总占上风。谁有大炮谁就能取得胜利。他的炮队弹药充足，确保了他的优势。

突然，漆黑的市场里喷出一道闪光，随着一声炸雷似的巨响，郭文头顶的一座房子被炸开了一个窟窿。

工事后面用大炮来回答大炮了。

怎么回事？情况有了新的变化。现在不只是一方有大炮了。

随着第一发炮弹，紧接着第二发打穿了郭文身旁的一堵墙壁。第三发炮弹把他的帽子掀到了地上。

这是些大口径炮弹。正在射击的是一门十六磅重炮。

“司令，敌人在瞄准你打！”炮手们喊道。

他们弄灭了火把。郭文依然在沉思，捡起帽子。

的确有人在瞄准郭文射击，那是朗德纳克。

侯爵刚从背后进入防御工事。

羿马蚌慌忙跑向前去：

“爵爷，我们遭到了突然袭击。”

“遭到谁的袭击？”

“不知道。”

“去迪南的大路还畅通吗？”

"我想是畅通的。"

"应该开始撤退。"

"已经开始撤退啦，许多人逃出去了。"

"不应该逃跑，而应该撤退。你们为什么不用大炮？"

"我们都给打懵啦，再说炮兵军官都不在。"

"让我来。"

"爵爷，我想方设法让辎重、妇孺和一切用不着的东西往富热尔那边撤啦。那三个小俘虏怎么办？"

"哦！那三个小孩？"

"是的。"

"他们是我们的人质。把他们带到拉杜格去。"

侯爵说罢就钻进防御工事。头头一到，情形大变。防御工事筑得不适于架设大炮，只有放两门大炮的空间。侯爵将两门十六磅重炮并排架好，命令扒开两个发射孔。他俯在一门大炮上，通过发射孔观察敌方的炮队，却瞥见了郭文。

"是他！"他大叫一声。

于是，他亲自抓起炮帚和炮杵，装上炮弹，调整准星，瞄准。

他三次瞄准郭文，三炮都没有打中，第三炮只打掉了郭文的帽子。

"笨蛋！"朗德纳克嘟囔道，"稍微低一点，就敲掉了他的脑袋。"

突然火把熄灭了，侯爵面前一片漆黑。

"算了。"他说。

他转向农民炮手，命令道：

"连续射击！"

郭文方面丝毫不敢松劲。战况恶化了。战斗进入了新阶段。工事那边正用大炮轰击他。谁说得准敌人不会由防守转为反攻？

他面对的敌人，除了被歼灭和逃跑的，至少还有五千兵力，而他手下的有生力量，顶多只剩一千二百人了。如果敌人发现他们人数这样少，共和军会陷入怎样的处境呢？那时角色就会调换，进攻者将变成被动挨打者。只要工事后面的敌人一出击，战局就可能无法收拾。

怎么办？正面进攻那座防御工事连想都不用想；硬拼绝不会有好结果。一千二百人要把隐藏的五千人赶出来是办不到的。

突袭不可能，等待就更是灾难了。必须快刀斩乱麻，可是怎么斩法呢？

郭文是本地人，对这座城市了如指掌，知道旺代军据守的旧市场后面，是一片纵横交错的狭窄弯曲的小巷。

他转向他的副官——勇敢的盖尚上尉。这位上尉后来扫荡了让·舒安的出生地孔西兹森林，又在赛纳塘堤上阻挡住叛军，使布尔纳夫免于陷落，因而非常有名。

“盖尚，”郭文说道，“我把指挥权交给你。你的火力越猛越好，用大炮轰穿敌人的工事，将那些家伙全部牵制住。”

“明白。”盖尚说。

“把整个队伍集中起来，子弹上膛，准备进攻。”

郭文又凑到盖尚耳朵边补充几句话。

“好的。”盖尚说。

郭文又问道：

“我们的鼓手都准备好了吗？”

“准备好啦。”

“我们一共有九个。你留下两个，给我七个。”

七名鼓手不声不响跑过来列队站在郭文面前。

只听见郭文喊道：

“红帽子营到我这儿来！”

十二个人，其中包括一名中士，从队伍里走出来。

“我要整个营过来。”郭文说。

“就这么多啦。”中士说道。

“你们一共十二个！”

“我们只剩下十二个。”

“好。”郭文说道。

这位中士，就是那位善良而犷悍的大兵拉杜，他曾以全营的名义，收养了在索德莱林子里碰到的三个孩子。

读者想必还记得，在厄布昂帕被屠杀的只有半个营，而拉杜幸运地不在其中。

不远处停放着一车草料，郭文指着对中士说：

“中士，叫你手下的人都搓草绳子，然后缠在枪上，以免碰撞发出响声。”

一分钟过后，这道命令在黑暗中无声无息地执行完毕。

“搞好啦。”中士说。

“士兵们，”郭文又说，“把鞋子脱掉。”

“我们没有鞋子。”中士说道。

加上七名鼓手，一共十九个人，郭文是第二十个。

他喊道：

“成单行跟我来。鼓手在我后面，红帽子营殿后。中士，营由你指挥。”

他走在队伍的最前头。在双方继续炮击的当儿，这二十个人像影子似的悄悄前进，溜进寂静无人的小巷之中。

他们贴着房屋曲里拐弯地走了一阵。城里一片死寂，市民们都龟缩在地窖里。没有一扇门不插得牢牢靠靠，没有一扇窗不关得严严实实。没有任何地方漏出一点灯光。

在这片死寂之中，那条大街上却乒乒乓乓打得像开了锅一样。炮战仍在继续。共和军与保王军的大炮疯狂地倾泻着炮弹。

尽管夜色如墨，郭文还是带着队伍很有把握地走着。弯弯曲曲地走了二十分钟，他们来到一条小巷尽头。这条小巷与大街相通，只不过是在市场后面。

位置改变了。这边没有防御工事。筑防御工事的人通常会产生这种疏忽。这边的市场是敞开的，可以从柱子之间进去，那里有几辆已套好马准备撤走的辎重车。郭文及其带领的十九个人面前是那五千旺代军，不过他们是在旺代军的背后，而不是在正面。

郭文低声与中士说了几句话。他们解开缠在枪上的草绳；十二个士兵在小巷的拐角后面摆开战斗的阵势，七位鼓手高举着鼓槌等待命令。

大炮的射击是有间歇的。突然，在炮声间歇的时候，郭文举起了军刀，用在寂静中像军号般嘹亮的声音喊道：

“两百人在右边，两百人在左边，其余人在中间！”

十二支枪一齐射击，七位鼓手擂起进攻的鼓点。

郭文用蓝军令人闻风丧胆的声音喊道：

“上刺刀！冲啊！”

立刻产生了奇异的效果。那些挤在一起的农民感到被包抄了，以为背后出现了一支新部队。正在这时，封锁街口的盖尚指挥的部队听到鼓声，开始行动了，也擂响了进攻的鼓点，向着防御工事冲去。农民们发现他们遭到了两面夹攻。惊慌失措之中，情况会显得异常严重，一声手枪响会以为是大炮响，正所谓风声鹤唳，一声狗吠会当成狮子吼。况且，农民一般是很容易受惊的，就像茅屋很容易着火一样。茅屋着了火，很快就会变成火灾，农民一受惊，马上就溃不成军。于是出现了难以形容的逃窜。

片刻之间市场便空了，吓破胆的农民顷刻间作鸟兽散，军官们束手无策。羿马蛘杀了两三个逃跑的人也毫无作用，只听见一片喊声："快跑呀！"这支军队通过所有街巷，仿佛从筛眼里筛出去的一样，分散向田野跑去，其速度之快，犹如风卷残云。

有些人向新堡逃去，另一些人向普莱尔格逃去，还有些人逃向昂坦。

朗德纳克眼睁睁看着全军溃逃。他亲手钉死大炮的火门，然后才不慌不忙，沉着冷静地最后一个撤退，一边自言自语：

"农民军显然不顶事，我们需要英国军队。"

## 四　这是第二次了

结果大获全胜。

郭文转身对红帽子营的战士们说：

"你们才十二个人，但抵得上一千。"

司令的一句夸奖，在当时等于一枚十字勋章。

盖尚按郭文的命令，出城追击逃兵，俘获甚多。

战士们点起火炬，全城搜索。

没有逃走的都投降了。有人用瓦盆燃起一盆盆篝火，把大街照得通明。街上躺满了死尸和伤兵。要结束一场战斗，总要费些力气的，这里那里还有小股残余敌人负隅顽抗，直到被包围之后才放下武器。

郭文注意到，在乱哄哄溃逃的敌人之中，有一个不怕死的人，敏捷强悍有如猛兽，掩护着其他人逃跑，自己并不逃命。那个农民出色地使用手中的马枪，一会儿用枪口扫射，一会儿用枪托猛击，最后把枪托都敲断了。现在他一手捏支手枪，一手握把军刀，谁也不敢靠近他。突然，郭文看见他晃了几晃，靠在大街边的一根柱子上。那人受伤了，但扔紧握着手枪和军刀。郭文将剑往腋下一夹，向他走过去。

“投降吧。”他说道。

那人定定地盯住他。他身上伤口的血从衣服里面往下流，脚边流了一摊。

“你成了我的俘虏啦。”郭文说。

那人不说话。

“你叫什么名字？”

那人回答：

“我叫黑暗里跳舞。”

“你挺勇敢。”郭文说。

然后向他伸过手去。

那人的回答是：

“国王万岁！”

他使尽剩下的一点力气，同时抬起双手，一手对准郭文的心脏扣动了手枪扳机，一手对准郭文的脑袋一刀劈过来。

他这些动作像猛虎一样迅捷，但有一个人的动作比他更迅捷。那是一个骑马的人，刚到达不一会儿，谁也没有注意到他。这人看到那个旺代军人举起了军刀和手枪，就冲到他和郭文中间。没有这个人，郭文就没有命了。马挨了一枪，那人挨了一刀，双双一齐倒下了。仅仅一瞬间的事情，只听见一声惨叫。

那个旺代军人也倒在地上。

那一刀正好砍在那人的脸上。他倒在地上，失去了知觉。马被打死了。

郭文走拢去。

“这人是谁？”他问道。

他仔细打量，见那人血流满面，仿佛戴了一副红色面具，无法辨认他是谁，只看见他的头发呈灰白色。

“这个人救了我的性命，”郭文又说，“这里有谁认识他吗？”

“报告司令，”一个士兵说，“这人是刚才进城来的。我看见他到达，是从朋托松那条大路来的。”

部队的外科军医背着药箱赶来了。受伤的人一直昏迷不醒。外科医生检查了伤口说道：

“只是脸上挨了一刀，算不了什么，可以缝合，一个礼拜就能痊愈。这一刀砍得真准。”

伤者披件斗篷，系根三色腰带，佩着两支短枪和一把军刀。大家把他放在担架上，解开他的衣服。有人提来一桶清水，医生洗净他的伤口，他的面容渐渐显露出来，郭文很仔细地打量他。

“他身上有证件吗？”郭文问道。

医生摸摸那人侧面的衣兜，掏出一个皮夹子，递给郭文。

这时，伤者由于受了凉水的刺激，苏醒过来了，眼皮微微动了动。

郭文打开皮夹子翻了翻，发现一张折成四折的纸，展开一看：

“救国委员会兹派公民西穆尔登……”

他叫起来：

“西穆尔登！”

这叫声使伤者睁开了眼睛。

郭文激动不已。

“西穆尔登！是你！你救了我的性命，这是第二次了。”

西穆尔登望着郭文。他那血污的脸上掠过一丝难以形容的高兴的神色。

郭文往伤者面前一跪叫道：

“恩师！”

“你的慈父。”西穆尔登说。

## 五 一滴冷水

他们多年没有见面，但他们的心从来没有分开过，所以彼此一见面就立刻认出了对方，像是昨天才分手的。

在多尔市政府里临时设立了一间野战医院。西穆尔登被抬进一个小房间，隔壁就是安置其他伤兵的大厅。外科军医给西穆尔登缝合了伤口，制止他们俩继续倾吐感情，因为他认为应该让西穆尔登睡觉。郭文呢，也因为打了胜仗而有许多事情需要处理和操心。剩下了西穆尔登一个人，但他无法入睡，他由于伤口的关系正在发热，同时也因此很兴奋。

他没睡着，然而仿佛也并非醒着。这可能吗？他的梦想变成了实现。西穆尔登向来不相信运气，现在却走运了，他与郭文重逢了。分别时郭文还是个孩子，重逢时他是个男子汉了。他再见到的郭文又高又大，令人生畏，勇猛顽强；他再见到的郭文刚刚打了胜仗，为人民打了胜仗。在旺代，郭文是革命的柱石，而为共和事业造就这根柱石的，正是他西穆尔登。这位胜利者是他昔日的学生。从这个学生年轻的脸上，他看见的正是他西穆尔登的思想在闪闪发光，而这张年轻的脸，将来也许会供奉在共和国的先贤祠里呢。他的门徒，他的思想的弟子现在已是英雄，不久就会举世闻名。西穆尔登仿佛看见自己的灵魂变成了精灵。他刚才亲眼看见郭文怎样打仗，就像喀戎[1]看见阿喀琉斯打仗一样。教士与半人半马的精灵之间有着神秘的关系，其实教士本来就是半人半神。

事件的种种巧合，加上伤口发炎不能成眠，使西穆尔登陶醉

---

① 希腊神话中半人半马的精灵，阿喀琉斯的老师。

在一种神秘的感觉之中。一颗年轻的新星正要升起，璀璨夺目，令西穆尔登非常高兴；尤其使他高兴的是，他对这颗新星有着极大的影响。再取得一次他刚刚目睹的这样一场胜利，只消他说一句话，共和政府就会把一个军交给郭文指挥。吃惊地看到一切都那么顺利地获得成功，真叫人再着迷不过了。那个时代，人人都有着军事上的梦想，人人都想提拔一个人为将军。丹东想提拔韦斯特曼，马拉想提拔罗西尼，埃贝尔想提拔龙三，只有罗伯斯庇尔想把这些人统统踢开。“为什么不提拔郭文呢？”西穆尔登心里说道。于是，他开始梦想。他看到了无限的可能性，从一种假设跳到另一种假设，所有障碍都消失得无影无踪。人只要踏上这架阶梯，就再也不会止步，前程无量，起步时只不过是个普通人，爬到阶梯顶上就变成了一颗星。一位大将军，必然是一军之长；一位伟大的统帅，同时也是思想的领袖。西穆尔登梦想郭文成了一位伟大的统帅。梦想进展很快，他仿佛看见郭文已经在海洋上驱逐英国人，在莱茵河上惩罚北方各国的国王，在比利牛斯山打退西班牙，在阿尔卑斯山号召罗马起来造反。西穆尔登是个双重的人，既是一个温和的人，也是一个阴郁的人。现在二者都得到了满足，因为他理想中的人是冷酷无情的人，他看见郭文很出色，就认为他肯定是一个铁腕人物。西穆尔登认为，必须先破坏一切，而后再进行建设。“的确”，他想道，“现在不是儿女情长的时候。”郭文一定会“不负众望”——这是当时流行的话。西穆尔登想象郭文正踏碎黑暗，身披光明的铠甲，前额上闪耀着流星的光辉，张开理想的，即正义、理性和进步的巨大翅膀，俨然是一个天使，一个毁灭一切的天使。

正当西穆尔登想象得兴奋不已，几乎心醉神迷的时候，突然通过虚掩的门，听见隔壁大病室里有人说话。他听出了郭文的声音。尽管这么多年天各一方，这声音一直回响在他耳畔，只不过从前是孩子的声音，现在变成了大人的声音。他侧耳倾听。一阵脚步声过后，几个士兵说：

“报告司令，这个人就是向你开枪的那个人。他趁人不注意，爬进了一个地窖里。我们找到了他，听候司令发落。”

接着，西穆尔登听见了郭文与那人之间的对话：

“你受伤了？”

“不算太厉害，可以接受你们枪毙。”

“把这个人安置在一张床上。给他包扎和照料，把他的伤治好。”

“我情愿死。”

“你要活下去。你想以国王的名义杀死我，而我以共和国的名义宽恕你。”

西穆尔登前额上掠过一片阴影，他仿佛突然被惊醒了，阴郁而又沮丧地嘟囔道：

“他显然是个宽大为怀的人。”

## 六　胸部医好了，心还在流血

面部的刀伤很快就能治好，而这时在某个地方，有一个人的伤势比西穆尔登更严重。就是在遭到枪杀之后，被乞丐泰尔马克在厄布昂帕田庄血泊中救起的那个女人。

米什尔·弗雷夏的伤势，比泰尔马克想象的更危险。她胸部上方的洞和肩胛骨上的洞彼此相通；一颗子弹打碎了她的锁骨，另一颗子弹打穿了她的肩膀。不过肺部没有创伤，还可以医治。按照农民的说法，泰尔马克是位“炼金术士”，就是说懂得一点医道，一点外科术和一点巫术。他把她背回他那兽穴般的居所，安置在他的海藻床上，悉心照料，用神秘的所谓草药为她医伤，居然使她起死回生。

锁骨愈合了，胸部和肩膀的洞都收了口，过了几个星期，受伤的女人痊愈了。

一天早晨，她由泰尔马克搀扶，走出了洞口，坐到树底下晒太阳。她的情况泰尔马克了解甚少。她胸部受了伤，不宜多说话，伤口愈合之前，一直处于半垂危状态，极少讲话。她想说时，泰尔马克总是加以阻止。可是，她有某种根深蒂固的心事，从她的眼神，泰尔马克观察到一种揪心的心事时隐时现忧伤的轨迹。

这天早上她体力不错，几乎可以单独行走了。救死扶伤的医生有如慈父，泰尔马克望着她，心情十分愉快。这位善良的老人脸上露出了微笑，对她说道：

“好啊，咱们挺过来啦，伤口治好啦。”

“心里的还没有。”米什尔说道。

她接着又说：

“那么，他们在什么地方你一点也不知道？”

“谁呀？”泰尔马克问道。

“我的几个孩子。”

“那么”两个字表示了很多层意思，等于说：“既然你不向我提起他们，既然你在我身边这么多天却从不开口谈他们，既然每当我想打破沉默你总是不让我说话，既然你似乎害怕我提起他们，那么关于他们，你一定是没什么可告诉我了。”她在发高烧的时候，在迷糊状态中，在说胡话的时候，经常呼唤她的孩子们，她看得出——即使在迷糊状态中她也注意到，老头儿对她的呼唤不予理会。

实际上，泰尔马克是不知道怎样对她说好。对一位母亲谈她失踪的孩子，实在不容易启齿。再说，他又知道什么呢？什么也不知道。他只知道，一位母亲遭到枪杀，而这位母亲被他在地上发现了，他把她背回来时，她差不多是一具死尸。这具死尸有三个孩子，朗德纳克侯爵枪杀了母亲之后，把三个孩子带走了。他知道的情况就这么多。那三个孩子怎样了？甚至他们是否还活着？他曾打听过，知道那三个孩子有两个是男孩，一个是刚断奶的女孩。别的就什么也不知道了。关于这三个不幸的孩子的命运，他私下也对自己提过一大堆问题，可是一个也回答不上来。他向当地人询问过，他们只是摇摇头。朗德纳克先生是一个谁都不愿意谈起的人。

谁也不愿意谈起朗德纳克，谁也不愿意与泰尔马克交谈。对这两个人，农民们都抱有某种怀疑。他们不喜欢泰尔马克。揹门汉泰尔马克，是一个令人不安的人物。他为什么经常望着天空？那样一连好几个钟头一动不动，他到底在干什么？在考虑什么？他这个人的确古怪。在这个战火连天，兵荒马乱，遍地燃烧的地区，所有人只有一个任务，就是破坏，所有人只有一件工作，就是屠杀；在这里是看谁能烧掉一座房子，杀掉一家人，屠杀一队哨兵，劫掠一座村庄；在这里大家所想的是如何互设埋伏，如何把对方引进陷阱，如何相互杀戮。可是这个孤独的人，却陶醉在大自然之中，沉浸在万物的无比宁静之中，采集花草、植物，只对花草、飞鸟和星辰感兴趣，这样一个人显然是个危险人物。他明显丧失了理智，从来不躲在树丛后面袭击别人，也从来不对任何人放枪。因此，周围的人都对他产生了某种恐惧。

“这人是个疯子。”过路的人评价道。

泰尔马克何止是个孤独的人，他是一个人人躲避的人。

没有人问他问题，也很少有人回答他的问题。所以他想打听什么消息，也很难打听到。战争扩大到了其他地方，人们到远处打仗去了，朗德纳克侯爵从地平线上消失了。以泰尔马克当时的思想状态而言，仗不打到他头上来，他是不会注意正在打仗的。

听到“我的几个孩子”这句话，泰尔马克脸上的微笑消失了，而那位母亲又想起心事来了。这个灵魂里发生了什么事情？她仿佛跃进了深渊之中。突然她盯住泰尔马克，用几乎愤怒的声音又嚷道：

“我的几个孩子！”

泰尔马克像犯了过失似的低下了头。

他又想起了那位朗德纳克侯爵，侯爵无疑不会想到他，甚至很可能不知道他还活在这个世界上。他明白事实是这样，心里想道：“一个贵族老爷，处在危险之中他认得你，一旦脱离危险，他就再也不认识你啦。”

于是他问自己：“那么，我为什么要救那个贵族老爷呢？”

他自己回答道：“因为他是一个人。”

想到这里他考虑了片刻，然后又问自己：“我确信这一点吗？”

于是，他又一次重复了那句痛心的话：“要是我早知道是这样！”

这件事使他心情非常沉重。从自己的行为之中，他似乎看到一个谜。他痛苦地思考着。善行也可能是恶行。搭救了狼就等于坑害了羊。医好兀鹰的翅膀就等于放纵它的利爪。

他觉得自己的确有罪。这位母亲无意识地发怒是有道理的。

然而，他毕竟救了这位母亲，这减轻了他为救了侯爵而产生的后悔。

可是，那几个孩子呢？

母亲也在这样想。两个人同时这样想着，虽然都没有讲出来，但在冥冥的心事之中，也许已经想到一块了。

她的目光阴沉沉的，她又一次盯住泰尔马克。

“可是，事情不能是这样子。”她说。

“嘘！”泰尔马克把一个手指压在嘴唇上，叫她别说话。

她却接着说：

“你不该救了我，现在我怨恨你。我宁愿死了，因为我肯定那样能看见他们，会知道他们在哪儿。他们看不见我，但我在他们身边。死人应能保佑活人。”

泰尔马克抓住她的手腕子，摸摸她的脉搏。

“冷静下来吧，你又要发烧了。”

她几乎恶狠狠地问他：

“我什么时候能离开？”

“离开？”

“是呀，就是走。”

“你要是不理智，永远都不能离开；理智的话，明天就可以。”

“你说的理智是什么意思？”

“就是相信上帝。”

“上帝！他把我的孩子弄到哪儿去了？”

她仿佛精神失常了，声音变得很柔和。

“你知道我不能这样待下去。”她说，“你不曾有过孩子，我有孩子。这就是你我的区别。对一件事情你连概念都没有，就无从做出判断。你没有过孩子，不是吗？”

“是的。”泰尔马克答道。

“我嘛，除了几个孩子一无所有。没有了他们，我还能活吗？我希望有人告诉我，为什么我几个孩子不见了？我感觉到发生了什么事，因为我想不明白。他们杀死了我丈夫，他们枪杀了我，那也一样，我还是想不明白。”

“好了，”泰尔马克说，“瞧你又要发烧了，别说了。”

她注视他一会儿，不再说话了。

从这天起，她就不再说话了。

她比泰尔马克所希望的还听话，常常呆呆地蹲在那棵古树下，一蹲就是几个钟头，她在想心事，但一声不响。对于那些经受过巨大痛苦的可怕打击的简单心灵来讲，沉默是一个避难所。她似乎不再想弄明白什么了。到了一定程度，绝望的人对绝望就无动于衷了。

泰尔马克观察着她，心情很不平静。面对这样的痛苦，这位老人不禁像女人一样想道："唉！是的，她的嘴巴没有说话，可是她的眼睛在说话。我看得很清楚，她脑子里一直转着一个念头。曾经是母亲，现在不是了！曾经是哺乳的母亲，现在不是了！她怎能甘心。她想念前不久她还喂奶的那个小不点儿。她想念她的小不点儿，想念她的小不点儿，想念她的小不点儿！是啊，感觉到一张红红的小嘴吸吮着你体内的灵魂，用你的生命去造就她的生命，那该多么美好啊！"

他也保持着沉默，他明白面对如此的沮丧，言语是无能为力的。沉默地抱着一个固定的念头是可怕的。怎样让一位抱着固定念头的母亲听从理智呢？母性是听不进道理的，与她争论无济于事。母亲之所以崇高，就在于她类似一头母兽。母性的本能就是神圣的兽性。母亲不再是女人，而是母兽。

孩子是幼兽。

因此，母亲身上有低于理性、也有高于理性的东西。母亲有着敏锐的感觉。她的心里有包容天地万物博大而神秘的意志，这意志引导着她。她既盲目又洞察一切。

现在泰尔马克想让这个不幸的女人说话了，但没有成功。有一次他对她说：

"可惜我老啦，走不动了。一段路没走完，我就会累得筋疲力尽。走上一刻钟，这两条腿就抬不动了，就不得不停下来。不然我可以陪你走。不过，我不能陪你走，说不定也是件好事。我对你不会有帮助，反而会给你招来危险。这个地方的人还能容忍我，到了别的地方，蓝军会怀疑我是农民，农民又会怀疑我是巫师。”

他等待她做出反应。她连眼皮都没抬。

一个固定的念头最终不是使人发疯，就会使人做出某种英勇举动。可是，一个可怜的乡下女人能做什么英勇举动呢？根本谈不上。她能够做的是母亲，别的都谈不上。她一天比一天更深地陷入她的心事之中。泰尔马克观察着她。

他设法找点事让她做，给她搞来了针线和一枚顶针。使这个可怜的乞丐感到高兴的是，她真的开始缝起来了。她还想心事，但也干活儿，这是康复的征兆。她的体力渐渐恢复，她缝补自己的内衣、外衣和鞋子，但她依旧两眼无神。她一边缝补，一边哼一些不知名的小调。她也常常念叨一些名字，可能是孩子们的名字，但声音低，泰尔马克听不清楚。有时她停下来，听鸟儿鸣啁，似乎鸟儿会给她带来什么消息。她还观察天气。嘴唇嚅动着，在低声说着什么。她缝了一个口袋，装了一袋栗子。一天早晨，泰尔马克看见她往外走，两眼漫无目标地望着深山老林里。

“你去哪儿？”泰尔马克问道。

“我去找他们。”

他并没有试图挽留她。

## 七　真理的两极

内战打来打去打了几个星期，富热尔地区尽流传着有关两个人的传闻，这两个人相互对立，尽管为同一个事业，为伟大的革命战争并肩战斗着。

野蛮的旺代战争还在进行，但旺代军方面连连失利。尤其在伊勒－维莱纳省，那位年轻的司令抓住战机，在多尔以勇对勇，用一千五百爱国之师，打败了六千之众的保王军队。这样一来，叛乱虽不能说已经扑灭，但至少是势头大减，大大地受到了钳制。那次胜利之后又打了几个漂亮胜仗，这一连串的胜利产生了一种新的形势。

战局已经改观，但突然出现了一种不寻常的复杂情况。

在旺代的这个地区，共和势力占了上风，这是毫无疑问的。可是，是哪一派共和势力呢？在初步奠定的胜局中，出现了两种形式的共和势力：一种恐怖的共和势力，一种宽容的共和势力。前者主张严酷制胜，后者主张温和制胜。二者哪一个将占上风呢？这两种方式，宽容妥协的方式和铁面无情的方式，由两个人分别代表，而这两个人各有各的影响和权威，一个是军事指挥官，一个是特派员，这两个人谁将占上风呢？这两个人之中，那位特派员有着令人生畏的后盾。他来的时候，带着巴黎公社给桑特尔兵团的咄咄逼人的命令：“不得宽容，不得饶恕！”为了使一切服从他的权威，他还带着国民公会的法令：“凡放走或帮助被俘叛军将领逃跑者，一律处以死刑。”救国委员会更授予他全权，并且命令所有官兵都必须服从这位特派员，这纸命令是由罗伯斯庇尔、丹东和马拉签署的。两个之中的另外一个，那个军人，只有一种力量——怜悯。

他只有臂膀是打击敌人用的，他的心是用来宽恕敌人的。作为胜利者，他觉得自己有权宽恕战败者。

这样，两个人之间便存在了潜在的深刻冲突。他们两个人踏在不同的云头上，两个人都在为平定叛乱而战斗，两个人各自掌握着自己的霹雳，一个是胜利，一个是恐怖。

在整个林区，人们谈的尽是他们俩。使四面八方投向他们的目光尤其显得焦虑不安的是，这两个人完全对立，但同时又是紧密相连的。这两个对头是一对朋友。一种从未有过的高尚而深厚的同情，使两颗心彼此接近。性情粗暴的那位，救过性情宽厚的这位的命，他脸上现在还留着那条刀痕。这两个人一个代表死亡，一个代表生命；一个是恐怖的根源，一个是和平的根源。两个人彼此热爱。问题好生奇怪。请想象一下慈悲为怀的俄瑞斯忒斯和铁面无情的皮拉得斯[1]吧。请想象一下奥尔缪斯的兄弟亚利曼纳[2]吧。

值得补充的是，这两个之中被大家称为“凶恶”的那一个，同时也是最富有博爱精神的人。他包扎伤员，照顾病号，日日夜夜经常在急救所和医院里度过，见到打赤脚的孩子非常同情，把一切都给予穷人，自己一无所有。打起仗来，他勇往直前，身先士卒，哪里战斗激烈去哪里；他是有武装的，因为他腰带上挂着一把军刀，两支手枪；他又是没有武装的，因为从来没有人见过他拔出军刀或摸过手枪。他冒着子弹上，不见他反击。人们说他曾经是教士。

这两个人，一个是郭文，一个是西穆尔登。

这两个人之间存在着友谊，但他们各自奉行的原则之间却存在仇恨。这好比一颗心被劈成两半，一人分一半。事实上，郭文接受了西穆尔登的心的一半，不过是温和的那一半。可以说郭文是拿了半颗白色的心，西穆尔登留下的那一半可以说是黑色的。这样，亲密之中便产生了不和。这场暗中的战争不可避免地要公开爆发。一大早晨这场战争打响了。

西穆尔登问郭文：

“目前形势如何？”

郭文回答：

“你和我了解得一样清楚。我把朗德纳克匪帮打得七零八落，

---

① 二人均为希腊神话中的英雄，俄瑞斯忒斯是阿伽门农之子，皮拉得斯是阿伽门农的外甥，二人是好友。

② 二人均为拜火教崇奉的神祇，奥尔缪斯为善神，亚利曼纳是恶神。

现在跟在他身边的没有几个人了。哼，他退缩到富热尔森林里去啦。再过一星期，他就要被围困。”

“再过半个月呢？”

“他就要当俘虏。”

“然后呢？”

“你看过我的告示吗？”

“看过。怎么样？”

“他将被枪毙。”

“还这么宽大。应该送他上断头台。”

“我嘛，”郭文说，“我是主张按军法处死他。”

“我呢，”西穆尔登反驳道，“我主张按革命的办法处死他。”

他逼视着郭文，问道：

“你为什么放走圣马克－勒布朗修道院的那些修女？”

“我不对女人打仗。”郭文答道。

“这些女人仇恨人民。在仇恨方面，一个女人抵得上十个男人。在卢维涅抓到的那样狂热的老教士，你为什么拒绝把他们送上革命法庭？”

“我不对老年人打仗。”

“一个老教士比一个年轻教士更坏。由白头发的人鼓动的叛乱特别危险。人们都信赖有皱纹的人。不要错误地去怜悯，郭文。杀国王的人才是解放者。用眼睛死死盯住圣殿的钟楼吧。”

“圣殿的钟楼！我想把王太子从里面放出来呢。我不对小孩子打仗。”

西穆尔登的目光变得严厉了。

“郭文你要知道，必须对女人打仗，如果这女人名叫玛丽－安托瓦内特的话；必须对老年人打仗，如果这老头名叫教皇庇护六世的话；必须对小孩子打仗，如果这小孩子名叫路易·加佩的话。”

“恩师，我不是政治家。”

“当心不要做一个危险人物。在攻打科塞要塞时，叛乱分子让·特雷东已经走投无路，要完蛋了，一个人举着军刀向你的整个部队冲过来，而你却喊道：‘队伍往两边闪开，让他过去。’你为什么这样做？”

“因为不能让一千五百人去杀一个人。”

“在阿斯迪耶村的小石园里，那个旺代兵约瑟夫·贝兹耶受了伤，在地上爬，你的士兵要杀死他，你却高喊：‘继续前进，这事由我来解决。’随即你朝天放了一枪。你为什么要这样做呢？”

“因为我们不能杀死一个已经倒在地上的人。”

“你错啦。上面提到的两个人，现在都成了叛军头子：约瑟夫·贝兹耶就是外号‘小胡子’的；让·特雷东就是外号‘银腿’的。你救了这两个人，就是使共和国多了两个敌人。”

“其实我是想为共和国多争取一些朋友，而不是想给它多树敌人。”

“在朗德昂打了胜仗之后，你为什么没有下令枪毙你所俘获的三百名农民军？”

“因为朋桑宽大过俘获的共和军，我希望让人家说共和军也宽大保王军俘虏。”

“那么，假如你抓到了朗德纳克，你也会宽大他吗？”

“不会。”

“为什么？既然你已经宽大过三百名农民军？”

“农民是无知的；朗德纳克知道他的所作所为。”

“可是，朗德纳克是你的亲属啊。”

“法兰西才是最亲的。”

“朗德纳克是个老年人。”

“朗德纳克不是同胞。朗德纳克没有年龄。朗德纳克召唤英国人进来。朗德纳克就是入侵。朗德纳克是祖国的敌人。朗德纳克和我之间斗争的结局，不是他死我活，就是我死他活。”

“郭文，记住这句话。”

“一言既出，驷马难追。”

一阵沉默。两个人互相对视着。

郭文又说道：

“我们正经历的 1793 年，将以一个流血的年头载入史册。”

“当心，”西穆尔登嚷起来，“存在种种可怕的责任。不要责怪不该责怪的人。从什么时候开始疾病成了医生的过失？不错，这个不寻常的年头的特点就是没有仁慈可讲。为什么？因为这是一个伟大的革命年头。我们正经历的这个年头是革命的象征。革命有一个敌人，就是旧世界；革命对旧世界就要冷酷无情，正如外科医生也有一个敌人，就是毒疮，外科医生对毒疮也必须冷酷无情。革命就是要消灭国王来铲除君主制，消灭贵族来铲除贵族阶级，消灭军人来铲除专制主义，消灭僧侣来铲除迷信，消灭法官来铲除野蛮，总而言之，就是要消灭暴君来铲除暴政。这个手术是可怕的，革命会稳练地将它完成。至于要舍弃多少健康的肌肉，请去问布尔哈夫[1]是怎么想的吧。哪有肿瘤要切除而不流血？火灾发生时不拆除部分房屋哪能将火扑灭？这些必须做的事情是可怕的，但它们本身就是成功的条件。一个外科医生像一个屠夫；一个救死扶伤的医生看上去像个刽子手。革命就是要为不可避免的事业做出牺牲。革命要砍杀破坏，但它救世救民。怎么！你居然要求革命赦免害人虫！你居然希望革命宽大凶狠毒辣的恶人！革命才不会听你那一套呢。它抓住过去，一定要把过去

---

① 布尔哈夫（1668—1738），荷兰医生，医学教授，第一位著名的临床医学教师。

扫除。它要在文明身上切开一个很深的口子，从这个口子里就会产生人类的健康。你痛苦吗？一定会痛苦。这会持续多长时间？持续手术所需要的时间。而后你就生龙活虎了。革命就是为世界开刀，所以就有这大流血的1793年。”

“外科医生是心平气和的，”郭文说，“而我所看到的人都很强暴。”

“革命就是需要强暴的人来推动它，”西穆尔登反驳道，“它不要一双发抖的手，而只信赖铁石心肠的人。丹东是令人生畏的，罗伯斯庇尔是不屈不挠的，圣茹斯特是死不回头的，马拉是铁面无情的。注意，郭文。这几个名字是不可缺少的。对我们来讲，它们抵得上好几个军。它们使欧洲发抖。”

“可能也会使未来发抖吧。”郭文道。

他停了停，又接着说：

“其实，恩师，你搞错了，我并不指责任何人。在我看来，真正的革命观点就是无所谓责任问题。没有人是无辜的，也没有人是有罪的。路易十六是一只扔进狮子群里的羊。他想溜，想逃跑，试图自卫，可能的话他会咬人。但是，并非谁想成为狮子就能成为狮子的。他这些没有行动的愿望都被看成是罪行了。这只愤怒的羊露出了牙齿。‘卖国贼！’狮子们怒斥。于是，他们把它吃掉了。吃完之后，他们互相残杀起来。”

“羊是动物。”

“那么狮子是什么呢？”

这一反问使西穆尔登思考了片刻。他抬起头来说道：“这些狮子是意识。这些狮子是观念。这些狮子是原则。”

“它们造成恐怖。”

“有一天，革命将证明恐怖是正确的。”

“只怕恐怖会招致对革命的中伤。”

郭文又说：

“自由、平等、博爱，这些是和平与和谐的信条。为什么要使它们显得吓人呢？我们希望什么呢？我们希望争取各国人民组成世界共和国。那么，我们就不应当使他们感到害怕。恐吓有什么用呢？恐吓不能吸引各国人民，正如稻草人不能引诱鸟雀一样。不要为了做好事而做坏事。推翻王位不是为了保留断头台。杀死国王，让民族生存。打掉王冠，不砍脑袋。革命是和谐，不是恐怖。残酷无情的人很难接受温和的思想。我认为‘宽恕’是人类语言中最美好的字眼。我只在有生命危险时，才愿意流血。尽管如此，我只懂打仗，只不过是一名士兵。但是，如果人们不能宽恕，那么就根本不值得去争取胜利。让我们在战斗中是敌人的敌人，而胜利之后成为敌人的兄弟吧。”

“当心，”西穆尔登第三次这样说道，“郭文，你对于我比儿子还亲，你要当心！”他现出沉思的样子补充道：

“在现在这样的时候，怜悯可能成为背叛的一种方式。”

大家听见这两个人的交谈，仿佛是听见剑和斧的对话。

## 八　痛苦

这时，母亲正寻找她的孩子。

她只顾朝前走。她是怎样生活的？真没法说，连她自己也不知道。她没日没夜地走，沿途乞讨，以野草充饥，在地上睡觉，在露天里，在星空下，在灌木丛里，有时还要在雨中和北风里过夜。

她一个村庄一个村庄，一个田庄一个田庄地流浪，到处打听，常常停在人家门口。她的衣衫已破得不像样子，有些人家善待她，有些人家轰走她。没有地方可栖身时，她就钻进树林子。

这个地区她又不熟悉，除了西瓜尼亚和阿泽教区，其他地方她都一无所知。她没有行进的路线，经常走回头路，走已经走过的路，走冤枉路。她有时顺着石板大路走，有时循着马车压过的印痕走，有时沿着林间小径走。这样漫无目的地流浪，身上的衣服都穿破了。起初还有鞋子穿，后来就打赤脚走，再后来就拖着一双血迹斑斑的脚走。

她穿过火线，穿过枪林弹雨，但什么也没听见，什么也没看见，什么也不躲避，一心寻找她的几个孩子。所有人都参加了叛乱，再也没有警察，再也没有镇长，再也没有政府机关。她只与过往行人打交道。

她与他们交谈，问他们：

“你在什么地方见过三个小孩吗？”

行人抬头望着她。

“两个男孩和一个女孩。”她补充道。

她接着又补充道：

“勒内－让，胖子阿兰，乔治特。你有没有见过他们？”

她还是接着说：

“老大四岁半，最小的女孩一岁零八个月。”

她又追问道：

“你知道他们在什么地方吗？有人把他们从我身边抢走了。”

行人只看她两眼，毫无表示。

她见别人显得莫名其妙，又说：

“因为他们是我的孩子，所以我才打听。”

行人走他们的路。她愣住了，不再说什么，用指甲抓自己的胸口。

然而有一天，一个农夫注意听她的询问。那个老好人想了想说：

“慢着，你说三个小孩？”

“是的。”

“两个男孩？”

“和一个女孩。”

“你就是找他们？”

“是呀。”

“听说一个贵族老爷抓了三个小孩子，把他们带在身边。”

“这个人在哪里？”她叫起来，“他们在什么地方？”

农夫回答：

“你去拉杜格吧。”

“到了那里我就能找到我的三个孩子？”

“很可能找得到。”

“你是说去……”

“拉杜格。”

“拉杜格是什么东西？”

“是一个地方。”

“是一座村庄，一座城堡，还是一座田庄？”

“我从来没去过。”

“远吗？”

“不近。”

“在哪边？”

“在富热尔那边。”

“怎么走法？”

“你现在是在沃道特，”农民介绍道，“你顺着埃尔内右边，科克斯尔左边的大道走，你经过罗尚，穿过勒鲁。”

农夫说着伸手向西一指：

“一直向着太阳落山的方向朝前走。”

农夫的手还没放下，她已经上路了。

农夫冲她喊道：

“可是你得小心。那边正在打仗。”

她没有答话，连头也没回，继续朝前走。

## 九　一座外省的巴士底

### 1　拉杜格

四十年前，游客如果从莱涅雷这边进入富热尔森林，从帕里涅那边出来，一定会在这座幽深的森林边缘，看到一片凄凉的景象：一出丛林，突然呈现在他面前的便是拉杜格。

不是活的拉杜格，而是死的拉杜格。一座尽是裂缝，弹痕累累，遍体鳞伤，坍塌倾圮的拉杜格。废墟之于建筑物，就像幽灵之于人一样。再也找不到比拉杜格更凄凉的景象了。映入眼帘的，是一座高高的圆形城堡，孤零零地耸立在森林的一角，好像一个强盗。这座巍峨的城堡，建在一堵陡峭的岩石顶上，庄严而坚固，那么一个固若金汤的庞然大物，融威武与衰落思想于一体，几乎有点古罗马建筑风格。古罗马风格的确是有那么一点，因为它是一座罗曼式建筑，始建于 9 世纪，竣工于 12 世纪，即第三次十字军东征之后。它的门窗洞呈耳屏状的窗亮子，说明了它的年龄。你走到它跟前，爬上陡峭的石壁，看见一个缺口，你不怕危险爬进去，抬头一看，里面空空如也。内部的形状，颇似一只倒立在地上的石头喇叭。从上到下，见不到任何隔层，没有屋顶，没有天花板，没有地板，只有坍毁的穹顶和烟囱，还有炮眼，不同高度的花岗石梁托和几根横梁是不同楼层的标记，横梁上尽是宿鸟的粪便；厚厚的墙壁，基础部分厚达十五尺，顶部也达十二尺，这里那里有一个个缺口和洞，那是过去的门，透过这些缺口和洞，看得见黑乎乎的夹墙里面的楼梯。游客如果在傍晚时分进来，就听得到灰林鸮、夜鹰、苍鹭、鸺鹠的鸣叫，看见脚下尽是荆棘、石子和爬虫，头上透过像个大井口似的堡垒圆圆的、漆黑的顶部，可以望见满天星斗。

按照当地传统，这座堡垒最上几层有秘密的门，像犹太国王坟墓里的门一样，一块在轴上转动的大石头，可开可关，关上之后就成了墙壁的一部分。这种建筑式样和尖形穹拱，是十字军东征后带回来的。门一关上之后，就与墙壁的其他石头完全一样，再也辨别不出门来了。如今，在东黎巴嫩山神秘的旧城里，还看得见这种门；那些旧城，是在提比略时代毁灭了十二座城市的大地震中幸存下来的。

## 2　缺口

进入废墟的那个缺口，是用火药爆破开的。一个熟悉埃拉、萨迪和帕冈的行家看得出来，那炸药埋得真巧妙。火药坑呈教士帽形状，能容纳的火药刚好足以把城堡炸开一个缺口。它至少装了两百公斤火药。通到火药坑的坑道弯弯曲曲，那当然比笔直的要好；火药爆炸把石头炸裂，露出来的引信管足有鸡蛋那么粗。火药将石墙爆破开一个很深的口子，围攻者就是通过这个口子冲进里边的。很显然，这座城堡曾在不同时代经受住了一次次正规军的真正围攻；它的墙上布满了弹痕，而那些子弹不是同一个时代的，因为每种子弹在墙上留下的痕迹不一样。但所有子弹都在城堡的墙壁上留下了伤痕，从 14 世纪的石弹到 18 世纪的铁弹。

从缺口进去是城堡从前的底层。缺口正对面的墙上有一扇小门，是地下室的入口。地下室是在岩石里面凿出来的，位于底层大厅的下面，底下直及堡垒的基础。

这间地下室有四分之三堵满了，直到1855年，才被贝尔奈的考古学家奥古斯特·勒普雷沃清除。

## 3 地牢

那间地下室是地牢。所有城堡都有地牢。这间地下室和同时代的许多地牢一样，包括上下两层。从小门进去的上面一层，与堡垒的底层处于同一平面，是一个相当宽的拱顶房间。房间的间壁墙上，有两条与地面垂直的平行沟痕，从一面墙上伸出，经过穹顶，一直延伸到另一面墙上，穹顶上的沟痕更深，使人以为是两条车轮痕迹。这的确是两条车轮痕迹。是两个轮子碾出来的。从前封建时代，分尸刑就是在这个房间里施行的，所用的方法比四马分尸要安静一些。那里有两个轮子，特厚特大，两边碰到了墙，上面触到了拱顶。在每个轮子上各绑上受刑者的一条胳膊和一条腿，然后驱动两个轮子向相反的方向转动，受刑者就被撕裂了。那力量是非常大的，轮子所接触的石壁都碾出了两道槽。如今在非安登还可以见到一个这样的房间。

这个房间下面还有一个房间。那才是真正的地牢。入口不是一道门，而是一个洞。就是上面一层的石板地面中间凿的一个气窗。受刑者被剥得精光，用一根绳子从两腋之下缚住，通过这个气窗孔，吊到下面的囚室里。如果他的命长，就从洞口扔食物给他。如今在布永还保留有这样一个洞口。

从这个洞口有一股风吹出来。下层的囚室挖在堡垒底层之下，与其说是一个房间，不如说是一口井，底下涌出泉水，满屋子吹着一股阴冷的风。这股冷风将下面一层的囚犯冻死，而使上面一层的囚犯可以活命。有了这股风，待在上层囚室里才可以呼吸。上层的囚犯成日在拱顶下摸来摸去，只有从这个洞口获得空气。不过，谁要是摸黑钻进了那个洞口，或从那个洞口跌了下去，就再也出不来了。因此，在漆黑之中，囚犯必须小心翼翼。脚下一踩虚，上层的囚犯就变成了下层的囚犯。这可是性命攸关。如果他想活命，那洞口就是应当避开的危险；如果他觉得活够了，那洞口倒不失为一条出路。上面一层是地牢，下面一层是坟墓。这种结构，与当时的社会何其相似乃尔。

这就是我们的祖先所称的"地牢"。现在这种东西早已没有了，光从这个名词，我们再也不了解其实际含义。幸而发生了大革命，我们今天听到这类名词不会为之动容了。

那个缺口四十年前是堡垒的唯一入口。在缺口之上的堡垒外壁，有一个比其他枪眼更大的枪眼，上面挂着一块已经脱落和损坏的铁丝网。

## 4　桥上小堡

缺口对面，有一座与城堡相连的石桥，下面三孔桥拱基本上完好无损。桥头有一座小堡垒，尚剩几段残垣断壁。那小堡垒显然是烧毁的，只剩下可以透进阳光的焦黑的骨架，立在城堡旁边，仿佛一个幽灵身旁立了一具骷髅。

小堡垒的废墟现在已彻底拆除，一点痕迹也看不见了。经过许多世纪，由许多朝代的国王建筑起来的东西，一个农民只消一天就拆除了。

拉杜格是农民对拉杜格－郭文（即郭文城堡）的简称，就像他们把拉尤普利埃叫成拉尤普勒，把叛军驼背首领潘松勒托图，叫成潘松勒托一样。

拉杜格四十年前是一片废墟，如今成了一个幽灵，而在 1793

年则是一座堡垒。它是郭文家族的城堡，镇守着富热尔森林西边的入口，而那座富热尔森林，如今只剩一片小树林了。

这座城堡建在一堵巨大的页岩之上。这种页岩在梅央斯和迪南之间地段有的是，散布在丛林和灌木丛之中，到处都是，好像古代的巨人用头顶来扔在地上的。

整个城堡呈塔状，塔下面是岩石，岩石下面是一山涧，一月份变成湍流，到 6 月份就干枯了。

这座城堡的构造虽然如此简单，但在中世纪几乎固若金汤。那座石桥使它变得容易被攻打。古时候郭文家族建成它时，是没有桥的，进城堡是通过一座一斧头就可以砍断的吊桥。郭文家族受封为子爵时，他们一直觉得吊桥好，感到挺满意。然而当他们被封为侯爵，当他们离开岩洞进入宫廷时，他们就在山涧之上建了一座三孔石桥，使得他们有了通向平原的出路，同时也有了通向国王的出路。17 世纪、18 世纪的侯爵们不再讲究城堡固若金汤。他们一改继承祖宗传统，而去模仿凡尔赛的风格了。

西面正对城堡，有一块相当高的高地与平原相连。这块高地几乎贴近城堡，中间只隔一条很深的山沟，沟底流淌着一条小河，是库埃斯农河的支流。联结城堡和高地的，是一座架于桥墩之上的高桥。桥墩之上，像舍农索一样，建有一座芒萨尔风格的建筑，比城堡还更适于居住。但当时的习俗还很严厉，贵族都习惯于住在城堡主塔像地牢一样的房间里。桥上那座建筑是座小城堡，前面有一条长廊作为入口，称为守卫室；守卫室是位于底层与二层之间的夹层，它上面是一间书房，书房之上是仓库。一扇扇长形窗户，嵌着波希米亚式的小块玻璃，窗与窗之间有壁柱，墙上有浮雕。一共三层，底层放槊和火枪，二层是书，顶层储存着一袋一袋的燕麦。这一切有点不开化，但是贵族式的。

旁边的城堡则显得犷悍。

它阴森森地高耸在那里，俯视着这座雅致的建筑。从它的露台上，可以用火力把桥摧毁。

两座建筑物，一座粗糙，一座精致，与其说相映成趣，不如说形成鲜明对比。两种风格根本不协调。两个半圆拱似乎相同，可是一个是罗曼式半圆拱，一个是古典式半圆拱，根本没有共同之处。那座只配建在森林边的堡垒，和这座堪与凡尔赛宫相配的桥，却相互为邻，实在令人称奇。试想一下吧，如果让阿兰·巴布道特挽着路易十六的胳膊，会给人什么感觉？总的来讲令人感到可怕。这两个国王陛下站在一起，给人一种难以形容的残暴感。

有一点值得强调，就是从军事上讲，这座桥几乎使城堡的防守如同虚设。它点缀了城堡，却解除了它的武装；城堡有了一个陪衬，却失去了它的威力。这座桥使城堡和高地之间不再有天然障碍。从森林那边，城堡依然是无法攻克的，但现在从平原这边，它容易受到攻击了。过去是它控制高地，现在是高地控制了它。占住高地的敌人，很快就能占住桥。书房和仓房对进攻者有利，而对城堡不利。书房和仓房有一个共同点，就是书和麦秸见火就着。对于用火攻的进攻者来讲，烧掉一本荷马的著作或一捆麦秸，那是一回事，只要能烧得着就行。法国人烧掉了海德堡图书馆，向德国人证明了这一点；德国人烧掉了斯特拉斯堡图书馆，也向法国人证明了这一点。因此，城堡之外架设这座桥，从战略上讲是一个错误，可是在17世纪，戈尔贝尔和卢瓦当政时期，郭文家族的亲王们，就像罗昂家族和拉特雷穆瓦耶家族的亲王们一样，再也不相信自己会遭到进攻。然而桥的建设者们还是采取了一些预防措施。第一，他们采取了防范火灾的措施，在小河下游一侧的三扇窗户下面，把一部结实的救生梯横挂在一些铁钩上，那些铁钩五十年前还看得见，梯子的长度相当于桥堡两层的高度，即相当于普通三层楼房的高度；第二，他们也采取了防范进攻的措施，安了一扇沉重低矮的铁门，使桥与城堡隔开，那门是拱形的，用一把大锁锁着，钥匙藏在只有主人知道的隐秘处，门一旦关上，任你用撞城槌撞也撞不开，几乎连炮弹也奈何不得。

要到达这扇门，必须过这座桥，而要进入城堡，必须经过这扇门。没有其他入口。

## 5 铁门

桥上小堡因为建在高高的桥墩上，所以高及城堡的第三层，为了更好地确保安全，铁门就安在这个高度。

站在桥这边看，铁门是朝向书房，而站在城堡这边看，铁门是朝向一间中间有立柱的拱顶大厅。这间大厅，我们在前面提到过，是主塔第三层，像城堡一样呈圆形。朝田野那边有一排长长的枪眼，也起采光作用。墙壁挺粗糙，光秃秃的，石块裸露，毫无装饰，不过石块砌得还挺整齐。要进入这间大厅，必须经过一架凿在墙壁里的盘梯，墙壁有十五尺厚，盘梯凿在里面是很自然的事情。在中世纪，要攻占一座城市，就得一条街一条街争夺，要攻占一条街，就得一所房子一所房子争夺，要攻占一所房子，就得一个房间一个房间争夺，要攻占一座城堡，就得一层一层争夺。从这个意义上讲，拉杜格构造非常巧妙，很难进入，也很难攻破。从一层到另一层，都要上一架很难上的盘梯，门都是歪斜的，而且没有一个人高，必须低头才能进入，而低着头进门，必然被击倒。防守者在每扇门背后等待进攻者。

在带立柱的圆形大厅下面，有两个一样的房间，分别是堡垒的二层和一层；大厅的上面有三个房间。这层叠的六个房间上面，有一个石头盖子将城堡主塔封住。那石头盖子就是露台，要登上露台，必须经过一间狭窄的岗亭。

为了安装铁门，不得不把十五尺厚的墙壁凿穿。铁门就固定在墙壁中间，嵌在一条长拱廊当中。因此门关上之后，无论堡垒这边还是桥那边，门廊都达六七尺深；门打开时，两个门廊连在一起，形成一个拱廊式的入口。

桥这边的门廊下，厚墙之中凿了一道低矮的小门，通向一座圣吉尔式的螺旋楼梯，沿着楼梯上去是图书室下面的二层走廊。这是进攻者又一个难以通过的关口。桥上小堡靠高地那边的侧翼，是一堵壁立的陡墙，桥就到那里止步。另在一道低矮的门口安装了一座吊桥，与高地相通。由于高地高，吊桥放下后总是倾斜的，过了吊桥就进入了称为警卫室的长走廊。进攻者占据这条走廊之后，要想到达铁门，必须用强力夺取那座通向三层的圣吉尔式的螺旋梯。

## 6 图书室

图书室是一个长方形的房间，宽和长都与桥一样，只有一道门，就是那道铁门。另有一扇伪装的自动关闭的门，上面钉有绿毯，只要一推，就能从里面封住堡垒的拱廊入口。图书室的墙壁，从上到下，从天花板到地板，都摆着玻璃橱，是 17 世纪高雅的细木工家具。六扇高大的窗户，每边三扇，即每个桥拱上一扇，使得图书室里光线明亮。通过这几扇窗户，站在外边或站在高地上，可以看见图书室里面。窗与窗之间有六个橡木雕花底座，上面放置着六尊大理石半身雕像，这六个人是：埃摩拉于斯·德·比桑斯，堝克拉提斯语法家阿泰内，瑞达斯，嘉梭本，法兰西国王克洛维及其掌玺大臣阿纳夏鲁。附带说一句，这个阿纳夏鲁是个不称职的掌玺大臣，就像克洛维是位不称职的国王一样。

这间图书室里所藏的都是一般的书。其中只有一本很有名，是一本四开本古书，里面有铜版画插图，用粗体字印的书名是：《圣巴托罗缪》，副题是：《圣巴托罗缪阐释的福音书》，前面有基督教哲学家庞托努斯的论文，论述这部福音书是不是伪经，圣巴托罗缪是不是就是那泰纳埃尔。这本书据说是孤本，所以用一张小桌子摆在图书室当间。上个世纪，人们出于好奇纷纷跑来参观。

### 7 仓房

仓房和图书室一样，也像桥一样是长方形，就在屋顶梁架下面，挺大的一间厅房，里面堆满了麦秸和干草，有六扇天窗采光。唯一的装饰是门上雕刻有圣巴纳贝像，下面有一行拉丁文诗：

圣巴纳贝挥动镰刀割草

这就是那座又高又大的城堡，共有六层，这里那里凿有一些枪眼，唯一的入口和出口，是一扇朝桥上小堡开的铁门，桥尽头有一座吊桥；堡垒后面是森林，前面是灌木覆盖的高地，比桥高，比城堡矮；桥下，城堡和高地之间一条深而且窄的山沟，长满灌木丛，冬天激流汹涌，春天成了一条山溪，夏天变成一条遍布卵石的干河沟。这就是叫作拉杜格的郭文城堡。

## 十 人质

7月逝去，8月来临，法兰西上空，笼罩着英雄惨烈之气。地平线上，刚刚闪过两个幽灵：一个是马拉，腹部插把匕首；一个是夏洛特·科代，身子上没了脑袋。一切都变得可怕极了。旺代军在大的战略上被打败了，便退缩到小规模的战斗中。这样它反而变得更可怕，正如我们前面指出的。这场战争已经变成分散在各个树林里，范围非常广泛的战斗。一支被称为天主教保王派的庞大军队，开始尝到惨败的滋味。梅央斯军已奉命开进旺代。八千名旺代军在南特被击退，被赶出孟泰古，杜亚尔和努瓦尔穆捷，又在绍勒、莫塔尼和索米尔被打得落花流水。他们撤出了帕特奈，放弃了克利松，逃离了夏提翁，在圣伊莱尔丢掉一面军旗，在波尔尼克、萨布尔、封特奈、杜厄、水塔和塞桥连吃败仗，又在吕宋败退，从栗园撤走，从罗什浒涌溃逃。可是，他们却威胁着拉罗舍勒，而且在根西岛水域有一支英国舰队，在克雷克将军指挥下，载有好几个团的英军，里面有法国海军的优秀军官，只等朗德纳克侯爵发出信号便开始登陆。英军的登陆可能使保王党的叛乱反败为胜。皮特其实是一个祸国殃民的家伙，他奉行的政策中包藏着叛国的因素，就像甲胄之下藏着匕首一样。皮特用匕首刺杀我们的国家，同时也背叛了他自己的国家。他背叛自己的国家就是使之声誉扫地。英国在他的统治和领导下，正在进行一场不义的战争。它派遣间谍，走私军火，进行欺骗宣传。它甚至进行偷猎，伪造证件，无恶不作。它操纵垄断油脂，使每磅油脂的价格涨到五法郎。在里尔，有人从一个英国人身上搜出一封信，是皮特派到旺代的间谍普利晋写给皮特的，信中写道："请你不要舍不得花钱。我们希望暗杀活动能进行得谨慎，伪装的教士和妇女是进行这种活动最合适的人选。请汇六万镑到卢昂，五万镑到冈城。"巴莱尔 8 月 1 日在国民公会念了这封信。对于这种不顾信义的行径，帕兰用野蛮行为予以还击，卡利耶后来则以残酷手段进行报复。梅斯和南方的共和党人纷纷要求讨伐叛逆。二十四个工兵连奉命组成，开赴林区去焚烧树篱和沿村的树丛。战争在这个点上刚停止，在另一个点上又打起来了。"不要宽大！不要俘虏！”两方面都这样喊着。历史笼罩在可怕的黑暗之中。

就在是年8月，拉杜格遭到围困。

一天傍晚时分，天上现出了星星，炎热的黄昏万籁俱寂，森林里听不到一片树叶摇曳，田野里听不见一棵草摆动，蓦地，在薄暮的寂静中响起了号角。这号角声是从城堡顶上传来的。

听到这号角声，城堡下面立即响起了军号声。

城堡顶上有一个持枪的人，城堡下面黑暗中是一支围困的军队。

在郭文堡周围，黑暗中隐隐约约看得见许多人影。那无数人影是一支露营的大军。森林边缘的树下和高地上的灌木丛中，开始点燃了几堆篝火。这里那里点点篝火刺破黑暗，仿佛大地和夜空一样星光闪烁。可是，这是些阴森可怖的战争之星！营火在高地这边一直绵延到平原，在森林那边则一直深入到了丛林里。拉杜格被围困了。

围攻方面的营地分布很广，说明这是一支人数众多的军队。

主塔这边直到岩石，桥那边直到山沟，城堡被铁桶般包围了。

又一阵号角声，跟着响起又一阵军号声。

号角在询问，军号在回答。

号角代表城堡问：“我们可以与你们谈话吗？”军号代表军营回答：“可以。”

当时，国民公会不承认旺代人是交战方，因此下令禁止与这些“匪徒”谈判。这样双方只能寻求别的办法，来代替人权法准许在一般战争中使用而在内战中禁止使用的交流办法。于是在这种场合，农民的号角与部队的军号便相互传达某种默契。第一声号角只是提醒对方注意，第二声号角才是询问：“你们愿意听我们讲话吗？”如果在第二声号角之后军号不响，那就是拒绝；军号响就是同意，就意味着休战片刻。

军号回答了第二声号角，城堡顶上那个人开始说话。只听见他说道：

“那边的人听着，我是古日－勒布鲁昂，绰号‘灭蓝恶棍’，因为我消灭了你们之中许多人，我另一个绰号叫‘羿马蝉’，因为我还要杀你们更多的人。在进攻格朗维尔的战斗中，我握住枪管的一个手指被你们一刀砍掉了，我的父母和我才十八岁的妹妹，在拉瓦尔被你们送上断头台杀害了。我就是这样一个人。

“现在我同你们讲话，是代表郭文·德·朗德纳克侯爵老爷，封特奈子爵，布列塔尼亲王，七块森林的领主，我的主人。

“首先你们要知道，侯爵老爷在进入这座被你们围困的城堡之前，已经把继续进行这场战争的任务分派给六位首领即他的六名副手。他指派德利埃尔负责布雷斯特大道与埃尔内大道之间的地区；特雷东负责拉罗埃和拉瓦尔之间的地区；雅凯即台耶费负责上曼恩边缘一带；让外号‘大彼得’的戈利耶负责贡蒂埃堡；让勒孔特负责克朗；把富热尔交给杜布瓦－基先生，而把整个马耶纳交给洛桑博。因此，你们即使攻下这座城堡，战争也远没有结束，就是侯爵老爷死了，上帝和王上的旺代也不会死。

“你们知道，我说这些是向你们发出警告。侯爵老爷在这里，就在我身边。他的话借我的嘴说出来。围攻我们的人，安静点。

“听着，下面我要对你们说的话才真正重要：

“不要忘记，你们对我们发动的战争是非正义的。我们居住在自己的家乡，我们堂堂正正地进行战斗，我们朴素纯洁，秉承上帝的旨意，就像小草承泽甘露。是共和派向我们进攻，扰乱我们的乡村，烧毁我们的房屋和庄稼，扫射我们的田庄，迫使我们的妇女和儿童光脚逃进冬莺还在鸣啾的森林。

“你们在这里，听见了我的话，你们把我们赶进了森林，把我们围困在这座城堡里，你们杀害或赶散了想与我们会合的人，你们拥有大炮，并且集中了莫尔坦、巴朗东、泰约勒、朗迪维、埃弗朗、廷特尼亚克和维特雷所有兵营和哨所的兵力，共有四千五百人来攻打我们，而我们只有十九个人在这里自卫。

“我们有的是给养和弹药。

“你们进行了一次地下爆破，炸掉了我们的一块岩石，炸开了我们的一面墙壁。

“就是说你们在我们的堡垒墙脚炸开了一个缺口，你们可以从这个缺口进来，这个缺口不是露天的，我们的堡垒依然坚固地屹立着，封锁着这个缺口。

“你们现在正在准备冲锋。

“而我们呢，首先有侯爵老爷，他是布列塔尼亲王，圣玛丽·德·朗德纳克修道院在俗的院长，而该院每天举行的弥撒是雅纳王后创始的；其次这座城堡的其余保卫者，包括在战斗中被称为大老实人的图尔莫院长，维尔兵营队长、我的伙伴纪卢瓦佐，阿瓦纳兵营队长、我的伙伴冬曲，福尔米兵营队长、我的伙伴‘小风笛’，还有我本人，农民出身，生于臭里昂达小河流经的达翁镇。我们所有人有一件事情要对你们讲。

“在这座城堡下面的人，好生听着：

“我们手里有三个俘虏，他们是三个孩子。这三个孩子是你们之中一个营收养的，是你们的人。我们愿意把这三个孩子还给你们。

“只有一个条件。

“就是让我们自由地出去。

“如果你们拒绝，听清楚了，你们只有两个办法向我们发动进攻：一个是从森林那边通过缺口进攻；一个是从高地那边通过桥上进攻。桥上那座建筑物有三层，在下面那一层，我，正向你们讲话的羿马蚱，在那里存放了六大桶柏油和一百捆干柴；上面那一层堆放着干草；中间一层是书和纸。由桥上通到城堡的铁门是关闭的，钥匙藏在侯爵老爷身上；我们在底下挖了一个洞。从洞里伸出一根硫黄导火线，一头插在一桶柏油里，另一头放在城堡里我伸手就够得着的地方。我随时可以点燃导火线。如果你们拒绝让我们出去，我们就把三个孩子放到桥上小堡的第二层，就是放在插有硫黄导火线柏油那一层和堆干草那一层之间，用铁门把他们关在里面。如果你们从桥上进攻，你们就要放火焚烧那座小堡；如果你们从缺口发动进攻，我们就会焚烧那座小堡。如果你们同时从桥上和缺口发动进攻，那就是你们和我们一块放火。无论哪种情况，三个孩子都要被活活烧死。

“现在由你们决定是接受还是拒绝吧。

“如果你们接受，我们就出去。

“如果你们拒绝，三个孩子就得死。

“我的话说完了。”

城堡顶上说话的人住了嘴。

下面一个声音喊道：

“我们拒绝！”

这声音短促而严厉。另一个不那么生硬然而很坚定的声音说：

“我们给你们二十四小时考虑是否投降。”

沉默一会儿之后，同一个声音又说：

“明天这个时候你们还不投降，我们就发动进攻。”

第一个声音接着说：

“那时就绝不饶恕。”

回答这个恶狠狠的声音的，是城堡顶上另一个声音。只见一个高大的身影俯在两个雉堞之间，下面的人借着星光，认出了朗德纳克侯爵那张可怕的脸，那脸上的两道目光射向黑暗之中，仿佛在寻找什么人，只听他喊道：

“瞧，是你，教士！”

“不错，是我，卖国贼！”下面那个粗暴的声音回答。

## 十一　像古代一样可怖

那个冷酷无情的声音的确是西穆尔登的声音，那个比较年轻，不那么强横的声音是郭文的声音。

朗德纳克侯爵认出了教士西穆尔登，他并没有弄错。

我们知道，短短的几个星期，在这个因为内战而流血的地区，西穆尔登已经恶名昭著。再没有比他的恶名更令人胆寒的了。人们说：巴黎有马拉，里昂有夏力叶，旺代有西穆尔登。人们过去对西穆尔登教士的尊敬彻底消失了。这是他背弃了教士天职的结果。西穆尔登引起恐怖。其实最冷酷无情的人，往往是不幸的人；仅仅看他们的行为，谁都会谴责他们，如果有谁看到了他们的良心，也许会宽恕他们。一个利库尔戈斯[①]那样的人，人们不了解，还以为他是提比略[②]那样的人。不管怎么说，朗德纳克侯爵和西穆尔登教士这两个人，在仇恨的天平上，只不过是半斤八两。保王党人对西穆尔登的诅咒，与共和党人对朗德纳克的诅咒一样刻毒。这两个人在对方阵营里看来都是恶魔。以致产生了这样一种异乎寻常的情况：马恩的普里厄在格朗维尔悬赏朗德纳克的首级，与此同时，夏莱特在努瓦尔穆捷悬赏西穆尔登的首级。

侯爵和教士这两个人，在某种意义上可以说是一个人。内战的青铜面具有两个侧面，一个朝向过去，一个朝向未来，但两个同样可悲。朗德纳克是头一个侧面，西穆尔登是第二个侧面；只

---

① 传说中古代斯巴达的立法者。

② 古罗马第二代皇帝。

不过朗德纳克的苦笑笼罩着晦暗和暮色，而西穆尔登注定要遭受厄运的前额上，却透出熹微的曙光。

这时，被围困的拉杜格获得了喘息的机会。

正如我们看到的，由于郭文的干预，双方同意休战二十四小时。

羿马蜂的情报很准确，由于西穆尔登的征调，郭文手下现在拥有四千五百人，其中有国民军，也有前线部队。他用这么多兵力，把朗德纳克围困在拉杜格里面，还有十二大炮对准了城堡，六门在主塔这边的森林边缘，隐蔽在壕沟里，六门在桥那边的高地上，居高临下。他还成功地进行了爆破，在城堡脚下炸开了一个缺口。

因此，二十四小时的休战一结束，战斗便将在下述条件下进行：

高地上和森林里四千五百人。

城堡里十九人。

这被围困的十九个人的名单，历史可以在通缉令布告里找到，我们也许会在历史书里读到他们。

这四千五百人差不多是一个军了，西穆尔登希望把郭文提升为参将来指挥这支部队。但郭文不肯，说："等抓到朗德纳克再说吧。我还一点战功也没有呢。"

再说，在共和军里，军阶不高却指挥大部队的人司空见惯。后来，波拿巴就是一个炮队的指挥兼意大利远征军总司令。

郭文堡的命运实在异乎寻常：一个郭文进攻它，一个郭文守卫它。正因为这样，进攻方面有所克制，可是防守方面却毫无克制，因为朗德纳克是一个什么也不顾的人，况且他过去大多数时候住在凡尔赛，对拉杜格毫不迷恋，甚至很不熟悉。他是无处藏身，躲到这里面来的，如此而已，就是把这座城堡拆了他也毫不在乎。郭文呢，则对这座城堡怀有更多的虔敬。

城堡的薄弱点是那座桥，但是桥上的图书室里保存着郭文家族的家谱，如果从那个方向发动进攻，桥不可避免要被焚毁。郭文觉得，烧掉那些家谱，等于是向自己的祖先进攻。拉杜格是郭文家族的城堡。这个家族在布列塔尼的所有领地，都是在这座城堡带动下运转的，正如法兰西的所有领地，都是在卢浮堡的带动下运转的一样。这座城堡集中了郭文家族的回忆，他自己就是在这里诞生的。在他的童年时代，这坚固的墙壁曾经保护过他，可是曲折的人生命运，却使他在成年之后来攻打它。难道他是个大逆不道的人，硬要使这座故居化为灰烬吗？说不定他郭文自己的摇篮，还放在图书室上面仓房的某个角落里呢。有些事情想起来令人激动。面对这座远祖传下来的故居，郭文心潮翻滚。正因为这样，他没有从桥这边发动进攻，而只是切断这边的出路，使一切逃跑都不可能，用一个炮队将桥严密封锁。他选择了从另一边进攻，所以在城堡脚下掘壕爆破。

西穆尔登任凭郭文这样做，而在心里又责备自己不该让他这样做。他那鲁莽的性格，使他看到这哥特式的古老建筑就皱眉头，他对建筑物和对人一样，都没有丝毫宽容之心。舍不得破坏一座城堡，就是宽容的开始。而宽容正是郭文的弱点。我们知道，西穆尔登是监督郭文的，他要阻止郭文继续滑下去，因为他认为这样滑下去绝没有好下场。然而他自己，虽然私下里也只是气恼地承认，再见到拉杜格，他的心也是暗暗地跳得厉害的；看到那间图书室，那里头还存放着他教郭文启蒙读的那些书，他觉得自己的心情也不平静。他曾经是相邻的帕里涅村的本堂神父；他西穆尔登曾经在桥上那座小堡的顶楼住过；在那间图书室里，他曾经把小郭文抱在膝头，教他认一个一个的字母；就是在这些古老的墙壁之间，他目睹自己的学生、自己的心灵之子，长身体，长智慧，渐渐成人。这间图书室，这座小堡，这些充满他对那孩子的祝福墙垣，他就要把它们炸平，把它们焚毁吗？他让它们免遭破坏，虽然这样做心里并不是没有后悔的。

他听任郭文从另一边发动进攻。拉杜格有一边是野蛮的，就是那座城堡，有一边是文明的，就是那间图书室。西穆尔登允许郭文只从野蛮的那一边炸开一个缺口。

再说，由一个郭文进攻，由一个郭文守卫，这座古堡在法国大革命的高潮中，又重现了它在封建时代惯见的场面。整个中世纪的历史，就是亲族之间的战争；厄忒俄克勒斯和波吕尼刻斯那样的人，不仅古希腊有，中世纪也有，哈姆雷特在爱尔舍奈所做的事，就是俄瑞斯忒斯在阿尔戈斯所做的事。①

## 十二　准备营救

整个夜晚，双方都在进行准备工作。

我们听到的那场暗藏杀机的谈判一结束，郭文想到的头一件事，就是叫来他的副官。

盖尚这个人物我们有必要认识一下。他是一个二流角色，忠实，顽强，平庸，当兵比当官更出色，绝顶聪明，履行职责根本不需要理解，有拒腐蚀永不沾的品质，绝不为贪图钱财而出卖良心，也不会出于怜悯而不顾正义。他的灵魂和心灵上有两个遮光罩：纪律和命令，像马眼睛上的眼罩一样；在纪律和命令允许的范围内，他勇往直前，决不旁顾，但他的道路是狭窄的。

此外，他是一个可靠的人，指挥一丝不苟，服从命令不折

① 厄忒俄克勒斯和波吕尼刻斯都是希腊神话中俄狄浦斯之子，兄弟俩为争夺对忒拜的统治而互见兵戈；俄瑞斯忒斯是希腊神话中的英雄，阿伽门农和克吕泰涅斯特拉之子。

不扣。

郭文急促地对盖尚说：

“盖尚，弄一架梯子来。”

“报告司令，我们没有。”

“我们必须有一架。”

“用来爬墙吗？”

“不。救人。”

盖尚想了想，答道：

“我明白了。不过要做你想做的事，这梯子一定要很高。”

“至少三层楼那么高。”

“对，司令，差不多要这么高。”

“要超过这个高度，成功才有保证。”

“当然。”

“你怎么搞的一架梯子也没有？”

“报告司令，你认为从高地那边进攻拉杜格不适宜，只封锁了那一边，决定不从桥那边而从城堡这边发动进攻。我们忙于准备爆破，就没有想到预备梯子。所以我们没有梯子。”

“马上造一架。”

“一架三层楼那么高的梯子，不是临时可以造出来的。”

“用几架短梯子接起来。”

“那也得有短的才行。”

“去找。”

“没法找到。所有地方的乡下人都把梯子毁了，就像他们拆掉了大车，炸断了桥梁一样。”

“的确，他们企图使共和国瘫痪。”

“他们企图使我们无法运输部队，无法渡河，也无法爬墙。”

“可是我必须有架梯子。”

“我想起来啦，司令，在富热尔附近的雅凡内，有一家很大的木工场，到那里也许能找到一架。”

“快去，一分钟也不要耽搁。”

“这梯子你什么时候要？”

“明天这个时候，不能再晚。”

“我派一名专差骑快马去雅凡内，让他带上征用令。雅凡内有个骑兵站，会派兵护送的。明天日落之前梯子就可以送到这里。”

“很好，这就行了，”郭文说，“快去办，快去。”

十分钟之后，盖尚跑回来时说：

“报告司令，去雅凡内的专差已经出发了。”

郭文登上高地，久久地凝望着横跨山沟的桥堡。正对山沟陡崖的小堡山墙，没有任何门窗，只有那个低矮的入口，被拉起的吊桥封闭住。要从高地上到达桥墩脚下，必须顺着陡崖爬下去，抓住一丛丛灌木慢慢往下爬，这不是不可能的。可是一旦下到沟里，进攻者就会暴露在那三层楼上发射的弹雨之下。郭文最后确信，按目前包围的态势，真正的进攻只能从堡垒脚下的缺口发起。

他采取了一切措施，使敌人绝无逃跑的可能。他进一步收缩了包围圈，使各个营像网眼一样扣得紧紧的，任何东西都休想钻过去。郭文和西穆尔登分担围攻堡垒的任务。郭文把森林这边留给自己，把高地那边交给西穆尔登。两个人商定，当郭文在盖尚的协助下指挥从缺口发起攻击时，西穆尔登把居高临下的整个炮队的火线点着，严密监视着桥和山沟。

## 十三　侯爵在做什么

外面在准备进攻的时候，里面在准备抵抗。

有人把一座城堡称为一个木桶，二者之间确实不无相似之处。有时一座城堡被火药炸了一家伙，那就像木桶被锥子锥了一下一样。墙壁炸开了一个缺口，就像木桶上钻了一个洞。这就是拉杜格遇到的情况。

两三担火药那么狠狠地一锥，把厚厚的墙壁给锥穿了。那个洞从城堡脚下穿过墙壁最厚的部分，像一条歪七扭八的拱廊，一直通到城堡的一层。进攻者们为了使这个洞便于攻击，从外面用大炮把它轰得更宽，更规整。

缺口通进去的一层，是一间圆形大厅，里面完全是空的，当间一根柱子支撑着圆顶的拱心石。这是城堡整个主塔里最大的一间厅，直径不下于四十尺。主塔的每一层都有一间这样的大厅，但都小一些，周围是一个个小房间，里面墙上凿有枪眼。一层的大厅没有枪眼，没有气窗，也没有天窗，和坟墓里一样既没有光线，也没有空气。地牢那扇门，大半用铁做的，小半用木头做的，就开在一层这间大厅里。这间大厅的另一扇门，通向上面各层房间的楼梯。所有楼梯都凿在厚墙里面。

进攻者通过他们打开的缺口，只能进到这间低矮的大厅。这间大厅占领后，他们还有整个堡垒要攻克。

在这间低矮的大厅里呼吸是很困难的，从来没有人在里面待上二十四小时而不被闷死的。现在有了那个缺口，就可以待在里面了。

所以被围困的人没有封堵缺口。

再说封堵有什么用呢？大炮可以重新把它轰开。

他们在墙上钉了一个火炬架，点燃一个火炬，照亮了整个一层。

现在怎样防守呢？

把洞堵上容易，但没有用。在里面修筑一道退守障碍更好。一道退守障碍，就是一道凹角的防御工事，一道人字形的路障，可以集中火力向进攻者射击。让外面的缺口仍然敞开，里面组成一道火力网。他们并不缺乏建筑材料，于是就建了一道退守障碍，上面留了一些缝，让枪管能够伸出去。退障的角紧贴中央那根柱子，两翼连接两边的墙壁。建好之后，又在适当的地方埋上地雷。

侯爵指挥一切。他是鼓动者、指挥者、引导者和主人，一个了不起的人。

朗德纳克是18世纪的那种军人，八十岁高龄还能守护一座座城池。他像那位阿尔贝格伯爵，后者快一百岁了还把波兰国王赶出了里加。

"拿出勇气来，朋友们，"侯爵说，"本世纪初，1713年，查理十二在邦德被困在一所房子里，率领三百名瑞典士兵，顶住了两万名土耳其士兵的进攻。"

他们把下面两层楼都堵上了，加固了所有房间，一间间凹室里都筑了雉堞，用木槌把一根根木梁的一端钉进门里，像拱扶垛似的将门撑住，只是那座通向每一层的螺旋形楼梯没有堵住，因为必须留着它上下，为防备进攻者而把它堵死，就等于把自己堵住了。任何要塞的防守总有薄弱环节的。

不知疲倦的侯爵，像青年人一样强壮，扛木梁，搬石头，以身作则，亲自动手，一边指挥，一边帮忙，和这群凶猛的人亲如兄弟，有说有笑，然而始终不失贵族老爷身份，高傲而亲切，风雅而粗野。

谁都别想顶撞他。他说："你们之中如果有一半人想反叛我，我就叫另一半人枪毙他们，还要和剩下的人一块守住这地方。"正是这类事情引起大家对首领的崇敬。

## 十四　羿马蜂在做什么

当侯爵忙于修补缺口和城堡里面的防御工事时，羿马蜂在桥那边忙碌。包围刚开始，侯爵就下令把三层外面那架横挂在窗户底下的救护梯子卸下来，让羿马蜂扛进图书室。郭文要找一架梯子，可能就是要代替这架梯子。被称为守卫室的中二层的窗户，有三重固定在石头里的铁栏杆防护，既没法进也没法出。

图书室的窗户倒是没有铁栏杆，但是很高。

羿马蜂身边跟着三个像他一样什么都能干，什么都不怕的人。这三个人是外号“金枝”的瓦斯纳和木长矛两兄弟。羿马蜂拎一盏不透光的灯，打开铁门，仔细检查三层桥堡。金枝瓦斯纳和羿马蜂一样死心塌地，因为共和军杀死了他的一个兄弟。

羿马蜂检查上面堆满干草和麦秸的一层，又检查底下一层，叫人端来几个火盆，与几桶柏油放在一起，又命令把干柴堆在柏油旁边，再检查硫黄导火线是否完好无损。那根导火线一端在桥里，一端在堡垒里。他在柏油桶和干柴堆下面的地板上泼一摊柏油，把硫黄导火线浸在里面。然后，命人把勒内－让、胖子阿兰和乔治特三个孩子熟睡的摇篮，搬到放柏油的一层和堆干草的顶楼之间的图书室里。搬摇篮的人轻手轻脚，生怕把孩子们弄醒。

那三个摇篮，是乡下简陋的小摇篮，一种低矮的放在地上的柳条筐，孩子可以不要人扶从里面爬出来。羿马蜂叫人在每个摇篮边放一碗汤，一只木匙。从钩子上取下来的那架救护梯，放在靠墙根的地板上。羿马蜂吩咐将三个摇篮一个挨一个摆在梯子对面的墙边。然后，考虑到空气流通有好处，他将图书室的六扇窗户全打开。这是一个天空碧蓝，空气温煦的夏夜。

他叫木长矛兄弟俩去把上下两层的窗户打开。他注意到，在桥堡东墙外面，有一株很大的老爬山虎，干枯得呈火绒色，从上到下覆盖着桥堡的整个一面墙，缠绕在上中下三层每个窗口的四周。他想爬山虎不会有什么妨害。他最后又把每个地方察看一遍，四个人才离开桥堡返回城堡。羿马蜂关上沉重的铁门，严严地锁好，又端详一下那把可怕的大锁，再检查一遍从他亲手凿的洞里通过的硫黄导火线，满意地点点头：现在城堡和桥的唯一联系，就只剩下这条导火线了。这条导火线从圆形大厅里拉出来，经过铁门底下，伸进圆拱之下，沿楼梯下到桥堡底层，蜿蜒曲折地爬上一级级的盘梯，顺着中二层走廊的地板，一直到达干柴底下那摊柏油之中。羿马蜂计算过，在堡垒里面点燃这根导火线，大约要一刻钟就能烧着图书室下面那摊柏油。把一切布置妥当，检查完毕之后，他把铁门的钥匙带回来交给朗德纳克侯爵。侯爵把它揣进衣兜里。

必须密切注视围攻者的一举一动。羿马蜂腰带上挂着牛倌的号角，爬到堡垒顶上，进到露台的岗亭里担任瞭望哨。他一只眼睛盯住森林那边，一只眼睛盯住高地那边，不停地观察着，身边在岗亭的窗台上搁了一壶火药和满满一口袋子弹，还有一些旧报纸，他一张张撕碎，一边观察一边卷火药管。

朝阳升起，映照出森林里八营士兵，个个腰挎军刀，背上挂着弹药盒，长枪上了刺刀，已准备好发动攻击；高地上架了一排大炮，旁边摆着一箱箱炮弹、弹药筒和霰弹；堡垒里十九个人端着喇叭口火枪、滑膛枪、手枪和短统，正忙着装子弹，而在三个摇篮里，躺着三个熟睡的孩子。

# 第三章　圣巴托罗缪惨案①

## 一

孩子们醒了。

最先醒的是那个小女孩。

孩子们睡觉醒来，宛似鲜花开放，仿佛有一股馨香，从这些清新的心灵里飘溢而出。

二十个月的乔治特，是三个中最小的，5月份还在吃奶，这时她抬起小脑袋，半坐起来，看着自己的小脚丫，咿呀开了。

一抹朝阳照在她的摇篮上，很难说像玫瑰一样鲜艳的，是乔治特的小脚丫还是清晨的阳光。

另外两个还没睡醒；男孩子总是睡得沉一些。乔治特兴奋而又平静地咿咿呀呀。

勒内－让是棕发，胖子阿兰是栗发，乔治特是金发。头发的这些不同颜色童年时代是与年龄相适应的，以后会发生变化。勒内－让像个小大力神，是趴着睡的，两个小拳头放在眼睛上。胖子阿兰两条腿伸在小床外面。

---

① 1572年法国基督教新教胡格诺派惨遭毒杀的事件。但这里是借用，讲的是题为《圣巴托罗缪》的一本书被孩子们撕毁。

三个孩子都穿得很破烂。红帽子营给他们的衣服，已经烂成碎片，他们身上连衬衣都没有一件。两个男孩几乎全身赤裸，乔治特身上裹块破布；那块破布曾经是条裙子，现在连短衫都算不上了。谁照顾这几个孩子？没法说。没有母亲。这些粗野的农民士兵，把他们从一座森林拖到另一座森林，从自己的食物中分一份给他们吃。如此而已。三个孩子也凑合着过。所有人都是他们的主人，没有一个是他们的父亲。但是孩子们的破衣服上洒满阳光，他们非常可爱。

乔治特咿呀着。

一个孩子咿呀学语，就像一只小鸟啁啁鸣唱。唱的是同一首赞歌。一首吐字不清，结结巴巴，但含义深沉的赞歌。孩子与鸟儿不同的是，他面前还有着人生的悲惨命运。因此，大人们听到孩子唱歌心头会产生忧伤，这忧伤与唱歌的孩子的快乐混在一起。人世间所能听到的最圣洁的赞歌，就是从孩童嘴里发出来的人类心灵的咿呀话语。这种模糊不清的喃喃絮语，表达的仅仅是一种本能的思想，但却包含着对永恒正义不自觉的呼吁。这可能是跨入人生门槛之前的一种抗争。这种抗争是微弱的，却令人心碎。这种向着无限微笑的童稚无知，对于这个弱小而赤手空拳的小生命未来命运的创造者，不啻是一种讽刺。将来如果不幸落到他的头上，那就是对他的背信。

孩子的咿呀之声胜似话语，又不是话语；它们不是音符，却是一首歌；它们不是音节，却是一种语言。这种咿呀之声在天上有其起始，在地上却无其终结；它在出生之前就存在了，而且会继续存在下去，它将延续不断。这结结巴巴的语言，包括了孩子是天使时所说的话，也包括他成年后将说的话。摇篮有昨天，正如坟墓有明天一样。这个昨天和这个明天，它们双重的不可知，全混合在这含糊不清的咿呀学语声中；世间没有任何东西能像这玫瑰色心灵中的巨大阴影一样，证明上帝、永恒、天职和命运的二重性。

乔治特结结巴巴地自言自语，没有丝毫愁容。她整个美丽的小脸在微笑，她的嘴在微笑，她的眼睛里荡漾着微笑，她脸蛋上的小酒窝里荡漾着微笑。这微笑里流露出对早晨神秘的领受。心灵从阳光中获得自信。晨空蔚蓝，天气暖和，阳光灿烂。这个脆弱的小生命，什么也不知道，什么也不认识，什么也不懂得，只是悠悠忽忽沉浸在还不成其为思想的梦幻里，感觉在这大自然之中自己是安全的，周围有这么多正直的树，有这么些诚实的绿色，有纯洁宁静的原野，有鸟巢、山泉、昆虫和树叶发出的啾鸣和絮语，而天空有圣洁无邪的阳光普照着这一切。

随着乔治特之后醒来的，是已经四岁的老大勒内－让。他一翻身爬起来，很有劲地跨出摇篮，看见那碗汤，觉得挺自然，便坐在地上喝起来。

乔治特咿呀的叫声没有吵醒胖子阿兰，但匙子碰撞汤碗的声音，使他哆嗦一下翻了个身，睁开了眼睛。他看见了自己那碗汤，一伸手就端过来，也不出摇篮，将汤碗放在膝盖上，捏着小匙，像勒内－让一样吃起来。

乔治特没有听见他们喝汤。她那溪水般波动的声音，仿佛伴随着梦幻在飘忽摇荡。她那对圆圆的大眼睛望着头顶上，显得非常天真好奇。在一个婴孩的头顶上无论是什么样的天花板或拱顶，反映在他眼睛里的总是天空。

勒内－让喝完了，用匙刮了刮碗底，叹口气，一本正经地说：

“我的汤喝完啦。”

这使乔治特从梦幻中惊醒过来。

她嘴里发出“噗噗”的声音。

她见勒内－让吃完了，胖子阿兰正吃着，也端起放在她旁边的汤吃起来，但更多时候是把小匙送到耳朵边，而没有送到嘴里。

她不时放弃文明的方式，用手指抓着吃。

胖子阿兰像哥哥一样刮过碗底，就去找哥哥，跟在哥哥后面跑起来。

## 二

突然，外面城堡下面森林那边，传来一阵军号声，一阵傲慢而严厉的军号声。听见这军号声，城堡上面吹响了号角，表示回答。

这次是军号打招呼，号角回答。

军号吹响第二次，随即号角吹响第二次。

随后，森林边缘一个遥远而真切的声音清楚地喊起话来：

“匪徒们！我们限令你们，如果你们在日落时分还不投降，我们就进攻了。”

城堡的露台上一个雷鸣般的声音回答：

“攻吧。”

下面的声音又喊道：

“攻击前半小时，将放一炮作为最后警告。”

上面的声音重复道：

“攻吧。”

这两个声音没能传到孩子们耳朵里，但军号声和号角声更响亮，传得更远，乔治特听到头一声军号响，就伸长脖子，停止了喝汤；听到号角声，她就把小匙放在汤碗里；听到第二次军号响，她抬起右手小小的食指，一上一下地舞动，随着军号的节奏打起了拍子，第二次号角响起来时，又随着节奏继续打。军号和号角声停止后，她的小手指举在空中，现出沉思的样子，嘴里喃喃低语：“音月。”

我们猜想她是想说：“音乐。”

两个大的，勒内－让和胖子阿兰没有注意到号角声和军号声。他们被别的东西吸引住了：一只甲壳虫正从图书室的地板上爬过。

胖子阿兰发现了，喊道：

“一只虫虫。”

勒内－让跑过来。

胖子阿兰又说：

“会扎人的。”

“别碰它。”勒内－让说。

兄弟俩盯住那过客观看。

这时，乔治特喝完了汤，抬起眼睛找两个哥哥。勒内－让和胖子阿兰蹲在一扇窗前，低着头，认真看着地上的虫子。两个人前额对前额，头发都贴到了一块，屏住气，好奇地打量着那只甲壳虫。甲壳虫停下来不动了，仿佛对他们兴致勃勃地欣赏不大高兴。

乔治特看见两个哥哥出神地看着地上，想知道他们在看什么。她要走到他们那里不是件容易的事情，然而她还是朝他们走去。这段路上可是有许多障碍，地上有各种各样的东西，打翻的凳子，成堆的废纸，拆开的空包装箱，木头箱子，还有一堆堆其他东西，简直是一群礁石，需要一个个绕过去；乔治特冒险地上了路。她先爬出摇篮，这是头一件大事；接着她走进了礁石群，在一道道海峡里曲里拐弯儿地前进，推开一条小凳子，从两个箱子之间爬过去，翻过一捆废纸，先从一边爬上去，然后从另一边滚下来，她那可怜的小身体慢慢地全都裸露了出来，这才到达水手们所称的“公海”上，就是说一片相当宽阔的地板，上面再也没有障碍物，也不再有危险。于是，她猛往前爬去，像猫一样快，穿过相当于整个房间宽度的空间，到了窗户旁边。在这里又遇到一个令人生畏的障碍，就是靠墙放着的那架长梯子，一端伸到这个窗口，而且超过了窗角一点，这就好像在乔治特和她两个哥哥之间隔了一个岬角，她必须绕过去。她停下来，想了想，心里嘀咕了一通之后，便毅然伸出玫瑰色的小手指抓住梯子的一根横档；梯子是侧着平放在地上，梯级横档就是竖的而不是横的。乔治特试图站起来，但没站稳就摔倒了，她重新来了两次，都失败了，第三次才成功。她直立起来，站稳了，扶着一根根梯级横木，沿着梯子走去，走到尽头，没有东西可扶了，她摇晃了一下，用小手抓住了梯子巨大的立柱的一端，又站稳了，这才绕过了岬角，望着勒内－让和胖子阿兰笑了。

这时，勒内－让对自己观察甲壳虫的结果感到满意，抬起头来说：

"是只母的。"

乔治特的笑声使勒内－让笑起来，勒内－让的笑声使胖子阿兰也笑起来。

乔治特完成了与两个哥哥的会合。他们在地板上坐下，不啻一个小小的聚会。

可是，甲壳虫不见了。

它在乔治特笑的时候，钻进了地板的一个洞里。

甲壳虫消失后，又有别的事发生。

首先是飞过几只燕子。

它们的巢大概筑在屋檐下，所以靠近窗户飞来飞去，不过有点怕几个孩子，在空中绕着大圈子盘旋，呢喃着悦耳的春天小调，引得几个孩子抬头观看，把甲壳虫忘到了脑后。

乔治特伸出一个指头指着燕子叫道：

"鸽鸽！"

勒内－让呵责道：

"小姐，那不是鸽子，是小鸟。"

"小咬。"乔治特学着说。

兄妹三个都望着燕子。

过了一会儿飞进来一只蜜蜂。

蜜蜂比任何东西都更像精灵。它从一朵花飞到另一朵花，就像精灵从一颗星飞到另一颗星，它带来蜂蜜，就像精灵带来光明。

这只蜜蜂飞进来时带着很大声音，它大声地嗡嗡叫着，仿佛说："我来啦。我刚看过玫瑰花，现在我来看看宝宝们。这里发生了什么事？"

一只蜜蜂就是一个管家婆，它的歌声就是唠叨。

蜜蜂在房子里飞多久，三个孩子的眼睛就多久没有离开它。

蜜蜂把整个图书室勘察遍了，搜索了所有角落，就像在它自己家里，在蜂箱里一样飞来飞去，带着悦耳的音乐，轻盈地从一个书柜游荡到另一个书柜，透过玻璃端详里面的书名，仿佛有思想似的。

参观完了，它飞走了。

"它回自己家啦。"勒内－让说。

"它是一只虫虫。"胖子阿兰说。

"不对，"勒内－让说，"它是一只苍蝇。"

"蝇蝇。"乔治特说。

这时，胖子阿兰在地上捡到一根细绳子，绳子的一端有一个结，他用大拇指和食指捏住绳子的另一端，甩得它像风车一样转起来，全神贯注地看着它飞旋。

乔治特呢，又变成了四脚动物，任性地在地板上爬来爬去。她发现了一张古老的椅子，椅垫被虫子蛀了好些洞，露出了里面的棕丝。她停在椅子前面，把洞抠得更大，专心一意地把棕丝一根根拉出来。

突然，她举起一根小手指，那意思是说："听！"

两个哥哥都转过头。

外面传来一阵模糊而遥远的嘈杂声。大概是进攻一方在森林里进行战略调动，只听见战马嘶鸣，战鼓咚咚，车轮滚动，铁链碰撞，军号声此起彼应，各种杂乱而气势汹汹的声音汇合在一起，倒也算和谐。孩子们着迷地听着。

"这是我主发出来的声音。"勒内－让说。

## 三

声音停止了。

勒内－让现出沉思的样子。在这些小小的脑袋瓜里，思想是怎样形成又怎样消失的呢？这些还十分朦胧、十分短暂的记忆是怎样蠕动的呢？在这个温顺而沉思的头脑里，出现了一些混杂的回忆，上帝、祷告、两手合十以及过去常常感觉到而现在不再有的某种慈祥的微笑。于是，勒内－让喃喃唤道："妈妈。"

"妈妈。"胖子阿兰也唤道。

"妈妈。"乔治特也跟着唤道。

接着，勒内－让开始又蹦又跳。

胖子阿兰见了，也蹦跳起来。

勒内－让做什么动作，胖子阿兰就模仿什么，乔治特不怎么模仿。三岁的孩子总要模仿四岁的孩子，但一岁零八个月的孩子，则多保持自己的独立。

乔治特坐在地上，不时说出一个字。乔治特不说完整的句子。

她是一个思想家，说的全是警句。她是用单音节说话的人。

然而过了一会儿，榜样影响了她，她终于也开始尽力模仿两个哥哥的动作了。这三双小小的赤脚，在古老而光滑的橡木地板上的灰尘中跳舞，奔跑，踉跄；那些大理石半身雕像用严肃的目光注视着他们。乔治特不时不安地望一眼旁边那些雕像，嘴里喃喃叫道："嬷嬷猫。"

在乔治特的语言中，一切像人而不是人的东西，都是"嬷嬷猫"。在孩子眼里，生物和鬼怪是不分的。

乔治特走不动，总是左摇右晃，她宁愿用四肢爬，跟在两个哥哥后面。

突然，跑到一个窗口的勒内－让抬了一下头，又赶紧把头低下，立刻跑到窗户旁边的墙角里躲起来。刚才他发现一个人正在看他。那是在高地上扎营的蓝军一个士兵。他利用休战的机会，也许有点故意违犯休战协议，冒着危险走到了山沟的陡崖边缘。站在那里可以看到图书室里面。胖子阿兰见勒内－让躲了起来，也躲起来，蹲在勒内－让身旁，乔治特则藏到他们两个身后。他们躲在角落里，一声不响，一动不动，乔治特用小手捂住嘴。过了一会儿，勒内－让冒险伸头朝外看一眼。那个士兵还在那里。勒内－让赶紧把头缩回来。三个孩子连大气也不敢出了。他们躲了相当长时间。这样畏畏缩缩，乔治特终于不耐烦了，她胆子大，伸头朝外望去。士兵离开了那里。他们又开始奔跑，玩耍起来。

胖子阿兰是勒内－让的模仿者和崇拜者，但也有自己的特长，就是善于发现。他哥哥和妹妹突然看见他拉着一辆四轮小车在拼命地转圈子。那辆小车不知他在什么地方找到的。

那辆童车被遗忘在灰尘里好多年了，与天才们的著作和圣贤们的雕像做伴。那可能是郭文小时候玩的一件玩具。

胖子阿兰用手里的小绳子当鞭子，甩得呼呼响。他显得很自豪。就像那些发明家。发现不了美洲大陆，发现一辆小车子也好嘛。人皆如此。

可是不得不几个人一起玩。勒内－让想拉车，乔治特想坐车。

乔治特试着坐上去。勒内－让当马，胖子阿兰当车夫。可是车夫不会赶车，需要马教他。

勒内－让对胖子阿兰喊道：

“叫：‘吁！’”

“吁！”胖子阿兰重复道。

车子翻了，乔治特滚了下来。几个小天使大喊大叫。乔治特大喊大叫。

叫完了乔治特似乎想哭。

“小妹妹，”勒内－让说，“你太大了。”

“我大。”乔治特说。

听说自己大，她不再因为摔下来而想哭了。

窗户下面的窗台很宽。荆棘丛生的高地上的尘土被风刮过来，积聚在上面，雨水使那些尘土变成了泥土。风又刮过来一些种子，于是在那层浅浅的泥土上生长出了一株树莓。这是一种多年生树莓，当地人称为“狐椹”。正值8月，树莓上结满了莓子，有一根枝丫伸进了窗户里，几乎垂到地面。

胖子阿兰发现了细绳子，发现了小车子，又发现了这株树莓。他走过去。

他摘了一颗莓子吃了。

“我饿了。”勒内－让说。

乔治特用双手和双膝很快爬过来。

他们三个人把枝上的莓子全摘下来吃了。他们挺满足，但全都成了花脸，全都被莓子汁弄得红红的。这三个小天使终于变成了小农牧神。这无疑会使但丁反感，但会令维吉尔着迷。三个小家伙哈哈大笑着。

树莓不时刺他们的手指。没有什么东西是不要付出代价的。

乔治特向勒内－让伸着一个流血的手指，说：

“刺。”

胖子阿兰也挨了刺，怀疑地打量着那枝树莓说：“这是条虫虫。”

“不是虫虫，”勒内－让说，“是根棍子。”

“一根棍子，一个坏东西。”胖子阿兰又说。乔治特这回又想哭，却笑了起来。

## 四

勒内－让也许嫉妒弟弟胖子阿兰接二连三的发现，设想了一个伟大的计划。好一阵子以来，他在摘莓子时，就不顾手指被刺，常常转过眼睛打量那张斜面书桌。斜面书桌安装在一个支轴上，像座纪念碑孤零零地立在图书室当间。就是在那张书桌上，陈列着那本著名的《圣巴托罗缪》。

那部四开本书的确精美珍贵。这部《圣巴托罗缪》，是在科洛涅出版的，出版商就是出版1682年版《圣经》的有名的布娄，拉丁文叫作赛修斯。这本书是盒式印刷机印刷，用牛筋装订的。它不是用荷兰纸印的，而是用伊德里斯[①]十分赞美的漂亮的阿拉伯纸。这种纸用丝和棉制成，永远洁白。书壳是烫金的皮革，搭扣是银的；衬页是巴黎纸商发誓说只能在圣马都兰买得到，别的地方绝对买不到的那种羊皮纸。书里有许多版画和铜版画插图，还有许多国家的地图；卷首印有印刷商、纸商和书商对1635年法令的抗议书，那项法令规定对“皮革、啤酒、叉蹄动物、海鱼

① 12世纪著名的阿拉伯地理学家。

和纸张”征税。里封背面印有致格吕菲乌斯家族的献词；格吕菲乌斯家族在里昂，就像埃尔泽菲尔家族在阿姆斯特丹一样受人尊重。这一切使这本书非常有名，其珍贵程度堪与莫斯科的《使徒信经》媲美。

这本书很精美，所以勒内－让老转头看它，也许看得太多。书是推开的，翻开的那一页正好是一幅很大的铜版画，画的是圣巴托罗缪，手臂上搭着他自己的皮。这幅版画从低矮的位置也望得见。莓子吃完之后，勒内－让就以非常热爱的目光望着它，乔治特顺着哥哥的目光望过去，看见了版画，说："像。"

这句话似乎使勒内－让下了决心。当着惊愕不已的胖子阿兰的面，做了一件异乎寻常的举动。

图书室的一个角落里有把椅子。勒内－让走过去，抓住它，一个人把它拖到了斜面书桌前面，使它紧靠书桌，然后爬上去，双手撑在那本书上。

爬了这么高，他觉得必须显示自己了不起，便从上角抓住那图像，小心翼翼地把它撕下来。他歪斜地把圣巴托罗缪的像撕了下来，不过这不能责怪他。图像的左半边，即这位古代伪福音书著者的一只眼睛和部分光环，还留在书里。勒内－让把这位圣徒的另外半边连同他的皮递给乔治特。乔治特把圣徒接在手里，说：

"嬷嬷猫。"

"还有我呢！"胖子阿兰嚷道。

撕下了头一页，就像流了第一滴血，大屠杀就一发不可收拾。

勒内－让翻过一页，圣徒后面是评注者庞托努斯。勒内－让撕下庞托努斯递给胖子阿兰。

然后，乔治特把一大张撕成了两小张，接着把两小张撕成了四小张。因此，历史可以记载：圣巴托罗缪在亚美尼亚被剥皮之后，又在布列塔尼遭到肢解。

## 五

肢解完毕之后，乔治特将双手向勒内－让一伸，说："还要！"

圣徒和评注者之后，是注释者们面目狰狞的图像。头一张是加万图斯，勒内－让把他撕下来，递给乔治特。

圣巴托罗缪的所有注释者无一幸免。

给予能使人产生优越感。勒内－让自己什么也没留下。胖子阿兰和乔治特眼巴巴仰望着他，这就足够了；两个观众如此崇拜他，使他满足了。

勒内－让取之不尽又慷慨大方，把法布里西奥·皮尼特利递给胖子阿兰，把斯提尔廷神父交给乔治特，又把阿尔封斯·道斯塔交给胖子阿兰，把《科内留斯制伏拉彼得》交给乔治特；胖子阿兰得到了亨利·阿孟，乔治特得到了罗贝提神父，外加这位神父1619年出生的杜埃城的一幅风景画。胖子阿兰接过纸商们的抗议书，乔治特收到致格吕菲乌斯家族的献词。还有地图，勒内－让也一张张分给了他们，把埃塞俄比亚给了胖子阿兰，把利考尼亚给了乔治特。分发完毕，他便把书推到地上。

这是一个挺吓人的时刻。胖子阿兰和乔治特怀着又喜又惊又怕的心情，望着勒内－让皱起眉头，挺直小腿，攥紧拳头，把那本厚厚的四开本书从斜面书桌上推下来。一本庄严的著作落得如此狼狈的下场，这是可悲的。那本沉重的书被推离了桌面，在桌子边缘悬挂片刻，迟疑一下，晃了晃然后跌落下来，摔得破的破，皱的皱，裂的裂，书壳也脱落了，搭扣也全散了，可怜巴巴地躺在地板上。幸而没有砸在两个孩子头上。

他们没有被砸着，而是欣喜莫名。并非所有征服者的冒险行动，都能得到这样好的结局。

像所有荣耀的事情一样，那书落地时发出巨响，扬起一片灰尘。

把书推到了地上，勒内－让才从椅子上下来。

一阵沉默和恐惧，胜利令人心惊胆战。三个孩子手拉手，站得远远的，看着那本摔散的书。

沉思了片刻之后，胖子阿兰毅然走过去，向它踢了一脚。

那本书完蛋了，但破坏的欲望还未消失。勒内－让上去踢一脚，乔治特也踢一脚，但她自己跌倒了，坐在地板上，便干脆利用这个机会，向《圣巴托罗缪》扑过去。书的诱惑力消失了。勒内－让冲过去，胖子阿兰也冲过去。他们兴奋地、疯狂地、得意地、无情地撕掉一幅幅插图，扯下一张张书页，拽掉书签带，抠破书壳，揭掉烫金的皮子，拔下银角钉子，抓烂羊皮纸，扯碎庄严的文字；他们手、指甲和牙齿并用，直干得满脸通红。三个小天使咧嘴笑着，凶猛地扑向那位手无寸铁的福音书著者。

他们灭掉了亚美尼亚、犹太，灭掉了圣徒巴托罗缪的遗骨埋葬地贝内旺，消灭了可能与巴托罗缪是同一个人的纳塔纳埃尔，消灭了宣布巴托罗缪－纳塔纳埃尔福音书为伪福音书的教皇热拉斯，毁掉了所有图画，所有地图，他们专心致志地从事着对这本古书的无情毁坏，连一只老鼠从旁边经过都没注意。

这是一场毁灭。

把历史、传说、科学、真假奇迹、教堂拉丁文、迷信、宗教狂热、神秘主义等扯成碎片，把整个宗教从头到尾撕毁，这是三个巨人才能完成的工作，三个孩子居然也干得了。时间一小时一小时在忙碌中过去了，但他们终于大功告成，《圣巴托罗缪》已经荡然无存。

一切干完了，最后一页被扯了下来，最后一幅插图被扔在地上，整本书只剩光秃秃的壳子上残留着片断的文字和图画，勒内－让这才直起腰，站起来，望着遍地狼藉的碎纸片，拍拍双手。

胖子阿兰拍拍双手。

乔治特从地上捡起一页纸，站起来，靠在高及她的下巴的窗台上，对着窗外，把大张的纸撕成碎片。

勒内－让和胖子阿兰见了，也照样做。他们把书页捡起来，撕碎，再捡，再撕，像乔治特一样对着窗户外面撕；一页一页，被这些小手指狠狠地撕成碎片，几乎整本古书全随风飘走了。乔治特现出沉思的样子，望着这些白色的纸蝶随风飘散，叫道：

“蝴蝶。”

屠杀以碎片消失在蓝天中而结束。

## 六

这就是圣巴托罗缪第二次被处死的情形，他头一次做殉道者是在公元49年。

这时天近黄昏，越趋炎热，温暖的空气使人昏昏欲睡，乔治特已是双眼蒙眬。勒内－让走到自己的摇篮边，把做褥垫的草袋子拽出来，一直拖到窗户底下，往上面一躺说：“我们睡觉吧。”胖子阿兰将脑袋枕在勒内－让身上，乔治特将脑袋枕在胖子阿兰身上。三个小坏蛋睡着了。

和煦的风从敞开的窗口吹进来，山沟里和山丘上野花馥郁的芬芳，随着舒徐的晚风送进房间。宇宙一片静谧，慈悲为怀，夕照煌煌，万籁寂寂，天上人间洋溢着爱。夕阳的斜晖爱抚着万物，浑身上下每一个毛孔，都感觉到大自然无比的祥瑞所释放的和谐。无限的宇宙中蕴涵着母爱，造物主是充盈于宇宙的奇迹，他的慈爱更使他博大无比。在生物可怕的斗争中，仿佛总是有一个无形的人，在采取种种防范措施，保护弱者，抵御强者。这是美好的。光辉和慈悲相得益彰。光和影在草地和河流上移动，朦朦胧胧难以形容的景物，闪烁着美丽的波光。袅袅炊烟升入云端，仿佛幻想渐入梦境。许多鸟儿在拉杜格上空盘旋；燕子隔窗往里窥探，似乎想看看孩子们是否睡得香甜。几个孩子亲切地挤在一起，一动不动，半裸着身体，姿势颇像小爱神。他们可爱、纯洁，三个人加起来还不到九岁；他们梦见自己正在天堂里，这梦反映在他们的嘴唇上，形成隐约的微笑，也许上帝正在对他们耳语呢；他们是人类的所有语言都称为弱者和受祝福的人，是值得爱怜的天真无邪的人。一切静悄悄的，仿佛他们幼小的胸膛发出的呼吸系之于整个宇宙，天地万物都在谛听，树叶停止了沙沙作响，野草停止了瑟瑟抖动，连星光熠熠的辽阔夜空似乎也屏住了呼吸，生怕惊扰了这三个卑微的小天使的睡眠。整个大自然无比尊重这三个微不足道的孩子，崇高的境界莫过于此。

太阳就要沉没，几乎坠到了地平线上。蓦地，在这深沉的寂静中，森林里飞出一道闪光，接着一声巨响。有人放了一炮。回声使这一声炮响化成一片隆隆声。这隆隆声在一座座山丘间回荡，震天动地。乔治特被惊醒了。

她略略抬起头，竖起一个小手指说：

“嘭！”

回声消失了，一切复归寂静，乔治特重新把头枕在胖子阿兰身上，又睡着了。

# 第四章　母亲

## 一　死神经过

这天傍晚，我们前面说过的那位几乎是盲目赶路的母亲，已经走了一整天。其实她每天都是这样，只顾朝前走，从来不停歇。她疲劳不堪时随便在哪个角落里睡一会儿，那根本不能称为休息，正如她像鸟儿啄食般这里那里弄点吃的东西，那根本不能称为食物一样。她吃的那点东西和睡的那点觉，仅仅使她不至于倒下去死掉。

昨天夜晚，她是在一间废弃的谷仓里度过的。她在一片荒地里发现四堵墙，一扇敞开的门，残留的屋顶下有一点干草，她就睡在那屋顶之下的干草上，感觉到耗子在干草底下乱钻，透过屋顶看得见天上出现一颗颗星星。她睡了几个钟头，半夜里醒来了，便重新上路；争取在白天最炎热的时候之前，尽可能多赶点路。对于在夏天徒步旅行的人来讲，午夜比正午赶路轻松一些。

她尽可能按照沃道特那个农民简单告诉她的路线走，尽可能朝西走。谁如果跟随在她身边，一定会听见她不停地念叨着："拉杜格。"现在她只知道这个名字了，还有她三个孩子的名字。

她一边走一边想。她想到自己经历的遭遇，想到自己所受的苦难，想到自己忍受的一切，想到所遇到的人和事，所遇到的侮辱，想到为了一个歇脚之处，为了一块面包，甚至为了求人家给她指路，她不得不接受别人提出的条件，不得不屈从人家提出的交易。一个山穷水尽的女人，比一个山穷水尽的男人更不幸，因为女人是取乐的工具。多么可怕的流浪！不过，她什么也不在乎，只要能找到她的孩子。

这天她首先遇到的，是路旁的一个村庄。天刚透亮，一切还沉浸在夜色之中，然而村子里有几家临街的门已经半打开，一些好奇的人从窗子里探出头来。村民们像一窝被搅扰的蜂一样骚动不安。产生这不安的原因，是大家听到车轮的辘辘声和铁链的叮当声。

教堂前面的广场上，一群人惊愕地翘首望着什么东西下了一座山丘，正向村子这边走来。那是一辆四轮车，由五匹用铁链子套的马拉着。车上装着一堆东西，看去像一根木架，中间有一个说不出形状的东西，上面盖了一块苫布，好像一块裹尸布。有十个骑马的人在车子前面开路，另外有十个殿后。这些人全都头戴三角帽，肩膀上头挺出一个尖尖的东西，那似乎是没插进刀鞘的军刀。整个一行前进得很慢，地平线上清晰地现出他们黑黢黢的剪影。好像马车是黑色的，马是黑色的，马背上的人也是黑色的。他们身后泛出了灰白的曙光。

一行人进了村，朝广场走过来了。

在车子下坡的这段时间，天微微亮了点儿，可以清晰地看见那队人马了，就像一队行进的幽灵，因为他们之中没有一个人说话。

那队骑马的人是近卫骑兵。他们果然个个军刀出鞘。苫布是黑色的。

那位可怜的流浪的母亲从另一头进了村，正走近那批聚在一起的村民时，马车和近卫骑兵到了广场上。人群中有交头接耳议论的声音：

“这是什么东西？”

“一部断头机？”

“什么地方运来的？”

“富热尔。”

“要运到什么地方去？”

“不知道。据说是要运到帕里涅那边一座城堡去的。”

“运到帕里涅去的！”

“管它运到哪里去呢，只要不在这里停留就行。”

这辆大车，它的运载物和那裹尸布般的苫布，拉车的马，前后的近卫骑兵，铁链的碰撞声，无声无息的人，加上这将明未明的天色，所有这一切颇似一队行进的幽灵。

这行人穿过广场，出了村子。这个村子坐落在两个斜坡之间的谷底。呆若木鸡仍然留在广场上的村民们，一刻钟后看见那阴森森的一队人马出现在东边的山丘顶上。巨大的车轮在车辙里颠簸，套马的铁链在晨风中叮当作响，军刀亮闪闪的。旭日初升，道路拐一个弯，那队人马消失了。

这时，图书室里，乔治特在两个仍在酣睡的哥哥身边醒来了，正向自己一双玫瑰色的小脚丫道早安呢。

## 二　死神说话

那位母亲看见那个黑黢黢的东西从面前经过，不明白那是什么东西，也没有试图弄明白，因为她眼前有另一种幻象，她三个孩子失落在黑暗之中。

在那队人马走后不一会儿，她也出了村庄，走的是同一条路，只是与车子后面那队骑兵相隔一段距离。突然，她耳边又响起“断头机”三个字。“断头机。”她嘀咕道。米什尔·弗雷夏这个不开化的女人，居然不知道这是什么东西，但是本能提醒着她，她莫名其妙地战栗起来，觉得跟在那个东西后面不免毛骨悚然，便离开大路，朝左走去，走进了富热尔森林的树丛里。

胡乱走了一阵，她望见一座钟楼和一些屋顶。那是森林边缘的一座村庄，她向那里走去。她饿了。

这是共和军建立了兵站的一个村庄。

她一直走到村公所前面的坪上。

这个村子里也笼罩着骚动不安的气氛。乡公所大门口的台阶下面挤了一群人。台阶上面，几个士兵簇拥着一个人，那人手里拿着一张展开的布告。他右边站着一个鼓手，左边是贴布告的人，手里拿罐糨糊和一个刷子。

大门上方的阳台上站着乡长，一身农民服装，佩戴着三色肩带。

拿告示的人是喊街的公差。

他斜挎着巡回肩带，上面挂个袋子，这表明他要去一个一个村庄，去整个这一带大声宣布什么事情。

米什尔·弗雷夏走近时，喊街刚好展开布告开始宣读。他扯开嗓门喊道：

“统一而不可分割的法兰西共和国。”

鼓咚咚地响一阵。人群里一阵骚动。有人脱下无边软帽，另一些人则把宽檐帽拉得更低一些。当时在这一带，人们的政治态度，几乎从帽子可以分辨出来：戴宽檐帽的是拥护王上的，戴无边软帽的是拥护共和的。听不清的窃窃私语停止了。大家听见喊街宣读道：

“……根据我们接到的命令和救国委员会授予我们的权力……”

又一阵咚咚的鼓声。喊街继续宣读：

"……为执行国民公会颁布的法令，即宣布武装叛乱分子为非法，凡是窝藏他们和帮助他们逃跑者一律处以极刑……"

一位村民低声问旁边的人：

"什么叫极刑？"

旁边的人回答：

"不知道。"

喊街将手里的布告晃了晃：

"……按照4月30日所颁布的法令第十七条之规定，特派员及其代表拥有惩处叛乱分子的全权。

"兹宣布以下人犯为非法："

他故意停顿一下，然后念道：

"……下面点到姓名和别名的……"

在场的人全都伸长耳朵听着。

喊街的嗓门变得像打雷似的。他念道：

"……匪徒朗德纳克。"

"这是爵爷。"一个村民低声说道。

只听见人群里一阵耳语：

"这是爵爷。"

喊街继续念道：

"……朗德纳克，前贵族，侯爵，匪徒。羿马蚱，匪徒……"

两个村民互相瞟了一眼。

"这不是古日－勒布鲁昂吗？"

"是的，就是灭蓝恶棍。"

喊街按名单接着往下念：

"……大老实人，匪徒……"

人群里又一阵耳语：

“这人可是一位教士。”

“不错，是图尔莫神父先生。”

“是的，他是在夏贝勒林子那边什么地方当本堂神父。”

“也是匪徒。”一个戴无边软帽的人说。

喊街念道：

“……布瓦努沃，匪徒；木长矛兄弟俩，匪徒；胡扎德，匪徒……”

“这是凯兰先生。”一个村民说。

“帕尼埃，匪徒……”

“这是石飞先生。”

“……一扫光，匪徒……”

“这是雅木瓦先生。”

喊街不理会这些议论，继续往下念：

“……纪鲁瓦佐，匪徒；夏特奈，绰号洛比，匪徒……”

一位村民悄声说道：

“纪鲁瓦佐就是金发汉，夏特奈是圣旺人。”

“……瓦斯纳，匪徒。”喊街又念道。

只听见人群中有人说：

“他是吕耶人。”

“对，他就是金枝。”

“他哥哥在朋托松遭到进攻时被打死了。”

“是的，就是瓦斯纳·马洛尼埃。”

“一个英俊的十九岁的青年人。”

“注意，”喊街说道，“下面是最后几个名字了：

“……贝勒－维涅，匪徒；风笛，匪徒；斩尽杀绝，匪徒；一线爱情，匪徒……”一位小伙子碰一碰一位姑娘的手肘，姑娘会意地笑了。

喊街继续念道：

“……冬曲，匪徒；猫儿，匪徒……”

一位村民说：

“猫儿就是穆拉尔。”

“……塔布兹，匪徒……”

一位村民说：

“就是戈福尔。”

“是兄弟俩，戈福尔兄弟俩。”一个女人补充一句。

“两个都是好人。”一个小伙子咕哝一句。

喊街将布告抖了抖；鼓手又敲一通鼓。

喊街再接着往下念：

“……凡以上列出姓名的人，无论在何地抓获，一经验明正身，立即处死。”

人群里一阵骚动。

喊街继续念道：

“……凡是窝藏上述人犯或帮助其逃跑者，将送交军事法庭，判处死刑。签字……”

人群鸦雀无声。

“……签字：救国委员会特派员西穆尔登。”

“一位教士。”一个村民说。

“帕里涅从前的本堂神父。”另一个村民说。

一个有产者补充说：

“图尔莫和西穆尔登，一个白教士和一个蓝教士。”

“两个都是黑的。”另一位有产者说。

站在阳台上的乡长，脱帽高呼：

“共和国万岁！”

一阵鼓声告诉大家喊街还没有宣布完。喊街果然做手势叫大家安静。

“注意。政府的布告还有最后四行，是由北海岸远征队指挥官郭文司令签署的。”

“听！”人群里有人喊道。

喊街念道：“凡违反下述命令者处死……”

大家又肃静下来。

“……为执行上述命令，严禁对上列十九名叛乱分子提供救助，这十九名叛乱分子目前被围困在拉杜格。”

“什么？”一个声音问道。

这是一个女人的声音，即那位母亲的声音。

## 三 村民们的议论

米什尔·弗雷夏挤在人群中。她根本没有听，但没有听的东西反而听见了。她听见了拉杜格这三个字。她抬起头。

“什么？”她又问一遍，“拉杜格？”

大家看着她。她一副茫然不知所措的样子，而且衣衫褴褛。一些人悄声说：“看去像个女匪徒。”

一个拎了一篮子荞麦饼的农妇走过来，对她说：

“别作声。”

米什尔·弗雷夏呆呆地打量着那位农妇。她又什么也不明白了。拉杜格这个地名只像闪电闪了一下，四下里又一片漆黑。难道她没有权利打听吗？大家为什么这样看着她？

这时，最后响了一通鼓声，张贴布告的人已把布告贴好，乡长进到乡公所里面去了。喊街的公差出发去别的村子了，人群也各自散去。

布告前面还有几个人。米什尔·弗雷夏向那几个人走去。

他们在议论那些被宣布为非法的人的姓名。

那里有农民也有市民，就是说有白党也有蓝党。

一个农民说：

“管他呢，反正没有把所有人都列进去。十九个嘛就是十九个。没有包括普利欧，没有包括邦雅曼·穆兰，没有包括安杜耶教区的古比。”

“也没包括孟让的洛里。”另一个农民说。

其他农民补充说：

“也没包括布里斯－德尼。”

“也没包括弗朗索瓦·迪杜埃。”

“对，拉瓦尔的迪杜埃。”

“也没包括罗奈－维利耶的于埃。”

“也没包括格雷纪。”

“也没包括比龙。”

“也没包括费约尔。”

“也没包括梅尼桑。”

“也没包括盖巴雷。”

“也没包括洛日莱三兄弟。”

“也没包括彼埃尔维尔的勒尚德利耶。”

“笨蛋！”一位表情严厉的白发老翁说，“他们抓到朗德纳克，不就一网打尽了。”

“朗德纳克他们还没抓着哩。”一个年轻人低声说。

老翁反驳说：

“朗德纳克一逮住，就逮住了灵魂。朗德纳克一死，旺代也就断了气。”

“这朗德纳克是个啥玩意儿？”一个资产者问道。

一个资产者回答：

“是个前贵族。”

另一个资产者说：

“是一个枪杀妇女的凶手。”

米什尔·弗雷夏听见了，说：

“一点不假。”

大家回头看她。

她补充说：

“因为他枪毙过我。”

这句话好生古怪，这等于一个活人说自己死了。大家斜着眼睛打量她。

她那副样子的确叫人不放心，她总是一副心惊胆战、张皇失措、哆哆嗦嗦的样子，像野兽一样惊慌不安，那害怕的神情简直吓人。这女人那绝望的神色流露出一种可怕的难以形容的怯弱。看上去这是一个被命运逼得走投无路的人。可是，农民衡量事情比较粗心，他们之中一个人嘟囔一句：“这说不定是个女奸细。”

“别吭声，你走吧。”已经对米什尔说过话的那位好心的农妇说。

米什尔·弗雷夏说：

“我又没做坏事。我是在寻找我的孩子。”

那个好心的农妇扫一眼正打量着米什尔·弗雷夏的人，用手指戳一下额头，眼睛眨了眨，说：

“她是个傻女人。”

说着她把米什尔·弗雷夏拉到一边，给她一块荞麦饼。

米什尔·弗雷夏接过荞麦饼，连谢都没谢一声，就贪婪地啃起来。

“真的，”村民们说，“她吃东西就像一头牲口。这是个傻女人。”

剩下的人都散了，一个个先后走了。

米什尔·弗雷夏吃完饼，对农妇说：

“真好吃，我吃完啦。现在告诉我拉杜格在哪儿？”

“瞧她又发作啦。”农妇叫起来。

“我必须去拉杜格。请告诉我去拉杜格的路。”

“决不告诉你。”农妇说，“让你去送死吗？况且我也不知道。唉，看来，你莫非真疯了？听我说，可怜的女人，你的样子很疲劳，到我家去歇息一下好吗？”

“我不要歇息。”母亲回答。

“她那双脚全磨破了。”农妇嘀咕道。

米什尔·弗雷夏又说：

“我不是对你说过吗，他们抢走了我的孩子。一个小女孩，两个小男孩。我是从森林的洞穴里来的。你们可以去向乞丐泰尔马克打听。也可以去向我在那边田野里碰到的那个人打听。是乞丐泰尔马克医好了我的伤口。大概我身上什么地方给打断了。这都是千真万确的事实。还有中士拉杜。你们可以向他去打听。他会告诉你们的。是他在一片树林子里遇到了我们。三个。我说的是三个孩子。我甚至可以告诉你，大的叫勒内－让。我可以证明这一切。老二叫胖子阿兰，老三叫乔治特。我丈夫死了。是给打死的。他是西瓜尼亚的佃户。你看来是个好心人，请告诉我路吧。我不是疯子，我是母亲。我失去了几个孩子，我正在找他们。情况就是这样。我不十分清楚我是打哪里来的。昨天夜里我睡在一间谷仓的干草堆里。拉杜格，这是我要去的地方。我不是小偷。你明白我说的是真话。你们应该帮助我找到我的几个孩子。我不是本地人。我被枪毙过，但不知道是在什么地方。”

农妇摇摇头说：

“听我说，过路人，在革命时期不要说些莫名其妙的话，人家会把你抓起来的。”

“可是拉杜格！”母亲嚷起来，“太太，看在圣婴耶稣分儿上，看在天国大慈大悲的至圣圣母分儿上，我请求你，太太，我恳求你，哀求你告诉我从哪条路可以去拉杜格！”

农妇生气了。

“我不知道。就是知道也不会告诉你！那种坏地方，没有人要去那里。”

“可是我要去。”母亲说。

她上路了。

农妇看着她离去，嘀咕道：

“可是她得吃点东西才行。”

她追上米什尔·弗雷夏，将一块黑面饼塞在她手里。

“这给你当晚餐。”

米什尔·弗雷夏拿了黑面饼，也不答话，连头也不回，继续走路。

她出了村子，在村边碰见三个衣衫破烂，打赤脚的孩子。她走近他们，说：

“这三个是两个女孩，一个男孩。”

见他们盯住自己手里的面饼，她便给了他们。

三个孩子接过面饼，显得挺害怕。

米什尔·弗雷夏走进了森林里。

## 四 伏击错了

就在这天黎明之前，森林里还黑得什么也看不清，在雅凡内至勒库斯那段路上，发生了这样一件事：

林区所有路都是凹路，从雅凡内经过勒库斯到帕里涅那条路，凹陷得特别厉害。而且还蜿蜒曲折。与其说是一条路，不如说是一条沟。这条路起自维特雷，赛维尼夫人的马车曾在它上面颠簸过，算是它的荣耀。它左右两边好像都被篱笆挡住的。要打埋伏，这是最理想的地方。

这天早晨，在米什尔·弗雷夏从森林另一头到达头一个村庄，看见那辆由近卫骑兵护卫的马车，像幽灵般出现之前一个钟头，在雅凡内过了库埃斯农河桥之后所穿过的那带丛林里，隐蔽着一群毫无秩序的人。树枝掩盖着一切。这是一些农民，穿着宽袖皮外套，这种皮外套是6世纪的布列塔尼王公和18世纪的农民穿的战袍。这些人都带着武器，有些是长枪，有些是斧头。带斧头的人，在一片林间空地预备了一堆干柴火和木头，只要一点火就会马上着起来。带长枪的人藏在凹路两旁，严阵以待。透过枝叶可以看见一个个指头抠住了扳机，一条条枪管从树枝缝隙间伸出来。他们是埋伏在那里。所有的枪都对着在曙光中微微泛白的大路。

晨光中有人低声交谈。

“这事儿你能肯定吗？”

“当然，大家都这样说。”

“它会从这里经过？”

“有人说正在这一带。”

“不能让它运出去。”

“一定要把它烧掉。”

“我们三个村的人来这里就是为了这件事。”

“是啊，可是护卫队呢？”

“干掉它。”

“可是，它会从这条路上经过吗？”

“大家都说它会从这条路经过。”

“那么它是维特雷来的？”

“为什么不是？”

“可是，有人说它是从富热尔来的。”

“不管是从富热尔还是维特雷，反正它来自魔鬼那里。”

“对。”

“应该把它送回魔鬼那里去。”

“对。”

“那么它是要去帕里涅？”

“好像是。”

“它去不了。”

“去不了。”

“绝对，绝对去不了。”

“注意。”

的确，现在最好别说话了，天已麻麻亮。

突然，埋伏的人个个屏住了呼吸。大家都听见了车轮和马蹄声。他们透过树枝望去，依稀看见凹路上一辆长长的马车，一支骑兵护卫队，车上载着一个东西，正朝他们驶过来。

“来啦。”一个头头模样的人说。

“不错，”一个观察哨兵说，“还有护卫队。”

“护卫队有几个人？”

“十二个。”

“不是说有二十个吗？”

“管它十二个还是二十个，统统干掉。”

“等他们进入射程之内才开枪。”

不一会儿，马车和护卫队出现在道路的一个拐弯处。

“王上万岁！”农民头头喊道。

许多枪一齐开始射击。

等硝烟散去时，护卫队已作鸟兽散，七个倒在地上，五个逃跑了。农民们向马车跑去。

“瞧，”头头叫起来，“不是断头机，是一架梯子。”

马车上装载的确实只有一架长梯子。

两匹马被击倒受了伤，车夫被打死了，不过不是故意打死的。

“反正一样，”头头说，“由卫队护送的一架梯子很可疑。又是朝帕里涅那边去的。肯定是运去围攻拉杜格的。”

“把梯子烧掉。”农民们嚷道。

他们烧掉了梯子。

至于他们等待的那辆幽灵似的车子，它走的是另一条路，离他们已经有两法里，进了一个村子，就是米什尔·弗雷夏日出时看见它经过的那个村子。

## 五 旷野里有人呼喊

米什尔·弗雷夏把面饼给了那三个孩子，离开他们之后，就在树林子里信步乱走。

既然别人不肯告诉她路，她就得独自去找。她有时坐下来，随后站起，接着又坐下。她累得要命，先是肌肉，后来骨头都要累断了似的。这是奴隶的疲劳。她的确是奴隶。她那三个失踪的孩子的奴隶。必须找到他们；每流逝一分钟，就意味着可能永远失去他们。一个人承担了这样的责任，就不再有任何权利，连停下来喘口气都是不许可的。可是她已经累得不行了。累到了这种地步，还能不能迈动一步都成了问题。她还能迈动一步吗？她从清早就开始走了，后来再也没有遇到村庄，连人家都没遇到一户。她起初走的小路还是对的，后来就走错了，最后在到处都一样的树林里迷了路。她快到达目的地了吗？她的苦难快熬到头了吗？她正经受着苦难的历程。她感受到最后一程的筋疲力尽。她会在途中倒下去死掉吗？有一阵，她觉得再也无法往前走了。太阳已经落山，森林里黑乎乎的，山径隐没在草丛之下，她不知所措。她只有上帝可以指望了，便开始喊起来，但没有人回答她。

她打量四周，看见树枝间有一处透进亮光，便朝那边走去，蓦地发觉自己走出了森林。

她面前是一条堑壕似的峡谷，谷底乱石之间，流淌着一小股清澈的水。她这才发觉自己渴得厉害，便走到水边，跪下就喝。

她趁跪着的机会做了祈祷。

然后她站起来，辨别方向。

她跨过小溪。

过了小峡谷，是一片望不到尽头的辽阔的高地，覆盖着低矮的灌木；这高地从小溪开始呈斜坡逐渐升上去，挡住了整个视野。森林寂静，高地荒凉。森林里，每个树丛后面都可能碰见人；高地上，目光所及之处，什么东西也没有。只有几只鸟像是受了惊，在灌木丛里飞着。

面对这辽阔的荒无人烟的高原，她感到膝盖发软，这位母亲像失去了理智，疯狂地对着寂寥的旷野古怪地喊了一声：

“这里有人吗？”

她等待着回答。

她真的听到了回答。

这是一声低沉浑厚的巨响，这响声来自地平线深处，隆隆的回声不绝于耳。它像一声雷鸣，不然就是一声炮响。这响声仿佛是回答这位母亲刚才的喊话，告诉她：“这里有人。”

接着复归沉寂。

母亲抬起头来，精神为之一振。这里有人，她似乎觉得现在可以找谁说话了。她刚喝过水，祈祷过，体力恢复了，便循着遥远的巨响传来的方向，开始往高地上爬去。

蓦地，她望见天边耸立着一座高塔。那座塔孤零零地耸立在荒原上，一抹夕阳把它染得血红。它在一法里以外的地方。它的后面，是一片广阔无垠的绿色，笼罩在雾岚之中：那就是富热尔森林。

她觉得，地平线上那座塔耸立的地方，就是刚才她视为回答的那声巨响传来的地方。那声巨响就是那座塔里发出来的吗？

米什尔·弗雷夏爬上了高地最高点，放眼望去，面前是平展展一片。

她朝那座高塔走去。

## 六　形势

到时候了。

凶神揪住了恶煞。

西穆尔登控制住了朗德纳克。

那个老家伙，那个保王党叛匪，被困在巢穴里，显然逃不脱了。西穆尔登要就地处死侯爵，在侯爵自己的领地上，就是说在他家里，让这座封建堡垒看见这个封建领主的脑袋落地，让人们永远记住这个警诫。

为此他派人去富热尔搞来一架断头机。我们刚才看见它已在途中。

杀掉朗德纳克，就是剪除旺代叛党；旺代叛党既除，法兰西就得救了。西穆尔登毫不犹豫。他这个人完成这类残暴的职责，向来得心应手。

侯爵看来完蛋了，在这方面西穆尔登是放心的。他担心的是另一方面：这场战斗肯定会很惨烈。郭文是战斗的指挥者，他可能会亲自去冲锋陷阵。这位年轻的指挥官身上有着士兵的习性，是一个喜欢恶斗的人。他要是战死了怎么办？郭文，他的孩子！他在人世间唯一亲爱的人！直到现在郭文算是挺幸运，可是幸运之神也会有倦怠的时候。西穆尔登不由得战栗起来。他的命运真是奇特，竟使他夹在两个郭文之间；这两个郭文，他恨不得要了其中一个的命，而让另一个活着。

那一炮不仅仅是惊醒了摇篮里的乔治特，唤起了身陷绝境的母亲的勇气。不知是偶然的，还是开炮的人故意的，那颗本来是警告性的炮弹，打中了堡垒二层的大枪眼，落在保护它的铁栏杆的框架上，把它打断，几乎掉了下来。被围困在堡垒里面的人顾不上修理。

被围困的人是吹牛，其实他们弹药很少。他们的处境，在此不妨特别提一下，比围攻者想象的还要吃紧。他们要是有足够的炸药，会宁愿把拉杜格炸掉，让自己与敌人同归于尽。他们何尝不这样梦想，可是他们的弹药储备已经枯竭。每个人只剩下将近三十发子弹。长枪、喇叭口短统和手枪倒是不少，就是子弹很少。他们把所有枪都装上子弹，打算连续射击。可是这连续的火力能维持多长时间呢？既要加强火力，又要节省弹药。这正是困难所在。幸好——幸好而令人毛骨悚然，这场战斗将主要是一场面对面的白刃战，是军刀和匕首的格斗。双方将不是对射，而主要是肉搏，用斧头劈杀。这是他们所希望的。

要攻占堡垒的内部似乎是不可能的。缺口通向的那间低矮的大厅里，有一道退守工事。朗德纳克巧妙构筑的这道工事，扼住了入口。工事后面有一张长条桌，上面摆满了装好子弹的枪支：喇叭口火枪、马枪、短筒滑膛枪，还有军刀、斧头、匕首。由于不能利用地牢来炸毁堡垒，侯爵便下令将地牢与低矮大厅相通的门堵死。低矮大厅上面是二层的圆形大厅，只有一座非常窄的圣吉尔式盘梯通上去。那间大厅和低矮大厅里一样，也有一张桌子上放满了装好弹药的武器，伸手拿来就可以射击，照亮整个大厅的光线，全靠刚才炮弹炸坏了护栏的那个大枪眼。从这间大厅沿盘梯上去是三层的圆形厅，通向桥堡的铁门就在这间厅里。三层这间圆形厅不是叫作“铁门房”，就是叫作“镜子房”，因为光秃秃的石墙上，有许多连镜框也没有的小镜子，挂在一些古老的生锈的钉子上。真是原始环境中的一种古怪的讲究。再上面的房间就无法有效地防守了。因此，按照要塞法规制订者马内松－马勒的说法，镜子房是“被围困者最后投降的地方”。所以正如我们说过的，必须阻止进攻者攻到这一层。

三层的这间圆厅有好几个枪眼采光，里面却点着一个火炬。这个火炬与低矮大厅里的火炬一样，插在一个铁制火炬架上，是由羿马蚌点燃的，他把硫黄导火线的一端放在火炬旁边。多么险恶的居心！

低矮大厅里端有一条长搁凳，上面摆着食物，就像荷马描写的山洞里一样，其中有大盘的米饭，黑麦糊，牛肉饼，一盘盘面饼，煮水果，果酱和一瓶瓶苹果酒。谁要吃要喝就自己取。

那一声炮响使他们所有人都愣住了。他们只剩下半个钟头了。

羿马蚌站在城堡顶上监视围攻者是否接近堡垒。朗德纳克有令，不要开枪，让他们进来。他说：“他们有四千五百人，在外面开枪打他们是没有用的，一定要等他们进来再开枪。到了里边，双方力量就对等了。”

他又笑着补充说：“平等博爱嘛。”

因此决定，当敌人开始运动时，羿马蚌就吹号角报警。

大家静悄悄地埋伏在退守工事后面或盘梯上，等待着，一手握住枪，一手捏着念珠。

形势已经明朗，概括起来就是：

围攻一方需要夺取一个缺口，一道退守工事，逐一强攻一连三层的三间大厅，冒着弹雨一级一级攻占两座盘梯；被围攻一方只有死路一条。

## 七　部署进攻

另一方，郭文正部署进攻。他对西穆尔登和盖尚做了最后的指示。我们还记得，西穆尔登的任务是防守高地，不参加进攻；盖尚的任务是带领主力部队隐蔽在森林里，进行监视。他们商定，无论下面森林里的炮队，还是上面高地上的炮队，只要敌人不突围或试图逃跑，就不要开炮。郭文把指挥进攻缺口的任务留给了自己。这令西穆尔登很不安。

太阳已经落山。

平坦的原野上矗立的一座城堡，恰似大海上的一艘船。攻击一座城堡和攻击一艘船的方式也应该是相同的。与其说是攻击，不如说是强行攀登。用不着大炮。用不着任何没有用的东西。用大炮轰击十五尺厚的墙壁有什么用呢？船舷炸开了一个洞，一方就强攻，一方就死守。用的是斧头、刀子、手枪、拳头和牙齿。惊险战斗场面莫过于此。

郭文觉得，舍此没有别的办法能拿下拉杜格。这种面对面的格斗，伤亡一定很惨重。他的童年是在这座城堡里度过的，对其内部可怕的构造他了如指掌。

他深深地沉浸在思考之中。

这时，他的副官盖尚拿着望远镜，在几步远的地方，对准帕里涅那个方向进行观察。突然，盖尚叫了起来：

“啊！终于来啦！”

这声叫喊将郭文从沉思中惊醒过来。

“什么事，盖尚？”

"报告司令，梯子运来啦。"

"营救梯子？"

"是的。"

"怎么？我们还没有弄到手？"

"还没有，司令。我正担心呢。我派到雅凡内去的专差早回来了。"

"我知道。"

"他报告说，他在雅凡内木工场找到了一架长度合适的梯子，便征用了，叫人把梯子装上一辆马车，他又调来十二个骑兵组成护卫队，看见车子、护卫队和梯子向帕里涅出发之后，这才快马加鞭赶了回来。"

"并且向我们做了报告。他还说选了两匹好马拉车。车子是将近早晨两点钟出发的，日落之前可以赶到这里。这一切我都知道。现在怎么样呢？"

"现在吗，司令，太阳落山了，运梯子的马车还没到。"

"这可能吗？可是我们要发动进攻了。时间到了。我们如果迟迟不进攻，被围困的人就以为我们后退了。"

"司令，我们可以进攻了。"

"可是，必须有救护梯子啊。"

"那当然。"

"可是我们还没有。"

"我们有了。"

"怎么？"

"我刚才说：'啊！终于来啦！'就是这个意思。马车还没到，我就拿了望远镜，观察从帕里涅到拉杜格这段路。司令，观察结果令我高兴。车子和护卫队正在那里下坡呢。你可以看见。"

郭文接过望远镜，观察起来。

“果然来啦。天黑了，看不大清楚，不过护卫队还是看得见，没错。只是护卫队的人数似乎比你说的多一些，盖尚。”

“我也这样觉得。”

“他们离这里大约还有四分之一法里。”

“司令，再过一刻钟救护梯子就到啦。”

“可以进攻了。”

来的的确是辆马车，但不是他们盼望的那辆。

郭文转过身，看见中士拉杜站在他身后，身子笔挺，眼睛低垂，正向他行军礼。

“什么事，拉杜？”

“司令公民，我们红帽子营的全体战士请求你优先照顾。”

“优先照顾什么？”

“让我们去拼命。”

“啊！”郭文说。

“你肯照顾吗？”

“可是……这得看……”郭文说。

“情况是这样呀，司令：自从多尔那一仗以来，你一直不让我们上。我们可还有十二条汉子呀。”

“那又怎样？”

“我们感到屈辱。”

“你们是后备队。”

“我们可愿意打先锋。”

“可是，我需要你们在战斗的最后阶段来决定胜负，所以我把你们留着。”

“太过分了。”

“都一样。你们是队伍的一部分。你们也向前进。”

“跟在后头前进。巴黎人有权走在前面。”

“我会考虑的，拉杜中士。”

“请你现在就考虑，司令。这次是个机会。肯定会有一场恶斗，会打得难分难解。肯定是场你死我活的厮杀。谁的手指碰到拉杜格，不被烫掉才怪呢！所以我们请求优先照顾，让我们参加。”

中士顿了顿，捻着胡子，用变了样的声音接着说：

“而且，你知道，司令，这座城堡里有我们的孩子，红帽子营的孩子，我们的三个孩子。那个面目狰狞的舔屁股的糊涂虫，那个‘灭蓝恶棍’，那个羿马蝉，那个古日－勒布鲁昂，或者叫什么布日－勒格鲁昂的，那个狗日的无赖，天杀的恶魔，正威胁着我们的孩子。我们的孩子，我们的娃儿，司令！就是天崩地裂，我们也不愿意他们遭到不幸！你听见了吗，长官？我们不愿意！今天下午，我利用休战的机会登上高地，从窗户里看见了他们。是的，他们真的在那里，站在山沟边上可以看见他们。我看见了他们，他们也看见了我，但是挺害怕，几个可怜的孩子。司令，谁敢动这几个可爱的孩子一根头发丝，我，中士拉杜，我以最神圣的神灵的名义起誓，他就是天王老子，我也要报仇。我们营的人都说，我们一定要救出这几个孩子，否则我们就全体战死。这是我们的权利，天经地义的权利！一点不错，全体战死。现在，请接受我们的敬礼和敬意。”

郭文握住拉杜的手说：

“你们都是勇士。我同意你们参加突击队。我把你们分成两部分，六个做前锋，带领大家向前冲。六个做后卫，不许任何人后退。”

“这十二个人依然由我指挥吗？”

“当然。”

“那么，多谢司令。这样我就是前锋了。”

拉杜行了军礼。回队伍里去了。

郭文掏出怀表，附到盖尚耳边说了几句话，突击队就开始组成了。

## 八　喊话和咆哮

西穆尔登这时还没有去高地他自己的岗位上，还站在郭文身旁。他走到号手面前说：

“向号角发信号。”

军号响了，号角回答。

军号和号角再次一问一答。

“怎么回事？”郭文问盖尚，“西穆尔登想干什么？”

西穆尔登手里挥动着一块白手帕，向城堡走去。

他提高嗓门喊道：

“城堡里的人，你们认得我吗？”

一个声音，羿马蛑的声音，在城堡顶上回答：

“认得。”

于是，两个声音一问一答对起话来。只听见他们说道：

“我是共和国政府特派员。”

“你是帕里涅过去的本堂神父。”

“我是救国委员会的代表。”

“你是教士。”

“我代表法律。”

“你是背叛者。”

“我是革命的特使。”

“你是叛教者。”

“我是西穆尔登。”

“你是魔鬼。”
“你们知道我是什么人吗？”
“我们恨透了你。”
“我如果能落到你们手里，你们高兴吗？”
“我们这里十八个人都愿意拿自己的脑袋去换你的脑袋。”
“那么，我自己送上来让你们捉去。”
城堡顶上传来一阵粗野地大笑，同时喊道：
“来吧。”
阵地上的部队静悄悄地等待着。
西穆尔登又说：
“有一个条件。”
“什么条件？”
“听我说。”
“说吧。”
“你们恨我是吗？”
“是的。”
“可是我呢，我爱你们。我是你们的兄弟。”
城堡顶上的声音回答说：
“是的，你是该隐。”
西穆尔登用一种不寻常的，既高傲又温和的口气说道：
“尽管骂吧，不过听我说。我是作为谈判代表来这里的。是的，你们是我的兄弟。你们是可怜的误入歧途的人。我是你们的朋友。我代表光明，来开导你们这些愚昧无知的人。光明总是包含着博爱。况且，我们大家不是有同一个母亲，即祖国吗？所以，请听我说。以后你们会明白，或者你们的子女会明白，或者你们的子女的子女会明白，现在我们所做的一切就是实现上天的旨意；革命是谁引导的？是上帝。在所有的良心，甚至包括你们的良心觉悟之前，在所有的狂热，甚至包括我们的狂热消失之前，在人们普遍觉醒之前，难道就没有人可怜你们的愚昧无知吗？我来找你们，我把自己的头送给你们；还不止这样，我甚至向你们伸出手。我请求你们牺牲我的性命来拯救你们自己。我拥有全权，我说得到就能做得到。现在到了最后的时刻，我做最后一次努力。是的，现在对你们说话的是一个公民，而在这个公民身上，的确有着教士的成分。作为公民我和你们打仗，作为教士我恳求你们。请听我说。你们之中许多人有妻子儿女。我站在你们的妻子儿女的立场上说话，我站在他们的立场上反对你们。啊，兄弟们！"

"好呀，布你的道吧！"羿马蚱冷笑一声说。

西穆尔登继续说：

"兄弟们，不要让那可怕的时刻到来。否则，等会儿我们就要在这里互相残杀。我们之中的许多人，现在在你们面前的许多人，会再也看不到明天的太阳；是的，我们之中许多人会丧命，而你们呢，你们是全体要丧命。饶恕你们自己吧。为什么要白流这么多血呢？只杀死两人就够了，为什么要杀死这么多人呢？

"两个人？"羿马蚱问道。

"不错，两个。"

"哪两个？"

"朗德纳克和我。"

西穆尔登紧接着提高嗓门说：

"两个多余的人，朗德纳克对我们来讲是多余的，我对你们来讲是多余的。这就是我向你们提的建议。你们所有人的性命都可以得救。你们把朗德纳克交给我们，而把我抓去。朗德纳克将送上断头台，至于我，随便你们怎么处置。"

"教士，"羿马蚱吼起来，"我们抓到了你，就要用小火把你慢慢烧死。"

“我同意。”西穆尔登答道。

他马上又说：

“你们，这座城堡里死定了的罪犯，一个钟头之后你们就可以活着获得自由。我是来救你们的。你们接受吗？”

羿马蝉大骂起来：

“你不仅是个坏蛋，还是个疯子。哼！你为什么要来向我们说这些？谁叫你来和我们谈判的？让我们出卖爵爷！你到底要干什么？”

“我要他的脑袋，同时向你们交出我的……”

“你的狗命。我们要像宰狗一样剥下你的皮，西穆尔登神父。啊，不，你的狗命抵不上爵爷的脑袋。滚吧！”

“打起来可是挺可怕的。你们最后考虑一下吧。”

当我们听到城堡里边和城堡外边这段可悲的对话时，天完全黑下来了。朗德纳克侯爵一声不吭，任由他们谈判。大凡当头头的人，都有这种阴暗的自私心理。这也是责任者的权利之一。

羿马蝉不再理会西穆尔登，直接冲下面喊道：

“围攻我们的人听着，我们已经向你们提出了我们的建议，我们的建议很明确，没有任何要改变的。接受我们的建议吧，否则就大难临头！你们同意吗？我们把关在那边的三个孩子还给你们，你们让我们全体安然无恙地自由出去。”

“让你们全体，可以，”西穆尔登答道，“只除了一个人。”

“哪一个？”

“朗德纳克。”

“爵爷！交出爵爷！绝不！”

“我们要朗德纳克。”

“休想。”

“我们谈判只有这一个条件。”

"那么就开始进攻吧！"

顿时一片寂静。

羿马蚱用号角吹了信号之后，就走下城堡顶。侯爵拔剑在手，十九个被围困者全集中在低矮大厅的工事后面，一个个跪在地上。他们听见进攻部队迈着有节奏的步伐，在黑暗里朝堡垒挺进。步伐声越来越近，突然他们感到进攻者很近了，已经到了缺口外面。于是，他们全都跪着端起长枪和喇叭口短统，将枪管从工事的枪眼里伸出去。他们之中的一个，大老实人图尔莫神父站起来，右手举着明晃晃的战刀，左手握着十字架，用严肃的声音说：

"以圣父、圣子和圣灵的名义！"

他们一齐开火，战斗打响了。

## 九　提坦与巨人之战

果然是一场骇人听闻的战斗。

这场肉搏战超过了人们的一切想象。

要看到同样的场面，除非回溯到埃斯库洛斯[①]所描写的那些大角斗或者古代的封建大屠杀，回溯到一直延续到17世纪的那些"短武器进攻战"，即通过炸开的铁蒺藜进攻要塞。那种惨烈的突击战，正如阿连特茹省一位老中士所讲述的那样："地雷一爆炸，进攻者就带着钉有许多铁片的木板，拿着圆盾和弹盾，身上挂着许多手榴弹，迫使防守的人放弃掩体或堑壕，将之占领，凶猛地逼得防守者退缩。"

发起进攻的地点是可怕的。那个缺口，行话称为"隧道式缺

① 埃斯库洛斯（公元前525—前456），古希腊悲剧的鼻祖。

口”，我们还记得，即穿透墙壁的一个裂口，而不是露天的喇叭口缺口。炸药爆炸所起的作用像钻孔器钻了一个洞。炸药的爆破力十分强大，把堡垒的墙壁从炮眼以上炸开了四十尺。不过那也仅仅是一道裂缝而已，这道通向低矮大厅可以容人进出的裂缝，好像是用长矛刺穿的，而不是斧头劈开的。

那像是堡垒腰间被刺了一刀，是一道长长的从表到里的裂口，恰似一口横躺在地下的井，一条曲折上升的走廊，一根穿透十五尺厚墙壁的肠子，一个形状极不规则的圆筒，里面到处是障碍物、陷阱和爆炸物；人钻进去，头会碰到石头，脚下尽是碎片，眼前一片漆黑。

进攻者面前是一个黑洞洞的门洞，一个深渊的入口，而这个可怕的巨口上下两颚都是炸裂的墙壁尖尖的石头，就是鲨鱼的嘴里也没有那么多牙齿。要进攻就必须从洞口进去，并且从里边出去。

里面有密集的火力网，外面还有一道退守障碍。所谓外面，就是一层那间低矮大厅。

如此酷烈的战斗，能够见到的，只有坑道战中双方的工兵在坑道里的遭遇战，或者海战中两船相接，双方在中甲板用斧头互相砍杀。最恐怖的战斗，莫过于在一条坑道里互相厮杀。在一抬头就会碰到顶的坑道里相互拼杀，那实在令人毛骨悚然。第一批进攻者冲进缺口时，整个退守障碍火光飞溅，仿佛地底下发生了雷击。攻守双方恰似以雷击对付雷击。只听见双方对射的子弹在爆炸。郭文高声呼喊：“冲啊！”紧接着是朗德纳克的喊声：“坚决顶住敌人！”羿马蚌也大喊大叫：“冲老子来吧，畜生！”接着是刀对刀、枪对枪的撞击声。一场碰到谁杀谁的可怕肉搏。墙上的火炬只是模模糊糊映照着这场惨不忍睹的相互残杀。什么也分辨不清，只见黑暗中闪着红光。人一进到这里，就立即变得又聋又瞎，耳朵被声音震聋，眼睛被浓烟熏瞎。死伤的人倒在乱石之中，其他人践踏着尸体和伤兵，断肢的伤员被踩得尖嚎，快要死的人拼命地咬踩在他们身上的脚。有时突然变得死一般寂静，这比乱哄哄的情形更可怕。双方你揪住我，我揪住你，听得见对方嘴里可怕地喘着粗气，接着是撕咬的声音，垂死者嘶哑的喘息，还有咒骂。随后又是雷霆般的轰击。鲜血像一条小溪通过缺口流到堡垒外面，在黑暗中漫溢开去。淤积在草地里的暗幽幽的血冒着热气。

仿佛是堡垒本身在流血，仿佛这个庞然大物受了伤。

奇怪的是，在外面几乎听不到什么声音。夜黑如墨。在受到攻击的堡垒周围的平原上和森林里，笼罩着死一般的寂静。里面是地狱，外面是坟墓。在黑暗中相互残杀的人们的肉搏声，火枪的扫射声，呐喊声，怒吼声，这震耳欲聋的声音消失在厚厚的墙壁里和拱顶下，空气稀薄使声音也变得沉闷，杀戮又加上窒息。在堡垒外面几乎听不见这些声音。这时那几个孩子睡得正香呢。

战斗越来越激烈。退守障碍屹然不动。这种人字形的凹角防御工事实在难攻。被围困者虽然人数占劣势，但在位置上却占优势。进攻部队损失惨重。他们在堡垒脚下排成长长的队伍，慢慢向缺口里面深入，进到里面就缩成一团，像进洞的蛇一样。

郭文毕竟是一位年轻将领，行动不免有些冒失，战斗打得最激烈的时候，他也冲进了低矮大厅，子弹在他周围飞溅。这里不得不补充一句：他是一个从没受过伤的人，所以充满了信心。

他转身想下命令，一阵排枪的闪光照亮了他身旁的一张面孔。

“西穆尔登！”他叫道，“你到这里来干什么？”

果然是西穆尔登。西穆尔登回答：

“我来待在你身边。”

“可是你会被打死的。”

“可是你呢，你在这里干什么？”

“这里需要我，并不需要你。”

“既然你在这里，我就必须在这里。”

“不必要，我的老师。”

“必要，我的孩子。”

于是，西穆尔登就留在郭文身边。

低矮大厅的地板上死尸成堆。

虽然退守障碍还没有攻破，但数量上的优势显然最终要取得胜利。进攻的人是暴露的，防守的人有掩护，倒下十个进攻者，才倒下一个防守者，但进攻者不断冲上来。进攻的人数不断增加，防守的人数不断减少。

进攻的目标是退守障碍，因为十九个防守的人全躲在退障后面。他们之中也有死的，也有伤的，最多还剩下十五个人在战斗。最玩命的冬曲伤得非常严重。他是布列塔尼人，个子矮壮，短发卷曲，五短身材，却精力过人。他一只眼睛给打瞎了，颌骨也给打碎了，不过还走得动。他沿着盘梯爬到二层的大厅里，想在那里祈祷之后再死。

他背靠着枪眼旁边的墙壁，想在那里透透气。

楼下退障前面的杀戮越来越可怖。在两阵齐射的间歇中，西穆尔登扯开嗓门喊道：

“被困在里边的人，为什么还要流更多的血？你们只有死路一条啦。投降吧。想一想吧，我们是四千五百人对付你们十九个人，就是说两百多个人对付你们一个。投降吧。”

“别让他妖言惑众！”朗德纳克喊道。

一阵密集的排枪反击了西穆尔登。

工事的顶部没有达到天花板，被围困者可以从上面射击，同样进攻者也可能爬上去。

“向退障进攻！”郭文喊道，“谁有胆量爬到退障上去？”

“我！”中士拉杜答道。

## 十　拉杜

这时，进攻的战士们无不愕然。拉杜是率领突击队从缺口进来的，是第六个冲进来的；巴黎营的这六个人，已经有四个倒下了。他高喊一声“我”之后，大家都看见他不是前进，而是后退，低着头，弯着腰，几乎从战士们的胯间爬过去，到了缺口的入口处，出去了。他是临阵脱逃吗？一个这样的人会脱逃？他这样做究竟是什么意思？

到了缺口外面，拉杜的双眼被烟熏得还睁不开，他用手揉了揉，仿佛要赶走恐怖和黑暗，然后借着星光，观察堡垒的墙壁。他满意地点点头，那意思是：“我没有搞错。”

拉杜早就注意到，爆破形成的深深的裂缝，从缺口往上一直延伸到二层的那个枪眼，而那个枪眼外面的铁栅栏，被一颗炮弹击中打断了。半脱落的断铁栅栏悬挂在那里，因此一个人可以从枪眼里钻进去。

一个人可以钻进去，但是一个人爬得上去吗？顺着裂缝爬上去是可能的，条件是必须像猫一样灵巧。

拉杜就像猫一样灵巧。他是品达罗斯[①]所歌颂的那类“敏捷的竞技者”。一个人可以是一个老兵又是一个年轻人。拉杜曾经在法兰西近卫军里当过兵，但还不到四十岁。这是一个机敏的大力士。

---

① 品达罗斯（约公元前518—约前438），古希腊诗人，所写颂诗是公元前5世纪希腊合唱抒情诗的高峰。

他将短筒火枪往地上一撂，摘下皮子弹带，脱掉制服和内衫，只留下两支手枪别在裤腰带里，一把亮闪闪的军刀咬在嘴里。两支手枪的枪柄从裤腰带上面露出来。

他扔掉了一切没有用的东西，在黑暗里还没进缺口的进攻士兵们的注视下，开始攀登墙壁，抓住裂缝里的石头，像爬楼梯一样。他脱掉了鞋子是对的，赤脚攀登起来最方便。他用脚趾钩住石头间的洞，两手抓住裂缝边缘，双膝顶住墙壁，一点一点往上爬。这样的攀登是艰难的。就像是沿着一条锯的锯齿往上爬。“幸好，”他想道，“二层那个房间里没有人，有人就绝不会让我这样往上爬。”

他要爬的高度不下于四十尺。越往上爬，突出的手枪柄就有点碍事，而且裂缝也越来越窄，所以攀登就越加困难。爬得越高，跌下来的危险也就越大。

他终于爬到了枪眼的边缘，用手推开扭曲、脱落的铁栏杆。那枪眼容得下他钻进去还绰绰有余。他尽平生力气将身体往上一耸，膝盖便抵在凸边上面了，同时一只手抓住右边的半段铁栏杆，另一只手抓住左边的半段铁栏杆。这样整个上半身就升到了枪眼前面，嘴里咬着军刀，整个人只靠双手的力量悬挂在深渊之上。

他只要身子一跃，就可以跳进二层的大厅里了。

可是，枪眼里出现了一张面孔。

拉杜蓦地看见面前黑暗中有一个令人毛骨悚然的东西。那是一张血淋淋的脸，上面一只眼睛炸掉了，整个面颊打得稀烂。

那张血肉模糊的面具，用仅剩的一只眼睛盯住了他。

那张面具有两只手，那两只手从黑暗中伸出来，逼近拉杜，一只手一把就拔走了他腰带里的两支手枪，另一只手夺去了他用牙齿咬住的军刀。

拉杜被解除了武装。他的双膝在倾斜的凸边上往下滑，紧紧攥住两边铁栏杆的双手，几乎承受不了身体的重量，而他的下面是四十尺的深渊。

那张面具和那双手就是冬曲。

冬曲被下一层冒上来的烟呛得透不过气来，设法爬到了枪眼里，外面的空气使他头脑清醒了，夜间的凉气使他的血凝结不再流了，他的体力有所恢复。突然，他看见面前枪眼外面出现了拉杜的上半身。这时，拉杜双手紧紧抓着铁栏杆，要么让自己坠落下去，要么让人家解除自己的武装，别无选择。于是，面貌吓人的冬曲从容地夺去了他腰间的手枪和嘴里的军刀。

开始了一场闻所未闻的决斗，一个手无寸铁的人和一个身负重伤的人之间的决斗。

胜利显然应该属于那个身负重伤者。一颗子弹就足以使拉杜坠入脚下黑洞洞的深渊。

算拉杜幸运，冬曲将两支手枪捏在一只手里，没法开枪，不得不使用军刀。他用刀尖向拉杜的肩膀刺了一刀。这一刀刺伤了拉杜，同时也救了他。

拉杜虽然没有武器，但体力充沛，那刀伤并没有损及骨头，他根本不予理会，却纵身一跃，两手松开铁栏杆，就跳进了枪眼里。

现在他与冬曲面对面了。冬曲把军刀扔到身后，两只手各握一支手枪。

冬曲用膝盖支起身子，用手枪瞄准几乎就在枪口前面的拉杜，可是他的胳膊软弱无力，哆嗦得厉害，一时无法射击。

拉杜利用这个机会，哈哈大笑着喊道：

“喂，丑八怪！你以为你这副像焖烂的牛肉的嘴脸能吓倒我吗？该死的，看你这张脸毁成啥模样了！”

冬曲瞄准了他。

拉杜继续说：

“这话可不夸张，你那张鬼脸被霰弹打得可好看了。可怜的小子，贝娄娜[1]可毁了你的容啦。喂，来吧，把你那颗挠痒痒的子弹射过来吧，我的傻小子。”

枪响了，子弹擦着拉杜的头飞过去，把他的耳朵削掉了一半。冬曲抬起握住第二支枪的另一只手，但拉杜不再让他有时间瞄准。

“老子少了一只耳朵已经够啦，”他叫道，“你伤了老子两次，现在该老子偿还啦！”

他向冬曲扑过去，将他的手臂往上一推，子弹就不知道打到什么地方去了，随即他抓住冬曲，将他已经打碎的颌骨使劲一扭。

冬曲号叫一声，昏了过去。

拉杜从他身上跨过去，把他留在枪眼里。

“现在你知道老子警告的厉害了吧，”他说，“不要再动，老实躺在这里，可恶的爬虫。你知道老子现在没有闲心来收拾你。舒服地在地上趴着吧，只配啃我的鞋子的家伙。死去吧，反正你死定了的。等会儿你就会知道，你的本堂神父告诉你的全是蠢话。从此你销声匿迹吧，乡巴佬。”

他跳到二层楼的大厅里。

“什么也看不见。”他咕哝道。

冬曲在痉挛地抽动，发出垂死的叫喊。拉杜回过头：

“安静！别给我出声，昏头昏脑的公民。我不再管你的事啦。你的性命不值得我来了结。别吵吵嚷嚷打扰我。”

他不安地挠着头，一边打量冬曲。

“啊，这可怎么办？一切都挺顺手，可是现在我没了武器。

① 古罗马宗教崇奉的女战神。

我本来可以放两枪的，都给你浪费了，畜生！而且还有这烟熏得人眼睛疼得要命！”

他碰了一下被打掉的耳朵。

“哎哟！”他叫了一声。

他又说：

“你也太过分了，打掉了我一只耳朵。不过，我宁愿少只耳朵，而不愿少了别的。耳朵这玩意儿只不过是个装饰。你还刺伤了我的肩膀，这更是小意思。你呜呼哀哉吧，土包子，我宽恕你。”

他听了听。下面大厅里像开了锅一样可怕。战斗比刚才更激烈。

“下面打得不坏。不管怎样，他们在喊国王万岁呢。死也要死得像个贵族样子。”

他的脚在地板上碰到了他的军刀，他捡起来，对不再动弹，可能已经死了的冬曲说：

“你瞧，木头人，我要做的事情，有没有军刀都一样。不过，出于老交情，我还是把它捡了起来。我需要的是我的两支手枪。你见鬼去吧，野蛮的家伙。啊，这，我该怎么办才好？我在这里没起半点作用。”

他向屋子中间走去，竭力想看清和辨明方向。突然，在黑暗中他瞥见中央柱子后面有一张长条桌，桌面上有什么东西微微闪光。那是一些喇叭口火枪、手枪、马枪，一长溜火器排列得整整齐齐，似乎是预备让使用者一伸手就能拿到。这是防守者为对付第二阶段的攻击而做的战斗储备。武器弹药一大批。

“好一张酒菜台子！”拉杜叫起来。

他异常兴奋地扑过去。

现在他变得令人生畏了。

通往上下各层的楼梯门就在摆满武器的桌子旁边，可以看得见是完全敞开的。拉杜扔掉军刀，两手各绰起一支双发手枪，顺手向门下面的盘梯放了四枪，随即抓起一支喇叭口短统，又放了一枪，然后拿起一支装满大粒霰弹的喇叭口火枪射击。这一枪射出十五粒霰弹，像一阵排枪。拉杜这才喘口气，用雷鸣般的声音对着楼梯下喊道："巴黎万岁！"

他抓起一支比刚才那支更粗大的喇叭口火枪，对准盘旋曲折的圣吉尔式盘梯，等待着。

低矮大厅里的惊慌失措难以描述。这突如其来的震慑，使抵抗土崩瓦解。

拉杜三次放枪有两枪命中，一枪打死了木长矛兄弟俩中的老大，另一枪打死了外号胡扎德的凯兰先生。

"他们上了楼啦！"侯爵喊道。

这声叫喊使得守兵们放弃了退守工事。真是兵败如山倒，跑得比兔子还快，大家争先恐后往楼梯上冲。侯爵鼓励大家逃走。

"赶快，"他说，"逃脱就算勇敢。全都上三层楼去。到了那里咱们再打。"

他最后一个离开退守障碍。

这种勇敢精神救了他一命。

拉杜埋伏在二层的楼梯顶上，手指抠住火枪扳机，等待着溃逃的敌人。最先出现在盘梯拐角处的敌人，迎头遭到射击，一个个被雷击倒了似的。侯爵若在他们之中，也就一命呜呼了。拉杜还没来得及抓起另一支枪，其他敌人都冲了过去，侯爵在最后边，比其他人跑得慢。他们以为二层大厅里有许多敌人，所以没有停留，直接跑到了三层楼，即镜子室。铁门就在三层，硫黄导火线也在这一层，要在这一层决定是投降还是死亡。

对于楼梯上的枪声，郭文和敌人一样莫名其妙，不知道援军是从哪里来的，但他不管三七二十一，利用这个机会，率领战士们跳过退守障碍，紧紧追赶逃敌，一直追到二层楼。

他在那里看见了拉杜。

拉杜抢先行了个军礼，说：

“稍停片刻，司令。这是我干的。我记起了多尔那一仗，就学你的样，从后面包抄了敌人。”

“好学生。”郭文微笑着说。

人在黑暗中待了一段时间，眼睛就会像夜鸟一样，在黑暗中也看得见了。郭文看见拉杜浑身是血。

“可是你受伤了，同志！”

“不要在意，司令。多一只或少一只耳朵有什么要紧，我还挨了一刀，我真不在乎。打碎块玻璃还免不了划破点皮呢。何况我只流了点血。”

他们在拉杜占领的二层楼稍事停留。有人拿来一盏灯。西穆尔登来到郭文身边，两个人商量起来。的确要合计一下。进攻者还不了解守军的秘密，不知道他们弹药匮乏，不知道他们缺少火药。第三层是最后一道防线，进攻者以为盘梯上埋了地雷。

可以肯定，敌人逃不脱了。没有打死的敌人等于被囚禁在上面了。朗德纳克成了瓮中之鳖。

既然胜利在握，就可以花点时间，来考虑一下结束这场战斗的最好办法。已经死了不少战士，在最后的攻击中应该尽量减少人员的伤亡。

最后这场攻击的危险是很大的。可能一开始就会遇到猛烈的火力。

战斗停顿了。进攻部队占领了一层和二层，正等待着长官继续进攻的命令。郭文和西穆尔登在商量。拉杜默默地在一旁听着。

他腼腆地大着胆子又行了一个军礼。

“报告司令！”

“什么事，拉杜？”

“我能请求一个小小的奖赏吗？”

“当然可以。你要什么就说吧。”

“我请求第一个冲上去。”

这没法拒绝他。再说，不允许他也会带头往上冲的。

## 十一　绝望的一伙

二层楼在商量的时候，三层楼则在构筑工事。胜利带来狂热，失败引起疯狂。上下两层楼将作殊死的决斗。胜利快要到手，这是令人陶醉的。下面一层的人满怀希望。世间若是不存在绝望，希望一定是人类的最大动力。

上面一层的人充满了绝望。

一种镇定、冷酷、悲怆的绝望。

防守者逃进这间庇护所，头一件事就是堵住入口，因为除了这个房间，他们别无藏身之地了。把门关住无济于事，将楼梯堵住要好一些。在这种情况下，一堵既能观察又能打击敌人的障碍，强于一扇关死的门。

羿马蚌插在硫黄导火线旁墙壁上的火炬，给他们照亮。

三层的这间大厅里有一只又大又笨重的橡木箱子，是装衣服用的，当时还没有发明带抽屉的衣柜。

他们把这只箱子拖出来，立着放在楼梯门下面。箱子牢牢地卡住在那里，堵住了入口，只在拱顶下面才留有一个窄窄的空间，只能通过一个人，正好可以用来一个一个消灭进攻者。只不过进攻者恐怕不敢冒险爬上来。

入口堵住之后，他们才得以喘口气。

他们清点了一下人数。

十九个人只剩下七个，包括羿马蝉在内。除了羿马蝉和侯爵，其他人都负了伤。

那五个人虽然负了伤，但个个仍生龙活虎。在白热化的战斗中，只要不是受了致命伤，全都会照样活动自如。这五个人是别号洛比的夏特奈、纪鲁瓦佐、金枝瓦斯纳、一线爱情和大老实人。其余的人都已阵亡。

他们没有弹药了。弹盒都空了。他们数了数子弹。七个人还有多少子弹？四发。

他们已经到了走投无路的地步，被逼到了悬崖的边缘，下面是可怕的万丈深渊，后面再也没有地方可退了。

这时进攻又开始了，不过挺缓慢，因此也更稳打稳扎。听得见进攻者用枪托一级一级地试探楼梯。

逃走是没有任何办法了。能不能从图书室逃走？高地上有六门瞄准的大炮，连引信都点燃了。从上面几层逃跑吗？那有什么用。上面只能通到顶上的露台。跑到那里，唯一的出路只有从城堡顶上往下跳了。

这伙史诗英雄般的人之中七个幸存者，眼睁睁看着自己被无情地禁闭、扣押在这厚厚的墙壁之间了。这厚墙既保护着他们，也出卖他们。他们还没有被俘，但已经成了俘虏。

侯爵提高声音说：

“朋友们，一切都完了。”

沉默了一会儿，他又补充说：

“大老实人又要再当图尔莫神父啦。”

所有人一齐跪下，手里数着念珠。进攻者的枪托声越来越近。

大老实人满脸是血，一颗子弹擦过他的头顶，把那片头皮连头发削掉了。他用右手举起十字架。侯爵虽然骨子里并不信神，也一膝跪在地上。

“请每个人大声忏悔自己的过错，”大老实人说，“爵爷，请你说。”

侯爵说道：

“我杀过人。”

“我杀过人。”瓦斯纳说。

“我杀过人。”纪鲁瓦佐说。

“我杀过人。”一线爱情说。

“我杀过人。”夏特奈说。

“我杀过人。”羿马蚱说。

大老实人说：

“我以三圣的名义宽恕你们。愿你们的灵魂将得到安息。”

“但愿如此。”所有的声音答道。

侯爵站起来。

“现在咱们死吧。”他说。

“咱们还要杀。”羿马蚱说。

枪托开始砸堵住门的箱子了。

“想着上帝吧，”神父说，“人间对你们已经不存在了。”

“是的，”侯爵说道，“我们已在坟墓里了。”

大家都低下头，一边拍打胸膛。只有侯爵和神父站着。所有人的眼睛都望着地面，神父祈祷着，农民们跟着祈祷，侯爵在沉思。箱子好像被铁锤敲打着，发出瘆人的响声。

这时，他们后面突然响起一个活泼、洪亮的声音，对他们喊道：

“我不是早告诉过你吗，爵爷！”

所有人都惊愕不已地转过头。

墙壁出现了一个洞。

墙有块石头，与其他石头接合得天衣无缝，只是没有黏合固定，而且上下各有个铆钉，可以像转门一样自动旋转。它一旋转，墙壁上就开了一个洞。石头绕中轴旋转，形成两个洞，提供两条通道，左边一条，右边一条，都挺狭窄，但足以通过一个人。透过这扇意想不到的门望去，可以看见一座盘梯最上面的几级。洞里出现一张人脸。

侯爵认出是阿尔马洛。

## 十二　救星

“是你吗，阿尔马洛？”

“是我，爵爷。你看，会旋转的石头真有哩！从这里可以出去。我来得正是时候，不过行动要快。只消十分钟，你们就到森林里了。”

“上帝真伟大。”神父说。

“你快走，爵爷。”大家异口同声喊道。

“你们大家先走。”侯爵说。

“你先走，爵爷。”图尔莫神父说。

“我最后一个走。”

侯爵用严肃的声音又说道：

“别这样让来让去啦。我们没有时间来表现谁的风格高。你们都负了伤，我命令你们活着逃出去。快！利用这条出路。感谢你，阿尔马洛。”

“侯爵先生，”图尔莫神父说，“我们这就要分手了吗？”

“到了下面，也许吧。只有一个一个走才能逃得脱。”

“爵爷给我们指定一个会头地点吧。”

“好吧。森林中的一块林间空地。就在郭文石那地方，你们认得吗？”

“我们都认得。”

“我明天正午到达那里。希望凡是走得动的都到那里会齐。”

“我们一定到。”

“我们将重新开始战斗。”侯爵说。

这时，阿尔马洛推了推那块旋转的石头，却发现石头纹丝不动。洞关不上了。

“爵爷，”他说，“赶快。石头给卡住啦。我打开了出口，却关不上了。”

果然，那块石头由于长期不转动，铰链已经失灵，现在怎么也推不动了。

“爵爷，”阿尔马洛又说，“我本来希望将出口关闭，使蓝军进来后找不到任何人，感到莫名其妙，以为你们全都化成烟飘走了呢。可是这块石头不听话。敌人会看到敞开的出口，会来追赶。所以一分钟也不能耽搁。快呀，全都到楼梯上去。”

羿马蝉将一只手搁在阿尔马洛肩上：

“兄弟，大家走出这条通道，到达森林里安全的地方，需要多少时间？”

“没有重伤号吗？”阿尔马洛问道。

大家回答：“没有。”

“这样一刻钟就够了。”

“这就是说，”羿马蝉又说，“只要敌人在一刻钟后才进到这里……”

“他们就是追我们也追不上了。”

“可是，”侯爵说，“他们五分钟后就会进来。那个旧箱子阻挡不了他们多长时间的，用枪托就能砸开。一刻钟！谁能阻挡他们一刻钟？”

“我。”羿马蚌说。

“你，古日－勒布鲁昂？”

“我，爵爷。听我说，你们六个人之中，有五个负了伤，我连皮都没擦破一点。”

“我也没受伤。”侯爵说。

“你是首领，爵爷。我是士兵。首领和士兵，这是两码事。”

“这我知道，我们俩责任不同。”

“不，爵爷，你和我责任相同，就是要救你出去。”

羿马蚌转向自己的战友们：

“弟兄们，当务之急是要挫败敌人，尽可能地拖延他们的追击。请听我说，我体力充沛，一滴血也没有流，没有负伤，我比其他人坚持得久。你们全都走，把武器留给我。我会充分利用这些武器的。我保证足足阻挡敌人半个钟头。有几支上了子弹的手枪？”

“四支。”

“请全放在地上。”

大家按他的话做了。

“很好。我留下。他们会发现遇到了什么对手。现在赶快，快走。”

情势紧急，来不及表示感谢。大家只和他握了握手。

“等会儿见。”侯爵对他说。

“不，爵爷。我不抱再见的希望啦。再见不可能了，我会死在这里。”

大家一个一个钻到了狭窄的楼梯上，伤员走在前面。其他人下楼梯时，侯爵从口袋里的小本中间取出一支铅笔，在那块再也转不动，让出口敞开在那里的石头上写了几个字。

“走吧，爵爷，”阿尔马洛说，“只剩下你啦。”

阿尔马洛说着就往下走。

侯爵跟在他后面。

羿马蝉一个人留下了。

## 十三　刽子手

四支手枪放在石板上，因为这间大厅没有镶木头地板。羿马蝉拿了两支手枪，一只手里握一支。

他从侧面接近箱子堵塞和挡住的楼梯口。

进攻者显然担心遭到意外袭击，担心会最后有一枚使胜利者和战败者同归于尽的炸弹。最初的进攻愈是猛烈，最后的进攻就愈是缓慢和谨慎。他们没有能够，也许是没有想要猛烈地把箱子砸破，只是用枪托捅开箱底，然后用刺刀在箱盖上戳了一些洞，在冒险攻进大厅之前，先通过那些洞向里面观察。

照亮楼梯的灯光，通过那些洞射进了厅里。

羿马蝉发现一个洞里有一只眼睛在向里窥探。他突然将一支手枪对准那个洞，扣动了扳机。子弹出膛，羿马蝉高兴地听见一声惨叫。子弹射中了眼睛，打穿了头颅。那个窥探的士兵翻身滚下了楼梯。

进攻者在箱盖下方两个地方戳的洞相当大，弄成了两个枪眼似的孔。羿马蝉利用其中一个孔，伸出胳膊，随便往进攻者的人堆里放了第二枪。子弹大概弹跳了几下，因为听见几个叫声，好像死伤了三四个人，其他人都慌忙后退，楼梯上一遍乱哄哄的声音。

羿马蝉扔掉刚打完的两支手枪，拾起剩下的两支，一只手握一支，打箱子洞眼里往外看。

他看到了他的打击产生的最初效果。

进攻者退下了楼梯。几个垂死的伤员在梯级上抽搐，由于盘梯拐了弯，只看见三四级楼梯。

羿马蚌等待着。

“已经赢得了不少时间。”他想道。

这时，他看见一个人趴在地上，沿着梯级往上爬，同时更下面一点，盘梯中间的柱子后面探出一个士兵的头。羿马蚌瞄那个头打一枪。那个士兵应声倒下。羿马蚌将左手里最后一支装子弹的手枪换到右手里。

正在这时，他感到一阵可怕的疼痛。这回轮到他号叫了一声。一把军刀捅进了他的腹腔。一只手，爬上来的那个人的一只手，从箱子下方的第二个枪眼里伸进来，将一把军刀捅进了羿马蚌的肚子。

那伤口挺吓人，肚子被捅了个对穿。

羿马蚌并没有倒下，他咬紧牙关说：

“好！”

然后，他踉跄地拖着脚步，退到铁门边正在燃烧的火炬旁，把手枪放在地上，抓过火炬，用左手捂住流出来的肠子，右手放低火炬去点燃硫黄导火线。

导火线点着了，燃起来。羿马蚌扔掉火炬，火炬继续在地上燃烧。他重新抓起手枪，人已倒在石板上，还是尽力支撑着，用仅剩的一口气，去吹硫黄导火线。

火焰哧溜地向前燃去，窜过了铁门底下，钻进了桥堡里。

看到这罪恶的行径就要成功了，这个人大概对自己的罪行比对自己的德行还满意，他刚才还称得上英雄，现在只不过是个杀人犯了。他知道自己就要死了，却露出了微笑。

“他们会记得我的，”他喃喃说道，“我在他们的孩子身上，为我们的孩子——关押在圣殿里的王子报了仇啦。”

## 十四　羿马蚌也逃脱了

这时，只听见一声巨响，箱子在猛烈的撞击下崩塌了，一个手握军刀的人夺路冲到了厅里。

“我是拉杜。谁要和我作对？我可没有耐心等待。我不顾死活冲了进来，不管怎样，总得将你们之中的一个剖了腹才行。现在我向你们所有人攻击啦。不管后面的人跟没跟上来，反正我进来了。你们共有多少人？”

这果然是拉杜，只身一人。羿马蚌打死了楼梯上的几个人之后，郭文担心有伪装的地雷，把自己的人撤了下去，正在和西穆尔登合计。

拉杜握着刀站在门槛上，对着那只有快灭的火炬发出一点光的黑暗，重复他的问话：

“我是一个人。你们共有多少人？”

没听见任何回答，他就朝前走去。快要熄灭的火，有时会蹿出一个火苗，可以称为“回光返照”吧。这时，快灭的火炬就蹿出一个火苗，映亮了整个房间。

拉杜瞥见墙上有面小镜子，便走拢去，照见了自己满是鲜血的脸和耷拉下来的耳朵，说了句：

“这相破得可真难看。”

他猛转过身，惊愕地发现房间里一个人也没有。

“没有人，”他叫起来，“兵力是零。”

他看见了旋转的石头、洞口和楼梯。

“啊！我明白了，溜啦！大家快来啊！同志们快来啊！他们全跑啦。他们跑啦，逃啦，溜啦，逃之夭夭啦！这个瓮一样的旧堡垒原来有条缝。瞧他们钻出去的这个洞，这伙流氓！他们竟玩弄这种鬼花招，叫我们怎么制伏皮特，攻克科堡呀！一定是仁慈的上帝见了鬼来搭救了他们。一个人也没啦！”

一声枪响，一颗子弹擦着他的胳膊肘飞过，打在墙上。

“不对！这里有人。哪个家伙这么愿意给我面子？”

“我。”一个声音答道。

拉杜探头看去，昏暗中依稀看见一堆什么东西。那就是羿马蛑。

“啊！”他叫道，“我找到一个啦。其他人都逃走了，你小子休想逃脱啦。”

“你这样想吗？”羿马蛑答道。

拉杜逼近一步，站住了。

“喂，趴在地上的家伙，你是谁？”

“我就是趴在地上的人，我蔑视站着的人。”

“你右手里是什么东西？”

“一支手枪。”

“左手里呢？”

“我的肠子。”

“你成了我的俘虏啦。”

“你休想。”

羿马蛑趴在燃烧的导火线上，尽最后的力气吹了一口气，就死了。

过了一会儿，郭文、西穆尔登和大家到了大厅里。所有人都看见了洞口。他们搜寻了各个角落，探测了楼梯，找到一个通向山沟的出口，证实那伙人的确逃走了。他们摇动羿马蛑，发觉他已经死了。郭文拿了一盏灯，细看为被围困者提供了出路的那块石头；他曾经听说过这块会转动的石头，但他也把这种传说视为无稽之谈。在察看石头时，他看到了用铅笔写的几个什么字，将灯凑近一看是：

再见了，子爵先生。

朗德纳克

盖尚也赶到了郭文身边。追击显然没有用。这次逃走做得干净利索，没有漏洞。逃跑者有整个乡村，包括灌木丛，山沟，丛林，还有居民，掩护他们。他们可能已经走得很远了，没有任何办法找到他们。整个富热尔森林，就是一个广阔的藏身之所。怎么办呢？一切得从头来。郭文和盖尚分别谈了自己的失望和对情况的分析。

西穆尔登严肃地听着，一言不发。

“对了，盖尚。”郭文说，“梯子呢？”

“报告司令，没有运到。”

“可是，我们不是看见一队骑兵护送一辆车子来了吗？”

盖尚回答：

“运来的不是梯子。”

“那么运来的是什么？”

“断头机。”西穆尔登说。

## 十五　手表和钥匙不要放在同一个口袋

朗德纳克侯爵走得并不像想象的那么远。

不过他很安全，想抓到他是不可能的。

他一直跟着阿尔马洛。

他和阿尔马洛，随着其他逃跑者下了楼梯。楼梯脚下紧靠山沟和桥洞，与一条拱顶窄廊相通。窄廊通向一条很深的天然地沟，地沟一头通到山沟，另一头通向森林。这条地沟弯弯曲曲，被钻不进的植物覆盖着，绝对不会被人发现。要在这里抓到一个人是不可能的。一个逃跑者一旦进入这条地沟，就会像水蛇一样溜走，杳无踪迹。楼梯脚下那条秘密窄廊的入口，被浓密的荆棘堵得严严的，建筑者认为，根本没有必要用别的东西来封住这条地下通道。

侯爵现在只要走就行了。他不必花心思去化装。自到达布列塔尼以来，他一直没有脱下农民服装，认为这样反而能显示出大贵族的气度。

他只是摘下了佩剑，将皮带解下扔掉。

阿尔马洛和侯爵从窄廊进入地沟时，纪鲁瓦佐、金枝瓦斯纳、一线爱情、夏特奈和图尔莫神父五个人，已经不见踪影。

“他们溜得倒是快呀！”阿尔马洛说。

“你也该像他们一样。”侯爵说。

“爵爷是要我和你分手吗？”

“当然。我已经对你讲过。只有单独一个人才好逃。一个人过得去的地方，两个人不一定过得去。咱们一块走会引起人家注意。不是你使我被抓走，就是我使你被抓走。”

“爵爷熟悉这带地方吗？”

“熟悉。”

“爵爷还坚持在郭文石会齐吗？”

“明天正午。”

“我将按时去。我们将按时去。”

阿尔马洛停顿一下。

“啊！爵爷，想起我们一块在大海上的时候，只有我们两个人，当时我想杀了你，可是你是我的老爷，你本来可以这样对我说，你却没有说！你是多么了不起的人啊！”

侯爵又说：

“了不起的是英国。现在别无出路啦。必须让英国人在半个月之内进入法国。”

“我有许多事情要向爵爷汇报。你交给的任务我都完成了。”

“所有这些明天再谈吧。”

“明天见，爵爷。”

“我说，你饿吗？”

“大概是饿啦，爵爷。我急急忙忙赶来，今天是不是吃过饭也闹不清啦。”

侯爵从口袋里掏出一块巧克力，掰成两半，将一半递给阿尔马洛，自己开始吃另一半。

“爵爷，”阿尔马洛说，“你右边是山沟，你左边是森林。”

“好。离开我走你的吧。”

阿尔马洛顺从地走了，钻进了黑暗之中。一阵灌木丛响动过后，就什么声音也听不见了。再过几秒钟，就根本寻不到他的踪迹了。林区这地方，到处是密匝匝的荆棘灌木，对逃亡者十分有利。人不是逃走了，而是消失了。正是这种便于迅速分散的特点，使我们的军队在节节后退的旺代军面前，在这些极善于逃跑的战士面前，迟疑不前。

侯爵一动不动地待在那里。他是那种不管遇到任何事情，都极力不动感情的人。可是，在流血和残杀的气氛中待了这么久，现在呼吸到清新的空气，他无法抑制心情的激动。在完全陷于绝境之时彻底获救，在接近坟墓之时获得了绝对的安全，在摆脱死亡之后重获新生，即使对朗德纳克这样一个人，也不能不说是一个震动；这样的情形他虽然已经历过不少，但他沉着的心灵还是免不了短暂的冲动。他暗暗感到高兴，但很快抑制住这种近乎高兴的冲动，摸出手表，听了听滴答的响声。现在几点钟了？

大大出乎他的意料之外，现在才 10 点钟。一个人在刚刚经历一段几乎丧失了一切的人生曲折之后，往往会惊异于那些如此充实的时刻居然不比其他时刻更长。最后警告的那一炮是在快日落的时候发射的，拉杜格是在半个钟头之后，即七八点钟天黑的时候，开始遭到突击队的进攻。这样一场惊心动魄的战斗，8 点钟开始，10 点钟就结束了。整个这篇史诗仅仅经历了一百二十分钟。有时一些突变真是快如闪电。事变的短暂令人惊异。

但仔细一想，令人惊异的恰恰是相反的一面：那么少的人对付那么多的人，居然抵抗了两个钟头，真是异乎寻常！它的确不算短，也还没有结束，这场十九个人抗击四千多人的战斗。

然而该离开此地了，阿尔马洛大概已经走远了，侯爵认为没有必要在这里逗留更长时间。他把手表放回上衣口袋，但不是原来那个口袋，因为他刚才发现，在那个口袋里，手表与羿马蚱交给他的铁门钥匙放在一起，表蒙子可能被钥匙撞坏。他准备进入森林。他正要向左拐，突然觉得有一道朦胧的光一直照到了他身边。

他回转身，透过荆棘丛望去，看见山沟里一大片火光，红色的火光把他面前的荆棘丛映得非常清晰，连每一根细小的枝条都看得清清楚楚。他距离山沟只有几步路。他向山沟走去，又改变了主意，觉得自己没有必要暴露在那亮光之中。不管是怎么回事，那事情毕竟与他无关。他又按照阿尔马洛给他指示的方向，朝森林走去。

当他深深地钻进并隐蔽在荆棘丛里的时候，突然听见头顶一声可怕的叫喊；这叫喊仿佛就是从山沟上面的高地边缘传来的。侯爵抬起头，停住了脚步。

# 第五章　魔鬼心里的上帝

## 一　找到了，又失去了

米什尔·弗雷夏望见那座被夕阳映红的城堡时，她离城堡还有一法里多。她连迈一步的力气也没有了，但面对这一法里多路程一点也没有犹豫。女人固然脆弱，但母亲是坚强的。她走过来了。

太阳已经落山，暮色降临了，不一会儿已是夜色深沉。她不停地走着，听见远处某座看不见的钟楼敲响了 8 点钟，又敲响了 9 点钟。那大概是帕里涅的钟楼。她不时停住脚步，倾听某种一下一下的沉闷的声音，这大概是夜里某种无法说清的响声。

她笔直朝前走，流血的双脚踏着荒原上尖利的荆棘。她循着远处那座城堡发出来的微弱的亮光走；那光凸现出城堡的轮廓，使黑暗中的那座城堡笼罩着神秘的光辉。随着响声越来越清晰，那光也越来越强烈。后来它消失了。

米什尔·弗雷夏行走的那块辽阔的高地，除了野草，就是欧石楠，见不到一座房屋，见不到一棵树。那高地不知不觉地渐渐升高，一眼望不到边；它的边缘，像一条又长又直又硬的线，紧贴着星光照耀的黑沉沉的地平线。支持她往上爬的力量，是她的眼睛始终看见前面那座城堡。

那座城堡在她眼里慢慢地越来越大。

我们刚才说过，那来自城堡的沉闷轰响和暗淡的光亮是时断时续的，一会儿没有了，一会儿又有了，对这位落难的母亲来说，真好像一个莫名其妙的、揪心的谜。

突然，一切都没有了，声音和光亮统统消失了。一时间，四下里静悄悄的，一种瘆人的寂静。

就在这时，米什尔·弗雷夏到达了高地的边缘。

她看见脚下一条山沟，底部消失在灰暗浓重的夜色中；离高地顶部不远的地方，看见一些交错的轮子、斜壁和射击孔，那就是炮台；而在她前面，炮台上已点燃的引信，依稀映照出一座庞大的建筑物；那座建筑物仿佛是黑暗筑成的，比笼罩它的夜色还要黑。

那座建筑物包括一座桥，桥洞隐设在山沟里，桥上面好像耸立着一座小堡；桥和小堡都紧靠着一座高耸的黑黢黢的圆形建筑，那就是这位母亲从那么遥远的地方赶来寻找的城堡。

从城堡的天窗可以看见里面有灯光晃来晃去；从里面传出阵阵嘈杂声，可以想见里面有许多人，其中有几个人影甚至跑到了顶部的露台上。

炮台旁边就是兵营，米什尔·弗雷夏看得见哨兵，但她在黑暗中，又有灌木丛掩护，没有被发现。

她走到了高地边缘，离桥那么近，仿佛一伸手就可以触到了。深深的山沟把她和桥隔开了。黑暗中，她分辨出桥堡有三层楼。

她不知道待了多长时间，她思想上已经没有时间概念，只是默默地站在那里，隔着深深的山沟，全神贯注地望着那座黑黢黢的建筑。这是什么建筑？里面发生了什么事情？这就是拉杜格吗？一种说不清的期待心情使她感到一阵晕眩，而这种期待既像是终点又像是起点。她暗暗问自己为什么来到了这里。

她观察着，倾听着。

突然，她什么也看不见了。

在她和她所看的东西之间，升起了一片烟幕。那烟刺激得她的双眼难以睁开。她刚闭上眼睛，却觉得眼前又红又亮，便连忙又将眼睛睁开。

她眼前再也不是一片漆黑，而是如同白昼，可是这是灾难性的白昼，是大火映出的白昼：她眼前爆发了一场火灾。

黑烟变成了深红色，里面有一大团火焰；那火焰时现时隐，像闪电和蛇一样可怕地扭动着。

那团火焰像舌头从一张巨口似的东西里舔出来，那张巨口实际上是一扇烈火熊熊的窗户，是桥上小堡最下面一层的窗户。窗户的铁栏杆已经烧得通红。整个建筑物只看得见这扇窗户。浓烟笼罩了一切，甚至笼罩了高地，只隐约看得见火光映照的山沟黑沉沉的边缘。

米什尔·弗雷夏惊呆地望着。浓烟似云雾，云雾似梦幻，她再也不明白自己看见的是什么。她应该逃走呢，还是应该留下？她几乎觉得自己脱离了现实世界。

一阵风吹过，撕裂了烟幕；罅隙中，那座遭灾的城堡突然显现出来了，主塔、桥和小堡，整个儿突兀在眼前，看得一清二楚，那样耀眼，那样吓人，从上到下被大火映得金光灿烂。在通亮的、灾难的火光中，米什尔·弗雷夏什么都看得见了。

建在桥上的小堡最下一层正在燃烧。

上面两层还没有烧着，但看上去仿佛已经放在一个火炉里了。米什尔·弗雷夏站在高地边缘，透过火焰和烟雾，模模糊糊可以看得见屋子里面。所有的窗户都是敞开的。

三层楼的窗户都很高大，米什尔·弗雷夏透过窗户望去，看见沿墙摆满了柜子，里面似乎都装满了书，而在一扇窗前的地板上，有一小堆什么东西，昏暗中模模糊糊的分辨不清，仿佛是一个鸟窠，又像是一窝雏鸡，似乎还不时地在动呢。

她仔细打量那堆东西。

那一小堆黑乎乎的东西到底是什么？有时，她觉得那像一堆活的东西。可是，她正在发烧，从早晨起就没吃东西，不停地走路，人已经精疲力竭，眼前的一切都仿佛是幻觉。不过，她本能地不相信这是幻觉，两眼越来越凝望着那堆黑黑的东西，没法挪开；那堆东西大概是没有生命的，表面上一动不动，躺在着火那层楼的上一层楼的地板上。

突然，那火仿佛具有意志，从下面伸出一个火舌，舔向那株枯萎的爬山虎，爬山虎恰好覆盖着米什尔·弗雷夏凝望的那面墙壁。火焰仿佛刚刚发现了那张干枯的蔓枝交织的网。一团火星贪婪地扑上去，像点燃了的火药，以可怕的速度沿着蔓枝向上蹿去。一眨眼工夫，火焰就蹿上了三层楼，于是从上面把二层楼的里面照亮了。一阵强烈的火光蓦然清晰地映出了三个熟睡的孩子。

那是一堆可爱的小生命，胳膊和腿交错地搭在一起，闭着眼睛，金发下面的小脸上浮着微笑。

母亲认出那是她的孩子。

她可怕地叫喊了一声。

这种难以言状的痛苦的叫喊只有母亲才喊得出来。它比任何叫喊都更凶猛，也更令人感动。一个女人发出这样的喊声，人们还以为是一只母狼在嗥叫；一只母狼在嗥叫，人们还以为是一个女人在叫喊。

米什尔·弗雷夏的这声叫喊就是一声嗥叫。正如荷马说的赫卡柏[①]在狂吠一样。

---

① 据希腊传说，她是特洛伊国王的妻子，赫克托耳的母亲。她最小的儿子曾托付给色雷斯国王照管。当希腊人返家路经色雷斯时，她发现儿子已被谋杀，就挖掉国王的双眼并杀死他的两个儿子作为报复，后又变成一只狗。

朗德纳克侯爵听见的就是这声叫喊。

我们看见他停住了脚步。

侯爵正在阿尔马洛带他逃出来的那条小径的路口和山沟之间。透过头顶交错的灌木枝，他看见桥正在燃烧，拉杜格被火光映得通红。他拨开两根树枝，看见在头顶上的另一边，正在燃烧的桥堡对面的高地边缘，如同白昼的火光映照出一张惊恐而悲伤的面孔，一个俯身山沟的女人。

叫喊就是那个女人发出来的。

那张脸不再是米什尔·弗雷夏，而是戈耳工[1]。最不幸的人也是最可怕的人。那个农妇变成了复仇女神。这个平凡的、无知的、没有觉悟的普通乡村妇女，由于绝望突然变得像史诗中的英雄一样高大。巨大的痛苦会使人的心灵变得像巨人一样。这位母亲代表着母性；一切集中体现人性的东西都是非凡的。她站在那里，站在山沟的边缘，面对这熊熊烈火，面对这滔天罪行，像一尊可怖的天神。她像野兽一样号叫，像天神一样捶胸顿足，她那张发出诅咒的面孔，像一张烈焰腾腾的面具。她那双泪汪汪的眼睛里的闪光无比威严；她的目光闪电般在大火上掠来掠去。

侯爵倾听着。那声音落在他头顶上；他听到的是含混不清、令人心碎、难以描述的号啕，而不是喊叫。

“啊！天哪！我的孩子！这是我的孩子！救命呀！救火啊！救火！救火啊！你们原来是土匪！那边有人吗？我的孩子要烧死了！唉！有这样的事！乔治特！我的孩子们！胖子阿兰，勒内-让！啊，这是怎么回事？是谁把我的孩子放在那里的？他们是睡着的。我疯啦！这是不可能的事。救人啊！”

这时，拉杜格里面和高地上突然乱纷纷的。整个兵营的人都

---

① 希腊神话中的怪物。传说有三个戈耳工，其中只有墨杜萨不能永生，被珀耳修斯砍死并割下头。她的头能使任何看到的人变成石头。

跑到刚爆发的大火四周。围攻的军队经历了枪林弹雨之后，又遇到了火灾。郭文、西穆尔登、盖尚下着命令。怎么办？山沟里那条水极浅的小溪只能打几桶水。大家越来越焦虑。整个高地边缘站满了人，个个惊慌失措地望着。

眼前的景象可怕极了。

人们望着大火，束手无策。

火焰沿着那株着起来的爬山虎，已经烧到最高一层。那里是堆满干草的仓房，火苗立刻扑了进去。现在整个仓房着起来了。火焰腾跃着；欢快的火苗令人胆寒。仿佛有股邪恶的风在吹旺这场大火。可以说是凶神恶煞般的羿马蚌整个儿化成了夹带着火星的旋风，借着吞噬生命的烈火还活在世上，是他那歹毒的灵魂化作了这场火灾。火还没有烧到图书室，图书室的天花板很高，墙壁很厚，使得火烧进去的时刻来得晚一些，但是这个不可避免的时刻正在逼近。下一层的火舌已在舔着它，上一层的火焰已在抚摩它。死神已经在可怕地轻轻吻它。下面是个火坑，上面是个火罩。如果地板上烧穿一个洞，就会跌进熔炉之中；如果天花板烧穿一个洞，就会埋葬火炭之下。勒内－让、胖子阿兰和乔治特还没有醒，他们还是孩子，天真纯洁，睡得特别沉，烈焰和浓烟时而遮盖了窗户，时而使窗户显露出来，间隙之中可以看见那三个孩子躺在火窟之中，躺在一闪一闪的火光之中，平静，可爱，一动不动，像三个自信的小耶稣睡在地狱之中。看见这三朵玫瑰落在火炉里，看见这三个摇篮锁在坟墓里，无论多么残暴的人都会落泪。

这时，那位母亲绞着手臂喊道：

“救火呀！我在喊救火！难道都是聋子吗？谁也不来！要把我几个孩子烧死啦。来呀，那边的人。我赶了多少天路，找到了他们却是这样！救火啊！救命啊！救这几个小天使！不消说他们是小天使！他们干了什么，这几个天真无邪的孩子？我挨过枪毙，他们又要被烧死！这种事是什么人干的？救命啊！救我的孩子！你们没听见我喊叫吗？就算我是只母狗，你们也应该有点怜悯之心！我的孩子！我的孩子！他们还睡着的呀！啊！乔治特！我看见她的小肚肚啦，这可爱的宝贝！勒内－让！胖子阿兰！这就是他们的名字。你们看得很清楚，我就是他们的母亲。眼前发生的事真是罪恶滔天。我没日没夜地赶过多少路。今天早晨我还跟一位大娘谈起过来着。救命啊！救命啊！救火！你们都是魔鬼！真正令人发指！最大的还不到五岁，最小的还不到两岁。我看见他们裸露的小腿啦。他们是睡着的，大慈大悲的圣母！上天之手把他们还给我，地狱之手又把他们夺走了。真想不到呀，我走了这么多路。我用奶水喂大的几个孩子，找不到他们，我感到很不幸。可怜可怜我吧。我要我的孩子，我不能没有我的孩子！可是，他们真的在火里。看看我可怜的双脚吧，整个儿血淋淋的。救人啊！这世界上有人，却让我几个可怜的孩子这样死去，这怎么可能！救人啊！抓凶手啊！谁见过这种事。啊！土匪！那座该死的房子是什么房子？他们把我的孩子拐去，就是为了烧死他们。苦难的耶稣！我要我的孩子。唉！我不知道该怎么办！我不能让他们死去！救人啊！救人啊！救人啊！啊！如果他们就这样死去，我非杀了上帝不可。”

当母亲这样令人心碎地哀求的时候，高地上和山沟里也有许多人在大声叫喊：

“梯子！”

“没有梯子！”

“水！”

“没有水！”

“那上面，堡垒三层有扇门。”

“是扇铁门。”

“砸开它！”

“砸不开。”

母亲绝望地叫喊得更厉害了：

“救火呀！救人呀！你们赶快呀！不然就杀死我吧！我的孩子！我的孩子！啊，这可怕的火！要么把他们从火里救出来，要么把我扔到火里去！”

在她呼天喊地的间歇中，听得见大火静静地发出爆裂声。

侯爵摸摸口袋，摸到了铁门的钥匙。于是，他腰一弯，跨进他逃出来的拱门，踏着他刚刚出来的小径折了回去。

## 二　从石门到铁门

整个部队都赶来抢救，但都束手无策，急得都要疯了。四千多人无法搭救三个孩子，这就是当时的情势。

梯子的确没有，从雅凡内运来的梯子没有送到。火势有如火山口爆发，烧得越来越宽。要想用几乎干枯的小溪里的水来扑灭这场大火，那根本无济于事，等于把一杯水倒进火山口里。

西穆尔登、盖尚和拉杜下到了山沟里；郭文重新上到拉杜格三层有转石的那间大厅里，也就是有秘密出口和通向图书室的铁门那间大厅里。羿马蚌就是在那里点燃的导火线，火灾是从那里引发的。

郭文带上来十二个工兵。砸开铁门，只有这个办法了。铁门关得极紧。

他们开始用斧头劈，可是斧头劈断了。一个工兵说：

“钢碰在这扇铁门上简直像玻璃。”

事实上，这扇门是用熟铁锻造的，而且是用螺栓旋紧在一起的双层铁板，每层厚达三英寸。

他们找来一些铁棍，试图从门底下撬。铁棍都撬折了。

“火柴杆似的。”那个工兵又说。

郭文脸色阴沉，自言自语道：

“这门只有用炮弹才轰得开，要把一门大炮弄上来才成。”

“也不一定就成。”还是那个工兵说。

一时间大家挺丧气。一双双无能为力的手停了下来。这些人闷声不响，毫无办法，满脸沮丧地望着那扇可怕的、撼不动的铁门。门底下照过来一片红光。外面的火越烧越猛了。

羿马蚌令人厌恶的尸体躺在那里，一副阴森可怖、幸灾乐祸的样子。

也许再过几分钟，整个桥堡要倒塌了。

怎么办？没有希望了。

郭文两眼盯住墙壁里那块旋转的石头和那个敞开的洞口，怒不可遏地大声说：

“可是朗德纳克就是从这里逃走的！”

“他也从这里回来啦。”一个声音说。

石头里面的秘密洞口露出一个白发苍苍的头。

原来是侯爵。

郭文好多年没有这么近看见过他了，不由得后退一步。

在场的人全都愣住了。

侯爵手里捏把大钥匙，高傲地扫一眼他面前几个工兵，径直朝铁门走去，到了门洞里弯下腰，将钥匙插进锁孔里。锁嘎吱一声，门就开了。门那边是一片火海，侯爵跨了进去。

他步伐坚定地跨了进去，高昂着头。

大家注视着他，都捏着一把汗。

侯爵刚在着火的大厅里走几步，地板本来被火烧坏了，经他一踩，就在他身后轰的一声塌了下去，在他和门之间形成一个深渊。侯爵连头也没回，继续朝前走，消失在浓烟之中。

什么也看不见了。

他又往前走了吗，还是他脚下又形成了一个深渊？他是不是要葬送自己才能成功？这一切都没法说。大家面前只有一堵烟和火的墙壁。侯爵在墙的那边，生死不明。

## 三　孩子们醒了

这时，孩子们终于睁开了眼睛。

大火还没有烧进图书室，但在天花板上投射了玫瑰色的反光。孩子们从没见过这样的曙光，仰头望着，乔治特更是看得出了神。

火光烛天，无比辉煌。黑色的蛇和红色的龙，在滚滚浓烟中腾跃，那浓烟黑中透红，十分瑰丽。长长的火花弹射得远远的，把黑暗的地方照亮，像许多彗星在格斗，相互追杀。大火真是挥霍无度，把火炭里大把大把的珠宝撒到风中，怪不得有人把火炭形容为珠宝。四层楼的墙壁出现了几条裂缝，火炭通过裂缝，向山沟里倾泻着珠宝的瀑布；堆满仓房的干草和燕麦熊熊燃烧，金色的粉末开始像雪崩似的从窗户里崩塌下来；燕麦化成了水晶，干草化成了红宝石。

“多好看！”乔治特说。

三个孩子全都爬了起来。

“啊！”母亲喊道，“他们醒来啦！”

勒内－让爬起来，胖子阿兰爬起来，乔治特爬起来。

勒内－让伸伸懒腰，走到窗户边，说：

“好热。”

“热。”乔治特跟着说。

母亲呼唤他们。

“孩子们！勒内！阿兰！乔治特！”

孩子们四处张望，想弄清楚是怎么回事。凡是大人们惊慌失措的场面，孩子们都会很好奇。容易好奇的人不容易害怕；无知中包含着大胆。小孩子与地狱相距遥遥，他们看见了地狱准会叹赏不已。

母亲又呼唤：

“勒内！阿兰！乔治特！”

勒内回过头，这声音使他的心从贪玩中收了回来。小孩子记忆力短暂，但回忆起来却很快；整个过去对于他们来讲，只不过是昨天的事情。勒内看见了母亲，觉得这是挺自然的事情，周围发生的事情如此异乎寻常，他模糊地感到需要有个依靠，便叫起来：

“妈妈！”

“妈妈！”胖子阿兰也叫起来。

“妈妈！”乔治特也叫起来。

乔治特叫着伸出两只小手。

母亲号叫着：

“我的孩子们！”

三个孩子一齐跑到窗口；幸好这边还没有着火。

“我好热。”勒内说。

他说罢又加一句：

“好烫。”

他抬眼寻找妈妈。

“过来呀，妈妈。”

“来，妈妈。”乔治特跟着喊道。

母亲冲过一丛丛荆棘滚到了山沟里，已是披头散发，遍体鳞伤，鲜血淋漓。西穆尔登和盖尚在山沟里，和上面的郭文一样无能为力。有劲使不上的士兵们，绝望地挤在他们周围。火烤得令人难以忍受，但谁都没有感觉到。大家心里考虑的是桥的险要、桥墩的高度、矗立的多层桥堡、根本没法进去的窗户和迅速采取行动的必要。要爬三层楼，没有任何办法爬得上去。负了伤的拉杜，带着肩膀的一处刀伤和给打掉了半边的耳朵，血汗淋漓地跑过来。他看见了米什尔·弗雷夏，叫起来：“啊！被枪毙了的女人！你复活了？”“我的孩子！”母亲说。“对，”拉杜答道，“我们没有时间来管从阴间回来的人。”他开始爬桥，白费力气地尝试，他用指甲抠住石头，爬了一会儿，可是桥墩滑溜溜的，没有一点裂缝，没有一点棱角，一块块石头接合得天衣无缝，像新建的一样。拉杜掉了下来。大火越烧越猛，可怕极了。烧红的窗框里面，露出三个金色头发的小脑袋。拉杜对天挥舞着拳头，目光像在找什么人，说道：“这样像话吗，仁慈的上帝！”母亲跪在地上，抱住桥墩喊道：“开开恩吧！”

沉闷的爆裂声夹杂着火炭的噼啪声。图书室里书柜的玻璃炸裂了，哗啦啦掉在地上。很明显，屋架已开始动摇。任何人力都无法挽救了。再过一会儿，整座桥堡将坍塌。大家只能等待灾难的结局了。只听见那几个弱小的声音在不停地叫喊：“妈妈！妈妈！”那情景真是恐怖到了极点。

突然，在孩子们所在的窗口相邻的窗口，深红色的火光映照出一个高大的身影。

所有头都仰起来，所有眼睛都盯住了那上面。有个人在那上头，有个人在图书室里，有个人在火场里。那人被火光衬托得呈黑色，但头发是白的，大家认出来那是朗德纳克侯爵。

他消失了，一会儿又出现了。

那个可怕的老头儿挺立在窗口，挪动着一架笨重的长梯。就是放在图书室里的那架救护梯，他在墙边找到后，拖到窗口。他抓住梯子的一端，以出色的运动员的灵巧动作，将梯子伸出窗外，贴着窗台外沿，让它一直滑到山沟里。拉杜像疯了似的，在下面伸出双手，抓住梯子，一把抱住，高呼道：“共和国万岁！”

侯爵回应：“国王万岁！”

拉杜嘟囔道：“你爱喊什么喊什么，说蠢话不行，你就是仁慈的上帝。”

梯子放稳了，正在燃烧的房间与地上的联系建立了。跑来二十个人，以拉杜为首。一眨眼工夫，他们从下到上，一级一级背靠梯子站好了，像泥瓦匠们摆好阵势准备传递砖瓦一样。木头梯子上叠起了一架人梯。拉杜站在梯子顶端，够着了窗台，转身向着大火。

分散在荆棘丛里和山坡上的人数不多的队伍，一个个激动得什么似的，在高地上、山沟里和堡垒的露台上挤来挤去。

侯爵又消失了，再露面时抱了一个孩子。

四处响起一片掌声。

侯爵顺手抓到的头一个孩子是胖子阿兰。

胖子阿兰大喊大叫：“我怕！”

侯爵将胖子阿兰递给拉杜，拉杜接过来递给下面的一个士兵，那士兵再递给下一个。当胖子阿兰吓得尖喊尖叫，经过一双双胳膊的传递到达梯子脚下时，消失了一会儿的侯爵抱着勒内-让回到了窗口；侯爵把他交给拉杜时，他就打中士。

侯爵又返回烈焰腾腾的屋里。只剩下乔治特一个人。侯爵走到她身边，她向侯爵微笑。这个铁石心肠的人，也不禁觉得眼睛里有点潮湿。他问道：

“你叫什么名字？”

“乔治特。”乔治特答道。

侯爵抱起她，她一直微笑着。侯爵把她递给拉杜时，这个如此高尚又如此阴暗的心灵，竟被孩子的天真无邪感动了。老头儿亲了亲小女孩。

“这就是那个小姑娘。”士兵们说道。乔治特经过一双双胳膊的传递，在一片欢呼声中到达了地面。大家拼命鼓掌，高兴得跳起来，老兵们都哭了，而小姑娘冲着他们微笑。

母亲站在梯子脚下，喘着粗气，欣喜若狂，如痴似醉。这一切多么出乎意料，从地狱一步就登上了天堂。过度的欢喜也会损害心脏。母亲伸长胳膊，先接住胖子阿兰，然后接住勒内－让，最后接住乔治特。没头没脑一个劲儿地吻他们，吻完了哈哈大笑，接着一头晕倒在地上。

四下里响起一片喊声：

“全都救出来啦！”

不错，全都救出来了，除了老头儿。

不过，没有人想到老头儿，恐怕连他自己也没考虑自己。

他沉思地在窗口伫立片刻，仿佛想留点时间给大火去拿定主意。而后，他不慌不忙，慢条斯理而又高傲地跨过窗台，没有回头望一眼，就挺直身子，贴住梯子，背朝大火，面向深渊，开始默默地拾级而下，那副凛然的模样，简直像个幽灵。梯子上的人都急忙下到地面，在场的人都止不住心里一咯噔。周围的人见到这个人从高处下来，都像见了鬼一样，恐惧地往后退。而他呢，却庄严地继续深入他脚底下的黑暗之中。大家往后退，他却越来越接近他们。他的脸苍白得像大理石，上面没有一丝皱纹；他那幽灵般的目光并不闪闪发光。所有惊愕的眼睛都盯住黑暗中的他，而他每接近他们一步，就仿佛显得更加高大。梯子在他阴森森的脚下抖动，吱嘎作响，他就像重新下到坟墓里去的骑士石像[1]。

当侯爵下到底下，当他下完最后一级，将脚踩到地上时，一只手抓住了他的衣领。他转过头。

“我逮捕你。”西穆尔登说。

“我准许你逮捕我。”朗德纳克说。

① 传说中被堂璜杀死的骑士尤老(Ulloa)。

# 第六章　胜利之后的斗争

## 一　朗德纳克被捕

侯爵果然又下到了坟墓里。

他被押走了。

拉杜格底层的地牢立刻在西穆尔登严厉的目光监视下打开了。有人在里面放了一盏灯、一罐水、一块士兵吃的面包，又扔下一把稻草，在教士的手抓住侯爵还不到一刻钟之后，地牢的门就在朗德纳克身后关上了。

完事儿之后，西穆尔登去找郭文。这时，远方帕里涅教堂的钟楼敲响了晚上 11 点钟。西穆尔登对郭文说：

“我要让军事法庭开庭。你不能参加。你是郭文家族成员，朗德纳克也是郭文家族成员。你和他亲缘关系太近，不能当法官。我是反对由平等去审判加佩的。军事法庭由三个法官组成，一位军官，即盖尚上尉，一个士官，就是拉杜中士，还有我，担任庭长。这一切都与你无关。我们将按照国民公会的法令办事。只要验明前侯爵朗德纳克的正身就成了。明天审判，后天上断头台。旺代完啦。”

郭文一句话也没回答。西穆尔登一心想着要去办这件最重要的事情，就离开了他。西穆尔登要确定时间，选定地点。他习惯于亲自参加行刑，像李基尼奥在格朗维尔，塔利安在波尔多，夏力叶在里昂，圣茹斯特在斯特拉斯堡所做的一样；这个习惯被公认为是一个好榜样。法官亲临现场看着刽子手行刑，这是恐怖时代的九三年从以前的法国最高法院和西班牙的宗教裁判所那里学来的。

郭文也有事情要考虑。

从森林那边吹来阵阵凉风。郭文让盖尚去下达各项必要的命令，回到拉杜格脚下森林边草地上的帐篷里，拿了一件带风帽的斗篷披在身上。共和派崇尚简朴，他这件斗篷上只有一条简单的杠杠，那是司令官的标志。他开始在草地上来回踱步，草地上血迹斑斑，进攻是从这里发起的。这里只有他一个人。大火还在继续燃烧，不过现在无所谓了。拉杜待在三个孩子和母亲身边，几乎和那位母亲一样慈爱。桥堡差不多烧光了。工兵们在隔离火势，一些人在挖坑掩埋死者，一些人在包扎伤员；退守障碍被拆除了，各个屋子里和楼梯上的尸体都抬了出来，大家忙着打扫屠杀的地方，清除胜利后留下来的可怕垃圾。士兵们以雷厉风行的军人作风，完成所谓打扫战场的工作。这一切郭文都没有看见。

他只在沉思之中瞥了一眼缺口的岗哨。在西穆尔登的命令之下，那道岗哨已由双倍的士兵警戒。

那个缺口在黑暗中他还依稀看得见，离他大约两百步远。他待在草地的一角，像躲在那里似的。他看见那个黑洞洞的缺口。三个钟头之前，攻击就是从那里开始的；郭文他就是从那里冲进堡垒的；从那里进去就是堡垒的底层，里面就是退守障碍；关押侯爵的地牢的门，就开在底层。缺口的那道岗哨，就是看守地牢的。

在他的眼睛依稀看见缺口的同时，他的耳朵又隐约听见那句话，像丧钟般在震响："明天审判，后天上断头台。"

大火已经被隔断，工兵们将弄到的水一个劲往火上泼，但那火很难扑灭，还在时断时续地冒出火焰；不时传来天花板断裂的响声和一层层楼坍塌的巨响，随即一股股火花的旋风冲天而起，就像有人在挥舞一个火炬似的，照亮了遥远的地平线，拉杜格的黑影突然变得异常巨大，一直伸展到了森林边缘。

郭文在堡垒的黑影之中，在发起攻击的缺口前面，慢慢地来回踱步，有时双手交叉在戴着军人风帽的脑袋后面，沉思着。

## 二　沉思的郭文

郭文的沉思深不可测。

刚才突然发生了一种前所未闻的彻底转变。

朗德纳克侯爵改变了。

郭文是这个变化的见证人。

他从来没有想到错综复杂的事变中会发生这种事情，不管这种事变有多么复杂。他连做梦也根本没有想到过。

意外的情况经常以一种难以形容的傲慢态度嘲弄人，这回它使郭文深为感动，而且久久难以平静。

不可能的事情竟然在郭文面前变成了现实，变成了看得见，摸得着，避不开，躲不掉的现实。

对这件事，郭文是怎样想的呢？

回避是不行的，应该做出结论。

一个问题摆在他面前，他不能避而不答。

这个问题是谁提出来的？

是事变提出来的。

也不仅仅是事变提出来的。

事变是变化无常的，正义是永恒不变的，事变向我们提出一个问题时，正义就要求我们做出回答。

乌云向我们投下阴影，但乌云后面有星星，星星向我们射来光芒。

阴影和光芒一样，都是我们无法回避的。

郭文正受到审问。

他在一个人面前接受审问。

在一个令人生畏的人面前。

这个人就是他的良心。

郭文觉得他心灵里的一切都动摇了。他最坚定不移的决心，他最虔诚无悔的诺言，他的不可改变的决定，这一切，在他的意愿中都从根本上动摇了。

他的心灵发生了震动。

越考虑他刚刚看到的情景，他就越不能平静。

作为共和派，郭文认为自己掌握了绝对真理，事实上也确实如此。可是，刚才他看到了一种更高境界的绝对真理。

在革命的绝对真理之上，存在着人道的绝对真理。

所发生的事情不容回避。事情是严肃的。郭文也卷进了这件事：他当时在场，无法躲开，尽管西穆尔登对他说："这一切都与你无关。"但他现在心里的感觉，就像一棵树被人连根拔掉时的感觉一样。

每个人都有自己的根基；根基动摇了，会产生深深的不安。郭文正感到了这种不安。

他两只手挤压着脑袋，仿佛要从里面挤出真理。要把这样一种情况理清楚，不是一件容易的事；要使错综复杂的事情简单化，那是非常困难的。他面前有一大堆令人望而生畏的数字，他必须算出它们的总和。要做命运的加法，真叫人头晕！他尝试着，尽力把事情想清楚。他竭力集中思想，克服内心的阻力，把事情的始末回顾一遍。

他把事实向自己进行陈述。

在最紧要的关头，为了弄清楚该走什么道路，不管是前进的路还是后退的路，谁没有自己给自己作过报告，自己盘问过自己呢？

郭文刚才目睹了一个奇迹。

有尘世的斗争，同时存在着天堂的斗争。

那就是善对恶的斗争。

一个可怕的心灵刚刚被降伏了。

鉴于这个人身上的种种恶劣品质，如凶横残暴、怙恶不悛、胡作非为、顽固不化、狂妄自大、自私自利，等等，郭文刚才目睹的，确实是个奇迹。

这是人道对人的胜利。

是人道战胜了不人道。

是通过什么办法，什么方式呢？人道怎样降伏了一个狂怒和仇恨的巨人？它用的是什么武器？用的是什么战争机器？它用的是摇篮。

郭文感到目眩神迷。在白热化的社会战争中，在各种敌意和复仇引起的激烈冲突中，在动乱达到了最黑暗、最狂热的时刻，在罪恶点燃了熊熊烈火，仇恨布下了重重黑暗的时刻，在斗争使一切都变成了射向对方的炮弹的时刻，在混战如此令人沮丧，连正义、公正和真理在哪里都搞不清楚的时刻，未知之神，即心灵神秘的警告者，使那伟大而永恒的光芒，在人类的光明和黑暗之上大放异彩。

在错误与正确杀得天昏地暗的决斗之上，深深隐藏的真理突然现出了面孔。

弱者的力量突然起了作用。

我们看到三个可怜的孩子，出世未久，童蒙无知，无依无靠，无父无母，孤苦无助，只会牙牙学语，只会微笑，而威胁着他们的，却是内战、对等惩罚法则、报复的可怕逻辑、谋杀、屠杀、骨肉相残、疯狂、仇恨以及各种妖魔鬼怪，可是他们却胜利了；我们看到一次怀着罪恶目的的无耻纵火流产了，失败了；我们看到那些歹毒的预谋遭到挫败，破产了；我们看到那种古代封建主义的残暴，那种年深日久的冷酷无情的蔑视，那种所谓对战争需要的体验，那种以国家利益为名的理由，以及残暴的老年人所抱的种种狂妄的成见，在尚未入世的稚童纯洁的目光下，统统消失得无影无踪。这是很自然的，因为尚未入世的稚童没有做过坏事，他就是正义，他就是真理，他洁白无瑕，天上许多天使都存在幼小的孩子们身上。

这是有益的一幕，是忠告，是教训。那些在残酷无情的战争中打红了眼的士兵们突然看到，在所有罪恶、杀戮、狂热、暗杀面前，在愈演愈烈的复仇面前，在明火执仗的死神面前，在罄竹难书的滔天罪恶之上，巍然屹立起了纯洁无邪。

纯洁无邪取得了胜利。

我们可以说：不，内战算不了什么，野蛮算不了什么，仇恨算不了什么，罪恶算不了什么，黑暗算不了什么，有了童蒙的曙光，就足以驱散这一切恐怖。

在任何战斗中，无论是撒旦还是上帝，都从来没有显现得如此清楚。

这次战斗的战场就是良心。

朗德纳克的良心。

现在，战斗又在另一个良心里打响了，更加激烈，可能更具有决定意义。

这回战场是郭文的良心。

人是怎样一个战场啊！

我们都受这些神，这些妖魔，这些巨人，也就是我们自己的思想的摆布。

这些可怕的交战者，经常践踏着我们的灵魂。

郭文沉思。

朗德纳克侯爵被包围了，被困住了，注定要完蛋了，不受法律的保护，像马戏团的野兽被关在笼子里，像钉子被钳子紧紧夹住了，他的藏身之所变成了他的牢狱，他被关在里面，被严严实实地围困在铁与火的墙壁里面，可是他却逃脱了。他创造了逃脱的奇迹，完成了一件杰作。在这样一场战争中，逃脱比完成任何杰作都更加困难。他重新回到了可以坚守待敌的森林里，重新回到了可以四处作战的乡土上，重新回到了可以隐遁形迹的黑暗中。他又成了那个独来独往、令人生畏的人物，那个阴险可怕的流浪者，那些神出鬼没的队伍的统帅，那些地下军的首领，那个森林的主人。郭文取得了胜利，但朗德纳克获得了自由。朗德纳克从此有了安全，有了无限广阔的活动天地，有了数不清的庇护所。他成了一个找不着、抓不到、无法近身的人。他是落进陷阱而逃了出来的狮子。

可是，他却回来了。

朗德纳克侯爵自愿地、本能地、完全根据他本人的选择，离开了森林、暗影，放弃了安全、自由，回到最可怕的危险之中。郭文亲眼目睹他勇敢无畏地冲进大火，置葬身火海的危险于不顾，而且从梯子上下来，第二次回到敌人之中。那架梯子，对别人是救命梯，对他却是送命梯。

他为什么要这样做呢？

为了救三个孩子。

现在我们打算怎样处置这个人呢？

杀头。

那么，这个人所救的三个孩子是他自己的孩子吗？不是；是他的家族的孩子吗？不是；是他那个阶级的孩子吗，也不是。为了偶然遇到的可怜的三个孩子，为了三个不认识的弃儿，为了三个衣衫褴褛的小叫花子，这位贵族，这位亲王，这位老者，本来已经获救，已经自由，已经胜利（因为逃脱也是一种胜利），却冒着一切危险，不惜一切代价，不顾一切牺牲，高傲地救出了三个孩子，同时交出了自己的脑袋，交出了那个此前令人恐怖，如今令人敬畏的脑袋。

我们怎么办呢？

接受这个脑袋。

朗德纳克侯爵可以在别人和自己的生命之间做出选择；在这次庄严的选择中，他为自己选择了死亡。

我们就要让他死。

我们就要杀他的头。

英雄主义得到如此的报偿！

用野蛮行为报答慷慨行为！

使革命显得如此低下！

岂不是贬低共和国吗！

那个抱着成见和奴役制度不放的人突然转变了，突然回到了人道的立场，而他们，这些致力于自由，致力于解放的人，却仍然抱住内战、流血、骨肉相残的陈规陋习！

宽容、舍生取义、赎罪、自我牺牲等等高尚而神圣的准则，对那些为错误而战的士兵存在，对那些为真理而战的士兵却不存在！

怎么！不能高尚地进行斗争！甘心在这场斗争中失败，本来是强者都变成了弱者，本来是胜利者却变成了杀人凶手，这岂不会授人以柄，说君主制方面有人搭救儿童，而共和制方面却有人残杀老头儿？

这位伟大的军人，这位八十岁的壮士，这位手无寸铁的战士，不是被俘获的，而是被劫持的，是在做好事时被抓住的，是在他自己的允许下被捆绑的，他的额头上还有他的崇高的献身行动所流的汗水呢，人们都看到他一级一级登上断头台，就像一级一级登上神坛！人们将把这个人的头按在铡刀之下，而那三个获救的小天使的灵魂将在他周围飞翔，为他求情！面对这种有损于刽子手名誉的极刑，人们将看到这个人脸上浮着微笑，而共和国却禁不住脸红！

而这一切将在身为司令的郭文面前完成！

他能够阻止这件事情，却袖手旁观！他将满足于顺从那个傲慢无礼的通知："这一切与你无关！"他不会去想在这种情况下放弃职权就是同谋！他也不会意识到，在这样一个重大的行动中，行动者和听之任之者相比较，听之任之者更坏，因为他是懦夫！

可是，他不是保证过要处死这个人的吗？他郭文本是个宽容的人，他不是宣布过，朗德纳克不属于宽容之列，他将把朗德纳克交给西穆尔登吗？

这个头是他欠下的，他把它交出去，这就万事大吉了。

可是，这还是同一个头吗？

迄今为止，郭文在朗德纳克身上看到的，只是一个野蛮的斗士，一个屠杀战俘的刽子手，一个君主制和封建制的狂热卫道士，一个在战争中杀人不眨眼的恶魔，一个嗜血成性的家伙。对这个人，郭文毫无所惧；对这个杀人不眨眼的家伙，郭文将杀了他；对这个冷酷无情的人，郭文也将冷酷无情。这再简单不过了，方针已经确定，即使感到不是滋味，执行起来还是很容易，一切都事先安排好了，杀掉这个杀人的坏蛋，沿着恐怖的路线笔直走下去。可是出乎意料的是，这条笔直的路线却转了弯，转了一个意想不到的弯，将一片新天地展现在人们面前，让人目睹到一个神奇的变化。一个出人意料的朗德纳克登台了。恶魔身上产生出一位英雄，不止一位英雄，还是一个人。不只是一个灵魂，还是一颗心。郭文面对的不再是一个杀人犯，而是一个舍己救人的人。郭文被上天的一道神奇光芒照得目瞪口呆，被朗德纳克善良的雷霆击倒了。

改变了的朗德纳克改变不了郭文！怎么！这道强光居然得不到反响！过去的人前进了，未来的人却甘居落后！野蛮和迷信的人突然展开翅膀，高高地翱翔，俯视着怀抱理想的人在污泥和黑暗中爬行！郭文将继续匍匐在无情斗争的旧车辙里，而朗德纳克将在崇高的境界里去闯荡新的天地！

还不止于此。

还有他们的家族。

让朗德纳克流血，等于他自己流血，因为朗德纳克就要流的血，不就是他郭文的血吗？他的祖父去世了，但他的叔祖父还活着，他的叔祖父就是朗德纳克侯爵。这兄弟俩之中已经在坟墓里的那一个，难道不会起来阻止他的兄弟也进去吗？难道他不会命令自己的孙子尊重他的兄弟的苍苍白发吗？须知他兄弟的苍苍白发，和他自己的苍苍白发亲同骨肉啊！现在难道没有一个鬼魂在愤慨地注视着郭文与朗德纳克的关系吗？

革命的目的，难道是要使人丧失天性吗？进行革命难道是要破坏家庭，扼杀人性吗？根本不是这样。1789 年的出现，正是为了肯定这些至高无上的现实，而不是否定它们。推翻一切封建堡垒，正是为了解放人类；消灭封建制度，正是为了建立家庭。创造者是权力的起点；权力是属于创造者的。除了创造者，根本没有别的权力可言。因此，蜂后的地位是合法的，是她创造了全体蜜蜂，她是母蜂，就应为蜂后。由此可见，人类的国王是荒谬的，他不是人类的创造者，就不能当统治者，就应该予以废除，而实行共和。这一切是什么？是家庭，是人类，是革命。革命就是要让人民当家做主，而人民实际上就是人类。

现在要弄明白：如果朗德纳克回到了人类之中，那么郭文就应回到家庭之中。

也就是要弄明白：叔祖父和侄孙是在光明的更高境界里并驾齐驱，还是叔祖父进步了而侄孙却退步了？

郭文与自己的良心这场充满感情的辩论，最后提出了这个问题，而答案似乎也随着问题的提出而找到了：搭救朗德纳克。

不错，可是法兰西呢？

这个本来就令人头疼的问题，这一下子又突然变了样。

怎么！法兰西已陷入绝境！法兰西被出卖了。她的国门敞开了，她的国防被摧毁了！她再也没有堑壕，德国跨过了莱茵河；她再也没有城墙，意大利越过了阿尔卑斯山，西班牙越过了比利牛斯山。她只还剩下一道深渊，即大西洋。她还有一道有利于她的深渊。她可以依傍这道深渊。以整个大海作为依靠，这个巨人就能够与整个大陆作战。不管怎样，她还是处于攻不破的地位。啊，不，她就要失去这种地位。这个大洋已经不在她控制之下。大洋中的英国。不错，英国还不知道怎样越过大洋。可是，有一个人要为她搭一座桥，有一个人要向她伸出手，有一个人要对皮特、克雷格、康华里、邓达斯，对海盗们说：“来呀！”有一个人要大声疾呼：“英国，把法国拿去吧！”这个人就是朗德纳克侯爵。

这个人已经被逮捕了。经过三个月的追踪、搜捕和激烈的战斗，终于将他抓获了。革命之手刚刚抓住了这个恶魔；九三年之手已经紧紧掐住这个保王党杀人犯的脖子。由于上天对人间的事情事先做了神秘的安排，这个弑亲者现在被关在他自家的地牢里等候对他的惩罚；这个封建头子被关在封建的土牢里；他的堡垒的石墙现在用来对付他了，把他囚禁在里面；试图出卖国家的人被他自己的房屋出卖了。这一切显然是上帝安排的。正义的时刻已经到来了，革命逮捕了这个人民公敌，他再也不能打仗，再也不能斗争，再也不能作恶了。在旺代要人手有的是，但头脑只有他一个。他一完蛋，内战也就结束了。现在把他抓住了，这是个既悲又喜的结局；在屠杀，残杀了那么多人之后，这个人现在关在那里了，这个杀人的恶魔，现在该轮到他死了。

居然有人还想救他！

西穆尔登逮住了朗德纳克，即九三年逮住了君主制，居然还有人想把这个捕获物从铜臂铁爪之中解救出来！朗德纳克这个人，被称为“过去”的一切灾祸，都集中体现在他身上。朗德纳克侯爵已经进了坟墓，那扇永恒而沉重的门已经将他关在里面，却有外面来的一个人要拔掉门闩！这条社会的蠹虫死了，叛乱，骨肉相残的斗争，野蛮的战争，也连同他一块死了，可是却有人要使他复活！

啊！这个死人的头会怎样狞笑啊！

这个幽灵会说：“干得不错，我又活啦，蠢材！”

朗德纳克又会拼命地重新从事他那罪恶的旧业。朗德纳克又会高兴地、冷酷地投入仇恨和战争的深渊！无疑第二天人们就会看到一幢幢房屋被烧毁，一批批俘虏被屠杀，一批批伤员被处死，一群群妇女被杀害！

说到底，那个令郭文着迷的行动，郭文是否把它夸大了呢？

三个孩子陷入了绝境，朗德纳克救出了他们。

可是，是谁使他们陷入了绝境的呢？

难道不是朗德纳克吗？

是谁把那几个摇篮放进大火里的？

难道不是羿马蜂吗？

羿马蜂何许人？

朗德纳克的副官。

罪魁祸首是头头。

因此，纵火犯和杀人凶手都是朗德纳克。

他做了什么值得称道的事？

他只是没有坚持到底，如此而已。

他策划了这个罪恶行动之后又退缩了。他使自己感到恐怖。那位母亲的哀号，唤醒了他心里那种自古以来就有的人类怜悯心，唤醒了那种沉淀在所有人心里的怜悯心。这种怜悯心是所有灵魂都具有的，甚至最冷酷无情的灵魂。听见那哀号，他返回来了。已经走进黑暗之中的他，回到了光明之中。他布置了罪恶行为，又解除了罪恶行为。他值得称道的地方仅仅在于：当恶魔没有当到底。

为着这点事情，就把一切还给他！还给他空间，田野，平原，空气，阳光；还给他森林，让他去从事盗匪活动；还给他自由，让他去进行奴役；还给他生命，让他去制造死亡！

至于试图与他达成谅解，试图与这个高傲的人谈判，向他提出有条件地释放他，问他在保证其生命安然无恙的条件下，是否愿意放弃一切敌对情绪和叛乱活动，这种建议无疑将大错特错，会使他处于有利的地位，而遭到他无情的蔑视。他会以侮辱性的回答拒绝这种建议，比如说："把耻辱留给你们自己好啦，要杀就杀！"

对这样一个人，的确没有任何办法，除非杀了他，或者放了他。这是个站在悬崖边上的人。他随时准备展翅高飞，或者粉身碎骨；他本身既是鹰隼，又是悬崖。多么奇特的灵魂！

杀了他吗？多么于心不忍！放了他吗？多么重大的责任！

朗德纳克一旦获救，就得一切从头开始去对付旺代，像对付脑袋没被斩掉的七头蛇一样。由于这个人的消失而熄灭的烈火，转眼之间，又会以流星般的速度重新燃烧起来。朗德纳克的罪恶计划，像是盖坟墓的盖子，用君主制压住共和制，用英国压住法国。这个计划不实现，他决不会善罢甘休。救出朗德纳克，就是牺牲法兰西；朗德纳克生还，就是使许许多多无辜的人，包括男人、妇女、儿童，重新卷进内战而死去，就是让英国人登陆，使革命倒退，使城市遭受洗劫，使人民生灵涂炭，使布列塔尼血染热土，把牺牲者送回猛兽的利爪之下。这一切在郭文的头脑里还十分朦胧，有些方面还相互矛盾，不过在沉思之中，他隐约看出这样一个问题出现了并摆在他面前：这不是放虎归山吗？

然后，问题又恢复了最初的面目；西绪福斯的石头[①]又坠落下来了，这石头不是别的，正是人的内心斗争：朗德纳克真是只老虎吗？

也许他曾经是只老虎，可是现在他还是老虎吗？郭文的思想来回这么绕来绕去，像一条水蛇一样，头都给绕晕了。显然，即使经过反复考虑，难道能够否认朗德纳克那种献身精神，那种不顾危险的忘我精神，那种崇高的无私精神吗？怎么！在内战的各方都张开血盆大口的时候，居然表现出了人道主义！怎么！在低级的道理的冲突中，让人看到高级真理。怎么！证明在王权之上，在革命之上，在人间的一切问题之上，存在着人类博大无比的同情心，存在着强者对弱者应尽的保护责任，存在着安全的人对危难的人应尽的救护责任，存在着老年人对所有儿童应有的慈

---

① 希腊神话，西绪福斯生前犯罪，死后受惩罚，在地狱里被迫把一块巨石推上山顶，刚到山顶，巨石就坠下来，坠而复推，推而复坠，永无止息。

爱！证明这一切美好的事物，而且是献出自己的头颅来证明！怎么！身为将军，却置战略、战役、报复于不顾！怎么！身为保王党人，却能拿一架天平，在一头的盘子里放上法兰西国王、历经一千五百年的君主制、需要恢复的旧法律、需要重建的古老社会，而在另一头的盘子里放上三个普通的农民孩子，而且称出来的结果是：国王、王位、王权和一千五百年的君主制，居然比三个无辜的孩子轻！怎么？这一切竟然算不了什么！怎么！做了这一切的人依然是猛虎，依然要当作猛兽对待！不！不！不行！用其崇高行为的光芒照亮了内战深渊的这个人，绝不再是恶魔！手执屠刀的人，变成了手擎光明的人。地狱的魔王变成了天上的启明星。朗德纳克以其自我牺牲的行为，赎回了他的一切野蛮行为；他在肉体上的自我牺牲，获得了灵魂的赎救；他变成了一个没有罪恶的人，为自己签发了特赦书。难道不存在可以自我宽恕的权利吗？从今以后他是个可敬的人了。

朗德纳克这次表现得很出色。现在轮到郭文了。

郭文必须有相应的表现。

善与恶的情感斗争把世界搅得一塌糊涂。朗德纳克制伏了这种混乱，而凸现了人道；现在该郭文来凸现家族了。

他该怎么做呢？

他能辜负上帝的信任吗？

不能。他喃喃自语道："要救朗德纳克。"

那么，好吧。去吧，去做英国人想做的事情吧。叛变吧，跑到敌人那边去吧。搭救朗德纳克，出卖法兰西吧。

他不寒而栗。

"你这个办法可不是办法啊，沉思的人。"郭文仿佛看见了黑暗里斯劳克斯阴森森的笑容。

这种情形恰似一个可怕的十字路口，各种互不相容的真理都到这里来相互比较，人类的三个最高的观念，即人道、家庭和祖国在这里互相逼视。

这些声音依次发言，每一个讲的都是真理。怎么抉择呢？每一个似乎都找到了把智慧和正义结合起来的办法，说道："这样做吧。"真的应该这样做吗？应该又不应该。理性是一种说法，感情又是另一种说法，两种意见南辕北辙。理性只不过是理智；感情却往往是良心。一个来自人，另一个来自更高的地方。

正因为如此，感情缺乏明晰度，却更有力量。

然而，严肃的理智又有多么大的力量啊！

郭文犹豫不决。

令人恼火的困惑。

郭文面前横着两个深渊。是断送侯爵，还是搭救他？不是投进一个深渊，就是投进另一个深渊。

这两个深渊，投进哪一个是他应尽的职责呢？

## 三 司令的斗篷

所面临的确实是职责问题。

摆在面前的职责，对西穆尔登来讲是令人毛骨悚然的，对郭文来讲是可怕的。

对一个来讲是简单的，对另一个来讲是复杂的、多方面的、痛苦的。

时钟敲响了午夜 12 点，又敲响了凌晨 1 点。

郭文不知不觉间踱到了缺口前面。

大火在渐渐熄灭，只是这里那里还可以看见余烬的反光。

城堡另一边的高地，在火光映照下有时看得清楚，而当烟遮住火时，它就隐没在黑暗里。这火光一跳一跳的，还不时被黑暗突然遮断，使物体显得奇形怪状，使哨兵们显得像一个个幽灵。沉思中的郭文，只是隐约看到火光驱散黑烟，黑烟遮断火光。眼前这忽明忽灭的火光，与他思想上时隐时现的真理，莫名其妙地相似。

突然，在两团滚滚的浓烟之间，从正在熄灭的火炭上飞溅出一个火花，照亮了高地顶上，映出停放在那里一辆朱红色马车的轮廓。车子旁边有好些头戴近卫骑兵帽的骑兵。那似乎就是几个钟头前，太阳落山时，他用盖尚的望远镜看到地平线上的那辆马车。车上有几个人，似乎正往下卸东西。他们从车上卸下来的东西好像很沉，不时发出铁的碰撞声。那很难说是什么东西，好像是几根梁木。其中两个人从车上抬下一个箱子，放在地上，从形状看，里面大概是个三角形的东西。火花熄灭了，一切又隐没在黑暗之中。郭文沉思地站在那里，眼睛仍然盯住前方黑暗中的那个地方。

高地上亮起了几盏灯，有人在那里走来走去，但在那里移动的东西形状都模糊不清；况且郭文是在下面，是在山沟的另一边，只有高地边上的东西才能完全看得清楚。

传来说话的声音，但听不清是说什么。不时听见碰撞木头的声音，还听见金属的摩擦声，仿佛有人在磨镰刀。

敲响了 2 点钟。

郭文像是故意前进两步又后退三步，慢吞吞地踱到缺口前面。他一走近，哨兵在黑暗中立即认出了他的斗篷和风帽上的司令官标志，便举枪向他敬礼。郭文进到一层楼的大厅里，这里已改成了警卫室。拱顶上挂着一盏灯，明亮的程度，仅足以使他在穿过大厅时，不至于踩着躺在地板干草上、大部分睡着了的士兵。

士兵们躺在这里，几个钟头前，他们在这里进行过战斗。没有打扫干净的铁和铅的霰弹，一粒粒散布在他们的身体底下，多少有点妨碍他们的睡眠，但他们太疲劳了，都躺着不动。这间大厅曾经是个可怕的战场，他们在这里进攻，怒吼号叫，咬牙切齿，遭到扫射，不少人中弹身亡，许多就倒在他们现在躺着睡觉的地板上死了，他们所垫的干草吸足了他们的战友们的鲜血。现在战斗已结束，血已干，战刀已揩净，死去的死了，他们平静地躺着。这就是战争。等到明天，所有人都可以同样地睡眠了。

郭文进来时，有几个假寐的士兵爬了起来，包括警卫室的指挥官。郭文指指地牢的门对他说：

“给我打开。”

门闩被拉开，门开了。

郭文进了地牢。

门在他身后重新关上。

# 第七章　封建与革命

## 一　祖先

地牢的石板地面上，靠方形气窗那边放了一盏灯。

石板地面上还有满满的一罐水、一份干粮和一捆干草。地牢是在岩石里凿出来的，囚犯就是异想天开把干草点着，也是枉费心机。地牢绝无起火的危险，倒是囚犯肯定要窒息而死。

门轴转动时，侯爵正在地牢里踱步，像一切关在笼子里的野兽，机械地来回走动。

听到开门和关门的声音，他抬起头。地板上正好在郭文和侯爵之间的灯，照亮了两个人的脸。

他们对视着，目光那样严峻，双方都一动不动。

侯爵爆发出一阵笑声，大声说：

“你好啊，先生。好多年无幸与你相会啦。你倒赏脸来看我。多谢。我巴不得能有人来聊一聊。我开始感到烦闷啦。你的朋友们在浪费时间，搞什么验明正身，什么军事法庭。这些手续太烦琐啦。我办事可快得多。我在这里是在自己家里。你请进来吧。说说看，对所发生的所有这一切你有什么看法？很不寻常，不是吗？从前有一位国王和一位王后，国王就是国王，王后就是法兰西。有人砍掉了国王的头，把王后嫁给了罗伯斯庇尔。这位先生和这位太太生了一个女儿，名字叫断头台，看来我明天上午就要结识这位小姐啦。我会感到很高兴，就像见到你很高兴一样。你是为这件事来的吧？你升官了吗？行刑的刽子手就是你吗？如果这是一次单纯的友好看望，我挺感动。子爵先生，你也许不再知道何谓贵族了吧。那么，瞧吧，眼前就有一个，就是我。睁开眼睛看一看吧。好生奇怪，他居然信奉上帝，信奉传统，信奉家族，信奉祖宗，信奉他父亲的榜样，信奉忠诚、正直、对君王的责任、对老法律的尊重，信奉道德和正义，而且他会很乐意将你枪毙。请赏光坐下吧。坐在地板上，当然。这间客厅里没有沙发，但是生活在污泥里的人，是能够坐在地上的。我说这话不是要冒犯你，因为我们所称的污泥，你们称为国家。你大概不要求我高呼自由、平等、博爱吧？这里是我的住宅的一个老房间。过去贵族把贱民关在这里，现在贱民把贵族关在这里。这种愚蠢的把戏就叫作革命。看来，再过三十六小时，你们就要砍我的头。我看不出有什么人不了的。比如，要是你们讲礼貌，就把我的鼻烟盒给我拿来。它在楼上那间镜子室里，你小时候总在那里玩，坐在我膝头上让我颠着你玩。先生，我要告诉你一件事：你姓郭文，说来也怪，你血管里也流着贵族的血，与我的血真的没有两样。这血缘使我成了一个体面的人，使你成了一个无赖。这就叫特色。你会说这不是你的过错。也不是我的过错。真的，人成了坏蛋连自己都不知道。这应归咎于他所呼吸的空气；在现在这世道，人不能为自己的所作所为负责，革命对所有人都具有诱惑力嘛。你们所有的大罪犯都是无辜的大好人。真是蠢材。你是头号蠢材。请容许我赞赏你。是的，我赞赏你这样一个小伙子，你是一个高贵的人，有着优越的社会地位，有着伟大的血统，可以为伟大的事业出生入死，你是郭文堡的子爵，布列塔尼亲王，按法律可升为公爵，可以通过世袭成为法兰西贵族，人世间一个头脑健全的人所能希望的一切，你差不多全有了。具有这样的地位，你偏偏不走正道，落到今天这步田地，致使你的敌人认为你是无赖，你的朋友认为你是笨蛋。对了，请代我问候西穆尔登神父。”

侯爵说话时泰然自若，从容平静，任何一句话都不加重语气，始终保持着有教养的声调，目光明亮而沉稳，两手交叉在腋下。他停下来，深深地吸口气，接着说道：

“我一直想杀掉你，我并不隐讳这一点。你想必也看得出来，我曾经三次亲手将枪口瞄准了你。这样做失礼啦，我承认；可是，如果以为在战争中敌人会力求讨你喜欢，那可就彻底打错了算盘。因为我们双方正在打仗，我的侄孙先生。一切都处在火与血之中。国王真的让人杀掉啦，好一个清平世道！”

侯爵又停顿片刻，然后继续说道：

“想一想吧，如果伏尔泰被绞死了，卢梭被流放去服苦役，这一切就根本不会发生！唉！这些思想家，真是祸国殃民！至于君主制吗，它有什么值得你谴责呢？不错，普赛勒被派到科比尼修道院当院长时，让他选择坐车去，而且路上愿意走多长时间，就可以走多长时间。至于你们那位迪冬先生，老实讲是一个非常放荡的人，他在去瞻仰六品修士帕里的圣迹时，居然先去找青楼女子鬼混，因此把他从凡赛纳堡调到了汉姆堡。我承认，汉姆堡是个环境相当恶劣的地方。这就是冤屈。我还记得，我年轻的时候也大声疾呼过，我那时和你现在一样蠢。”

侯爵摸摸口袋，像是找他的鼻烟盒，随即又说道：

“不过并不那么凶恶。说归说罢了。还有那次调查和请愿的叛乱，哲学家先生们也加入了，结果焚烧了著作而没有焚烧作者，宫廷的阴谋集团也卷进去了，所有那班蠢材全卷进去了，像图尔果、克斯奈、马尔舍伯等等重农主义者，这就掀起了一场动乱。一切都是由那批平庸作家和蹩脚诗人引起的。什么百科全书！就是狄德罗、达朗伯[1]之流！啊！这些可恶的废物！

“像普鲁士国王那样一个出身高贵的人，居然也陷了进去！我嘛，恨不得把所有舞文弄墨的人统统消灭。唔！我们可都是伸张正义的，我们这些人。这儿的墙壁上还看得见裂尸轮的印痕呢。我们不是开玩笑的。不，不，绝不要那些蹩脚作家！有阿鲁埃[2]那样的人，就会有马拉那样的人。有舞文弄墨的蹩脚作家，就会有杀人成性的无耻歹徒；有墨水，就会写出丑恶的文字；人的爪子能握鹅毛笔，他们写出的无聊蠢话就会造成骇人听闻的愚蠢行动。书籍产生罪恶。胡思乱想这个字眼有两层含义，第一层含义是空想，第二层含义是造孽。我们为胡思乱想付出了多大的代价！你们向我们高喊权利是什么意思？什么人权！什么人民权利！这不是相当空洞，相当愚蠢，相当虚妄，言之无物的废话吗！而我呢，当我说康南二世的妹妹阿瓦丝把布列塔尼伯爵领地传给奥埃尔，即南特和科努瓦耶的伯爵，他把爵位传给了贝特的舅舅阿兰？费刚，而贝特嫁给了冰河畔罗什的领主黑大汉阿兰，他们生下了小康南，就是我们的祖先居伊或郭文·德·杜亚尔，我说的是一件明确的事情，这才叫作权利。可是，你们那些痞子，那些无赖，那些乡巴佬所称的权利是什么货色？是弑神和弑君的权利！这还不丑恶吗！啊！这些可鄙的家伙！我为你感到惋惜，先生，你是属于高贵的布列塔尼血统的。你和我的共同祖先是郭文·德·杜亚尔；我们还有一个祖先，就是伟大的德·蒙巴宗公爵，他是法兰西贵族，荣获过骑士团领章，参加过攻打图尔旧城的战斗，在阿尔克的战斗中负过伤，作为法兰西国王犬猎队队长，逝世于都兰他的官邸库兹埃，享年八十六岁。我还可以

---

① 法国科学家，创立有达朗伯原理，即牛顿第二定律的另一种阐述形式。与狄德罗、伏尔泰、卢梭等一道编撰百科全书。

② 阿鲁埃为伏尔泰本来的姓，他在二十四岁才改姓伏尔泰。

对你谈谈嘉娜什夫人的儿子罗杜努瓦公爵，谢夫勒斯的公爵克洛德·德·洛林，亨利·德·勒农库尔，还有弗朗索瓦丝·德·拉瓦尔-巴朵芬。可是有什么用呢？先生你荣幸地变成了白痴，要争取与我的马夫平等。要知道，我已经是个老头的时候，你还是个乳臭未干的小娃儿。你是个经常拖着鼻涕的娃儿，我给你擦过鼻涕，以后还会给你擦。你长大了，却想方设法降低自己的身份。我们分别之后，各走各的路，我走的是正直人的路，你走的是相反的路。唉！我真不知道这一切如何收场，可是你那些朋友先生个个还挺自负。啊，是啊，挺好，我赞同，进步是美好的事情，你们在军队里取消了对酗酒的士兵连续灌水三天的惩罚；你们有最高刑，有国民公会，有戈贝尔主教，有绍迈特先生和埃贝尔先生，你们将过去全部抹掉，从巴士底狱到旧历法。你们用庸人代替圣人。行啊，公民先生们，当主人吧，统治吧，喜欢怎样就怎样，尽情地享乐吧，可不要拘束啊。可是，这一切并不能阻止宗教依然是宗教，君主制贯穿了我们一千五百年的历史，法兰西贵族即使砍了头也比你们高贵。至于你们对于王族在历史上的权利的无理取闹，我们根本不屑于驳斥。希尔佩里克[①]实际上只不过是一个僧侣，名叫丹尼尔；是兰弗洛瓦捧出希尔佩里克来给查理·马特[②]制造麻烦。这些情况我们了解得和你们一样清楚。问题不在这里。问题在于：保持一个伟大的王国，保持古老的法兰西，保持这个治理得很好的国家，在这个国家里受到尊重的，首先是至圣君主，即国家的绝对主宰者，其次是亲王们，统领皇家海军、陆军和炮兵的三军官员，主理行政和财政的大臣，

① 即希尔佩里克二世（约 576—721），曾住某寺院中，教名为但以理，被人接出，后成为所有法兰克人领地的国王。

② 查理·马特（约 688—741），法兰克王国东部奥斯克拉西亚的官相，曾重新统一法兰克王国。

再次是各级司法官员，管理盐税和一般税收的官吏，最后是分成三级的王国警察官吏。这一切堪称完美，贵贱有序。可是，这一切被你们破坏了。你们取消了省的建制，你们这些无知的可怜虫，甚至连省是怎么回事都没有搞清楚。法兰西的特性，是由我们这个大陆的特性本身构成的，法兰西的每个省代表着欧洲的一种美德：庇卡底显示出德意志的坦诚，香槟显示出瑞典的慷慨，勃艮第显示出荷兰的精明，朗格多克显示出波兰的活力，加斯科涅显示出西班牙的庄重，普罗旺斯显示出意大利的明智，诺曼底显示出希腊的机敏，多菲内显示出瑞士的忠诚。这一切你们全然不知。你们一味地破坏、砸碎、砸烂、摧毁，心安理得地充当野兽。哼！你们不再要贵族了！好啊，你们再也不会有贵族啦。你们就死了这条心吧。你们再也不会有骑士，再也不会有英雄。永别啦，昔日的荣耀。现在你能给我找出一个阿萨[①]吗！你们再也不会有封特努瓦的那些要杀人先敬礼的骑士，再也不会有莱里达围攻战中那些穿丝袜的战士，再也不会有翎饰流星般掠过的豪迈的战斗日子。你们是一个没落的民族，你们将遭受外敌的入侵和占领。阿拉里克二世[②]打进来，再也遇不到克洛维那样的对手；阿布德拉姆打进来，再也遇不到查理·马特那样的[③]对手；撒克逊人再次来犯，不会有丕平[④]那样的人奋起抵抗了。你们再也不会有阿尼亚代尔、洛克鲁瓦、朗斯、斯塔法德、内温德、斯坦克尔克、马赛、罗库、劳菲尔德、马翁等一类的战役；你们再也不会有法兰西斯一世在马里尼亚诺战役中那种胜利，再也不会有菲力普·奥古斯特在布汶战役中那种胜利，他在那次战役中一只手生

---

① 即达萨骑士(1733—1760)，法国军官。

② 西哥特人领袖(约 370—410)。

③ 法兰克王国创立者(约 466—511)，507 年在普瓦提埃附近打败西哥特人。

④ 即矮子丕平，法兰克人加洛林王朝创立者。

擒了布洛涅的伯爵雷诺，另一只手生擒了佛兰德的伯爵费朗。你们还会有阿赞库尔那样的战役，但不会有巴尔克维尔那样了不起的旗手，将战旗裹在身上战死沙场！行了！得啦！干你们的吧。成为新人吧，去做卑鄙小人吧！”

侯爵沉默片刻，接着又说下去：

“但请让我们做高贵的人。杀掉国王，杀掉贵族，杀掉僧侣，打倒，摧毁，屠杀，把一切踩在脚下，把古代的格言踩在你们的靴子底下，践踏王座，踢翻神坛，推倒上帝，在上面跳舞吧！这是你们的事。你们是叛逆，是卑鄙小人，根本谈不上舍生取义、杀身成仁的道德情操。我的话说完啦。现在送我上断头台吧，子爵先生。很荣幸能恭敬顺从你。”

他又补充一句：“唔！我对你说了一些逆耳之言。我这又何苦呢？我是就要死的人啦。”

“你自由了。”郭文说。

郭文走到侯爵面前，脱下自己的司令官斗篷，披在侯爵身上，又把风帽拉下来罩住他的眼睛。这爷孙俩个子一样高。

“喂，你这是干什么？”侯爵问道。

郭文提高嗓门叫道：

“中尉，给我开门。”

门开了。

郭文又大声说：

“请把我身后的门关上。”

说着，他把目瞪口呆的侯爵往外一推。

我们还记得，已改成警卫室的这间低矮大厅，只有一盏角状灯照明，房间里大部分地方黑乎乎的，只有一小片地方被照亮，还朦朦胧胧什么也看不清楚。在这模糊的灯光下，没有睡着的士兵，看见一个人从他们中间穿过，朝出口走去，这人个头高大，披着斗篷，戴着有司令官标记的风帽。他们行了军礼，那人就过去了。

侯爵慢步穿过警卫室，通过缺口，脑袋被碰了好几下，最后到了外面。

哨兵以为看见的是郭文，向他行举枪礼。

侯爵到了外面，脚底下踩到了原野上的草，距离森林只有两百步远，面前是空旷、黑暗、自由和生命，他却停了下来，一动不动地待了一会儿，仿佛刚才他听人摆布，任凭意外事件的驱使，趁一扇门敞开着逃了出来，现在他要想一想究竟做得对不对，在远走高飞之前又有些迟疑不决，要最后权衡一下。凝神沉思片刻之后，他挥动右手，中指和大拇指一搓打了个响指，说了声："真是这样！"

他走了。

地牢的门关上了。郭文被关在里面。

## 二　军事法庭

那时的军事法庭，差不多在所有问题上都有自由决定权。仲马在立法议会起草过一份军事立法草案，后又经塔洛在五百人院进行了修订，可是最终的军事法庭法规，是在帝国时期才制订出来的。附带说一句，也是从帝国时代起，法律规定军事法庭进行表决时，必须让下级军官享有优先权。在大革命时期，这项法律还不存在。

在 1793 年，军事法庭的庭长几乎就是整个军事法庭：由他选择成员，排列官阶，确定表决方式；他既是主子，又是法官。

西穆尔登确定军事法庭就设在一层这间大厅里，即曾经筑了退守工事，现在驻扎警卫队的这间大厅里。他坚持一切都要缩短，从牢房到法庭，从法庭到断头台，距离愈短愈好。

按照他的命令，法庭正午开庭；庭内的布置是：三把草垫椅子，一张松木桌子，两支点亮的蜡烛，桌子前面放了一张圆凳。

椅子是给法官们坐的，圆凳是给被告坐的。桌子两头又各有一张圆凳，一张是给由军需官担任的检察官坐的，另一张是由一位下士担任的书记官坐的。

桌子上有一根红色封蜡条，一枚共和国铜印，两瓶墨水，几个白纸卷宗，两张印制的布告，一张是通缉令，另一张是国民公会的法令。

中间那张椅子的背后，有一簇三色旗。在那个极端崇尚简朴的年代，屋子里的装饰很快就完成了，不费多少时间，就把警卫室变成了法庭。

中间那张椅子是供庭长坐的，正对着地牢门。

旁听的人是士兵。

被告席一边站一个宪兵。

西穆尔登坐在中间那张椅子上，他的右边是盖尚上尉，为第一审判官，他的左边是拉杜中士，为第二审判官。

他的头上戴着三色羽翎帽，腰侧垂挂着军刀，腰间别着两支手枪。他面部的刀痕呈鲜红色，更使他显出一副凶相。

拉杜终于让人包扎了伤口，头上缠了一块手帕，上面一块血迹还在慢慢扩展。

正午到了，还没有开庭。一个信差站在法庭的桌子旁，外面传来他的马踢踏地面的声音。西穆尔登正在写字。他写道：

“救国委员会诸委员公民台鉴：

“朗德纳克已被擒获，将于明天处决。”

他写上日期，签了名，将快信折好封妥，交给信差。信差即刻离去。

而后，西穆尔登高声喊道：

“把地牢打开。”

两名宪兵拨开门闩，推开门，进了地牢。

西穆尔登抬起头，双臂交叉胸前，盯住牢房的门喊道：

“把犯人押出来。”

两个宪兵押着一个人出现在拱顶门口。

那人是郭文。

西穆尔登浑身发抖，叫起来：

“郭文！”

他改口道：

“我要的是犯人。”

“我就是。”郭文说。

“你？”

“我。”

“朗德纳克呢？”

“他自由了。”

“自由了！”

“是的。”

“逃了？”

“逃了。”

西穆尔登哆嗦着结巴道：

“不错，这是他家的城堡，他熟悉所有出口，地牢想必有一条暗道，我应该想到的，他肯定有办法逃走，而不需要任何人帮助。”

“有人帮助了他。”郭文说。

“帮助他逃走？”

“帮助他逃走。”

“帮助他的是谁？”

“我。”

“你！”

“我。”

“你胡说！”

“我进到地牢里，单独和犯人在里面，我脱下斗篷，给他披上，把风帽拉下来遮住他的脸，他就冒充我出去了，而我代替他留在里面。我现在在这里。”

“你没做这种事！”

“我做了。”

“不可能。”

“千真万确。”

“把朗德纳克给我带来！”

“他不在这里了。士兵们见他穿着司令官斗篷，把他当成了我，让他过去了。当时还是夜里。”

“你疯了。”

“我说的是事实。”

一阵沉默。西穆尔登结巴道：

“那么，你该当……”

“被处死。”郭文说道。

西穆尔登脸色苍白得像个死人。他像被雷击中了呆坐不动，仿佛停止了呼吸，额头上挂着一大颗汗珠。

他让自己的声音坚定起来，说道：

“宪兵，让犯人坐下。”

郭文在圆凳上坐下。

西穆尔登又说：

“宪兵，拔出军刀来。”

这是被告可能判处极刑的习惯方式。

两名宪兵拔出军刀。

西穆尔登的声音恢复了平常的语气：

“被告，”他说，“站起来。”

他不再以亲切的口气称呼郭文。

## 三　表决

郭文站起来。

“你叫什么名字？”西穆尔登问道。

郭文回答：

“郭文。”

西穆尔登继续审讯：

“你是什么人？”

“北海岸远征纵队总司令。”

“你与逃走的那个人是亲戚还是盟友？”

“我是他的侄孙。”

“你知道国民公会的法令吗？”

“我看见印有这个法令的布告放在你的桌子上。”

“你对这个法令有什么可说的？”

“我只能说，我副署了这个法令，并下令付诸实行，而且这张布告是我叫人印制的，下面署有我的姓名。”

“你挑选一位辩护人吧。”

“我自己为自己辩护。”

“你可以发言。”

西穆尔登恢复了镇静，不过他的镇静不像人的冷静沉着，而像石头一样毫无表情。

郭文默默地待了一会儿，像在沉思。

西穆尔登又问：

“你有什么话要为自己辩护？”

郭文慢慢抬起头，不看任何人，答道：

“我要说的是：一件事情使我看不见另一件事情；一个善良的行动，由于就发生在身边，使我看不见一百个罪恶的行为；一方面是一个老头儿，另一方面是三个孩子，这一切横在我和责任心之间。我忘记了被焚烧的村庄，被蹂躏的田园，被屠杀的战俘，被结果的伤兵，被枪毙的妇女，被出卖给英国的法兰西；我放走了祸害祖国的家伙。我是有罪的。我这样说，似乎是和自己作对。其实不然，我是为自己说话。罪犯承认自己的错误，他是在挽回唯一值得挽回的东西：荣誉。”

“这就是你为自己辩护要说的所有话吗？”西穆尔登又问道。

“我要补充的是：我作为司令，应当做出表率；你们作为审判官，也该做出表率。”

“你要求我做出什么表率？”

“处死我。”

“你认为这公平吗？”

“而且必须这样。”

“你坐下。”

充当检察官的军需官站起来宣读文件：第一份是对前侯爵朗德纳克的通缉令；第二份是国民公会关于凡帮助被俘叛乱分子逃跑者一律判处死刑的法令；最后一份是印有这项法令的布告最后几行字，明令“禁止帮助上述叛乱分子，违者判处死刑”，最后的署名是远征军纵队总司令郭文。

检察官宣读完毕之后，重新坐下。

西穆尔登双臂抱在胸前，说道：

“被告，注意听。旁听的诸位，请听，请看，但请别说话。你们面前是法律。现在就要进行表决。判决将以简单多数通过。每位审判官轮流表态，当着被告的面大声表态，法庭没有任何东西需要遮遮掩掩。”

西穆尔登接着说：

“现在由第一审判官发言。说吧，盖尚上尉。”

盖尚上尉似乎既不看西穆尔登，也不看郭文。他眼皮下垂，遮住了眼珠，其实双眼一动不动地盯住那张印有法令的布告，好像那是一道深渊似的。他说道：

“法律是毫不含糊的。一位法官既超过又不如一个普通人：他不如一个普通人，因为他没有心；他超过一个普通人，因为他有剑。罗马四百一十四年，曼留斯处死了他儿子，因为他儿子没有得到他的命令而出战得胜。违犯了纪律就必须受惩罚。现在是法律被违犯了，而法律高于纪律。由于怜悯心作怪，祖国又处于危险之中了。怜悯心可以构成犯罪。郭文司令帮助叛乱分子朗德纳克逃跑了。郭文是有罪的。我主张死刑。”

“记下来，书记官。”西穆尔登说。

书记官写上：“盖尚上尉：死刑。”

西穆尔登又说：

“下面由第二审判官发言。说吧，拉杜中士。”

拉杜站起来，转向郭文，向被告行个军礼，然后大声说：

“照这种说法，那就把我送上断头台吧，因为我可以对着上帝拿我最圣洁的名誉起誓，我首先希望自己做了那个老头儿所做的事情，然后我希望自己做了我的司令官所做的事情。当我看到那个八十岁的人扑到烈火之中，去救那三个小孩时，我就说：‘好家伙，你真是个有胆气的人！’当我知道司令官把这个老头从你们那愚蠢的断头台上救了出来时，我就说：‘我的司令官，你应该成为我的将军！’你是一个真正的人，而我，他妈的，真想给你一枚圣路易十字勋章，如果现在还有圣人，还有十字勋章，还有路易的话！哼，照这样下去，我们岂不要变成白痴了吗？我们打赢了热马普战役、瓦勒米战役、弗勒吕斯战役、瓦蒂尼战役，就是为了这样办事吗？你们倒是说呀！怎么！四个月来，正是郭文司令穷追猛打保王军的顽固派，靠军刀的拼杀拯救着共和国，尤其多尔一仗表现出了雄才大略。你们有这样一个人，却想除掉他！你们不举荐他为将军，反倒想砍他的脑袋！我说，这简直是站在新桥上往塞纳河里跳。而你自己，郭文公民，我的司令，假如你不是我的长官，而是我的下士，我就会对你说，你刚才所讲的是十足的蠢话。老头儿救那三个孩子救得好，你救老头儿也救得好。因为人家做了好事而把人家送上断头台，那就都他妈的见鬼去吧，我都不明白咱们究竟是干什么的啦！这样还凭什么阻止人家去干坏事！这一切都不是真的，不是吗？我都要自己掐自己一把，看看我是不是清醒的。我真不懂。难道那老头儿应该让那三个孩子活活烧死才对吗？难道司令应该让那老头儿的脑袋被砍掉才对吗？那么，好吧，砍掉我的脑袋吧。我宁愿这样。不妨设想一下，那三个孩子死了，红帽子营必然名誉扫地，难道这是我们所希望的吗？那么，我们还不如互相吞食呢。我和你们在座的各位一样懂得政治，我是长矛区俱乐部成员。见鬼！搞来搞去我们把自己都搞糊涂了！我只是简单讲了我的看法。我不喜欢把事情搞得稀里糊涂谁也不明白是怎么回事。真见鬼，我们拼死拼活是为了什么？是为了让人杀掉我们的司令吗？不能这样，他娘的！我要我的司令！我不能没有我的司令！我现在比过去更热爱他。把他送上断头台，你们让我笑掉大牙！这一切，我们不同意。前面的发言我听了。人家爱说什么说什么。我把丑话说在前头，办不到！”

拉杜坐下来。他的伤口又裂开了，绷带里冒出一股鲜血，从耳朵的部位顺着脖子往下流。

西穆尔登转向拉杜：

“你主张对被告不予追究？”

“我主张，”拉杜说，“提升他为将军。”

“我问你是不是主张宣告他无罪。”

“我主张让他当共和国首领。”

“拉杜中士，你主张宣布郭文司令无罪，是还是不是？”

“我主张让我代替他上断头台。”

“宣告无罪，”西穆尔登说，“记下，书记官。”

书记官写上：“拉杜中士：宣告无罪。”

然后他说道：

“一票主张死刑。一票宣告无罪。票数相等。”

该西穆尔登表态了。

他站起来，摘下帽子放在桌子上。

他的脸不只是发白发青，而是面色如土。

房间里一片死寂，即使在场的人全是裹着尸布的死人，也没有那么静。

西穆尔登用严肃、缓慢、坚定的声音说道：

“被告郭文，诉讼辩论结束了。本军事法庭以共和国的名义，按两票对一票的多数……”

他停顿一下。时间仿佛停止了似的。他是犹豫不决宣判死刑呢，还是犹豫不决宣布宽大释放？所有人都屏住了呼吸。西穆尔登继续说：

“……判处你死刑。”

他脸上流露出可悲的胜利带来的痛苦表情。雅各在黑暗中让被他击倒的天使为他祝福时，脸上现出的大概就是这种令人毛骨悚然的微笑。

只是一刹那间，那表情就消失了，西穆尔登又变得像大理石一样，坐下来，戴上帽子，补充道：

“郭文，你将在明天早晨日出时被处决。”

郭文站起来，鞠一躬，说道：

“感谢法庭。”

“把犯人带下去。”西穆尔登说。

西穆尔登手一挥，地牢门开了，郭文走进去，牢房门又关上了。两个宪兵拿着出鞘的军刀，一边一个把守着牢房门口。

拉杜晕倒在地上，被抬走了。

## 四　法官西穆尔登和主宰者西穆尔登

一个军营就是一个蜂窝。在革命时期尤其是这样。士兵们身上的公民针刺，在敌人被赶走之后，往往会很快伸出来，毫不犹豫地去刺他们的长官。这支攻克了拉杜格的英勇部队，发出了多变的嗡嗡声。起初，听说朗德纳克逃跑了，那嗡嗡声是针对司令郭文的。后来看见从本来关押朗德纳克的土牢里走出来的竟是郭文，这消息有如电击，不到一分钟就传遍了整个部队。这支人数不多的部队里纷纷议论开了。头一种议论是：“他们正审判郭文。可是这只不过是装装门面而已。谁能相信这些前贵族和教士！我们刚看到一个子爵救了一个侯爵，现在要看到一个教士为一个贵族开脱啦！”

及至知道了对郭文的判决，又有了第二种议论：“真正岂有此理！我们的长官，我们正直的长官，我们年轻的司令，一位英雄！他是一位子爵，不错，但正因为这样，他能成为共和党人就更加可贵！怎么！他，朋托松、维勒迪约、阿波桥的解放者！多尔之役和拉杜格之役的胜利者！带领我们无往不胜的人！一个堪称共和国在旺代一把利剑的人！五个月来抗击舒安部队，补救雷舍勒等人的愚蠢行为的人！这个西穆尔登居然胆敢判他死刑！理由呢？因为他救了一个曾救出三个孩子的老头儿！一个教士杀一个军人！”

这支胜利而不满的部队就这样抱怨着。一种怨恨愤怒的气氛包围着西穆尔登。四千多人反对一个人，看来真是一股力量；其实并没有形成一股力量。这四千多人是一群人，而西穆尔登是一个意志。我们知道西穆尔登经常皱眉头，这就足以使一支军队敬畏了。在那种严酷的年代，一个人身后只要有救国委员会的影子，他就会成为一个令人生畏的人，就会使咒骂变成窃窃私语，使窃窃私语归于沉默。众人议论也好，不议论也好，西穆尔登始终主宰着郭文的命运，就像他主宰着所有人的命运一样。大家知道，什么都不消向他要求，他只服从于自己的良心，那是只有他自己听得见的不同于常人的声音。一切都取决于他。他以军事法庭审判官的身份做出的决定，只有他能以特派员的身份撤销。他可以赦免。他拥有全权。他点一下头就可以将郭文释放；他是生与死的主宰，断头台是由他指挥的。在这个悲剧性的时刻，他是至高无上的人。

大家只有等待。

天黑了。

## 五　地牢

法庭又变成了警卫室。岗哨像昨晚一样增加成双岗；关闭的地牢门口有两个卫兵看守。

将近午夜，一个人拎着一盏灯，穿过警卫室，说了声自己是谁，叫卫兵为他打开地牢的门。此人是西穆尔登。

他进了地牢，身后的门半掩着。

地牢里黑乎乎、静悄悄的。西穆尔登在黑暗里走一步，把灯放在地上，停住了脚步。暗影里传来一个熟睡的人均匀的呼吸。西穆尔登沉思地听着这平静的声音。

郭文躺在地牢里端那捆干草上。西穆尔登听见的就是他的呼吸。他睡得很沉。

西穆尔登走过去，尽量不弄出声音，走近之后，开始端详郭文。一位母亲看自己熟睡的婴儿，目光也不会更慈祥，更难以形容。这目光也许是西穆尔登情不自禁流露出来的。他像小孩子有时做的那样，两手捏成拳头去擦眼睛，人一动不动地待了一会儿。然后，他跪在地上，轻轻地抬起郭文的一只手，把嘴唇贴在上面。

郭文翻了一个身，睁开眼睛，身子哆嗦一下醒来了，睡意蒙眬的脸上现出惊诧的神色。地牢被灯光微微照亮。他认出了西穆尔登。

“啊，”他说，“是你，老师。”

他又补充一句：

“我正梦见死神吻我的手哩。”

西穆尔登猛地一震，恰如有时澎湃的思潮冲击我们的心灵时那样；在某些情形下，这思潮那样汹涌，那样狂烈，仿佛要把整个心灵淹没似的。但是，西穆尔登心灵的深处没有流露出任何情感。他只叫了声：“郭文！”

两个人互相注视着。西穆尔登眼睛里仿佛燃烧着足以把眼泪烧干的火焰，郭文脸上则浮着温和的微笑。

郭文用胳膊肘支撑着坐起来说：

“我看见你脸上这块伤疤，那是为了救我而落下的。昨天你还在我身边为了保护我而苦战。如果上天没有把你派到我的摇篮边，今天我会在什么地方呢？肯定会在黑暗中。我之所以有尽责任的观念，全是你教育的结果。我生下来就受到束缚。成见就是束缚我的绳索，你替我解开了这些绳索，让我自由地成长；你使已变成一具小僵尸的我，重新变成了一个孩子。你在我可能发育不健全的躯体里注入了良心。没有你，我即使长大了也是幼稚的。多亏了你，我才存在这世界上。过去我只是一个贵族，是你让我成为一个公民；我曾经只是一个公民，是你使我变成了一个有头脑的人。你使我作为人能够适应人间的生活，作为灵魂能够适应天国的生活。你给了我真理的钥匙，使我能够深入人间的现实；你给了我光明的钥匙，使我能够超脱人间的现实。啊，恩师，我感谢你。是你创造了我。”

西穆尔登在郭文身边的干草上坐下，对他说：

“我是来和你一起吃晚饭的。”

郭文将黑面包掰开，递给西穆尔登。西穆尔登拿了一块，郭文再把水罐递给他。

“你先喝。”西穆尔登说。

郭文喝过之后递给他，他接着也喝了。郭文只喝了一口。

西穆尔登连喝了好多口。

这次晚餐，郭文只顾吃，西穆尔登一个劲地喝，这表明一个心情平静，一个心绪不宁。

地牢里异常安静，两个人促膝谈心。

郭文说：

“伟大的事情正在酝酿之中。目前革命所做的事情是神秘的。在看得见的工作后面，有看不见的工作。一个掩盖着另一个。看得见的工作是残酷的，看不见的工作是崇高的。此时此刻，一切我都看得非常清楚。这真奇特而又美好。这需要利用过去的遗产。不平凡的九三年，就是从过去的遗产中产生的。在不开化的基础上正在建设一座文明的殿堂。”

“对。”西穆尔登接过话茬儿说，“从暂时的状态将产生永久的状态。所谓永久的状态，就是权利和义务平衡，实行比例和累进税制，实行义务兵役制，一切平均化，不允许有任何偏向，而凌驾于一切人和一切事物之上的，就是那不偏不倚的准绳：法律。就是绝对的共和制。”

“我更喜欢理想的共和制。”郭文说。

他顿了顿又接着说：

“唔，老师，在你刚才所说的这一切之中，忠诚、自我牺牲、责任心、相互关心、仁爱等等，放在什么位置呢？使一切平衡固然好；使一切和谐就更好。比天平更高级的东西还有七弦琴啊。你的共和制是把人量一量，称一称，然后加以支配；我的共和制是把人带到蔚蓝的天空。这就是定理和雄鹰之间的区别。”

“你迷失在云层里啦。”

“而你呢，迷失在计算里啦。”

“和谐里有幻想。”

“数学里也有。”

“我喜欢欧几里得造成的人。”

“我嘛，”郭文说，“更喜欢荷马造成的人。”

西穆尔登露出严肃的微笑，定定地盯住郭文，仿佛要使他的心灵凝滞不动。

“诗歌！你可得提防诗人。”

“是啊，这类话我很耳熟。什么你可得提防风，你可得提防光，你可得提防芳香，你可得提防花，你可得提防星座，等等。”

“所有这一切都不能吃。”

“你能说得准吗？思想也是食粮。想就是吃。”

“别扯这些抽象概念啦。共和制是二加二等于四。当我给予了每个人其应得的……”

“你还要把每个人不应得的给予每个人。”

“这话怎讲？”

“我想讲的是个人对全体和全体对个人范围广泛的互让，这种互让其实就是整个社会生活。”

“在严厉的法律之外，什么也没有。”

“什么都有。”

“我只看到正义。”

“我嘛，看得更高。”

“还有什么比正义更高吗？”

“公道。”

有时他们停顿片刻，像有什么亮光掠过似的。

西穆尔登又说：

“讲明确点看。我怀疑你能讲得明确。”

“好吧。你不是要实行义务兵役制吗？和谁打仗呢？和其他人打仗。我呢，根本不要兵役，而要和平。你希望穷苦人得到救助，我希望消灭贫穷。你希望实行比例税，我根本不希望有任何税。我希望公共财政支出减少到最低限度，而且用社会剩余价值来支付。”

“这话是什么意思？”

“意思就是：首先你们应该消灭一切寄生现象，如教士寄生现象、法官寄生现象、士兵寄生现象等。其次，你们应该利用你们的财富；你们现在把肥料扔进了阴沟里，你应该把肥料扔进庄稼地里。现在四分之三的土地是荒地，应该全法国垦荒，取消没有用的牧场，平分市镇的土地。使每个人有一块地，每块地有人耕种。这样你就可以使社会产品增长百倍。现在，法国只能使农民每年四天有肉吃；土地种好了，法国可以养活三万万人，即整个欧洲。应该利用大自然，发挥这个潜力无穷的助手的作用。让所有风力、所有瀑布、所有磁流为你们服务。地球里面有一个脉络网，这个网里流动着无穷无尽的水、油和火。钻透地球的脉管，让水喷射出来为你们的水井提出泉源，让油喷射出来供你们点灯，让火喷射出来供你们生炉子。想一想大海里汹涌的波涛，潮涨潮落，潮汐的运动吧。何谓海洋？是白白浪费的巨大能量。世界真蠢啊，不懂得利用海洋！”

“你完全在做梦。”

“就是说完全在现实世界里。”

郭文又说：

“还有妇女呢？你怎样安置？”

“和现在一样，依然是男人的女仆。”

“行，但有一个条件。”

“什么条件？”

“就是男人成为妇女的男仆。”

“你抱这种想法？”西穆尔登叫起来，“男人成为仆人！绝对不行。男人是主人。我只承认一种君主制，家庭的君主制。男人在家里是君主。”

“行，也有一个条件。”

“什么条件？”

“就是妇女成为家庭里的王后。”

“就是说你主张男人和妇女……”

“平等。”

“平等！你这样想？男人和女人可是不同呀。”

“我是说平等，而不是说相同。”

又一次停顿，仿佛这两个用闪电交锋的精灵之间又一次休战。西穆尔登打破沉默：

“那么孩子呢？你把他归谁？”

“首先归产生他的父亲，然后归生育他的母亲，再归教导他的老师，再归使他长大成人的城市，再归至高无上的母亲祖国，最后归伟大的祖先人类。”

“你没有说到上帝。”

“父亲，母亲，老师，城市，祖国，人类这些级别的每一级，都是攀登到上帝那里的阶梯的一级。”

西穆尔登沉默不语，郭文又说：

“攀登到阶梯顶上，就到了上帝那里。上帝打开门，你只管进去就是了。”

西穆尔登做了一个招呼别人回来的手势：

“郭文，回到地上来吧。我们要实现的是可能实现的事情。”

“首先要做到不使可能实现的事情变成不可能实现的事情。”

“可能实现的事情总会实现的。”

“不一定。就说乌托邦吧，你粗暴对待它，就等于扼杀它。最没有防卫能力的莫过于鸡蛋。”

“然而必须抓住乌托邦，强制它套上现实的轭，把它纳入现实的框架之中。抽象的思想应该化为具体的思想。这样它虽然不那么高雅了，却变得更适用；虽然变得鄙俗了，却更好了。权利必须在法律里明文规定，当权利成为法定的时，它就是绝对的了。这就是我所称的可能实现的东西。”

“可能实现的东西何止这些。”

“哎！你又做起梦来了。”

“可能实现的东西是一只总在人类头顶翱翔的神秘的鸟。”

“应该抓住它。”

"抓活的。"

郭文接着说：

"我的想法是：不断前进。上帝如果要人后退的话，他就会让人后脑勺长只眼睛了。永远望着黎明那边，望着新生命出世，新生命诞生那边。没落的东西激励着上升的东西。老树的爆裂声是对幼树的召唤。每个世纪都将成就一番事业，今天是公民问题，明天是人道问题；今天是权利问题，明天是工资问题。工资和权利说到底是同一个词。人活在世上不是不要报酬的；上帝在创造生命的时候就欠下了一笔债。权利乃天赋的工资，工资是争取到的权利。"

郭文说话时非常沉静，像个预言家。西穆尔登听着他说。角色颠倒过来了，现在似乎学生成了先生。

西穆尔登低声说道：

"你的思想转得真快啊。"

"可能是我的时间有点紧迫了。"郭文微笑着说。

他接着说道：

"噢，老师，我们两种乌托邦的区别是：你要的是义务兵军营，我要的是学校。你幻想的是士兵人，我幻想的是公民人。你希望他变得令人生畏，我希望他变得善于思考。你建立一种利剑的共和，我建立……"

他停了停：

"我希望建立一种理智的共和。"

西穆尔登看着地牢地面的石板，问道：

"你暂时希望什么呢？"

"就希望现在这样。"

"这么说你能原谅现在这个时刻？"

"是的。"

“为什么？”

“因为这是一场风暴。风暴的目标永远是明确的。一棵橡树被雷击倒，许多森林会生长茂盛！文明染上了瘟疫，这场大风帮它消除瘟疫。它也许选择得不够吧。可是它难道有别的办法吗？它担负了如此艰难的清扫使命！面对疫气的可怖，我理解风的狂怒。”

郭文继续说道：

“况且，风暴对我来讲有什么了不起，如果我有指南针？风云突变对我有什么影响，如果我有良心？”

接着他又以低沉而庄重的语气补充道：

“而且还有一个人我们必须永远顺从。”

“谁？”西穆尔登问道。

郭文把手举过头顶一指。西穆尔登顺着他手指的方向看去，仿佛透过地牢的拱顶，看到了繁星密布的天空。

两个人又沉默了。

西穆尔登说道：

“要说社会比自然更伟大，我对你说吧，这根本不再是可能实现的东西，这是幻想。”

“这是目标。否则，社会有什么用呢？那就待在自然里好啦。做野人好啦。奥塔希提[1]堪称乐园吧。只不过，在这个乐园里没有思想可言。与其要一个蒙昧的乐园，不如要一个智慧的地狱。不过，绝不能要地狱。咱们还是要人类社会吧。它比自然更伟大。是的。如果一点也不高于大自然，我们为什么要脱离大自然呢？那么，我们干脆像蚂蚁一样干活儿，像蜜蜂一样酿蜜得了

---

① 波利尼西亚塔希提群岛（属于向风群岛）最大的岛屿，曾属法国海外省之一，以其优越的自然条件被称为“人间乐园”。

嘛。干脆做只会干活的动物，而不做有智慧的王后得了嘛。如果你在自然之上再增加点什么，你就必然比自然伟大。增加就是增长，增长就是升高。社会就是升华的大自然。我要蜂巢所缺乏的一切东西，要蚁窝所缺乏的一切东西，例如纪念建筑物、艺术、诗歌、英雄、天才，等等。永远负重，并非人类的法则。不，不，不，不要再有贱民，不要再有奴隶，不要再有苦役犯，不要再有罪人！我希望人类的每一种品质都成为文明的象征，进步的楷模；我希望思想自由，观念平等，心灵博爱。不，不要再有枷锁！人生下来不是要让锁链锁住，而是要展开翅膀飞翔。不要再有爬行的人类。我希望爬行的虫子变成有翅的彩蝶；我希望蚯蚓变成鲜艳的、会飞的花朵；我希望……”

他停住了，两眼闪闪发光。

他的嘴唇嚅动着，不再说下去。

地牢的门一直开着。外面传来阵阵喧哗。隐约地听见号声，大概是起床号；还有枪托碰撞地面的声音，那是哨兵换岗；另外，在离城堡很近的地方，可以分辨出黑暗中似乎有人在搬动木板和木方，还似乎有低沉的、断断续续的锤子敲打声。

西穆尔登倾听着，脸色变得煞白。郭文什么也没听见。

他越来越深地陷入了沉思，完全沉浸在自己头脑里的幻象之中，仿佛已经停止呼吸，只是偶然微微抖动一下，眼睛瞳仁里映出的晨光越来越明亮。

这样过了一段时间。西穆尔登问他：

“你在想什么？”

“未来。”郭文答道。

说罢，他又陷入了沉思。西穆尔登从他们俩所坐的干草地铺上站起来。郭文丝毫没有觉察到。西穆尔登盯住沉思的年轻人看了一会儿，慢慢退到门口，才转身出来。地牢重新关上了。

## 六　日出之时

不一会儿地平线上就现出了曙光。

在曙光出现的同时，拉杜格高地上出现了一件新奇的、屹立不动的、令人吃惊的、连天空的鸟儿都不认识的东西，高高地俯视着富热尔森林。

那东西是夜里搞好在那里的。它是竖起来的，而不是建筑的。站在远处的地平线上望去，那是由一些生硬的直线构成的一个轮廓，外形像一个希伯来字母，或者像古代神秘文字之一古埃及象形文字中的一个字。

初看上去，那东西给人的印象是一件无用之物。它耸立在开花的欧石楠丛中。人们都嘀咕那玩意儿是干什么用的。再细看一下，人们禁不住不寒而栗。那是一个台子样的东西，四根柱子就是四个脚。台子的一头笔直地立着两根高高的柱子，它们的顶端由一根横梁连接着，横梁上固定不动吊着一个三角形的东西，在蔚蓝的晨空中那东西看上去黑乎乎的。台子的另一头有一架梯子。下方，两根立柱之间，在三角形的东西之下，可以看得见一块镶板，是由可以活动的两半块组成的，两个半块镶接起来，中间就现出一个圆洞，大小相当于一个人的脖子。镶板的上半块沿着一个槽滑动，可以升降。两个半圆合起来就形成一个脖子一样大小的洞，现在是分开的。在吊着三角形东西的两根立柱脚下，有一块可在支轴上转动的木板，看上去像块跷跷板。木板旁边，有一个长方形筐子，而在两根立柱前方，台子边缘放着一个正方形筐子。油漆成红色。一切都是木头做的，只有那个三角形的东西是铁做的。这东西那么难看，那么渺小，毫无价值，令人觉得它是人造出来的；可是它又是那样令人生畏，使人觉得它是天神送来的。

那个难看的台子就是断头台。

在它对面不远的地方，隔山沟相望，有另一个怪物，就是拉杜格。一个石头的怪物和一个木头的怪物相对。可以说，当人接触到那木头和那石头时，那木头和那石头不再是木头，也不再是石头，而是具备了人的某种特质。一座建筑代表一种信条，一个机器代表一种观念。

拉杜格是过去的时代留下的不幸象征。这个象征在巴黎称为巴士底狱，在德意志称为斯波尔堡，在西班牙称为埃斯科利亚庙，在莫斯科称为克里姆林宫，在罗马称为圣天使城堡。

拉杜格浓缩了一千五百年历史，包括中世纪、藩属时代、封建领地时代、封建制度时代；断头台只包含一年的历史，即1793年。这十二个月的分量相当于一千五百年。

拉杜格即君主制，断头台即大革命。

充满悲剧色彩的对照。

一方面血债累累，另一方面是报应即至。一方面是错综复杂的古老社会结构：农奴，领主，奴隶，主人，平民，贵族，包括各种习惯法的复杂法典，结盟的法官和僧侣，数不清的桎梏，捐税，盐税，永久性管业，人头税，特例，特权，成见，宗教狂热，王室的破产特权，君权，王位，君主意志，神权，等等；另一方面则只有一样简单的东西：断头机的铡刀。

一方面是纠缠在一起的结，另一方面是一把利斧。

拉杜格长期孤零零地耸立在荒野上。它耸立在那里，连同它曾泼洒沸油的雉堞，燃烧的松脂，熔化的铅弹，铺满白骨的地牢，裂尸间，以及充满整座城堡的巨大悲剧；它以狰狞面目俯视着那片森林，在这片阴影中度过了一千五百年孤寂而平静的日子；它是当地绝无仅有的权贵，是当地人既尊敬又畏惧的唯一对象；它曾经统治着这个地方，一点也不开化。可是突然之间，它看见自己对面耸立起了一个和它作对的东西——不只是一般的东西，而是一个和它一样可怕的东西：断头台。

有时，石头似乎有奇特的眼睛。一座雕像会观察，一座堡垒会窥伺，一座楼房会注视。拉杜格好像在仔细打量断头台。

它仿佛在暗自嘀咕。

那是什么东西？

那东西像是从地下冒出来的。

那东西果然是从地下冒出来的。

必然带来不幸的土地里萌发了一棵不吉利的树。从这块浇灌了那么多汗水，那么多泪水，那么多鲜血的土地里，从这块挖过那么多壕沟，那么多坟墓，那么多地洞，那么多陷阱的土地里，从这块腐烂过毙命于形形色色暴君手里的死者的土地里，从这块交错着那么多深渊，埋藏着那么多可怕罪恶种子的土地里，从这块深厚的土地里，在注定的日子，冒出了这台陌生的、复仇的、残暴的杀人机器。于是九三年对旧世界说：

“我在这里。”

断头台有权对城堡说：

“我是你的女儿。”

同时城堡都觉得自己被断头台杀害了，原来这类东西也有生命，过着不为人知的生活。

面对新出现的可怕怪物，拉杜格有一种莫名其妙的惊慌失措之感。简直可以说它感到恐惧。这个花岗石的庞然大物威严而又卑鄙，那块带三角铁的木板却更凶恶。威力无比的丧权者惧怕威力无比的新生者。罪恶的历史打量着正义的历史。过去的暴力与现在的暴力对比。这座古老的城堡，这座古老的监狱，这座古老的庄园，这里曾经有多少人受裂尸之刑而发出惨叫，它是为打仗和杀人而建筑的，现在它再也不能用来杀人，再也不能用来打仗了，它被侵占，被拆毁，被废黜。这堆石头无异于一堆灰烬，丑陋而雄伟，但已经死亡，它充满往昔那些恐怖世纪令人眩晕的回忆，望着可怕而朝气蓬勃的时代从面前经过。昨天在今天面前发抖；旧的残暴目睹并忍受着新的恐怖；已经灭亡的东西睁着幽冥的眼睛望着恐怖的东西；幽灵打量着魂灵。

大自然是无情的。它不肯在人类的丑恶行为面前收回它的鲜花、音乐、芳香和阳光。它用天赋的美丽和社会的丑恶的鲜明对比来谴责人类；它不肯收回一个蝴蝶翅翼或一只鸟儿的歌唱来宽恕人类；它一定要人类在杀戮、复仇和野蛮之中忍受圣洁的事物的目光；它要使人类无法逃脱温馨的宇宙无尽的谴责，也无法逃脱晴朗的蓝天的愤怒；它一定要让人类的法律在令人目眩神摇的永恒景物之中，彻底现出丑恶的原形。人类尽管破坏、毁灭、根绝、杀戮，夏天依然是夏天，百合花依然是百合花，星辰依然是星辰。

这天早晨，曙光初露，清朗的天空比任何时候都更迷人。和煦的晨风吹动着欧石楠，雾气徐徐地缭绕于树枝之间，富热尔森林里，处处山泉，水气飘溢，披着晨曦，一派氤氲，宛似一个青烟袅袅的大香炉；蔚蓝的苍穹，洁白的云朵，清澈的泉水，葱茏的林木，海水般碧蓝，翡翠般黛绿，颜色和谐宜人，一丛丛形同友爱兄弟的树木，一块块青青的草地，寥廓的平原，所有这一切，无比纯洁，可以说是大自然对人类的永久忠告。可是在这一切之中，却袒露了人类可憎可恨的无耻；在这一切之中，出现了堡垒和断头台，战争和刑罚，血腥的年代和流血的时刻的两个象征，过去黑夜的猫头鹰和未来黎明的蝙蝠。在这鲜花盛开、芳香馥郁、迷人而可爱的宇宙之中，灿烂的晨空将曙光洒满拉杜格和断头台，仿佛在向人们说："请看看我所做的事情和你们所做的事情吧。”

这就是太阳赋予其光线的绝妙的用途。

此情此景正好有不少观众。

那支小远征军的四千多人在高地上排成战斗队形，从三方围住断头台，形成一个E字形的实测平面图；炮队在最长那条线的中央，构成缺口中的短横。红色的断头机被围在三个战斗队列之中，三个战斗队列就是三堵士兵构成的墙壁，两头的两个队列一直排到了高地的边缘；第四边是敞开的，那就是山沟，对面是拉杜格。

这样的安排形成了一个长方形的土坪，中间耸立着断头台。随着朝阳升高，断头台投在草地上的影子渐渐变短。

炮手们站在各自的大炮旁，点燃了引信。

山沟里青烟袅袅，那是桥堡接近熄灭的火灾冒出的烟。

这青烟在拉杜格周围缭绕，但并未将它遮住，它那高高的露台俯视着整个地平线。拉杜格的露台和断头台之间，只隔着一条山沟，站在一边可以与另一边说话。

军事法庭的桌子和后面插着三色旗的椅子搬到了露台上。朝阳在拉杜格后面冉冉上升，映出堡垒黑黢黢的轮廓，以及堡垒顶上三色旗下一个人的面孔；那人坐在法庭椅子上，一动不动，双臂交叉在胸前。

这个人就是西穆尔登。他像昨天夜里一样，穿着特派员制服，戴着有三色花翎的帽子，身侧挂着军刀，腰间别着手枪。

他沉默不语。所有人都沉默不语。士兵们枪托靠在脚边，个个低垂着眼睛。他们不时用胳膊肘碰碰旁边的战友，但彼此都不说话。他们模糊地想到这场战争，无数次战斗，勇敢地冒着枪林弹雨夺取矮树篱，凭一时之勇黑压压冲过来的疯狂的农民军，想到所攻克的一座座城池，所赢得的一次次战役，所取得的一个个胜利。可是现在，他们觉得所有这些光荣都变成了耻辱。这凄惨的等待使每个人的心都抽紧了。刽子手在断头台上走来走去。越来越明亮的晨光庄严地充满了整个天宇。

突然，人们听见蒙着绉纱的鼓沉闷的鼓点声。这报丧的鼓点由远而近，队伍往两边闪开，一队人进入方坪，向断头台走去。

走在最前面的是蒙黑纱的鼓，然后是一队枪口朝地的士兵，再后面是一队军刀出鞘的宪兵，最后是犯人郭文。

郭文步履不受限制，手脚都没有被捆绑。他穿着平时的军服，佩着剑。

在他后面是另一队宪兵。

郭文脸上，依然像他对西穆尔登说“我想的是未来”时那样，浮着欣喜的沉思神色。这持久的笑容难以形容，无比崇高。

到了那个悲壮的地方，他头一眼看的便是堡垒顶上。他根本没把断头台放在眼里。

他知道，西穆尔登把亲临现场监斩视为自己的职责。他举目在堡垒顶部露台上寻找西穆尔登，果然看见他在那里。

西穆尔登脸色苍白，表情冷漠。站在旁边的人听不到他的气息。

他看见了郭文，并无任何震动。

郭文向断头台走去。

他一边走一边望着西穆尔登，西穆尔登也望着他。西穆尔登看见这目光，似乎更镇定了。

郭文走到断头台脚下，爬上去，后面那队士兵的指挥官跟着爬上去。郭文解下佩剑交给那位军官，摘下领带交给刽子手。

他像一个幻影。他从来没有显得这样英武。他棕色的头发在风中飘拂；当时行刑之前不剃头发。他的脖子白皙得像个女人，英姿勃勃，镇定自若的目光像一个大天使。他站在断头台上，现出沉思的面容。这个地方也是一个极峰。郭文站在极峰之巅，英武而平静。

阳光包围着他，像把他罩在一个光环之中。

然而，必须把受刑者捆绑起来。刽子手拿着绳子走过来。

这时，士兵们看着他们的年轻司令如此坚定地引颈就铡，再也忍受不住了。这些战士的心都要爆炸了。人们听见全军呜咽的巨大声音。响起一片喊声："宽恕了吧！宽恕了吧！"有些人跪了下来，另一些人扔掉枪，向西穆尔登所坐的露台举起两臂。一个士兵指着断头台喊道：

"让我代替他行吗？我这就上去。"所有人疯狂地一遍又一遍呼喊："赦免了吧！赦免了吧！"就是狮子听见了这呼喊，也会受感动或被吓坏，士兵们的眼泪像倾盆大雨。

刽子手不知所措，愣住了。

于是，一个低沉短促、阴森可怕、每个人都听得真切的声音，在堡垒顶上喝令道："执行法律！"

大家听出了这冷酷无情的声音是西穆尔登在下令。全军不寒而栗。

刽子手不再犹豫，拿着绳子走近犯人。

"等一等。"郭文说。

他转向西穆尔登，向他挥挥还没缚住的右手表示永诀，然后听凭捆缚。

被捆缚好了之后，他又对刽子手说：

"对不起，请再等片刻。"

随即他高呼："共和国万岁！"

刽子手让他卧在活动板上。他那可爱而高傲的头被固定在那万恶的颈圈里面。刽子手轻轻提了提他的头发，然后猛一按弹簧，三角铁启动了，开始是慢慢下滑，而后加快了速度，大家只听见令人心碎的咔嚓一声……

就在同一时刻，人们听见了另外一个响声。应和铡刀声的，是一声手枪响。西穆尔登刚才拔下了腰间的一支手枪，在郭文的头颅滚进筐子里时，他用一颗子弹射穿了自己的心脏。一股鲜血从他嘴里涌流出来，他倒在地上死了。

这两个灵魂，如同一对悲惨的姐妹，一块飞升了，一个灵魂的暗影和另一个灵魂的光华重合在一起。

# 译后记

*Quatre-Vingt-Treize*，就是 1793 年，即法国资产阶级大革命中革命力量与反革命力量展开生死搏斗的关键性年头。这年初，新生的共和国政权将路易十六送上了断头台。国内外反革命力量联合进行疯狂反扑。在国内，保王党煽动和操纵旺代十万农民实行反革命暴乱，誓言与共和军决一死战；在国外，英国、奥地利、普鲁士、荷兰、俄罗斯、西班牙、意大利等君主国，组成反法联盟，从各个方向向法国边境推进，妄图扼杀新生的共和国。共和国处于危机之中。革命政权毫不退缩，以铁的手段坚决平定旺代暴乱，严厉镇压反革命，粉碎外敌入侵计划，造成了法国历史上著名的“恐怖年代”，使共和国转危为安，为资产阶级革命最终取得彻底胜利奠定了基础。

《九三年》是雨果最后一部重要作品。从 1862 年起，经过十年的酝酿和准备，方开始写作，于 1874 年竣稿出版。这部作品之所以重要，是因为它直接描写了法国资产阶级大革命，表现了作者对这场革命鲜明的政治立场，也表现了他正确的历史观。

小说以旺代暴乱与平定暴乱的斗争为背景，以三个孩子的命运为线索，通过错综复杂的故事情节，描写了一场决定革命成败的惨烈斗争。巴黎志愿兵红帽子营在森林里搜索叛军时，发现了逃难的农妇米什尔·弗雷夏和她的三个孩子，出于同情收留了他们。前贵族布列塔尼亲王朗德纳克侯爵，潜回旺代统帅遭到重创、群龙无首的叛军，袭击了红帽子营，凶残地枪毙伤员、俘虏和随军妇女，劫走了三个孩子作为人质。被巴黎革命领导机构派到旺代镇压暴乱的郭文，领导共和军彻底粉碎了朗德纳克纠集的反革命势力的疯狂反扑，最后把朗德纳克及其残部围困在他祖传的城堡里。朗德纳克以三个幼小人质的生命作为筹码负隅顽抗。城堡被攻破时，他从暗道逃走，而他的副手却放火欲烧死三个孩子。正在这时，三个孩子的母亲米什尔·弗雷夏赶到，眼见自己亲生的骨肉就要葬身火海，呼天抢地，痛哭哀号，使刚脱离险境的朗德纳克不禁动了恻隐之心，返回古堡，冲进火海救出三个孩子，自己则被共和军逮捕。在朗德纳克就要被送上断头台前夕，不料郭文经过激烈的思想斗争，私自放走了他，而自己被铁面无私的特派员西穆尔登判处死刑。

《九三年》这部作品的主要意义，在于它以历史学家客观而公正的态度，展示了法国大革命这场资本主义与封建主义、共和派与保王派两种社会制度、两种政治力量的殊死斗争。历史已经证明，要推翻一个旧的社会制度，是一个极其艰巨的任务，正如小说里罗伯斯庇尔所说的："驱除外敌只消十五天就够了，根绝帝制却要一千八百年。"这个万恶的制度在法国已经存在数百年，它根深蒂固，盘根错节。不仅有以朗德纳克为代表的旧贵族头面人物拼死为它而战，以图恢复自己失去的天堂，而且它深深地扎根在广大愚昧而未觉悟的农民的头脑里，使他们心甘情愿给反革命当炮灰，给这个旧制度当殉葬品。这就决定了革命的艰巨性、斗争的严酷性。革命政权把封建主义的头子路易十六送上了断头台，革命群众在各处把贵族吊死在树枝上。全国上下一派革命的非常景象。不甘心失败的保王势力疯狂反扑，发动反革命暴乱，进行血腥的报复，屠杀“蓝军”，焚烧城镇，把居民活活烧死在家里。在他们的屠刀下，老人、孩子、妇女都不能幸免。他们的口号是“杀光、烧光，绝不饶恕”。共和军针锋相对，以革命的恐怖对付反革命的恐怖，提出“绝不宽容”的口号。雨果没有回避九三年的残酷和恐怖，因为这是历史的真实。

不仅如此，作者还满腔热情歌颂大革命的正义性。在他的笔下，巴黎志愿兵红帽子营被描写为一个为革命、为人民而出生入死、赴汤蹈火的英雄集体。共和军的司令郭文、特派员西穆尔登以及下级军官杜拉，都是英勇善战，壮志凌云，永垂史册的英雄。更值得一提的是，在作品里作者以相当大的篇幅，直接描写和歌颂了国民公会。他说：“国民公会从革命中脱颖而出的同时，也创造着文明。它是一座熔炉，一座冶炼的熔炉。这座熔炉里虽然翻滚着恐怖，但也酝酿着进步。从那纷纭的阴影中，从那汹涌奔驰的云层中，射下万道光芒，犹如永恒的定律，闪烁在地平线上，闪烁在各国人民永远看得见的天上，分别代表着正义、宽容、仁慈、理性、真理、博爱。”这是何等鲜明、何等正确的历史观！

《九三年》的另一个重要意义，在于它表现了雨果一向坚持的人道主义思想。这一点主要体现在作品的结尾部分。朗德纳克脱离了险境，又置自己的生死于不顾，毅然返回古堡，冲进烈火，救出就要被烈焰吞噬的三个无辜孩子。他的这个行动，不仅博得了在场的共和军士兵的欢呼，而且在共和军的司令郭文头脑里引起了激烈的思想斗争。在郭文的心目中，朗德纳克无疑是革命不共戴天的敌人，是双手沾满人民和革命者鲜血的刽子手，是杀人不眨眼的恶魔。他舍生忘死地战斗，就是要捉住这个反革命头子，将他正法。可是这个恶魔却在关键时刻置生死于度外，救出了三个孩子的生命。这不是说明，他的心里还存在善的一面，还存在人性、人道的一面吗？既然如此，朗德纳克问题的性质岂不发生了一些变化，不应该将他处死了吗？可是革命的利益，革命的纪律，革命的要求……郭文思想上的斗争是激烈的，痛苦的，几经反复。朗德纳克的行为是人性、人道主义的胜利。最后人道主义也在郭文思想上取得了胜利。为了弘扬这宽容、博大的人道主义精神，他认为革命应该赦免朗德纳克。于是他私下释放了朗德纳克。处于血与火斗争中的新生资产阶级革命政权，不能容忍郭文的行为和他的人道主义思想，将这位勇敢、忠诚、无畏的革命将领送上了革命的断头台。这个结局，无疑给《九三年》这部英雄史诗般的作品抹上了悲剧的色彩。但雨果所颂扬的人道主义思想必将永放光芒。

**罗国林**